KB111013

울지 마, 당신
먼저 가서 미안해

울지마, 당신
먼저 가서
미안해

마리 윌리엄스 지음
박윤정 옮김

율리시즈

살아 있는 기억

세상 속으로
비 내음 속으로
사람들 사이에서 춤추는 말 속으로
그대와 함께.
햇살 속을 거닐며
함께 살아 있음을 기억할 때
이 기억 언제나 이렇게 살아 있으리.

-브라이언 안드레아스의 〈스토리피플StoryPeople〉에서

나의 두 아들에게
내 모든 사랑을 담아

01

어디에나 햇살을 흩뿌리고 다니고 늙어 주름이 자글자글해도 나의 미소는 결코 변하지 않을 거라고, 그는 내게 말했다. 이런 이유로 직장으로 꽃을 보내주기도 했다. 어느 날은 미색의 작은 카드에 글자를 한 자씩 휘갈겨 쓴 다음 우표만 한 크기로 접어서, 내 눈에 잘 띄게 내 지갑이나 러닝화, 속옷함 같은 은밀한 곳에 툭 넣어놓기도 했다.

이 카드들을 다 찾아 맞추면 그가 적은 단어 퍼즐을 쉽게 풀 수 있었다.

'헤이 공주님. 사랑해!
어느 멋진 남자가'

02

도미니크가 떠난 후 오래도록 난 시간을 더듬어 올라가면서 그 모든 일이 시작된 시점을 찾아내려 애썼다. 일이 벌어지기 시작하던 무렵 우리를 감싸고 있던 무지를 꿰뚫어보고 싶었다.

도미니크를 보낸 지 일 년가량 지났을 때였다. 아들 닉과 슈퍼마켓에서 집으로 돌아오는데, 도미니크가 종종 그랬던 것처럼 닉이 에어컨을 조정하지도 않고 조수석 창문을 열었다. 날씨가 얼마나 더운지는 사실 닉에게 중요하지 않았다. 닉이 원한 건 그저 바깥 공기가 살갗을 어루만지는 손길을 느끼는 것뿐이었다.

닉은 껍질을 벗듯 티셔츠를 벗어서 아무렇게나 뒷좌석에 내던졌다. 사실 의자커버가 꼭 필요하기는 했다. 엎질러진 음식 얼룩이며 여러 축구장에서 묻혀온 진흙, 개가 긁은 자국 등이 어우러져 이제는 아예 무늬처럼 보였기 때문이다.

닉이 앞으로 몸을 수그리고 발치에 놓아둔 쇼핑백들을 뒤졌다.

그러더니 특가로 구매한 안작 비스킷(호밀과 코코넛, 당밀 등으로 만든 호주의 대중적인 과자—옮긴이) 통을 열었다. 십대인 두 아들은 언제나 무언가를 먹어댔다. 아무것도 안 먹고 있을 때가 도대체 있기나 한 건지.

나는 줄지어 있는 자동차들 뒤에 차를 세우고 붉은색 신호등이 바뀌기를 기다렸다. 바로 옆 버스 정류장에서는 외로운 고트족 같은 십대 소년이 헤드폰을 귀에 매달고 있었다. 길쭉하고 마른 다리에 착 달라붙는 검은 진바지를 입은 그는 의자 위에서 다리를 쭉 뻗은 채 핸드폰에 나보다 훨씬 빠르게 문자를 쳐대고 있었다.

"고트족하고 에뮤족은 뭐가 다른 거니?"

"엄마, 에뮤Emus(크기는 하지만 날지는 못하는 호주 고유의 새—옮긴이)가 아니라 에모Emo족이야. 이모셔널emotional의 에모."

"그래, 에모."

"쟤 말하는 거야?" 닉이 버스 정류장에 있는 소년을 가리키며 말했다. "척 보면 알아."

"어떻게?"

"청바지를 짝 달라붙게 입고, 머리카락을 양옆으로 축 늘어뜨려서 얼굴을 가리고 있잖아. 몰라, 아무튼 고트족은 옷 입는 스타일을 더 중요하게 여겨. 트렌치코트, 주렁주렁 달린 체인, 거꾸로 된 십자가 같은 것들 말야."

닉이 비스킷에 다시 손을 뻗으며 말했다. "오늘밤 미초하고 영화 볼 건데 극장에 데려다 줄 수 있지? 부탁해 엄마."

버스 정류장의 에모족 소년이 패들 팝(우유를 주원료로 만든 아이스크림의 하나—옮긴이) 광고판에 등을 기댔다. '온 가족이 누리는 맛과 즐거움……' 뭐 그런 문구가 쓰여 있는 것 같았다.

도미니크는 언제나 건강했고 부지런히 몸에 신경을 썼다. 그래서 그가 패들 팝 한 상자를 한 번에 다 먹어치우기 시작했을 때는 좀 이상해보였다. 그것도 꼭 바나나 패들 팝만. 처음에는 별로 신경을 쓰지 않았다. 그냥 엉뚱한 기행이려니 했다.

그의 마흔 번째 생일에는 모음의 구조가 같은 말로 보물을 찾아가는 정교한 보물찾기 놀이를 아이들과 함께 준비했다. 아이들은 신이 나다못해 붕붕 떠서 그가 실마리들을 풀 때까지 기다려주지 못했다. 하나하나 실마리를 풀어주면서 집 안 곳곳으로 끌고 다니다 급기야는 주방에 있는 냉장고로 그를 인도했다. 냉장고 안에는 마흔 개의 바나나 패들 팝이 그를 기다리고 있었다.

그의 이상한 행동이 도를 넘어선 게 언제였을까? 길 위쪽 주유소 편의점에 가서 한 번에 한 통씩 열 번이나 바나나 패들 팝을 사오는 괴상한 짓을 했던 때인가? 글쎄, 잘 모르겠다. 온갖 기묘한 행동들이 어느 순간 소리 없이 지속적인 당혹감 속으로 우리를 몰아넣었다.

"당신 장난하는 거 맞지?" 당시 나는 이렇게 말했다. "또 사러 갈 거야?"

"응."

"충동을 억제하는 힘은 도대체 어디 간 거야? 당신답지 않아."

그는 아무런 감정도 드러내지 않고, 열한 번째 패들 팝을 사러 현관문을 나섰다.

"녹색 신호등이야." 닉이 병을 따 신선한 오렌지 주스를 한 모금 마시면서 말했다. 차 안에 은은히 습기가 퍼지면서, 공회전 중인 엔진처럼 제자리를 맴도는 패들 팝에 대한 상념들이 이 습기와 뒤엉켰다. 닉은 단짝 친구며 영화에 대한 이야기들을 시끄럽게 떠들어댔다. 지난 일들을 되짚어보는 내 상념들 위로 닉의 목소리가 둥둥 떠다녔다.

내가 찾고 있는 건 결말만 잘 아는 이야기의 놓쳐버린 시작점이었다. 감지의 시점들을 이어서, 그래, 바로 그때 모든 일이 시작된 거야, 라고 말하기 위해서였다. 시작점을 딱 짚어내지는 못해도 이미 변화가 시작됐다는 것만큼은 분명하게 간파한 때가 언제인지 알고 싶었다.

차를 다시 출발시키기 전 버스 정류장의 광고판을 가리키며 닉에게 물었다.

"패들 팝 사건 같은 것들 중에 아파서 그런 것이 얼마나 될까?"

"엄마, 그만 좀 해. 그러다 아빠의 주름진 생애를 줄줄이 다 되짚어보겠네!"

닉의 똑똑한 말에 한 대 얻어맞고 나는 얼른 차를 출발시켰다. 아픔을 느끼지도 못하게 정곡을 찔러버린 닉의 통찰에 말없이 집으로 차를 몰았다.

집 앞 길로 들어서자 양쪽에 줄지어 선 나무들이 무성한 잎사귀들로 차양을 만들어서 우리의 귀가를 환영해주는 것 같았다. 윙윙대는 잔디깎이 너머로 이웃집 사람에게 손을 흔들어주고, 우리 집 차도로 들어갔다. 강아지 두 마리가 꼬리를 흔들어대며 반겨주었다. 우리를 보고 신이 나서 계속 반갑게 짖어대자, 이웃집 개들도 우리 집 뒷담 너머에서 일제히 요란하게 짖어대기 시작했다.

우리 집은 언덕 아래 옹기종기 모여 있는 단순한 모양의 낮은 벽돌집들 사이에 둥지를 틀고 있었다. 퀸즐랜드 토박이들이 사는 비슷한 모양의 더 웅장한 집들 아래에 숨어든 모습을 하고 있었는데, 이들의 집은 기둥들 위로 우뚝 솟아 있었으며 비바람을 막아주는 넓은 베란다는 녹음이 우거진 언덕 꼭대기 위에 떠 있는 것 같다.

닉은 발치에 있던 가방들을 집어 들고 차에서 깡총 뛰어내렸다. 그러곤 차 트렁크를 열고, 집으로 오는 길에 굴러 나온 오렌지들은 팽개쳐두고 쇼핑백들만 모아들었다.

"가득 들려주세요." 차로 돌아와야 하는 피곤함을 덜기 위해 쇼핑백들을 최대한 많이 쥐고서 닉이 말했다. 양팔에서 쇼핑백들이 대롱거리는데도 나머지 쇼핑백 두 개까지 마저 들겠다고 왼손을 펴 보였다.

"이미 과부하 상태야." 오렌지 알들을 주우며 내가 말했다.

"엄마, 내가 얼마나 센데! 들려주기나 하셔!" 졸라대는 통에 가방을 들려주자 닉은 타잔처럼 낑낑대며 주방으로 가서, 바닥에 가방을 내려놓고는 팔뚝까지 종횡으로 생긴 붉은 끈 자국들을 문질러 댔다.

"차 줄까?"

"아뇨." 닉은 과일 그릇에서 사과를 한 알 집어 들고 세탁실로 들어갔다. 땀에 젖은 운동복 더미를 건너뛰어, 한 손으로 세탁기 안에 빨랫거리를 집어넣으면서 다른 손으로는 계속 사과를 베먹었다. 나는 냉장이 필요한 물건들을 꺼내 냉장고에 집어넣고, 새로 산 자명식 주전자를 레인지 위에서 집어 들었다. 막 끓은 물을 머그잔에 붓고는 티백에서 우러난 찻물이 소용돌이치는 수증기를 따라 신기한 모양으로 떠다니는 모양을 주방 벤치에 앉아 얼마간 바라보았다.

갑자기 남자의 빠른 발걸음 소리가 이 평화를 깨트렸다. 개들이 앞다퉈 현관으로 달려 나가 대학교에서 돌아온 마이크를 반겼다.

"엄마!"

"오, 이런!"

마이크는 배낭을 주방 바닥의 쇼핑백들 사이에 내던지고 허리를 굽혀 내게 입을 맞췄다. "조오오아요! 쇼핑을 하시다니. 먹을 것 좀 있나요?"

마이크는 냉장고로 가서 문을 열고, 요구르트와 우유, 치즈, 당근, 청경채, 브로콜리 같은 잎채소들과 신선한 과일들이 즐비한 선반을 훑어보았다.

"멈mum, 팀탐(비스킷에 초콜릿을 입힌 과자의 일종— 옮긴이)은 하나도 없어요?" 캐나다인들처럼 여전히 나를 맘mom이라고 부르는 동생과 달리 마이크는 나를 멈이라고 불렀다.

"없어."

"집 안에 먹을 게 하나도 없네요!"

그는 냉장고 문을 열어둔 채로 정크 푸드가 안에서 걸어 나오기를 기다렸다. 나는 그의 밑으로 손을 뻗어 개에게 줄 뼈다귀 두 개를 집어 들고 밖으로 나갔다. 개들이 껑충거리며 나를 따랐다.

로디지아 리지백(남아프리카공화국이 원산지인 대형 사냥견— 옮긴이) 잡종인 제시가 침을 흘리며 발치에 앉았다. 제시는 입에 길고 끈끈한 침방울을 대롱대롱 매단 채 얌전히 기다렸다. 맥시가 태엽 장난감처럼 껑충껑충 주변을 맴돌면서 신이 나 어쩔 줄 모르고 낑낑대도 제시는 흐트러짐이 없었다. 검은 색의 작은 켈피(여우와 인상이 비슷한 중형의 목양견 혹은 가정견—옮긴이) 종인 맥시는 뼈다귀를 받아 물기 전에는 앉지도 가만히 있지도 못했다.

도미니크는 개들을 좋아해서 참을성 있게 맥시와 제시를 훈련시키곤 했다. 그가 브리스베인에 사는 걸 좋아한 이유는 개 때문이기도 했다. 개와 날씨. 이곳 브리스베인에서는 야외 생활을 즐길 수 있었고, 그의 몸과 영혼은 햇살 속에서 가장 잘 통합되는 것 같았다.

우리는 큰 애가 열한 살, 작은 아이가 열 살이 됐을 때 밴쿠버에서 호주로 이주했다. 이곳 대학의 새 직장에서는 예전보다 여행할 기회가 적었다. 그만큼 집에서 보낼 수 있는 시간은 많아졌다. 그래서 이사하고 6개월도 안 돼 새끼 강아지들을 키우기 시작했다. 제시는 언제나 사랑받는 제자 같았다. 맥시와 달리 도미니크의 모든 명령에 반응을 보였다. 도미니크는 맥시가 명령에 반응하는 요령을 결코 터득하지 못할 거라고 절망했다. 그는 정말로 개를 사랑하는 사람이었다.

처음 그의 집에 갔던 때가 생각난다. 당시 나는 십대 소녀에 불과했다. 소년과 사랑에 빠진 소녀. 그가 키우는 도베르만(독일이 원산지인 대형견으로 주로 경찰견, 군견, 경호견 등으로 키운다—옮긴이)이 나를 보자 대문을 향해 뛰어올라, 허옇게 드러난 어금니로 대기를 갈기갈기 찢어발기며 맹렬하게 짖어댔다. 꼬리를 흔들거나 반가움에 숨을 할딱거리는 일 같은 건 없었다. 나는 너무 놀라 숨이 멎을 것만 같았다. 돔(도미니크의 애칭—옮긴이)이 내 손을 잡아주었다.

"괜찮아." 그의 미소가 오래도록 내 얼굴 위에 머물렀다.

"정신이상자 같은 늬 개가 날 잡아먹으려 그러는데?"

"개도 다 알아."

"뭘?"

그가 눈을 반짝이며 말했다.

"네가 이겨내야 한다는 걸." 그러면서 으르렁거리는 개에게 말했다. "마리는 여기 지내러 온 거야." 그러자 개는 슬그머니 자리를 피해서 돔에게 등을 돌리고 앉았다. 그러곤 그날은 하루 종일 돔을 쳐다보지도 않았다.

둘은 언제나 함께했다. 물어오기 놀이도 하고, 집 뒤 숲에서 함께 달리기도 하고, 돔의 발치에서 잠이 들면 돔이 발가락으로 쓰다듬어 주기도 했다. 개는 중요한 사진들 속에서도 주연으로 등장했다. 돔의 다정한 휘파람 소리에 쪼르르 달려오면, 돔이 학교에서 새로 받은 운동 트로피 옆에 나란히 앉아 사진을 찍었다. 그런데 이제 그 자리를 내가 차지하게 된 것이다.

기억을 떠올리자 미소가 피어올랐다. 돔의 손길, 야성적이고도 그윽하게 나를 바라보던 그 파랗고 부드러운 눈. 잠시 맥시와 제시를 바라보니 그가 다시 느껴지는 것 같다. 나는 나무 그늘 아래서 뼈다귀를 물어뜯는 개들을 남겨두고, 안으로 들어가 손에 묻은 침을 씻어냈다.

정리 못한 식료품들을 쇼핑백에서 꺼냈다. 캔류는 두 번째 선반에, 시리얼은 큰 상자도 들어가는 셋째 선반에 집어넣고, 세제는 세탁실에 갖다 두었다. 얼마 전까지만 해도 삶을 정비하기가 쉽지 않았다. 우리의 세계는 어그러져 있었다. 아무리 열심히 조정해도 무엇 하나 들어맞지 않았다.

당시에는 많은 것들이, 특히 나의 모든 꿈들이 이해되지 않았다. 내 곁에 들러붙어서 일상 속에 똬리를 틀고 있던 그 생생한 꿈들. 도미니크가 거대한 얼음 큐브 안에 갇힌 채 내 앞에 서 있었다. 얼음을 뚫고 들어가기는 불가능했다. 얼음 속의 수많은 작은 금들이 비틀리고 쪼개진 손들을 그에게 뻗고 있었다. 말을 하려고 애썼지만 두꺼운 얼음벽이 내 목소리를 지워버려서 그는 내 말을 알아듣지 못했다. 결국 그는 얼음방 안에서 내 모습만 물끄러미 바라보았다. 내게 다다를 수도 없고 얼음 때문에 춥기도 할 텐데 그는 무심히 얼음방 안에 있었다.

마이크가 냉장고 문을 열더니 맥주잔에 오렌지 주스를 따르고 얼음 조각을 한움큼 집어넣었다.

"야, 닉. 체스 한 판 할래?" 닉을 향해 소리쳤다.

"마이크, 소리 지르지 말고 가서 말해." 내가 세탁실에서 소리치자, 닉이 방에서 나오며 소리쳤다. "좋아. 근데 이따가 미초랑 영화 보러 가야 돼. 그러니까 지금 하지?"

마이크와 닉이 아주 어렸을 때부터 도미니크는 아이들에게 체스 두는 법을 가르쳤다. 아마 다섯 살과 여섯 살 즈음이었을 것이다. 그는 체스게임으로 야생동물 같던 두 아이들을 작고 순한 천사로 만들었다. 그때뿐이었지만 어쨌든 그랬다.

당시엔 밴쿠버에 살고 있었는데, 우리는 종종 아이들을 노스 쇼어에 있는 앰블사이드 파크에 데리고 갔다. 뒤편으로 라이온 게이트 브리지가 보이는 넓은 바닷가 공원이었는데, 빗물에 푹 잠겨 있지 않을 때는 잔디들이 대자로 뻗어 있었다. 공원이 아이들의 운동장이었던 것이다. 또 네 발 달린 친구들과 놀 수 있는 강아지 공원이기도 했다. 방파제가 해안을 따라 구불구불 뱀처럼 이어져 있었는데, 나는 이곳에서 달리기를 좋아했다.

체스를 두는 사람들은 공원에서 정기적으로 만나 게임을 벌였다. 어느 날엔가는 노인 둘이 이동식 체스 판을 사이에 두고 마주 앉아 있었다. 이들 옆의 낮은 벽돌 담장 위에는 입도 대지 않은 커피가 차갑게 식어가고 있었다.

닉은 게임을 잘 보기 위해서 작은 금발 머리통을 최대한 가까이 수그렸다. 펠트 천의 검은 패도라를 쓴 노인이 도미니크를 올려다보고 미소를 지었다. 부끄러움이 훨씬 많은 마이크가 도미니크의 어깨 위에 무등을 타고 있었기 때문이다.

"외통장군이오!" 폴란드인 같은 불명확한 어조로 노인이 소리쳤다.

"나랑 게임 한 번 해볼래?" 노인의 물음에 닉이 도미니크를 쳐다보았다. 도미니크는 괜찮다는 듯 고개를 끄덕였다.

"내 생각에는 요 꼬마가 이길 것 같은데?" 게임에서 진 노인이 상대방을 향해 말했다. 그러고는 풍성한 백발을 양손으로 쓸어 올리더니 두 손을 커다란 배 위에 올려놓았다.

"내가 봐줄까?" 그의 물음에 닉이 고개를 끄덕이며 돌담 위에 앉았다. 검은 모자의 노인은 새로운 게임을 시작하기 위해 체스 말들을 다시 정리하고, 체스 판을 둘 사이에 놓았다. 그가 먼저 말을 두면서 게임이 시작되었다.

그날 오후 신이 날 대로 난 마이크가 호랑이처럼 겅중겅중 뛰면서 현관문을 밀고 들어왔다. 그러면서 차를 타고 집으로 오는 내내 했던 소리를 또 외쳐댔다. "닉이 이겼어! 닉이 이겼다고! 아빠, 저랑 체스 해요! 지금 당장이요!"

조용히 체스 판을 꺼내오고, 둘은 난롯가에 자리를 잡았다. 그러곤 당근 스틱을 땅콩버터에 찍어 먹으면서 체스 판 위로 말들을 움직였다. 돔은 마이크와 눈높이를 맞추기 위해 바닥에 몸을 뻗고 누워, 늘 하던 마술을 부리기 시작했다. 마이크는 얼마간 말없이 고민하며 당근을 우적거리다가 돔의 나이트를 잡았다. 그날 마이크도 이겼다. 그는 순전히 자신의 힘으로 이 훌륭한 해답을 찾아냈다고 생각했겠지만 아니었다.

물론 언제나 아이들이 이긴 것은 아니었다. 아이들은 게임에 지고 나면 온갖 비법들을 전수받았는데, 이런 수업이 끝날 즈음이면 대부분 거실 바닥을 함께 뒹굴면서 사랑의 레슬링을 벌이다 비명을 지르듯 깔깔거렸다. 이 체스게임과 아빠를 향한 적극적인 애정은 몇 년 동안 계속되었다. 우리가 도미니크의 마흔한 번째 생일선물로 준비한 아름다운 나무 체스 판을 마이크가 펼쳐놓았던 순간까지는 그랬다.

브리스베인의 전형적인 겨울날이었다. 햇살이 화창하더니 밤이 되면서 추워졌다. 이번 생일엔 패들 팝을 준비하지 않았지만, 아이스크림을 먹어도 될 만큼 아직은 날씨가 푹했다. 십대인 마이크는 따뜻하고 친밀한 유대를 원해서인지 도미니크와 마주보고 앉았다. 그런데 도미니크는 무심하게 앞만 응시했다.

"아빠?"

도미니크는 몇 개의 졸 위에 손가락을 갖다 댈 뿐 움직이지는 않았다.

"잘 생각해서 두세요. 안 그럼 제가 제대로 이겨드릴 테니까요."

마이크의 말에 도미니크는 무표정한 얼굴로 자세를 바꾸며 변화 없는 단조로운 어조로 말했다. "게임 하고 싶지 않아." 그러곤 마이크를 쳐다보지도 않고 일어나 자리를 떴다.

도미니크는 다른 일들에서도 떠나버리기 시작했다. 어느 날 저녁에는 학부모-교사 만남에 나타나지 않았다. 일부러 퇴근 후 비는 시간을 잡아두었는데 말이다.

"아빠는 어딨어?" 닉의 물음에 나는 이렇게 답했다.

"차가 막히거나 뭐 그래서 늦는 걸 거야."

이런 모임이 처음도 아닌데, 그는 끝내 모습을 드러내지 않았다. 집에 와보니 그는 텔레비전을 보고 있었다.

"당신 어디 갔었어?" 아이들이 들을 수 없는 곳에서 내가 물었다.

"일하러."

"별일 없는 거지? 그런데 왜 전화도 안 했어?"

"일할 사람이 나밖에 없었어."

"닉 학교에서 하는 학부모-교사 면담에 안 왔잖아."

그는 어깨를 으쓱해 보이기만 했다.

"도미니크……?"

그래도 계속 텔레비전만 보았다.

"도대체 무슨 일이야?"

"아무 일 없어."

"도대체 언제부터 이런 일을 하찮게 여기게 된 거야? 애들을 위해서라면 뭐든 해주던 사람이…….”

그러나 내게 돌아온 건 텅 빈 눈과 묵묵부답뿐이었다.

“돔, 제발 말 좀 해봐. 속마음을 털어놓으란 말이야!”

“말했잖아. 아무 일 없었다고.” 그는 이렇게 말하더니 잠을 자러 갔다.

“당신 도대체 뭐가 잘못된 거야?!”

아이들의 학교 행사는 언제나 온 가족이 즐기는 중요한 일이었다. 학예회든 축구나 야구 경기든, 토너먼트로 진행되는 가라테(무기 없이 신체 부위만으로 상대를 공격하는 일본의 무술—옮긴이) 시합이든, 하다못해 고문이다 싶을 정도로 음이 안 맞는 리코터 실습이든 다 함께 즐겼다. 학부모-교사 면담에도 같이 가고, 독서교실에도 가입했으며, 현장학습에도, 교통정리 당번자 명단에도 우리 둘 다 이름을 올렸다.

도미니크는 또 아이들이 다니던 밴쿠버의 초등학교에서 점심 급식을 돕는 날 많은 아이들과 축구를 하기도 했다. 덕분에 소문이 자자했다. 도미니크는 짱 멋진 아빠라고! 그는 쓰레기를 줍지 않아도 됐다. 그럴 필요가 없었기 때문이다. ‘도미니크의 날’이면 점심 도시락 포장지들이 운동장에서 말끔히 치워졌다. 쓰레기란 쓰레기는 모조리 쓰레기통으로 직행했다. 아이들이 도미니크와 축구하고 싶은 마음에 알아서 만반의 준비를 한 것이다.

마이크와 닉에게는 이렇게 ‘멋진’ 아빠가 있었다. 그리고 소문에 의하면, 아이들을 사랑하는 이 파란 눈의 겸손한 남자는, 그가 학교에 나타나는 날에만 더 오래 운동장 주변을 어슬렁거리는 뭇 엄마들의 눈길도 피하지 않았다고 한다.

03

새로운 나라에 정착하는 데는 시간이 필요했다. 하지만 호주로 옮긴 것이 국제이사로는 처음도 아니었기 때문에, 새로운 문화에 동화되는 과정에서 경험하는 부침이나 공동체에 소속감을 느끼는 데 걸리는 시간에는 이미 익숙해져 있었다.

돌아보면, 이곳 사람들이 도미니크에게 보인 반응은 밴쿠버 사람들과는 달랐다. 여기 사람들도 도미니크를 좋아했지만, 밴쿠버 사람들과 똑같은 마음으로 눈길을 주지는 않았다. 그래서인지 그는 더 쌀쌀맞아 보이고, 더 열심히 일에 매달렸다. 당시에 나는 새 직장이 힘든가보다 생각했다. 일의 양이 어마어마했기 때문이다. 하지만 그의 동료들도 똑같은 압박에 시달리고 있을 터였다.

어느 날 밤 몇몇 동료들과 저녁을 먹으면서 이 문제를 이야기했다. 질 좋은 와인과 위트가 대화에 활기를 불어넣은 덕분에 나는 도미니크가 속한 학과의 요구사항들을 더욱 잘 이해하게 됐다. 학계의 본질이 달라지고 있는 것 같았지만, 그들 모두는 분명히 같은 배를 타고 있었다. 하지만 느긋한 돔도 시간이 흐를수록 스트레스를 많이 받는 것 같았다. 그는 햇살 아래 노닐면서 영혼에 생기를 불어넣는 사람이었기 때문이다.

나의 직장 친구 한 명이 옥토버페스트(9월 말에서 10월 초에 음악과 맥주, 스포츠를 함께 즐기는 세계 3대 민속축제의 하나— 옮긴이) 파티를 열었다. 내 동료들은 아주 멋진 사람들이었기 때문에 돔도 이들을 좋아할 거라고 확신했다. 또 돔에게 외출을 시키는 게 좋을 것도 같았다. 돔이 다리 때문에 고생하고 있었기 때문에 그날 밤은 내가 운전했다. 그는 자꾸 넘어졌다. 다리가 예고도 없이 주저앉곤 했다. 줄이 잘린 꼭두각시 인형처럼 갑자기 꺾여버렸다.

"당신 정말 다리 검사 좀 받아야 돼." 그러나 그는 이렇게 반격했다.

"원래 불편한 다리인데 뭐."

"하지만 그런 식으로 꺾여버리면 안 되지."

"정말 아무것도 아냐."

도미니크는 대수롭지 않게 무시해버리고 고집스럽게도 의사를 만나러 가지 않았다. 몇 년 전 남아프리카공화국을 떠나기 전 식구들이 함께 탄 자동차가 사고를 당했는데, 그 사고로 다리가 약해졌다고 생각했다. 당시 우리 부부는 이십대였고, 마이크와 닉은 두 살과 팔 개월에 불과했다. 아이들과 나는 몇 군데 타박상과 찰과상만 입었지만 돔은 심하게 부상을 당했다. 비번이었던 앰뷸런스가 어쩌다 우리 옆을 지나치지 않았다면, 도미니크는 아마 살아남지 못했을 것이다.

대수술에 몇 달간 병원 신세를 지고 난 후에도 그는 또다시 몇 달간 집에서 간호를 받아야 했다. 의사는 다신 걷기 힘들 거라고 했다. 그러나 온갖 역경에도 불구하고 순수한 결의와 근성을 발휘한 그는 휠체어에서, 다음엔 목발에서 벗어났다. 그러곤 천천히 삶 속으로 다시 걸어 들어갔다.

살아 있음을 아프게 인식하면서도 그는 결코 불평을 늘어놓지 않았다. 교통사고를 당한 후로 만성적인 통증을 달고 살았지만, 통증과 자신을 분리하는 법을 터득하고 아이들과도 적극적으로 어울렸다. 삶이 그의 앞에서 순식간에 스치듯 지나가는 것을 경험하고, 홀로그램을 보듯 아주 생생하고 세밀하게 생을 되돌아보았기 때문이다.

그는 결사적으로 매달렸고 다시 살아났다. 덕분에 가족과의 유대감은 더욱 단단해졌다. 통증도 그를 방해하지 못했다. 아이들과 체스게임을 즐기고, 트램펄린 위에서 통통 튀어 오르는 아이들을 보며 즐거워하기도 하고, 아이들이 달리는 동안 옆에서 자전거를 타고 함께 달렸으며, 축구장에서 공도 차고, 스키를 탈 수 없어서 터보건(나무를 가죽 끈으로 엮어 만든 아메리카 인디언들의 썰매에서 기원한 스포츠용 썰매—옮긴이)을 함께 타기도 했다.

이것들 말고 수영이나 카약 같은 활동도 즐겼다. 모두 그의 성치 않은 다리에 무리가 덜 가는 것들이었다. 또한 그는 통증에도 아랑곳 않고 나와 함께 숲을 거닐기도 했다. 내가 부드럽고도 거칠며 소중하고 달콤한 생명력이 느껴지는 숲과 자연 속에 있기를 좋아하는 걸 알기 때문이었다. 물론 그도 똑같이 느낀다고 했다.

그런데 이렇게 몇 년이 흐르면서 그는 망가져가는 다리에 주의를 기울이지 않게 되었다. 다른 쪽 다리에 생긴 이상도 무시해버렸다. 사물과 몸과의 거리를 제대로 가늠하지 못하는 사람처럼 가구나 문에 자주 부딪혔다. 그러나 갈수록 몸치가 돼가고 있는 것 같다는 나의 지적도 흘려버렸다.

내 직장 친구는 차로도 꽤 가야 하는 도시 반대편에 살고 있었다. 다른 몇몇 동료들도 그녀의 파티에 참석하기로 했다. 신경과전문의에 언어병리학자, 작업치료사, 수간호사, 사회복지사로 이루어진 우리는 후천성 두뇌 손상 부서에서 함께 일했다. 작지만 훌륭한 팀이었으며 서로에게 좋은 친구가 돼주었다. 우리가 서로의 파트너를 만나는 것은 이번이 처음이었다.

도미니크와 나는 가는 길에 가게에 들러 우리가 준비한 디저트와 함께 곁들일 와인 한 병과 독일산 필스너 맥주를 샀다. 그런데 직불카드로 계산을 하려는데, 번번이 에러 메시지가 떴다. '이상하네. 계좌에 돈이 들어 있는데.' 이렇게 생각하고 있는데 점원이 말했다.

"다시 해보죠. 가끔 기계가 문제를 일으키기도 하니까요." 다시 해보았지만 마찬가지였다.

"유감입니다. 다시 해봤는데, 잔액 부족이라고 나오네요."

점원의 말에 도미니크에게 물었다.

"현금 가진 거 있어요?"

도미니크는 어깨를 으쓱해 보였다. 할 수 없이 신용카드로 결제를 하면서 은행에 문의해보리라 생각했다. 뭔가 오류가 생긴 게 분명했다.

"오늘 오전에 돈 안 꺼냈지?" 차로 돌아가면서 도미니크에게 물었다.

"꺼냈어. 당근 사느라고."

"응, 잘했어. 우유하고 빵도 샀지? 닉의 축구 연습을 보느라고 가게에 가질 못했는데."

"아니. 당근을 사야 해서 그건 못 샀어."

"당근을 60달러어치나 샀단 말야?!"

"응, 당근을 사야 했어."

파티 장소로 가는 사이 우리의 대화는 돈에 대한 다른 논쟁으로 번졌다. 돈이 갈수록 모자라는 것 같았다. 이해가 안 됐다. 도미니크는 걱정 없어 보였지만, 돈이 모자라서 수업료 같은 걸 낼 때도 쩔쩔맸다. 통장에 돈이 충분한 줄 알았는데 그렇지 않았기 때문이다. 그건 그렇고, 왜 당근을 60달러어치나 산 거지? 주서기도 없는데?

"당근이 필요했어."

"계속 같은 말만 하는구나."

"아무도 귀를 안 기울여주니까 그렇지."

친구네 집에 도착했다. 나는 말싸움과는 작별하고 억지 미소를 지은 채 도미니크와 파티장으로 걸어갔다. 파티는 이미 진행 중이었다. 친구가 현관에서 자연스럽게 전염성을 띤 미소를 머금고 우리를 반겨주었다. 그녀는 끈으로 묶는 던들 드레스를 입고, 초콜릿빛의 풍성한 갈색 머리 위로 금발의 가발을 쓰고 있었다.

"구텐 아벤트(안녕하세요). 멋지네요!" 그녀가 쾌활하게 웃으며 나를 안고 입을 맞추었다.

"안녕하세요, 도미니크. 드디어 만나는군요. 반가워요!"

도미니크도 고개를 숙여 인사했다.

"오는 데 문제없었어요?"

"문제없었어요."

예상보다 성대한 파티였다. 식당 테이블에 음식들이 차려져 있었다. 맛있어 보이는 여러 가지 음식들 가운데 따끈한 감자 샐러드와 자우어크라프트(양배추를 이용한 독일식 김치—옮긴이), 블랙 포레스트 케이크(휘핑크림과 체리를 사이사이에 넣은 여러 층의 초콜릿 케이크—옮긴이)도 놓여 있었다. 우리는 접어 올린 카고팬츠에 다채로운 멜빵을 메거나, 바이에른 에이프런과 레더호젠(무릎길이의 가죽바지—옮긴이)을 입은 사람들 사이를 비집고 들어가, 우리가 준비해간 애플파이를 갈수록 늘어나는 진미들 사이에 놓았다. 테라스에서 소시지 굽는 냄새가 은은히 흘러들어왔다. 우리는 맥주를 집어 들고, 방 건너편에서 내 상사와 담소를 나누고 있는 친구들에게로 다가갔다. 미소를 잃지 않는 집주인도 우리를 따라와 남편을 소개시켜주었다.

"퇴근 후에 남자분들은 다들 뭘 하시나요?" 그녀의 남편이 물었다.

도미니크와 나는 예전에 함께하던 일들의 반도 채 하지 못하고 있었다. 도미니크가 마지막으로 카약을 탄 게 언제지? 마지막으로 손님을 초대한 건? 함께 숲으로 산책을 가거나, 해변에 놀러 가거나, 영화를 보러 간 게 언제지? 도미니크가 아이들과 체스를 두는 모습도 반년이 넘도록 못 봤다.

생일날 체스 판을 떠난 이후로 벌써 그렇게 오랜 시간이 흘렀나? 우리는 함께 즐기던 많은 일들을 그만둔 상태였다. 함께 쓰기로 했던 가족사 책은 어떻게 된 거지? 이야기 수집을 멈춘 지가 도대체 언제야? 생각해보니, 좋은 책을 갖고 대화를 나누던 시간도 까마득했다. 몇 주 전 내가 대규모 회의를 마치고 왔을 때는 도대체 왜 그랬던 걸까?

나는 새로 떠올린 아이디어에 대한 열의를 도미니크와 나누고 싶었다. 내 일에 언제나 진심으로 관심을 보여 온 도미니크에게 익숙해져 있었기 때문이다. 그랬던 그가 따분해 죽겠다는 표정만 지어 보였다. "이상해"라는 의견이 전부였다. 새로운 아이디어가 피워 올린 불꽃이 꺼져버릴 때까지 그는 이 말을 몇 번이나 되풀이했다.

"카약을 열심히 타신다고 들었어요." 내 친구가 금발 가발을 매만지며 도미니크에게 물었다.

"밴쿠버에 살 때는 그랬죠. 하지만 브리스베인에서는 많이 못 타고 있어요."

도미니크는 단짝인 브라이언과 함께 밴쿠버 북부의 빙하수에서 카약을 탔던 경험을 계속 들려주었다.

"언제 저희와 함께 카약 타러 가요. 함께 가면 정말 좋겠어요!"

"그러면 좋겠네요." 그가 말했다.

이때 옆집에 사는 아주 유쾌한 사람이 합류하면서, 강과 바다 중 어디서 카약을 타는 게 더 좋은가에 대한 대화는 첫머리에서 끊겨 버렸다.

"조니가 총리를 연임하게 되다니!" 존 하워드(자유당 총수를 거쳐 1996년부터 2007년까지 25대 호주 총리를 지낸 인물— 옮긴이)가 총선에서 총리에 재선됐다는 뉴스가 막 흘러나오고 있었다. 그 순간 도미니크가 불쑥 내뱉었다.

"정말 역겨워! 망할 놈의 파시스트!" 그러면서 대화가 중단됐다는 것도 알아차리지 못하고, 손바닥을 펴서 팔을 머리 위로 뻗었다.

사람들은 약간 어색한 웃음을 짓고 나서, 대중매체가 유권자들에게 미치는 영향과 하워드의 네 번째 재선을 가능하게 만든 세력이 작금의 호주에 대해 어떻게 말할지를 놓고 대화를 시작했다.

"잔인무도한 일이야!" 도미니크가 끼어들었다. "그는 미국의 정치 전략을 받아들이고, 인종적 편견을 부추기고 있어!"

논평 자체는 맞는 말이었지만 그의 격렬한 태도는 사람들을 당황스럽게 만들었다. '안 돼 도미니크. 여기서는 제발, 여기서는 이러지 마!' 난 그런 바람으로 얼른 그의 손을 꽉 쥐었다. 그는 손을 빼고 자리를 피했다.

거실의 텔레비전에서는 선거 보도기사가 방송되고 있었다. 도미니크는 거실로 건너가 텔레비전을 시청했다. 소파에 앉았지만 얌전히 있질 못했다. 일어섰다 앉기를 되풀이하는가 하면, 몸무게를 이쪽저쪽 옮겨 실으면서 항의의 표시로 한숨을 쉬어댔다. 거기다 눈살까지 찌푸렸다. 집중하고 있는 건가? 아니면 짜증이 나서 그런 건가?

내 상사의 파트너도 텔레비전을 시청하고 있었는데, 그녀는 환호성을 내질렀다. 선거 결과에 기분이 좋았기 때문이다. 그러자 도미니크는 찌푸린 얼굴을 정면으로 들이대며 소리쳤다.

"저 작자는 파시스트예요. 망할 놈의 파시스트란 말입니다!"

내가 아는 도미니크는 사람들과 어울리는 자리를 수줍어하는 내성적인 성격이었는데, 지금의 도미니크는 논쟁에서도 거침이 없었다. 보통의 사교술을 이미 벗어났는데도 계속 고집을 피웠다.

"이 나라엔 인종 차별주의자들이 득시글해!" 도미니크가 그녀를 향해 내뱉었다. "그렇지 않고서야 어떻게 그와 그의 패거리들이 상원에서 압도적으로 다수 의석을 차지할 수 있었겠소?"

너무 무례한 데다 정서적으로 불안해보여서 나는 당혹스러웠다. 전혀 그답지 않았다. 하고 많은 사람들 중에서 하필 내 상사의 파트너에게 함부로 말하다니. 어떻게 해야 분위기를 더 어색하게 만들기 않고 이 열띤 논쟁에서 그를 빼낼 수 있을까? 그때 친근한 목소리가 과장된 독일 말씨로 소리쳤다.

"어머, 음식이 나오고 있어요! 커먼 운트 에센 에브리원 자kommen und essen everyone ja!"

집 뒤편의 데크에서 굽고 있던 소시지가 다 익은 것이다. 상사가 내 어깨에 팔을 두르며 말했다. "괜찮아. 알아서들 해결할 거야. 걱정하지 마."

음식 때문에 대화가 끊긴 게 너무 반가웠다. 하지만 음식도 소용이 없었다. 도미니크가 사람들 한가운데서 벌떡 일어서더니, 입을 꼭 다물고 떼를 쓰는 꼬마처럼 팔짱을 낀 채 단호하게 식사를 거부한 것이다. 결국 우리는 일찍 파티장을 떠나올 수밖에 없었다. 집으로 차를 몰면서 나는 내내 씩씩거렸다. 월요일에 출근해서 어떻게 얼굴을 들고 다니란 말이야? 내 동료들이 어떻게 생각하겠어?

"당신 도대체 뭐야? 도미니크는 어디 간 거야?"

"뭔 소리야. 도미니크 여깄는데."

"지금 농담할 때가 아냐!"

나는 이렇게 쏘아붙이고, 입을 꾹 다문 채 낯선 이방인을 태우고 아이들이 있는 집으로 차를 몰았다. 아이들과 나의 삶을 변화시키고 있는 이방인을 태운 채로.

마이크와 닉으로서는 아빠는 멍하니 생각이 딴 데 가 있고, 엄마는 스트레스로 기진맥진한 사람처럼 보였을 것이다. 예측 가능한 환경에서 살뜰한 보살핌을 받는 아이들은 나이에 상관없이 안정감을 느끼며 사람들을 신뢰한다. 그러나 삶이 뒤집어지면서, 도미니크는 우리에게 더 이상 관심이 없는 것 같았다. 상상도 할 수 없는 일이었지만, 정말로 우리는 안중에도 없는 것 같았다.

다정하게 용기를 북돋워주는 말도 곧잘 했는데 더 이상 그런 말은 들을 수 없었다. 도대체 무슨 일이 벌어지고 있는 건지 이해할 수 없었고, 앞으로 어떤 일이 일어날지도 예측하기 힘들었다. 아이들을 어떻게 보호하지? 이 모든 일에 나도 원인을 제공한 걸까? 십대 아들을 둔 엄마로서 이런 혼란기에 접어들고 보니, 내가 제대로 파악해서 대응하고 있는지 의구심이 일었다.

도미니크가 더 자연스럽게 행동했다 해도 내가 얼마나 형편없는 엄마인지는 아이들이 언젠가 깨우쳐주었을 게다. 마이크는 우리가 자기를 조금도 이해 못하는 걸 보면, 자기는 태어나자마자 실수로 다른 아이와 뒤바뀐 게 분명하다고, 진짜 부모라면 자식을 잘 이해할 거라고 여전히 불평을 늘어놓았을 것이다. 하지만 이런 격한 기분들 중에서 어떤 것이 신경을 긁어내리는 가정생활의 결과인지 알 수 없었다.

어느 날 밤 도미니크와 함께 주방에 있는데, 마이크가 불같이 화를 내면서 쿵쾅대며 들어왔다. "진정하고, 도대체 무슨 일이야?" 하고 내가 물었다. 한참 동안 거친 숨을 몰아쉰 끝에 마이크가 내뱉은 말은 이런 집구석에서 산다는 것이 어떤지 엄마는 전혀 짐작도 못한다는 것이었다. 그런데, 그건 그렇고, 내가 뭐라고 그에게 이래라저래라 한단 말인가? 나는 그에게 어떤 것도 요구할 수 없었다.

도미니크는 멍하니 무심한 표정으로 마이크를 쳐다봤다. "내 아들을 납치해간 외계인이 제발 무사히 돌려보내줬으면 좋겠구나."

나는 이렇게 말했다. "정말로 내 아들이 그리워. 아들과 얘기를 나누고 싶다고."

마이크의 찌푸린 얼굴엔 우울함이 고스란히 드러나 있었다. 마이크는 나를 보고 나서, 도미니크 쪽으로 고개를 돌려 말했다. "아빠, 다 필요 없어요. 저도 제가 잘못하고 있다는 거 알아요. 하지만 엄마를 도와줘야 하는데도 아빤 거기 멀뚱히 서 있기만 하잖아요. 도대체 뭐가 문제예요?"

마이크의 어깨가 축 처졌다. 그는 방으로 가서 문을 쾅 닫고는 음악을 크게 틀어 우리의 소리를 차단시켜버렸다. 도미니크는 멍한 눈에 무표정한 얼굴로 조리대 앞에 서 있기만 했다. 그렇게 듬직하던 사람이. 무슨 일이 일어나고 있는지 모르겠어? 애들이 당신을 필요로 하고 있잖아. 우리가 함께 풀어가야 하는데, 진짜 당신은 도대체 어디로 사라진 거야?

도미니크는 몸을 돌려 침실로 가버렸다. 나는 부드럽게 마이크의 방문을 노크했다.

이런저런 방식으로 도미니크를 원래의 모습으로 되돌리려 애쓰다가 결국은 아무 소용도 없음을 깨닫고 괴로워하는 아이들의 모습을 볼 때마다 걱정이 됐다. 그들의 책임이 아니었지만, 아이들은 결코 도미니크를 포기하지 않았다. 나처럼 아이들은 도미니크에게 다정하게 대하기도 하고, 눈치를 보기도 하고, 대들기도 하고, 버럭 화를 내기도 하고, 의사의 도움을 받으라고 애원하기도 했다. 그러나 도미니크의 반응은 언제나 똑같았다. 도대체 왜들 그러는 거야? 난 멀쩡해. 도움 따윈 필요 없어. 그는 이렇게 생각했다. 결국 우린 한패가 돼서 그를 괴롭힌 꼴이 되고 말았다.

예전의 도미니크에게는 분명 가족이 가장 우선이었다. 그러나 지금은 도미니크와 말도 통하지 않았다. 그래도 나는, 자신을 아낌없이 주는 것과 자신을 포기하는 것이 아무리 갈수록 모호해져도, 거리낌 없이 이 남자를 사랑했다.

"모든 게 너무 혼란스러워. 내가 무얼 이해하지 못하고 있는지 모르겠어." 로스앤젤레스에 사는 패트릭 오빠에게 전화로 푸념을 늘어놓았다. 가슴 따뜻한 내 남자가 변해가고 있는데 그 이유도 몰랐다. 머릿속을 휘저으면 해답이 톡 튀어나오기라도 할 것처럼 속으로 계속 생각을 곱씹었다. 하지만 남는 건 두통뿐이었다.

미국에 정착한 친정 식구들이 그리웠다. 우리 가족은 호주에 온 지가 얼마 안 돼서 새로운 호주 친구들과 서로 연관된 일상의 이야기들을 나눌 수도 없었다. 날 지지해주는 토대는 바다 건너에 있고, 이곳의 땅은 젖은 모래가 되어가고 있었다.

그 모든 일이 언제 시작됐는지 몰랐다. 그럼에도 더 이상 패들 팝 사건의 시작을 더듬지도 않고, 혼란 속에서 질서를 찾으려 애쓰지도 않았다. 그러나 시간이 지나면서 내가 도미니크의 변화에 어떻게 대응했는지는 알게 되었다. 나는 지나치게 보상을 해주거나, 고삐를 죄거나, 온갖 이유들을 찾아내서 그의 행동에 나타난 변화를 설명하려 했다.

이로 인해 미묘한 혼란에 불과했던 일이 엄청난 두려움으로 변했을 때도 도대체 어쩌다 이런 일이 닥친 건지 이해하지 못했다. 나도 모르는 사이에 토끼굴 속으로 떨어져 이상한 나라의 앨리스와 합류했다. 굴속으로 떨어졌을 때 애벌레는 내게 분명 이렇게 물었다. "당신은 도대체 누구인가요?"

나도 몰랐다. 하지만 우리가 이전의 우리와 전혀 다르다는 것은 분명했다. 너무 많은 것들이 변하고 있었다. 무엇이 실제이고 무엇이 아닌지 계속 나 자신에게 물었다.

"제 자신을 설명할 수가 없어요. 무서워요 토끼님." 앨리스가 날 대신해서 말해주는 것 같았다. "있잖아요, 제가 제가 아니거든요."

04

빨랫줄에서 방금 걷은 수건 더미가 서걱거리며 침대 위에 빳빳이 누워 있었다. 햇볕 냄새를 풍기면서 다시 주름 펴진 부드러운 모습으로 돌아가기를 기다리고 있었다. 나는 침대 발치에 서서 빨래를 개는 지루한 일에 몰두했다. 마이크는 공부방에서 숙제를 하고, 닉은 강아지들과 밖에서 놀고 있었다. 순간, 내 직감이 경고음을 울려댔다.

"도미니크?" 방금 전까지만 해도 나와 함께 있었는데, 아무 대답이 없다. 그 순간 찌르는 듯한 공포가 보호본능을 일깨웠다. 무의식저 밑바닥의 이름을 알 수 없는 본능적 인식이었다. 팔에 안고 있던 반쯤 갠 낡은 비치 타월을 내팽개치고, 복도 저편 공부방으로 미친 듯 달려갔다. 방 안에선 도미니크 밑에 깔린 마이크가 뒤로 빠져나오려 발버둥치고 있었다.

"마이크를 놔 줘! 개한테서 손 떼란 말야!"

마이크는 상황을 악화시키지 않으려는 듯 가만히 아무 말도 하지 않았다. 그러나 놀란 두 눈은 마치 유령을 본 것처럼 잔뜩 겁에 질려 있었다.

"아빠, 저예요 저. 마이크라고요."

둘 사이로 내 몸을 던졌다. 어미 곰처럼 포효하면서 도미니크를 마이크에게서 떼어냈다. 공격을 해? 그토록 부드럽게 아이들을 쓰다듬던 사람이? 따뜻한 손길로 아이들을 사랑하고 지지해주던 사람이? 아이들이 꾸지람을 들은 후에도 금방 소파 위의 아빠 옆에다가 몸을 곱송그리고 기대던 기억이 났다. 그러던 도미니크가 최근에는 바보가 돼버렸다. 전에는 한 번도 이런 일이 없었는데.

도미니크는 비틀거리며 뒤로 물러나 체념 어린 항복의 의미로 두 손을 들어올렸다. 입은 굳게 다문 채로. 하지만 맞은편 벽의 삼단짜리 수납장에 기대 자기가 저지른 짓을 깨달을 때는 얼굴에 혼란과 공포의 표정이 스쳤다. 몇 달간 아무런 표정이 없었는데, 그날만은 두려움이 온 얼굴을 차지하고 두 눈은 공포로 가득 찼다. 그 표정이 어찌나 생생했는지 내 기억 속에 영원히 새겨져 있다.

무언가 심각하게 잘못된 거야. 반발하고, 거칠게 굴고, 주위와 단절되다니, 전혀 도미니크답지 않은 모습이었다. 그는 한마디 말도 없이 몸을 돌려 침실로 가버렸다.

나는 마이크를 끌어안으며 물었다. "괜찮아?"

바보 같은 질문이었다. 어떻게 괜찮을 수 있겠어?

그래도 아이는 고개를 끄덕였다.

"다친 데는 없고?" 상처의 흔적들을 조심스럽게 찾아보았다. 마이크가 고개를 가로저었다.

"무슨 일이야?"

"모르겠어요. 너무 갑자기 일어난 일이라."

닉은 평소보다 작아 보이는 모습으로 문간에 서 있었다. "빨리 달려온다고 왔는데. 아빠 몸집이 너무 커서. 어떻게 해야 할지 몰랐어."

아이들이 그런대로 안정을 찾고 나서, 나는 행복했던 옛 시절의 추억들이 넘실대는 벽의 사진들을 지나 복도를 따라 침실로 들어갔다. 도미니크는 침대 위 타월 옆에 누워 있었다. 부글부글 끓어오르는 분노를 간신히 눌러 참으면서 그와 정면으로 마주섰다. 그러곤 차분하면서도 분명하게 최후통첩을 했다.

"의사한테 가보든가, 아니면 떨어져 지내든가 해."

도미니크는 반발 없이 고개만 끄덕였다.

"당분간 당신은 다른 데 가서 지내는 게 좋겠어." 그가 항의하듯 눈을 크게 뜨고 소리쳤다.

"안 돼!"

"왜?"

"난 여기 있을 거야."

"돔, 애들을 위해서 그렇게 해. 우린 안전이 필요해. 여긴 아이들이 사는 집이기도 하고. 애들을 내보낼 수는 없어."

"난 아무 데도 안 갈 거야."

"그럼 우리가 나갈게."

결국 나는 아이들을 데리고 친구네 집으로 갔다. 그녀는 뭔가 문제가 있다는 것을 눈치챘다. 하지만 그날은 정확히 무슨 일이 일어났는지 얘기해줄 수 없었다. 너무 창피했기 때문이다. 내 결혼생활이 끝장나고 있는 건가? 돔이 우울증에 걸렸나? 건강에 문제가 생겼나? 무언가 잘못되고 있는 건 분명했다. 물론 그에게 고집스러운 성향이 있기는 했다. 그래도 그렇지 과거의 그 온화하던 모습은 어디로 가버린 걸까?

"전문가를 만나볼 생각은 있어?"

다음날 도미니크를 살피러 집으로 돌아가 물었다.

"당신이 전화해줄래? 어떤 사람이 좋을지 당신은 알잖아."

그가 전날의 두려움에서 벗어난 듯 무심하게 말했다. 이런 무심함은 이후로 더욱 자주 보게 되었지만 그 원인을 이해하는 데는 한참의 시간이 더 걸렸다.

나는 약속을 잡았다. 첫 미팅까지는 2주를 더 기다려야 했다.

그나저나 아이들이 걱정이었다. 결코 일어나지 말아야 할 일이 일어났기 때문이다. 오랜 친구인 사이먼에게 전화를 걸어 도움을 요청했다. 오래전부터 도미니크를 알아온 호주 친구로, 도미니크가 남아프리카공화국에서 고등학교를 다니던 시절부터 알던 친구였다. 그는 브리스베인에서 북쪽으로 몇 시간 거리에 있는 선샤인 코스트 내륙의 소유지에서 아내 몰리와 조경 사업체를 운영하고 있었다.

사이먼은 통화를 끝내자마자 즉각 그의 랜드로버 자동차를 타고 우리 집으로 달려왔다. 그리곤 돔을 동네 커피숍으로 데리고 나갔다. 그들은 오후 내내 들어오지 않았다. 집으로 돌아온 돔은 아주 피곤해보였다. 그는 곧장 침대로 갔다.

집 뒤 테라스로 나가 자리를 잡고 앉은 사이먼은 그가 목격한 도미니크 때문에 혼란스러워하고 있었다. 대화를 해보니, 돔도 확실히 지금의 상황을 달가워하지 않았다고 했다. 그래도 그가 알던 돔의 모습은 아니었다. 느긋하고 겸손하고 지적이던 돔은 뭔가 분리되어 있는 사람 같았고, 차분했지만 뭔가가 이상했다. 하지만 사이먼은 뭐가 이상한 건지 딱 짚어낼 수가 없었다.

도미니크는 내내 차분하게 지냈다. 한가하고 고요하게. 도미니크의 또 다른 친구인 에드처럼 사이먼은 계속 연락을 해왔다. 에드는 10분가량 떨어진 곳에 살고 있었는데, 내 연락을 받고 거의 매일 도미니크를 보러 들렀다. 우리는 다시 집으로 들어갔고, 얼마 안 있어 상담이 시작되었다. 돔은 함께 가 달라고 부탁했다. 내 친구의 옥토버페스트 파티에서 이상한 행동을 한 지 5개월 만에 드디어 도움을 받게 된 것이다.

상담센터 바로 앞에 주차장이 보였다. 주차만큼은 도미니크에게 언제나 행운이 따라주었다. 어디에 있든 차가 얼마나 붐비든, 원하는 바로 그 자리에 신기하게도 언제나 주차할 공간이 생겼다.

우리는 나무 계단을 통해 넓은 베란다로 올라갔다. 새로 개조한 사무실의 대기실로 들어가는 입구에 테이블 야자 두 그루가 손으로 그림을 그려 넣은 도자기 화분에 담겨 있었다. 나는 잡지대 옆의 삐걱거리는 고리버들 의자에 자리를 잡고, 도미니크는 계속 서 있었다. 맞은편의 젊은 여자가 잡지에서 눈을 들어 우리를 힐끔 보더니, 내가 미소를 보내자 얼른 눈길을 피했다.

상담자는 두 개의 편안한 의자와 다채로운 색상의 쿠션들이 여기저기 흩어져 놓인 파란 색의 긴 의자가 있는 아늑한 방으로 우리를 안내했다. 신선한 물 주전자와 일회용 컵들이 의무적으로 비치해야 하는 티슈통과 함께 나무로 만든 육중한 커피 테이블 위에 놓여 있었다. 화분도 하나 있었는데, 사람들의 슬픈 이야기를 질리도록 들어서인지 바깥에서 햇볕을 쬐어줘야 할 것 같았다.

'무슨 이야길 하고 있는 거지?' 도미니크의 이야기를 들으며 든 생각이었다. 도미니크는 고리에 갇혀버린 것처럼 똑같은 이야기를 하고 또 했다. 상담자는 참을성 있게 들어주며 그를 본래의 궤도에 돌려놓으려 애썼다. 하지만 별 성공을 거두지는 못했다. 도미니크는 유쾌하고 정중했지만 경직돼 있고, 이상했다. 그가 하는 농담도 전혀 웃기지 않았다. 물론 악의는 없었지만 좀 이상했다. 공허하고 지루했다. 그의 상태와 살짝 닮아 있었다. '내가 문제인지도 몰라. 너무 스트레스를 받아서 잘못 생각하고 있는 건지도.' 이런 생각도 들었지만, 이 대화는 분명히 무언가 괴상했다. 다음의, 그 다음의 대화도 마찬가지였다. 도대체 뭐가 문제인지 알 수가 없었다. 당황스러웠다.

나는 상담자에게 이 모든 일이 일어나기 전 내가 알던 도미니크의 모습을 보여주고 싶었다. 내가 아는 도미니크는 여전히 저기 어딘가에 있다. 그 모습이 돌아오기를 갈망했다. 계속 과거의 모습이 언뜻언뜻 스쳐서, 그 모습에 내 희망을 고정시켰다. 그러나 그는 갈수록 다가가기 어렵게 변했다. 내 꿈에 등장했던 그 얼음덩이 속에 갇혀 있었고, 그를 감금해놓은 얼음벽을 난 뚫고 들어갈 수 없었다.

몇 달이 흐르면서 혼란은 더욱 흔한 일이 돼버렸다. 상담자가 외국으로 이민을 가면서 상담도 끝이 났다. 별 도움이 안 되었던 터라 다른 사람에게 상담을 의뢰할 마음도 안 들었다. 돔에게 상담은 되풀이해서 단절을 드러낼 무대만 제공해주었다. 혼란이 우리 모두를 휘덮어 실마리조차 못 본 것인지도 몰랐다. 이런 상담이 도움이 못 된 이유는 일 년가량이 지난 후에서야 알게 되었다. 그 사이에도 삶은 계속되고, 도미니크는 일 때문에 스리랑카로 출장 갈 준비를 했다.

"다 챙겼지?"

그는 바닥에 여행 가방을 열어 놓고 무릎을 꿇은 채 짐들을 전부 쑤셔 넣으려 애쓰고 있었다.

"당신 원래 짐 싸는 거 잘했잖아? 지금은 꼭 나처럼 그러네! 뭐가 말썽이야?"

도미니크는 언제나 논리적이고 체계적이었다. 짐을 꾸릴 때도 목록을 작성해서 체계를 세운 다음, 순서대로 신속하고 쉽게 해치웠다. 반대로 난 조각그림 맞추듯 정갈하게 짐을 꾸리는 데는 영 소질이 없었다. 한꺼번에 짐들을 던져 넣고는 가방 위에 앉아서 뚜껑이 닫히기를 바라는 식이었다. 나는 힘들게 짐을 싸는 도미니크를 가만히 지켜보았다.

'도대체 뭐가 문제지?'

짐 싸는 걸 마무리하도록 도운 후 도미니크를 브리스베인 국제공항까지 데려다 주었다. 작별 키스를 하고는 꿈꾸던 열흘간의 평화를 찾아 집으로 돌아왔다. 그런데 어떻게 된 거지? 왜 이리 불안한 거지? 도미니크는 평소와 달리 여행 일정도, 연락할 전화번호도 가르쳐주지 않았다.

그는 스리랑카에서, 그중에서도 특히 2004년에 일어난 쓰나미로 폐허가 되고 여전히 내전의 고통에 시달리는 지역에서 진행 중인 프로젝트들에 열심이었다. 개발도상국가들의 주택 공급 확충과 가난, 전후 재건 사업에 관심이 많은 도시설계자이자 학자로서 도미니크는 스리랑카의 대학들과 연계를 맺고 적십자사와 함께 몇 가지 놀라운 일을 해 나가고 있었다. 그러나 현재 상태로는 그런 여행에서 맞닥뜨릴 복잡한 정치적 상황들을 돌파해 나갈 능력이 없을 것 같았다.

'바보 같은 생각은 그만하고. 모처럼의 평화를 즐기기나 해. 돔은 괜찮을 거야.' 과민한 반응을 질책하면서 걱정은 옆으로 밀쳐버렸다. 어쨌든 상황도 전반적으로 좋아지고 있지 않은가.

그런데 집으로 돌아오기로 한 며칠 전, 그가 이상한 메일들을 보내왔다. 메일을 보자, 자프나(스리랑카 북부의 항구 도시 — 옮긴이)에서 쓰나미에 떠밀려와 아직도 여기저기 흩어져있는 이백만 개가량의 지뢰 중 하나가 만들어낸 시궁창 속에 엎드려 있는 그의 모습이 그려졌다.

그가 돌아오기로 한 날, 계획대로 그를 실어오기 위해 공항으로 나갔다. 그의 모습은 보이지 않았다. 승하차 전용 공간에서 기다리다 결국은 공항 안전요원의 안내를 받고 자리를 떠야만 했다.

"부인, 여긴 삼분 구역입니다."

수변을 몇 번이나 돌았지만, 여전히 그는 코끝도 안 보였다.

'봐, 도미니크, 내가 이래서 휴대폰을 장만해야 한다고 그런 거야.' 속으로 그를 꾸짖어보기도 했다. 하지만 내가 아는 한, 그는 결코 휴대폰을 쓸 사람이 아니었다. 누구와 전화로 수다를 떨지도 않았으며, 내게 전화할 때도 길게 얘기를 늘어놓거나 듣기 좋은 달콤한 말 한마디 할 줄 몰랐다. 휴대폰 사용을 거부한 이유가 사용법이

헷갈려서였음을 알기까지는 얼마간 시간이 필요했다.

나는 단기 주차장에 차를 대놓고 공항 터미널로 들어갔다. 전광판에는 그가 탄 싱가포르 발 비행기는 이미 한 시간 전에 착륙했다고 떠 있었다.

“밀리는 날에는 세관 통과에 1시간 넘게 소요될 수도 있습니다.” 몇 가지를 물어보자 공항 안내원은 이렇게 말했다. 다시 전광판을 살펴보았다. 콴타스 항공 비행기는 오클랜드에서 막 착륙했고, 도미니크가 탄 비행기 표시는 전광판에서 이미 한 단계 내려가 있었다. 다시 20분이 지나고, 또 다시 20분이 지났다. 세관을 통과하는데 1시간 40분이나 걸릴 리는 없지? 집으로 전화를 걸어보았다. 혹시나 택시를 타고 집에 도착한 것은 아닌가 싶어서.

곳곳에서 도착한 승객들이 콴타스 항공이나 에미리트, 브리티시 항공 등의 수하물 딱지가 붙은 짐을 끌며 피곤한 얼굴로 분주하게 줄줄이 통로를 빠져나왔다. 나는 한 사람 더 나오기를, 좋아하는 물 빠진 청바지를 입은 채 그가 피곤한 얼굴에 미소를 머금고 걸어 나오기를 기다렸다. 그러나 여행 가방을 끌며 공항 터미널 안으로 걸어 들어온 건 밝은 오렌지 빛 제복에 아무 데도 다녀오지 않은 사람처럼 쌩쌩하게 웃는 젯스타 항공 승무원들뿐이었다. 이들의 수다를 어깨너머로 엿들어보니, 밤에 ‘밸리’에서 한잔하자며 약속을 잡고 있었다.

그가 탄 항공사의 오픈 서비스 카운터를 찾을 수 없어서 결국에는 아래층 안내 창구로 향했다. 단정한 머리에 화장까지 완벽하게 잘 꾸민 여성 두 명이 나를 반겨주었다. 한 명은 키가 컸지만 다른 쪽은 작았다. 도미니크가 콜롬보에서 집으로 직행하는 비행기를 놓쳐서 싱가포르에 묶여 있는 건지, 아니면 뭔가 문제가 생겨서 아직도 자피나에 있는 건지 궁금했다. 그가 자피나를 출입할 수 있는 수단은 군용기나 적십자사 배뿐이었다. 평소에는 변동이 생길 때마다 이메일을 보내거나 전화를 했는데, 이번에는 아무런 연락도 없었다. 자피나에서 연락을 취하는 것은 거의 불가능했다. 그렇담 아직도 자피나에 있는 건가? 어쨌든 연락 불통은 전혀 그답지 않은 일이었다. 언제나 내게 상황을 알려주던 그였는데.

"부인, 죄송합니다만, 아무것도 알려드릴 수가 없네요." 도미니크가 비행기를 탔는지 확인해줄 수 있냐고 묻자 작은 키의 안내원이 대답했다. "도움이 될 수 있는지 안전담당요원에게 연락해볼게요."

이때 고위 직원처럼 보이는 남자가 들어왔다. 작은 키의 여자는 우리를 남겨두고 뒤편 사무실로 들어갔다. 큰 키의 여자는 반짝이는 붉은 매니큐어를 칠한 손으로 컴퓨터 자판을 두드리면서 카운터에서 사무를 보고 있었다.

고위 직원은 질문도 없이 다짜고짜 이렇게 말했다. "이런 문제라면 경찰을 찾아가봐야 합니다." 그러고는 가슴을 내밀고 불룩한 배 밑의 허리띠를 조였다. "경찰에서 먼저 모든 공식절차를 처리해줘야만 공항에서도 정보를 제공해줄 수 있거든요."

이때 튀어나온 뱃살이 접힌 부분에서 벨소리가 울렸다. 그는 팔을 뻗어 허리띠에서 수신기를 빼내려 애썼다. 그러자 키 큰 여자가 컴퓨터에서 고개를 들어 나를 쳐다보며 말했다. "제게도 남편과 자식이 있어요. 이런 상황이 정말 힘드실 거예요." 그러곤 더 말해줄 기회가 생길 때까지 기다려달라는 듯, 표정이 풍부한 갈색 눈으로 눈짓을 보냈다.

"잠시 실례하겠습니다." 고위 직원이 전화를 받으러 문밖을 나서며 말했다. 여자가 문이 닫히기를 기다렸다 말했다.

"빨리요. 그리고 이 말은 저한테 들으신 거 아닙니다, 아시죠? 도미니크의 예약은 취소됐어요. 콜롬보에서 집으로 돌아오는 어떤 비행기도 다시 예약하지 않았고요."

"감사합니다. 정말 감사해요." 뱃속에 꽉 뭉쳐 있던 무언가가 안도감으로 느슨해지는 게 느껴졌다. 아예 나타나지 않은 것보다는 취소가 훨씬 마음이 놓였다. 뭔가 곤란한 상황에 빠졌다면 예약 취소도 못 했을 것이다.

고위 직원이 다시 들어왔다. 그는 중간에 말을 끊어 미안하다며 수신기를 허리띠에 부착된 주머니에 다시 집어넣으려 했지만 잘 들어가지 않았다.

나는 고위 직원에게 조언해줘서 감사하다고 인사하고 사무실을 나섰다. 나오면서 고개를 돌려 키 큰 여자에게도 누설하지 않겠다는 의미로 감사의 목례를 했다. 그러곤 곧장 집으로 가서, 도미니크의 출장을 주선한 대학의 여행사 직원에게 전화했다. 상황을 설명하자, 도미니크가 취소한 항공편에 대해 몇 가지 알아보겠다고 했다.

그 사이 나는 도미니크가 출장 갈 때 작성했던 예전 문서들을 쭉 훑어보다가 콜롬보에서 도미니크의 운전사로 일했던 사람의 전화번호를 발견했다. 그에게 확인해보니, 도미니크는 자피나에 다녀왔으며 콜롬보의 호텔에 머물고 있다고 했다. 그런데 호텔 측에서는 도미니크가 전날 밤 체크아웃을 했다고 했다. 누구도 그가 있는 곳을 모르는 것 같았다.

유난히 긴 하루가 저물 무렵, 여행사 직원에게서 전화가 왔다. "반가운 소식이에요! 그가 내일 집으로 오는 비행기를 다시 예약했답니다." 그러면서 새로운 비행 편을 자세히 알려주었다. 그녀가 전화를 끊고 고개를 절레절레 흔드는 모습이 눈에 훤히 보이는 것 같았다. '내가 별일도 아닌 걸 갖고 호들갑을 떤다고 생각하겠지? 이게 대체 무슨 소동이람! 정말로 과대망상에 편집장애까지 걸린 건지도 몰라.' 이런 생각이 들었다.

도미니크는 '예정에 없던' 날 공항에 나타난 나를 보고도 전혀 놀라는 기색이 없었다. 차에 올라타서도 말 한마디 하지 않았다. 안도감에 누그러져서 그랬는지, 나도 눌러둔 걱정을 화산처럼 분출해내며 거친 말들을 쏟아내지 않았다. 자제가 필요하다는 것을 내 안의 무언가가 직감적으로 깨달은 것이다.

무슨 일이 있었냐고 심상하게 묻자 그도 아무렇지 않게 대답했다. 공항에 있다가 탑승대기자 명단에 있던 사람에게 그냥 자리를 양보했다는 것이다.

"그 불쌍한 사람이 정말로 집에 가고 싶어 해서 말이야. 난 상관없는데."

대부분의 사람들에게 계획 능력은 자동적으로 주어진다. 잇따라 발생할 일에 따른 복잡한 상황을 생각하느라 일부러 멈출 필요가 없는 것이다. 그러나 도미니크에게는 좌석을 포기한 이후를 계획하는 게 어려웠다. 이것을 나는 나중에야 깨달았다. 자신이 탈 비행기를 포기하는 일이 그에게는 버스에 서 있는 사람에게 정중히 자리를 양보하는 것만큼이나 단순한 일이었던 거다.

"왜 알려주지 않았어? 얼마나 걱정한 줄 알기나 해?"

그는 아무 말도 안 했다.

"도미니크?"

"항공사에서 다른 표를 줄 수 없다더라고. 그래서 공항에서 잠을 자려는데, 안전요원이 밖으로 쫓아냈어."

"밖으로 쫓아냈다고?"

"그래, 빌어먹을. 날 내쫓았다니까."

도미니크는 길거리 벤치에서 밤을 샜다고 했다.

05

퇴근해서 집 앞 진입로에 차를 대고는, 평소 습관대로 우편함을 살피고 안으로 들어갔다. 평소와 다르게 도미니크의 자전거는 수영장 담장에 기대어져 있지 않았다. 아직 퇴근을 안 한 모양이었다.

요즘 들어 다리 통증이 더 빈번해졌지만, 그는 자전거로 학교 출퇴근하는 걸 여전히 좋아했다. 브리스베인의 날씨도 자전거를 타기에 쾌적했다. 밴쿠버에서 자전거를 타려면 온갖 방한복으로 몸을 둘둘 감싸야 했지만, 여기서는 그럴 필요가 없었다.

밴쿠버에서 지금과는 다른 삶을 살 때, 그는 아무리 추워도 바다에서 열리는 수영 마라톤에 꼭 참가했다. 당시 아이들은 여덟 살과 아홉 살이었다. 추운 잿빛 하늘 아래서 구경꾼들과 함께 코트로 몸을 따뜻이 감싼 채, 잉글리시 베이의 통나무 위에서 계속 응원하던 일이 생각난다.

"꼭 바다표범 같아요." 검은 잠수복에 목 짧은 부츠와 모자를 뒤

집어쓴 도미니크를 보고 마이크가 말했다. 그러자 도미니크는 치아를 드러내고 씩 웃으며 대답했다. "그래. 바다표범처럼 헤엄치기를 바라보자."

그는 드러난 살갗에 오일을 바르고는 허리를 굽혀 아이들을 합류시켰다. 아이들은 그가 진로를 이탈하지 않게 돕는 역할을 할 터였다.

"행운을 빌어줘!" 그는 장갑을 낀 채 미끌거리는 얼굴로 내게 입을 맞추고는 아이들과 하이파이브를 한 후 다른 바다표범들과 함께 출발선에 섰다.

그 추웠던 날의 온기는 오래전에 사라져버린 것 같았다. 차를 한 잔 끓였다. 집안은 이상하리만치 고요했다. 마이크와 닉은 학교에 가고, 강아지들은 수영장 테라스에서 졸고 있었다. 주방 조리대 위에 있던 우편물들을 정리했다. 반은 버려도 될 것들이었다. 하수구 청소를 제안하는 전단지들과 최신 특가품을 알려주는 슈퍼마켓 광고지, 부동산 중개인이 씩 웃는 얼굴로 집을 사라고 유혹하는 전단지를 모아 재활용품 수거함에 집어넣었다. 나머지는 청구서들이었다.

갈수록 돈에 쪼들리고 있었다. 평소 모든 경제 문제를 관리하던 도미니크도 이런 사태를 설명하지 못했다. 세세한 재정 관리를 싫어했던 나는 기꺼이 도미니크에게 일임해왔다. 그는 언제나 그 일을 즐겼으며, 온갖 복잡한 계산도 암산으로 순식간에 해치웠다. 나는 여전히 열 손가락에 의존하는데 말이다.

도미니크의 서재로 가보았다. 평소보다 심하게 어수선했다. 책상 밑의 마분지 상자들에서는 발각된 비밀처럼 서류들이 쏟아져 나와 있었다. 영화 〈뷰티풀 마인드A Beautiful Mind〉의 한 장면이 두려움의 장막 너머로 언뜻 스쳐갔다. 영화 속에서 알리샤는 남편이 정신분열증 진단을 받기 전, 천재 남편의 연구실이 난장판으로 변해 있는 걸 발견한다.

물론 도미니크의 서재 풍경이 그와 똑같지는 않았다. 온 벽에 비밀스런 암호 그림이 붙어 있지도 않았다. 우리의 혼란은 이쪽에서 저쪽 벽까지 걸쳐 있는 작업대 밑의 수많은 상자들 속으로 숨어들려 하고 있었다.

어디서부터 시작해야 할지 난감했다. 나는 먼저 도미니크가 상자들 속에 쑤셔 넣어둔 구겨진 종잇조각들과 개봉하지 않은 청구서들, 두 번이나 지불했음을 보여주는 몇몇 영수증들, 미지불 수업료 고지서, 기한이 지난 통지서 등을 꼼꼼히 읽고 추려냈다. 이것들 모두 상자에서 흘러넘쳐 바닥 위로 속살을 드러내고 있었다. 전에는 작업대 밑에 구겨진 종잇조각을 모아두는 작은 상자 하나밖에 없었는데, 이 상자도 그의 출생증명서처럼 문서절단기에 넣지 말아야 할 온갖 서류들로 그득했다.

광택이 나는 푸른 봉투를 집어 들었다. 도미니크가 산 게 틀림없는 호화판 휴일 패키지 투어 이용권이 들어 있었다. 쓰지도 않았는데 이미 시효가 지나 있었다. 집을 벗어나 온 가족이 휴식을 취할 수 있는 반가운 초대권도 쓰레기더미 아래 숨어 있다가 바닥에 맨몸으로 누워 있었다.

서류 캐비닛도 열어보았다. 서류철들이 뒤죽박죽 들어 있었는데, 일부는 분실되거나 상자 속에 누워 있었다. 서류철에서 떨어져

나온 서류들이 곳곳에 널려 있다. 내가 지금 여기서 뭘 찾고 있는 거지?

도미니크는 언제나 정리를 잘하는 사람이었다. 무질서하게 '창조적으로' 서류들을 철해놓는 나를 보고, 다정히 미소를 지어준 적이 얼마나 많은가? 밴쿠버에서 개인영업을 할 때 회계장부 정리를 도와준 이도 그였다. 친구가 사업상 결정에 도움을 필요로 할 때, 가장 유망한 길을 합리적으로 가려낼 수 있도록 핵심적인 지적 조력자 역할을 해준 사람도 분별 있는 돔이었다. 또 넉넉하진 않았지만, 돔이 엑셀 스프레드시트를 깔아준 덕분에 해마다 오레곤 코스트로 온 가족이 캠핑을 떠날 돈을 저축할 수 있었다. 이 외에도 우리는 온 가족이 저렴하게 즐길 온갖 방법들을 찾아내곤 했다.

그의 컴퓨터로 가서 우리의 은행 계좌 사이트로 들어갔다. 양동이 속 물고기처럼 흉곽 안에서 심장이 두근거렸다. 입출금 내역을 죽 훑어보았다. 이해할 수 없는 신용카드 선지불과 혼돈 속에, 사실상 호주의 거의 모든 자선단체에 막대한 양의 돈을 통 크게 후원하고 있음을 발견했다. 이 돈은 매달 우리 신용카드에서 자동 인출되고 있었다. 이런 단체들에 기부하는 것은 지극히 도미니크다운 일이었다. 그런데 문제는 우리 계좌가 사실상 텅 비어 있다는 것이었다. 전화요금이나 전기료, 이자, 자동차 보험료 같은 청구서들도 제때 지불하지 못했다. 거기다 수업료와 대출금 납부 기한도 얼마 남지 않았다.

의자에 푹 등을 기대고 앉았다. 머릿속에서 온갖 의문들이 소용돌이쳤다. 영문도 모른 채 경제적 압박에 시달렸던 수상한 기억들도 떠올랐다. 이런 일들은 언제나 돔이 집을 비웠을 때 유독 심했다. 대학 측이 비행기 표를 사줬는데도 베트남에서 신용카드로 임시 항공편을 지불한 때도 기억났다. 내 질문에 그는 이렇게 대답했었다.

"비행기를 놓쳤어. 그 멍청한 비행기가 늦었지 뭐야. 할 수 없이 다른 표를 샀지 뭐."

또 묵어야 할 날짜만큼 숙박 예약을 하지 않아서, 마지막 이틀 밤을 초호화 스위트룸에서 보낸 다음 우리 돈을 지불한 적도 있었다. 그는 주최 측이 새로 방을 구해줬다고 변명했다. 평상시 그는 무슨 일이 있어도 그런 호텔에 투숙하지 않는 사람이었다. 호화로운 삶을 동경하는 유형이 아니었기 때문이다. 게다가 그가 일하던 곳은 임시 거주지나 슬럼가였다. 호화 호텔은 말할 것도 없고, 번쩍이는 대리석 바닥을 자랑하면서 빈민가 위로 우뚝 솟은 별 다섯 개짜리 리조트에 묵는 일이 그만큼 어려웠으리라는 말이다.

지출 영수증들을 다 어쨌냐고 물었을 때는 또 어떤가. 세금을 환급 받으려면 이 영수증들이 꼭 있어야만 했다. 그런데 그는 이렇게 얼버무렸다.

"베트남에서는 영수증을 안 써줘. 영수증을 챙길 수가 없다구."

"무슨 말을, 거기서도 영수증을 발행해. 베트남 사람들도 장사를 하잖아."

"거긴 시스템이 달라. 그래서 영수증 같은 거 안 써."

"그래? 그럼, 스리랑카에서 쓴 지출 영수증은 어디 있어?"

"거기서도 영수증 안 써."

"도미니크?"

"왜?"

"바람 피워?"
"말도 안 되는 소리 하지 마!"
"그런 거야?"
"물론 안 피워."
"그럼 대체 무슨 일이야?"
"일은 무슨!" 그는 아주 혼란스러운 얼굴로 대답했다.

도미니크의 자전거 소리에 퍼뜩 기억 속에서 벗어나, 어수선한 생각들과 우리 가족의 우울을 뱉어내고 있는 것만 같은 터질 듯한 상자들과 무질서한 서재로 다시 돌아왔다. 더 이상 집처럼 느껴지지도 않았다. 우리 모두가 쓰레기더미 속에 묻혀 있는 것만 같았다. 삶은 꼬일 대로 꼬이고, 방들은 전부 어질러져 있었다. 이 잡동사니들이 우리 방을 점령해버렸다.

서재 창문으로 그의 모습이 보였다. 그는 수영장 담에 자전거를 기대놓고 셔츠와 신발을 벗더니, 사이클링 반바지차림 그대로 수영장 안으로 뛰어들었다. 몇 바퀴 돌고 나서는 수영장 가장자리에 매달려 열기를 식혔다. 맥시가 달려가 미친 듯 꼬리를 흔들며 그의 얼굴을 핥았다.

"꺼져!" 그가 소리치면서 수영장 위로 기어올랐다. 그러곤 실내로 들어와 수건으로 몸을 닦으면서 서재로 왔다.

"반갑다고 키스하는 건데 왜 그래?"

"다음 주에 베트남으로 돌아갈 거야." 내 말은 들은 체 만 체였다. 온 바닥에 개방된 채로 흩어져 있는 서류들에도 아무런 반응을 보이지 않았다.

"뭐라고? 다시 멀리 간단 말이야? 왜 만날 출장이야?"

"그 일을 할 사람이 나밖에 없으니까."

"전에는 이런 출장 좋아하지 않았잖아. 브리스베인에서 이 따분한 일자리를 얻게 된 것도 반은 그 때문 아니었어?"

일과 삶의 불균형, 일할 사람이 자신밖에 없다고 믿는 엄청난 착각, 비합리적인 지출, 우리가 형편없는 곳에 살며 파산을 향해 돌진 중이라는 사실에 대해 이성적으로 대화를 나눠보려던 시도는 아무 소득 없이 끝나고 말았다. 상처의 물길이 불어 오르면서 걱정에 짓눌린 가슴이 아파왔다.

"일주일 후에 떠날 거야."

"우리 공동예금계좌의 신용카드는 나한테 줘."

"왜?"

"그냥 주기나 해."

"안 돼."

"도미니크, 그 카드는 동결시켜버릴 거야. 농담 아니야. 우리 중 누구도 더 이상은 그 카드 못 써. 한계에 달했단 말야."

그의 지갑에서 카드를 꺼내자 그가 말했다.

"한도를 늘리면 되잖아."

"돔, 뭔가 잘못됐어. 그리고 그 문제가 모두에게 영향을 미치고 있다구. 우리를 함정에 빠트리고 있단 말이야. 제발, 의사부터 만나보고 어디든 가."

"말도 안 되는 소리 하지 마. 의사 같은 거 만날 필요 없어. 난 멀쩡해."

그 다음 주 도미니크는 하노이로 떠났다. 스리랑카의 길거리 벤치에서 잠을 잔 사건으로부터 한 달이 지난 후였다. 그가 떠나고 이틀째 되는 날, 어떤 분명한 느낌이 뱃속에서 스멀스멀 올라오기 시작했다. 이 느낌은 내 저항을 할퀴어버리더니, 급기야는 쏟아진 잉크처럼 혈관 속을 비집고 들어와 온 몸 곳곳으로 번져나갔다. 무언가 잘못된 게 분명했다. 그가 묵는 호텔로 전화를 걸어보았다. 하노이의 옛 거리에 있는 소박하고도 친근한 곳이었다.

"돈이 한 푼도 없어." 그가 말했다.

"무슨 말이야? 카드를 도둑맞은 거야?"

알고 보니, 5분 거리를 가는 데 택시를 탔다고 한다. 몇 달러면 될 일이었다. 그런데 갖고 있던 현금을 몽땅 줘버렸다는 거였다. 수백 달러에 달하는 전 재산을 줘버린 것이다.

"여기는 힘들게 살아가는 사람들이 많아. 정말로 좋은 사람인데, 돈 한 푼 못 벌고 있었어. 먹여 살릴 식구도 많은데 말이야."

돈을 다 줘버린 후, 그는 자동입출금기를 찾아 돈을 더 꺼내려 했다. 그런데 그만 단추를 잘못 누르는 바람에, 직불카드와 신용카드 모두 기계에 먹혀버리고 말았다. 세 번이나 시도했지만 찾을 수가 없었다. 결국 현금도 없는 데다 카드까지 차단당해서 무일푼으로 베트남에 머물고 있었다.

"베트남에도 호주·뉴질랜드 은행이 있잖아?" 내가 물었다.

"있지."

아직까지 그는 여러 일들을 잘 처리할 수 있었다. 그래도 당황한 나는 단계별로 하나하나 대책을 일러주었다. 몇몇 영역에서의 변치 않는 능력은 그에게 기만적인 가면을 만들어주었으며, 이 가면은 그가 씨름하고 있는 문제들을 모두 가려버렸다. 하지만 이번 일은 덜떨어진 교수의 실수로 봐주기에는 도를 넘어선 것이었다. 그렇게 봐주기에는 상황이 너무 두려웠다. 확실히 상담은 효과가 없었다. 전혀 다른 종류의 도움이 필요했지만 그는 의사를 만나보지 않으려 했다. 아무래도 내가 지역보건의와 대화를 나눠봐야 할 것 같았다.

06

다음날 근무 중에 짬을 내서 마이크와 닉이 다니는 학교의 기숙사 사감과 교무과장을 만나러 갔다. 일 년 중에서 일이 많은 철이었다. 교무과장 사무실에서 면담했는데, 그녀의 책상 위에는 학생들이 제출한 과제물들이 빼곡하게 쌓여 있었다. 한 소년이 동굴에 사는 장난꾸러기 난쟁이처럼 흐리멍덩한 눈에다 부스스한 머리를 한 채 사무실 문을 두드리고 들어와 과제물을 건넸다. 얼굴 표정을 보니 밤을 샌 것 같았다. 그녀는 미소를 지어보이며 수고했다고 인사한 뒤 문을 닫았다.

우리 셋은 채점지에서 멀리 떨어져 둥근 탁자에 자리를 잡았다. 의례적인 인사말을 주고받는 동안 그녀가 물을 한 컵 따라주었다.
'어디서부터 이야기를 시작해야 할까…….'

"모두 괜찮은가요?" 그녀가 물었다.

'그렇게 확연하게 티가 나나?' 천천히 이야기를 풀어가며 우리 삶을 드러내자, 핑 눈물이 고였다. 도미니크에게 뭔가 문제가 생겼는데, 그게 뭔지 모르겠다. 이로 인해 가족의 삶은 안에서부터 무너지고 있다. 지금 집에서 가까운 지역보건소에서 일하는데, 경제적인 압박을 해결하기 위해 근무시간을 더 늘렸다. 그런데도 아이들 수업료조차 제대로 못 내고 있다. 아이들이 걱정돼 죽겠다. 미래가 어떻게 될지 모르겠다. 삶이 엉망이다. 내가 여기 온 이유는 아이들에게 특별한 지지가 필요하기 때문이다. 뭐, 이런 이야기였다.

"어려운 질문 하나 드려야겠어요. 어떤 식으로든 폭력이 있었나요?"

'이런, 명색이 내가 사회복지사인데, 일어나선 안 될 일이 일어나고 있어. 어쩌다 이렇게 된 거지? 사람들이 나를 어린이 안전부에 고발하면 어쩌지?' 무수한 걱정들이 파리처럼 머릿속에서 앵앵거렸다.

"도미니크는 지금 베트남에 있어요. 모두 별 탈 없습니다. 하지만 집에 있을 때는 도미니크의 행동을 예측할 수가 없고, 위협적이기도 해요. 전혀 그답지 않은 모습이에요."

공감한다는 듯 고개를 끄덕였다.

"좀 있다가 그의 지역보건의도 만나볼 생각입니다."

"우울증은 아닐까요?"

"그런 거 같기도 하고. 잘 모르겠어요. 도움을 받게 하기가 쉽지 않아요."

"남자들에게는 어려운 일일 수 있어요. 어머님이 여기 오셔서 저희와 무슨 이야기를 나누고 있는지 아이들도 아나요?"

"네."

날씨가 포근한데도 한기에 꽉 붙잡혀 몸이 떨리기 시작했다. 사람들 앞에서 한 번도 한 적 없는 이야기들을 두 사람은 가만히 들어주었다. 어둠 속에서 나와 보니, 완벽하던 가족이 확실히 잘못되어 있었다.

여분의 재킷을 건네받아 몸에 걸쳤다. 그러나 아이들을 떠올리는 순간— 내가 여기에 온 이유도 다 아이들 때문 아닌가?— 재킷이 필요 없어졌다. 아이들의 얼굴에서 온기가 빛을 발하면서 어둠도 걷혔다.

상담교사의 도움을 받는 것에서부터 아이들이 신뢰할 만한 관계를 맺을 친구들을 알아보는 것에 이르기까지, 교사들과 나는 아이들을 도울 방법을 이야기했다. 또 가정학습에 필요한 사항을 관리해주는 문제도 살펴보았다. 그들은 언제든 우리에게 문을 열어두겠다는 점도 다시 확인해주었다. 거기다 수업료도 지원해주고, 아이들을 기숙사에서 지내게 해주겠다고도 했다. 내가 도미니크를 돕는 일에 집중하는 동안 아이들은 혼란스러운 상황에서 멀리 떼어놓을 수 있게 된 것이다.

그러나 문제는 도미니크의 고집이었다. 그가 협조하지 않으면, 우리 가족은 상처로부터 무사하지 못할 것이었다. 도미니크에게 의술의 도움을 받으라고 설득하면서, 한편으로는 변호사를 만나 가족을 경제적으로 보호할 방법도 알아보았다. 가족을 안전하게 지키는 방법과 필요할 경우 따로 사는 문제에 대해서도 상담했다. 도미니크에게는 도움이 필요했고, 내가 선택할 수 있는 방법은 점점 줄어들고 있었다. 무엇도 효과가 없는 것 같았다.

면담 후 교내의 차도를 따라 걷다가 벤치에 앉아 햇볕을 쬐었다.

타원 모양의 지붕을 인 본관을 바라보며 생각도 정리하고 잠시 쉬기도 했다. 교정 저 끝에서 탑승식 잔디깎이가 윙 소리를 내며 움직이고, 이제 막 베어낸 잔디 내음이 산들바람에 실려 왔다.

소년 한 명이 스티커를 다닥다닥 붙인 바이올린 케이스를 든 채 내 앞을 휙 지나쳐 음악 강당을 향해 달려갔다. 잘 다려진 셔츠 등 위로 축축한 땀 얼룩이 길처럼 나 있고, 풀린 신발 끈은 다른 쪽 발 근처에서 위험하게 땅을 쳤다. 제때 수업에 들어갈 수 있을지 걱정스러웠다.

시계를 보았다. 이제 가야 할 시간이었다. 차로 가 의사를 만나러 출발했다. 리암 박사는 늦을 거라고 했지만, 여느 때처럼 다정한 미소를 머금고 진료실에서 나를 맞아주었다. 언제나 세심한 이분에게 허둥대는 일 따위는 없을 것 같았다.

"오늘은 뭘 도와드릴까요?"

나는 아이들 장난감을 넣는 플라스틱 통 옆의 의자에 앉았다. 이분은 내 담당의는 아니었다.

"제 문제로 온 건 아니에요." 그가 도미니크에 대해 아무런 조언도 해줄 수 없다는 걸 난 알고 있었다. 그래도 고민거리들을 털어놓았다. 내가 발견한 모든 변화를 이야기하고, 도미니크가 임상적으로 우울증에 빠진 건지 아니면 단순히 쇠약해진 건지, 정신병에 걸린 건지, 전두엽에 종양이 생긴 건지 모르겠다고 하소연했다.

사랑스럽던 우리의 도미니크가 딴 사람이 돼가고 있다고. 똑같은 말을 하고 또 하고, 예전처럼 일들을 체계적으로 처리하지도 못한다고. 스트레스로 뇌가 혼란에 빠졌는지 내키는 대로 말하고, 감정적으로 무심해지고, 적대적이거나 때로는 공격적으로 변하기까지 한다고. 자기감정을 통제하지 못한다고. 사람들의 사회적인 신호도 못 알아채고, 우리 재산을 전부 탕진해버리고 있다고.

그를 떠나야 하는 건지도 모르지만, 이런 혼란의 소용돌이 속에서도 내가 알던 예전의 모습이 계속 언뜻언뜻 보이기에 치료를 시작했으면 좋겠다고. 그의 이런 모습이 내 안의 지지자를 일깨운다고. 하지만 가족을 보살피면서 이 알 수 없는 문제를 해결하기에는 혼자 짊어져야 할 짐이 너무 버겁고 두렵다고. 그래서 박사님의 도움이 필요한데, 도미니크를 데려오면 정밀검사를 해볼 수 있겠느냐고 물었다.

병원을 나온 뒤, 학교에 가서 아이들을 데려오기 전에 슈퍼마켓에 들러 식료품을 사재기했다. 마이크가 먹기는 열심히 먹는데도 계속 살이 빠졌기 때문이다. 또 약국에 들러서 몇 가지 비타민제와 면역을 강화시키는 강장제를 구입했다. 그러고도 학교에 일찍 도착해서, 사람들이 탐내는 그늘진 자리에 차를 주차시켰다.

수업을 파하는 종소리가 울리자, 회색과 청색 교복을 입은 한 무리의 땀투성이 소년들이 보도를 점령했다. 마이크와 닉도 함께 교문을 통과했다. 그들은 잔디밭에서 씨름하는 두 명의 상급반 아이들을 지나쳐 내 차로 왔다.

"야, 닉!" 친구 하나가 닉을 향해 아이들 위로 농구공을 던졌다.

닉은 이 공을 놓치지 않고 능숙하게 아이들을 뚫고 드리블했다. 그러다 공을 갖고 차 안으로 들어오면서 소리쳤다.

"친구, 공을 위해 응원해줘!"

"야!"

"네 공이니?" 내가 물었다.

"얼른 출발하세요! 얼른요!" 장난꾸러기 같은 얼굴을 내게 돌리며 씩 웃었다.

"이것 좀 봐!" 차창을 내리고는 옆에 주차해 있는 차를 향해 공을 던지는 시늉을 했다.

"니이익!!!"

닉은 웃으면서 아이들을 향해 높이 3점 슛을 날렸다.

"왜 만날 내가 뒷자리에 앉아야 되는 건데?" 마이크가 차에 오르면서 투덜거렸다.

"12살 미만은 앞자리에 앉는 게 불법이라고 내내 그랬잖아. 그 빚을 갚아야지."

나는 차에 시동을 걸면서 물었다. "얘들아, 오늘 하루는 어땠어?"

"좋았어요." 닉의 대답에 백미러로 마이크를 바라보았다.

"예, 좋았어요." 마이크가 대답했다.

"면담은 어땠어요?" 닉이 물었다.

"이해를 아주 잘 해주더구나."

"선생님들이 뭐라고 그랬는데요?" 마이크가 물었다.

차를 운전하면서 면담 시간에 나눈 이야기들을 들려주었다. 너희들이 집에서 받는 스트레스를 선생님들도 이제는 어느 정도 잘 이해하게 되었고, 필요한 것이 무엇인지 알고 싶어 한다고 이야기해주었다. 또 그때그때 필요한 것이 다를 수도 있음을 선생님들도 인정했으며, 편안하게 만나러 오라 하더라는 것도 알려주었다. 더불어 내가 정기적으로 계속 선생님들과 연락을 취할 거라고도 일러주었다.

"선생님들이 너희도 기숙사에 들어왔으면 좋겠다고 하셨어."

"아뇨. 전 기숙사 안 들어가요." 닉이 말했다.

"저도요." 마이크도 똑같이 대답했다.

"진짜 좋을 텐데. 엄마도 가까이에 살잖아. 언제든 찾아가볼 수 있어. 주간에만 있는 거야."

"다들 우리를 문제아라고 생각할 거예요. 그런 애들이나 기숙사에 들어간다고요." 닉의 말에 내가 반박했다.

"안 그래."

"아뇨. 그래요. 적어도 학교에서 10분 거리에 집이 있는 애들은 그래요."

"거기 들어가면 신나게 놀 수도 있고, 공부에 집중할 수도 있어. 엄마는 아빠를 도와줄 수도 있고."

"난 엄마가 집에 아빠하고만 있는 거 싫어." 마이크가 말했다.

"맞아. 그러면 내내 걱정될 거야." 닉도 거들었다.

"집에 있을 때는 우리 셋이 함께 있어야 돼." 마이크가 말했다.

07

도미니크는 평정에서 불안과 혼란, 예측할 수 없는 상태를 오가는 경우가 잦아졌다. 그 사납던 날 공부방에서 그랬던 것처럼 누군가에게 공격성을 드러내는 일은 없었지만, 언제 또 그럴지 알 수 없는 노릇이었다.

베트남에서 돌아온 그는 그 돈 사건을 애초에 일어나지도 않은 일처럼 깡그리 무시해버렸다. 눈 밑의 다크 서클이 지저분하게 번진 마스카라처럼 보였으며, 언제나 피곤해서 낮잠은 더 많이 잤다. 직장에서 할 일이 너무 많다며 새로운 직장을 알아봐야 할지도 모르겠다고 했다.

돔도 살펴보고 나와 아이들이 어떻게 지내는지도 보기 위해 사이먼이 다시 차로 두 시간이나 달려서 브리스베인을 방문했다. 그러곤 기분전환을 위해 스프링복 대 월러비의 럭비 경기에 아이들을 데려갔다.

난 마이크와 닉이 걱정됐는데, 아이들은 도리어 나를 걱정했다. 이런 짐을 감당하기에 아이들은 너무 어렸다. 하지만 이 짐을 덜어 줄 방법을 나는 몰랐다. 날이 저물 무렵, 해가 지평선 아래로 넘어가면서 도미니크의 빛도 일부 사라져버렸다. 잠자리에 들기 전 어둠 속에서 불안하고 혼란스럽게 서성이는 모습에 우리는 점점 익숙해져갔다.

'일몰증후군(노인 환자나 요양원에 있는 사람이 밤에 벌이는 소동이나 불안반응—옮긴이)'. 의사들은 그의 증상을 이렇게 불렀다. 소중한 것을 붙들고 있던 태양이 세상의 가장자리 너머로 내려가면서, 도미니크의 조각들을 무작위로 가져가서는 그가 잠든 후에야 다시 돌려준다는 것을 나는 훨씬 나중에야 깨달았다.

당시 초긴장 상태로 돌입하는 우리의 스위치는 자동적으로 작동됐다. 도미니크가 불안 증세를 보이면, 아이들은 나를 도미니크와 단둘이 두지 않으려 했다. 도미니크에게 짜증을 내거나 멈추라고 하면, 상황은 더욱 안 좋아졌다. 결국 그의 눈치를 보면서 조심스럽게 행동하기 시작했다. 그의 행동에 적응해야 한다는 신호가 보이면 나는 다시 속이 어지러워졌다. 집 안에서까지 어쩌다 이런 조마조마한 상황에 놓이게 된 걸까? 아이들은 어떻게 지켜주지? 소동의 징후가 보이면 나는 폭풍우를 피하기 위해 즉시 아이들을 태우고 차를 몰았다.

"가자." 다른 말은 필요 없었다.

아이들은 과제물을 하던 상태 그대로 차에 올랐다. 호들갑을 떨지도 않았다. 그냥 잽싸게 챙겨서, 늘 하던 대로 탈출했다. 이 시기에 우리가 먹어치운 맥도날드 선데가 얼마나 되는지 헤아리기도 힘들다. 싸구려 스낵도 사주기가 버거웠다. 그렇게 버티면서 컴퓨터가 없어도 되는 이런저런 숙제들을 해치웠다. 도피 중에는 숙제를 할 노트북 컴퓨터도 없었기 때문이다. 그래서 복숭아 빛 테이블에 앉아 싸구려 커피를 마시면서, 이 소중한 아이들이 바깥 주차장에서 낙서로 벽을 망가뜨리거나 내 등 뒤에서 마리화나를 피우며 이 세계에서 도망치고 싶어 하게 되는 건 아닐까 생각하기도 했다.

이렇게 피신해 있던 어느 날 밤, 조수석에 앉아 있던 닉이 몸을 앞으로 수그리더니 팔꿈치를 무릎에 대고 두 손으로 턱을 받쳤다. 그러고는 거의 몸이 부서질 것처럼 울어 젖혔다. 나는 닉의 흐느낌을 잠재우기 위해 손을 뻗어 흔들리는 등을 다독여주었다.

"지금 당장 친구가 전화 좀 해줬으면 좋겠어. 그럼 친구들도 내가 어떤지 알 거 아냐. 전화 받자마자 펑펑 울겠지? 친구들은 내 말을 들어주고, 내가 정말로 어떤지 알게 될 거야." 눈물 속에서 그의 말이 빙글빙글 소용돌이쳤다.

"지금 어디로든 전화하고 싶어?" 닉은 고개를 가로저었다.

"그러면 내일 학교에 가서 아무 말도 못 할 거예요." 닉이 고개를 들어 나를 바라보며 말했다. "아빠한테 무슨 일이 벌어지고 있는 건지 모르겠어요. 안다 해도 오늘은 이미 지나 있을 거고, 그러면 다 소용 없을 거예요."

밤의 나머지 시간들은 붙잡기 어려웠다. 바람 속으로 날아가는 깃털처럼 흩어져버릴 것이었다. 닉은 다시 손으로 턱을 받쳤다. "설명하기 힘들어. 친구들은 제대로 이해하지 못할 거야. 하지만 지금 당장 누군가 전화하면……."

"그렇게 숨기지 않을 텐데?" 나의 말에 닉이 고개를 끄덕였다.

아이들의 세계는 무너져 내리고 있었다. 아이들은 자신도 이해 못하는 것을 어떻게 말해야 할지 몰랐다. 한때 안전하고 안정적이라고 느꼈던 삶을 통제할 힘도 없었다. 그러나 무엇보다 그들이 알고 사랑했던 아빠 때문에 슬퍼했으며 가족의 미래를 걱정했다.

나는 지금 벌어지는 일 중에 어떤 것도 너희 잘못이 아니며, 아빠를 호전시키기 위해 할 수 있는 일도, 할 수 없는 일도 없음을 다시 확인시켜주었다. 물론 이렇게 한다 해도 집 안에서 일어나고 있는 일들에서 아이들을 지켜줄 수는 없었다. 이것을 잘 알고 있었다. 더욱 분명한 점은 이런 상황이 아이들에게 좋지 않다는 것이었다. 어떻게든 결정을 내려야 했다.

집으로 돌아와 그 익숙하고도 모호한 공기 속으로 다시 발을 들여놓았다. 도미니크는 여느 때처럼 잠자리에 들어 있었다. 폭풍우는 잦아들었지만 불길한 기운이 희미하게 남아 있었다. 나중에 눈을 뜨면 그는 무슨 일이 일어났는지 전혀 감도 못 잡을 것이다. 어느 쪽이 더 안 좋은 건지 알 수 없었다. 우리가 집에서 도망치는 것이 더 나쁜지, 우리의 귀가에도 그가 완전히 무관심한 게 더 나쁜 건지. 그런데 그의 일부분이 되돌아오는 때도 있었다. 그럴 땐 후회의 시간이 이어졌다. 그가 집안일에 관심을 보이고, 웃음과 장난이 이어졌다. 하지만 이후에는 다시 종잡을 수 없는 분리와 혼란이 찾아왔다.

수없이 부탁했건만 도미니크는 여전히 의사를 만나러 가기를 거부했다. 어떻게 해야 병원에 가서 정밀진단을 받아볼까? 정말로 가기 싫은 건가? 고집 때문인지 두려움 때문인지, 잘 드러나지 않는 그의 속내를 파악하기 위해 가만히 얼굴을 들여다보기도 했다. 하지만 그의 얼굴은 텅 빈 캔버스일 뿐이었다.

큰누나의 안부를 물으러 패트릭이 로스앤젤레스에서 전화를 해왔다. 나는 이 엉망진창이 되어버린 집안 사정을 시시콜콜 전부 이야기했다. 오, 내 동생, 그는 정말 들어주는 능력이 대단했다. 동생은 몇 주 후에 다니러 오겠다고 했다. 그러나 이후 몇 년 동안 그는 여러 번 이 말만 되풀이했다.

"애들은 어때?"

"시험이 머지않았어. 마이크가 몇 주 후에 퀸즐랜드 핵심학력테스트(QCS)를 치러."

"그게 뭔데?" 미국의 대학 입학제도와는 상당히 달랐다.

"모든 고3 학생들이 치르는 국가 고사야. 이 점수에 따라서 대학과정에 들어갈 수 있는 등급이 정해져."

마이크가 퀸즐랜드 핵심학력테스트를 치르는 전날 밤, 아이들은 침실에 있었다. 9시 30분이 거의 다 됐을 무렵, 닉은 잠자리에 들려고 하던 일을 정리하려는 참이었고, 마이크는 책상에 앉아 컴퓨터를 하고 있었다. 아이들의 방문은 서로 마주보고 있었다. 문을 열어놓으면, 침대에서도 서로를 보며 이야기를 나눌 수 있었다. 아이들의 수다가 주방에서도 들렸다. 집 안이 훨씬 밝게 느껴졌다. 도미니크도 지난 며칠간은 예전 모습에 훨씬 가까워져 있었다. 집 안에 다시 환하게 웃음꽃이 피었다. 나는 희망에 부풀었다. 그는 수영장에서 아이들과 수중 폴로까지 했다.

하지만 느닷없이 폭풍우가 복도를 때려 부수며 밀어닥쳤다.

"도미니크?"

실내에서 뛰어다니기에 집은 너무 좁았다. 도미니크처럼 키 크고 체격 좋은 남자에게는 특히 그랬다. 그가 벽에 부딪히면서 미친 듯 앞뒤로 왔다 갔다 하는 사이, 벽에 걸려 있던 액자들이 바닥에 떨어져 산산조각 났다. 아이들의 방은 침묵에 휩싸였다.

"도미니크!"

무언가로부터 필사적으로 도망치려는 사람처럼 그는 더욱 빠르게 같은 구간을 미친 듯 왔다 갔다 했다. 보이지 않는 직선을 따라 누군가 앞뒤로 휙휙 그를 내던지는 것 같았다. 다리만 있는 주방 의자가 쿵 하고 넘어졌다. 이 소리에 놀란 도미니크는 다급하게 마이크의 방으로 도망치다가 발이 걸려 침대 위로 넘어질 뻔했지만, 다행히 두 팔로 몸을 지탱했다. 그러곤 튕기듯 일어나 휙 돌아서서 들어올 때처럼 쏜살같이 방을 빠져나가 목적 없는 돌진을 계속했다. 그러는 사이 자신도 모르게 마이크의 과제물들을 온 방바닥에 흩뜨려놓았다.

"학교 가게 옷 갈아입어야지." 도미니크는 마이크의 방문을 통과하면서 닉에게 말했다. "학교 가게 옷 갈아입어야지." 내게도 한층 다급한 목소리로 같은 말을 되풀이했다. 하지만 닉의 방으로 들어가지는 않았다. 아마 오른편으로 방향을 틀어야 했기 때문일 것이다. 이 폭풍우는 도미니크에게 자발적인 방향 전환을 허용하지 않았다.

도미니크의 두 눈은 휘둥그레 열린 채 깜빡임도 없이 한 곳에 고정되어 있었다. 하지만 어떤 것도 보고 있는 것 같지는 않았다. 위압적인 몸을 이끌고 성큼성큼 거실로 들어갔다가, 마이크의 방까지 이어진 직선의 끝에 다다라서는, 바닥에 흩어진 종잇장들을 뚫고 다시 거실로 들어갔다. 앞뒤로의, 단호한, 그러나 목적 없는 서성임.

"도미니크."

내가 부르는 소리도 못 듣는 것 같았다. 그의 불안에는 방향이 없었다. 우리도 안중에 없는 것 같았다.

"이리 와!"

나는 마이크에게 소리쳤다. 그러곤 아이들을 데리고 닉의 방으로 들어가 문을 잠그고, 문에 등을 기댄 채 주저앉았다. 침묵 속에서 바깥의 소리에 촉각을 곤두세웠다. 다행히 도미니크는 방으로는 들어오려 하지 않았다. 닉의 방은 배회의 노선에서 비껴나 있었기 때문이다. 우리는 그가 불안하게 왔다 갔다 하는 소리에 귀를 기울였다. 소동이 잠잠해지기까지 얼마나 오래 기다렸는지 모르겠다. 어쨌든 한결 차분해진 도미니크가 주방에서 움직이는 소리를 듣고 나서야 천천히 닉의 방문을 열었다. 그는 얌전히 그냥 걸어 다니고 있었다. 두려운 표정도 사라져버렸다.

"돔?"

차분한 내 목소리에 그는 마치 모르는 사람처럼 나를 쳐다보았다. 나는 사태가 잦아들기를 바라면서, 비난의 기색은 전혀 내비치지 않은 채 미소를 지어보였다. 그도 순진무구한 아이처럼 싱그럽게 미소를 보냈다.

"이리 와, 피곤해 보여. 와서 눕는 게 어때?"

그러자 나를 따라 침실로 들어와서 곧장 침대에 누웠다.

"괜찮아!"

침실 문 앞에서 어정거리는 아이들에게 소리쳤지만, 아이들은 자리를 뜨지 않았다. 5분 후 도미니크는 잠이 들었다. 마이크는 샤워를 하고, 나는 루이보스 차에 꿀을 타서 아이들에게 주었다. 닉은 마이크를 도와, 짓밟힌 채로 바닥에 널브러져 있는 종잇장들을 말없이 주웠다. 종잇장들을 차곡차곡 쌓으며 구겨진 부분들을 바로 펴려고 했다. 하지만 종이의 구김이 워낙 심해서 새로 생긴 흉터처럼 보였다.

아이들은 서로의 모습이 보이도록 문을 열어두고 침대 속으로 들어갔다. 나는 마이크의 침대에서 벽에 등을 기대고 앉아 아이들과 이야기를 나누었다.

"아빠는 왜 병원에 안 가보는 거야?" 닉이 물었다.

"우리 착한 아들, 엄마도 모르겠어."

"아빠가 집에 없는 것도 싫지만, 아빠가 집에 있는 것도 안 좋아."

머그잔도 비고 더 이상 할 얘기도 없어질 때까지, 이렇게 앉아서 이해하기 힘든 삶을 그냥 망연히 견뎌냈다. 그러다 밤이 지나면 원래대로 회복되기를 바라며 아이들에게 굿나잇 키스를 해주었다.

거실을 둘러보았다. 마루를 쓸고, 떨어진 사진 액자들에서 깨진 유리조각들을 조심스레 치워냈다. 깨진 유리조각들 사이에서 도미니크와 아이들은 나를 향해 천진난만하게 웃고 있었다. 이 사진을 찍은 후 잔디밭에서 웃고 뒹굴던 기억이 떠올랐다. 모두들 결혼식에 참석하느라고 멋지게 차려입었다. 신선한 과일들에 둘러싸인 분수 모양의 화이트 초콜릿과 여러 가지 맛난 것들을 셋 모두 게걸스럽게 먹어치웠지.

5년 전 이 윤기 나는 검은 액자를 고른 이유는 손으로 직접 꾸밀 수 있는 흰색 마분지가 들어 있어서였다. 아이들이 직접 그려넣은 감자 그림은 아직 생생한 빛깔이 살아 있었지만, '아버지의 날을 축하드립니다(HAPPY FATHER'S DAY)'(호주에는 아버지의 날과 어머니의 날이 따로 있으며, 매년 9월 첫째 일요일이 아버지의 날이다—옮긴이)의 노란색 T자와 D자는 빛이 바래 있었다.

마이크가 나와 문간에 서 있었다. 두 눈이 눈물 때문에 부어 있었다.

"잠이 안 와요."

심란해하는 마이크를 방으로 데려가, 안고 머리를 쓰다듬어주었다. 완전히 녹초가 된 아이는 밤이 깊어서야 겨우 잠들었다. 다음날 지난밤의 기억이 무겁게 어깨를 짓누르는데도 그는 무사히 시험장에 들어갔다.

다시 기숙사에 들어갈 기회가 주어졌지만 아이들은 나와 함께 집에 있겠다며 거절했다. 도미니크는 다른 누군가와 함께 있는 것을 단호히 거부했다. 그렇다고 그를 혼자 두는 것도 확실히 안전하지 않았다. 하지만 우린 완전히 빈털터리였다. 아이들과 나를 위해 다른 집이나 작은 아파트를 빌려 나갈 돈도 없었다. 억지로 진단이나 치료를 받게 할 상황도 아니었다. 그래도 아이들이 집에서 벗어나 좋은 친구들과 어울릴 거처를 마련했다. 아이들은 그곳에서 머물거나 잠시 쉴 수도 있었다. 또 필요에 따라 자유롭게 이곳을 드나들 수도 있었다. 때로는 내가 이곳으로 아이들을 보내기도 했다.

그 사이 나는 고3인 마이크의 시험 결과를 특별히 배려해달라는, 지원서에 첨부할 보고서를 작성했다. 그런데 알고 보니 제출할 필요가 없었다. 마이크에게 고등학교 3학년은 얼룩과 같은 해였기 때문이다. 공부 대신 복잡한 전략의 컴퓨터 게임들로 이루어진 환상의 세계에 빠져, 그의 창조력과 전략적인 사고력, 경제이론을 적용할 수 있는 자극적인 세계를 발견한 것이다. 그리고 무엇보다도 게임에서 이겨 세계를 지배하게 되었다! 선생님 한 분은 성적표에 이렇게 적어놓기까지 했다.

'마이크가 우리나라 수상이 되면 좋겠어요.'

이 해가 다 가도록 우리가 직면하고 있는 문제를 정확히 파악하지도 못했다. 집과 학교에서의 삶은 그대로 이어졌고, 도미니크로 인해 롤러코스터를 탄 것처럼 미친 듯 요동치는 상황도 계속되었다.

기숙사 사감의 부탁으로 닉은 졸업식장에서 재학생 송별사를 하게 되었다. 이때 닉은 송별사에서 마이크 이야기를 했다. 마이크가 형인 것이 너무 자랑스러우며, '그의 지지와 보살핌이 아무도 모를 만큼 큰 힘이 되었다'고 말한 것이다. 닉의 말에 학생들은 조롱조로 일제히 우우우 야유를 퍼부었다. 이런 놀림에도 마이크와 눈이 마주치자 닉은 웃으면서 과장된 몸짓을 해보였다. 마이크는 닉이 이런 말을 할지 전혀 몰랐다. 그는 수줍게 웃으며 손가락 마디를 가만히 가슴에 문질러댔다.

졸업식장에 모인 아이들은 우리의 숨겨진 사연을 아마 몰랐겠지만 몇몇 친구들과 선생님들은 속사정을 잘 알고 있었다. 마이크와 닉은 힘든 시간을 함께 견뎌내고 있었다. 닉의 말은 150명의 아이들 앞에서 앞으로도 서로 의지하며 살겠다는 공개적인 인정이자 감사의 표현이었다.

08

외국에서 도미니크에게 무슨 일이 생기면 어쩌나 걱정이 되기도 했지만, 한편으로는 그가 없는 집의 평화가 반갑기도 했다. 그가 없는 동안 아이들도 눈에 띄게 더 편안해했다.

도미니크는 언제나 진정으로 소박한 사람이었다. 자신의 정체성을 일에 묻어버리는 사람이 결코 아니었다. 그랬기에 계속 출장을 가려는 광적인 욕망을 도무지 이해할 수 없었다. 그는 확실히 이상하리만치 일에 사로잡혀 있었다. 조용하면서도 열정적이고 느긋하며 집에 있기를 좋아하던 사람과는 완전히 다른 모습이었다.

대학을 졸업하고 첫 직장을 얻었을 무렵에는 따로 시간을 내서 그가 일하던 남아프리카공화국의 흑인 거주지에서 꼬마들과 축구를 하기도 했다. 그는 의심의 여지없이 헌신적이고 열정적이었으며, 사회정의에 대한 신념이 그것에 힘을 실어주고 있었다. 우리도 그의 가치들을 공유했다. 하지만 그는 언제나 일 외의 삶에도 시간과 노력을 쏟았으며, 덕분에 놀 줄도 알았다.

도미니크의 동생 다니엘이 아이들을 위해 형 도미니크에 대한 기억을 써 보낸 적이 있다. 이 글도 그런 삶의 방식을 추억한 것이다.

남아프리카공화국 흑인 거주 지역에서 도미니크가 하던 일과 그 모습을 이야기하다 보면, 언제나 재미있는 일화가 하나 떠오른단다. 1970년대와 1980년대에 게리 베일리라는 유명한 남아프리카공화국 출신 축구 선수가 있었지. 그는 스포츠 제재 때문에 국제 경기에서 국가를 위해 뛸 수 없었어. 그래서 그의 영국 혈통을 이용했지. 그는 유나이티드 맨체스터와 잉글랜드 국가대표팀에서 여러 해 동안 골키퍼로 뛰면서 남아프리카공화국에서 아주 유명해졌어. 그리고 음, 도미니크는 축구를 광적으로 좋아하는 흑인 거주 지역에서 일했는데, 게리 베일리랑 아주 많이 닮았어. 그래서 그가 시내를 거닐 때면 꼬마들이 주변에 몰려들어서 이렇게 소리쳤지. "게리 베일리야, 게리 베일리!" 그가 아이들과 축구공을 찰 때 무슨 일이 벌어졌을지 한번 상상해보렴……. 도미니크는 사람들이 자기를 다른 사람으로 착각하는 걸 항상 즐겼단다.

현재 삶이라는 게임에서도 환상이 실제와 공을 차고 있는 것인지 어떤지는 알 수 없다. 하지만 어쨌든 삶은 달라지고 있었다. 남아프리카공화국에 살 때는 도미니크의 일이 가까이에 있었기 때문에 출장 갈 필요가 없었다. 그러다 북아메리카로 이사한 후 일의 성격이 달라지면서 정기적으로 출장을 가게 됐다. 그에게는 이런 변화가 지속적으로 내면의 갈등을 불러왔다. 3년 후 집에서 아이들을 돌보며 박사과정을 밟을 때는 특히 더했다.

"애들과 일상을 함께하고 싶어. 매일매일의 사건들을 나누고 싶다고." 그가 말했다. 예상보다 더 잦은 출장 때문에 난민이 된 것 같았다. 물론 출장이 즐거운 경우도 있었지만 대개는 아니었다.

"이 시간은 돌려받을 수 없어. 이 시간과 멀어져야 할 만큼 매혹적인 일이란 있을 수 없어." 그가 말했다.

물론 끊임없이 세계를 돌아다니는 걸 좋아하는 사람들도 있겠지만 그는 아니었다. 이것이 우리가 브리즈번으로 이사한 이유이기도 했다. 그의 바람대로 매일의 일상을 가족과 함께할 시간을 갖기 위해서였다. 그랬던 그가 지금 무엇을 하고 있단 말인가?

돔의 다음 출장지는 미국과 캐나다였다. 국제회의에 참석해야 한다고 했다. 이것도 혼란스러운 문제의 하나였다. 그는 여전히 일을 아주 잘 해냈다. 일하는 현장에서 그를 본 적이 없기 때문에 상황이 어떤지는 정확히 알 수 없었다. 하지만 논문도 인정받고 책도 계속 출판되고 있었다. 학생들도 그를 좋아하는 것 같았다. 학생들에게 좋은 평가를 받고 있었기 때문이다. 잇달아 내놓는 결과들을 볼 때, 그는 대단히 생산적인 것처럼 보였다.

집에서만 문제인 건 아닐까 하는 생각마저 들었다. 그런데 그의 말을 들으니 그것도 아닌 것 같았다. 그가 속한 학과의 개자식들이 제대로 이해를 못한다며 새 직장을 구해야겠다고 투덜거렸기 때문이다. 실제로 다시 밴쿠버에서 교수직을 얻는 문제를 논의하기 위해 이번 출장에 여러 미팅을 잡아두기도 했다.

물론 나도 밴쿠버를 좋아했다. 그곳에는 평생의 친구들이 있고,

친정식구들과도 더 가깝게 지낼 수 있기 때문이다. 그들이 말할 수 없이 그리웠다. 당장이라도 돌아가고 싶었다. 하지만 지금 이사를 할 수 있을까? 지금 같은 때?

"문제가 해결되기 전에는 어디에도 안 갈 거야. 다시 이사를 갔는데 거기까지 이 괴물이 따라오는 건 싫어."

"무슨 괴물?"

"내 말은, 이사하지 않을 거란 말이야."

"음, 그럼 나 혼자 가지 뭐." 그가 말했다.

"그건 미친 짓이야. 이사는 해결책이 아니라고!"

잠시 침묵이 흘렀다.

"무슨 일이 일어나고 있는지 몰라? 돔, 무언가 잘못됐어. 당신도 알잖아. 출장 전에 리암 선생님을 꼭 만나봐."

"말도 안 되는 소리 하지 마."

리암 박사는 이미 신경학자는 물론 정신과 의사와도 우리의 상황을 논의했다. 그들은 도미니크가 약속을 잡는 데 동의하는 즉시 그를 만나볼 준비를 갖추고 대기 중이었다. 혼란스럽게 전개되는 상황을 속속 알려주었지만 돔의 지역보건의는 물론이고 누구도 어떤 식으로든 의학적 평가를 내놓는 사람이 없는 상황에서, 진단을 내리기에는 상태가 여전히 너무 안 좋았기 때문이다. 그런데도 도미니크는 의사도 안 만나고 출장을 가버렸다. 해외에서 그의 미래를 정리할 심산인 것 같았다.

해외의 친구들도 도미니크의 변화를 알아차렸다. 나는 안 좋은 상황을 미리 상상하지는 않았다. 이런 태도는 신기하게도 효과가 있었지만 두려움은 더욱 분명해졌다. 안 좋은 상황을 근거 없이 상상하고 조금이라도 지나치게 반응했다면, 언젠가 스트레스가 끝났을 때 지금 이때를 제정신이 아니던 고통의 시기로 가장 먼저 기억하게 되었을 것이다.

그레이스가 전화로 알려주었다. "택시 기사가 길을 잃었다고 하더라고." 그레이스는 나만큼이나 오래도록 도미니크와 알고 지낸 친구였다. 그녀와 난 남아프리카공화국에서 고등학교를 함께 다니면서 평생 서로를 보살펴주는 끈끈한 관계를 맺었다. 그레이스의 남편 그레이엄도 도미니크와 좋은 친구였는데, 둘 역시 알던 사이였다. 둘은 더반에서 사이먼과 함께 같은 고등학교를 다녔다. 우리 두 가족은 밴쿠버에 살았는데, 아이들도 같은 학교를 다니면서 사촌처럼 함께 자랐다. 도미니크는 손바닥처럼 훤히 아는 이들의 집에 머물고 있었다.

그레이스의 말에 따르면, 돔은 대학에서 미팅이 끝났는데도 저녁 식사 자리에 나타나지 않았다고 한다. 알고 보니, 교외의 다른 주택 지역에서 집으로 돌아오는 길을 못 찾아 헤매고 있었다.

다른 사람들에게서는 그가 자주 불안해한다는 소식을 전해 들었다. 같은 말을 너무 여러 번 되풀이하고 자꾸 이상한 말들을 내뱉는 게 돔답지 않다고 했다. 하지만 돔이 호주로 돌아오는 길에 샌디에이고에서 내 동생 레이건을 만나기 전까지는 누구도 문제를 정확하게 짚어내지 못했다.

레이건은 도미니크를 존경했다. 나보다 열한 살 어린 레이건은 여덟 살 때부터 도미니크를 알았다. 도미니크는 레이건이 꼬마였을 때 놀아주기도 했고, 레이건은 자라면서 남자 친구 문제로 조언이 필요할 때마다 돔에게 의지했다.

레이건은 일정한 시각에 일정한 장소에서 돔과 만나기로 약속을 잡았다. 그런데 그가 나타나지 않았다. 그녀는 돔의 막역한 친구인 브라이언에게 전화를 걸었다. 돔이 브라이언네 집에 머물고 있었기 때문이다. 브라이언 가족은 우리가 호주로 이주하기 전 밴쿠버에서 캘리포니아 주 남부의 이 햇빛 찬란한 연안 도시로 이사를 왔다.

"맞아요. 거기 있을 거예요." 브라이언의 아내는 돔을 쇼핑몰에 내려주었다고 했다. 그러고 나서 생각해 보니, 그들도 비슷한 경험을 한 적이 있었다. 브라이언은 돔을 마중 나간 공항에서 그를 찾을 수 없었다. 오랜 시간 헤매던 끝에 드디어 다른 터미널에서 시간 감각도 없이 미련하게 기다리고 있는 돔을 발견했다.

레이건은 세 시간 동안이나 돔을 찾아다녔다. 그 사이 호주에 있는 내게 전화를 걸고, 돔이 브라이언네 집으로 돌아갔는지 확인하기 위해서 브라이언네 집에도 연락을 해봤다. 그러다 드디어 엉뚱한 커피숍에서 그를 발견했다.

이후 레이건은 돔과 수다를 떨면서 오후 시간을 함께했다. 간간이 돔은 그녀의 귀걸이에 되풀이해서 과장된 찬사를 보냈다. 이후 레이건은 돔에게 머물고 있는 집까지 차로 데려다주겠다고 했지만 돔은 근무 교대 시간이 되면 브라이언이 데리러 올 거라며 거절했다. 브라이언은 병원에서 의사로 일하고 있었다.

"브라이언의 교대 시간은 자정이에요."

"기다리지 뭐."

"가게들이 다 문을 닫을 텐데요."

레이건은 집까지 데려다 주마고 재차 설득했다. 그런데 돔은 브라이언의 집 위치를 몰랐다. 결국 레이건은 전화를 걸어 위치를 확인한 다음, 돔을 브라이언의 집 현관 앞까지 데려다주었다. 그래도 도미니크는 그곳이 브라이언의 집임을 알아차리지 못했다.

이후 레이건은 아버지에게 울면서 전화를 걸었다.

"마리 언니한테 뭐라고 말하죠?"

"전부 말해줘. 마리도 알고 싶어 할 거야. 모든 걸 말해줘."

전화벨이 울렸다. "레이건?"

그녀는 고통스러운 어조로 그날의 사건을 상세히 들려주었다. "전혀 돔 같지 않았어. 언니, 알츠하이머나 뭐 그런 병에 걸린 거 같아……."

레이건의 말이 쨍그랑 소리를 내며 창자 속으로 들어와, 직관적인 두려움과 함께 공명을 일으켰다. 이야기를 들을수록, 이 울림은 더욱 넓게 퍼져갔다. 그러다 돔이 출장 초반 회의 도중 '상황에서 도망치기 위해' 산책을 나갔을 때 겪은 일을 알게 됐을 때는 내 몸의 모든 부위가 초긴장 태세로 돌입했다. 대부분의 사람들이 혼자서는 다니지 않는 지역을 돔 혼자 헤매고 다니다가, 결국엔 그의 머리에 총부리를 들이댄 여덟 명가량의 괴한들에게 강도짓까지 당했다는 이야기였다.

그날 밤 머리가 깨질 듯한 상태로 잠자리에 눕자, 돔이 총 맞아 죽을 뻔했던 상황과 미래에 일어날지도 모르는 대파국의 장면들이 느린 화면으로 되풀이해서 떠올랐다. 무엇이 실제이고 무엇이 아닌지 분간이 안 됐지만, 돔이 안전하지 않다는 것만은 분명했다.

다음날 나는 리암 박사를 찾아가, 친구와 가족들이 전화로 전해준 이야기를 세세하게 전부 털어놓았다. 도미니크의 아시아인 동료들 중에는 내가 아는 사람이 한 명도 없었기에 출장 중 돔과 시간을 보낸 사람들에게서 그의 행적을 전해 듣기는 이번이 처음이었다. 나는 돔이 귀국 다음날 바로 의사를 만날 수 있도록 약속을 잡아두었다.

도미니크가 이상해지기 시작하면서, 내 머리 꼭대기에서 전방위 모든 자극들을 지나치리만치 예민하게 받아들이는 안테나 같은 것의 인도를 받으면서, 내 정서적 반응들로 실제적인 묘기를 부리는 법을 터득했다. 돔이 해외에서 벌인 기행들을 전혀 이야기하지 않았지만, 아이들은 우리 가족을 공격하는 스트레스 신호들을 충분히 자각하고 있었다. 하지만 아직 모르는 것과 아는 것을 갖고 저글링하는 중에도, 하나라도 공을 놓치면 무슨 일이 벌어질지 몰라 걱정이 됐다.

우리는 도미니크를 잃어가고 있었다. 그는 기이하고 모호한 세계로 들어가버렸다. 롤러코스터와 찌그러진 거울들이 즐비한 테마파크나 이상한 나라 같은 곳. 그러나 그가 앨리스처럼 돌아오는 길을 찾아낼 수 있을지는 미지수였다.

도미니크를 데리러 공항으로 차를 몰았다. 그가 비행기에 탔다는 것은 확인한 상태였다. 브라이언이 그를 로스앤젤레스까지 차로 배웅해주었기 때문이다. 돔은 오랜 여행으로 피곤해했지만 혼란스러워 보이지는 않았다. 난 걱정했다는 말은 한마디도 안 하고, 그냥 잡다한 이야기들만 나누었다. 그는 비행기 안에서 잠을 충분히 못 잤다고 했다.

"요전날 의사를 만났는데, 여행을 위해 맞아야 할 주사가 있대. 그래서 당신을 만나보고 싶다는데?" 집으로 차를 몰면서 슬며시 생각을 떠보자, 그가 짧게 대답했다.

"알았어."

다음날 아침 그를 의사에게 데려다 주었다. 컴퓨터 단층촬영을 하고 신경과전문의한테 인지검사까지 받아보라는 말을 들었는데도 그는 아무것도 묻지 않았다. 여행 때문에 예방 주사를 맞으러 간 사람이 두뇌촬영을 한다는 말을 듣고도 아무 질문도 않다니! 우리는 리암 박사의 진료실을 나와 소견서를 갖고 병원으로 직행했다.

필요한 검사 : 컴퓨터 단층촬영— 두뇌

이유 : 보속증(다른 반응이 기대되는 지시나 질문에 대해서도 같은 말이나 행동을 반복해서 보여주는 것으로 대개는 뇌질환에 원인이 있다— 옮긴이), 행동 장애? 인지변화

처음의 단층촬영 결과는 요령부득이었다. "봐. 말했잖아. 문제없다고." 결과를 받아본 도미니크가 말했다. 물론 종양은 없었다. 그러나 분명 무언가가 도미니크를 멀리 데려가고 있었으며, 앞으로 남은 것이 무엇인지도 알 수 없었다. 숱한 의문에도 해답은 찾을 수 없었다. 우리를 에워싼 공허함이 고개를 들기 시작하면서, 이상한 나라에서 헤매는 우리 발걸음은 갈수록 급하고 거칠어졌다.

신경과전문의를 만나 인지검사를 받기로 한 날까지는 3주를 기다려야 했으며, 신경학자를 가장 빨리 만날 수 있는 날짜는 7주 뒤인 크리스마스 이후였다. 크리스마스 시즌 휴무로 모든 것이 느려지고 있었기 때문이다. 도미니크는 그 사이 리암 박사를 만나보는데 동의했다. 두뇌촬영은 문제가 없는 것으로 나타났지만, 곧 다시 이상해질 것이기 때문이었다. 정말 그랬다. 그는 피곤했고 휴식이 필요했다. 그렇지만 리암 박사가 한 달간 일을 쉬라고 한들 무슨 소용이 있겠는가? 휴식을 취하면야 더없이 좋겠지만, 그는 휴식을 나중의 일로 받아들일 게 뻔했다. 일을 할 수 있는 사람이 자기뿐이라며 다음 출장 준비까지 이미 마친 상태였다.

두뇌촬영을 한 다음주, 후속 진찰을 위해 다시 리암 박사를 만나러 갔다. 에어컨이 돌아가는 대기실은 브리즈번의 숨 막히는 습기로부터 반가운 휴식처를 제공해주었다. 도미니크는 읽지도 않으면서 잡지 몇 권을 뒤적이다가 이내 다리를 떨어대기 시작했다. 리암 박사의 진료실에서는 아기의 비명 소리가 새어 나왔다. 곧이어 지친 표정의 임산부가 부스럼투성이 얼굴의 갓난쟁이를 안고 나왔다. 울먹이는 아기에게 미소 띤 얼굴로 작별인사를 한 후, 리암 박사가 도미니크를 향해 고개를 돌렸다.

"안녕하세요? 어서 들어오세요." 도미니크도 미소를 지어보이며 진료실로 들어갔다. 그때 내 지역보건의인 킴 박사가 리암 박사의 진료실 맞은편에 있는 자기 방으로 가느라 복도를 지나치다 아는 척을 했다.

"안녕하세요? 잠깐 들를 시간 있어요?" 그녀를 따라 방으로 들어가니 그녀가 문을 닫았다. 그녀는 내가 도미니크와 대기실에 있는 모습을 몇 번 보았다고 했다. 그러면서 다 잘되어가고 있냐고, 왜 그렇게 피곤해보이고 피골이 상접해 있느냐고 물었다.

갑자기 내게 초점이 맞춰지자 눈물이 터져 나왔다. 난 울먹이는 목소리로 숨도 안 쉬고 불쑥 내뱉었다. "도미니크가 정신이 이상한데 아무래도 치매에 걸린 거 같아요."

치매. 은근히 겁이 났지만 입에 올리면 사실이 돼버릴까 봐 감히 입 밖으로 내놓지 못했던 말. 두려움이 내 위를 할퀴었다.

"아직 젊으니까 절대 그럴 리 없다고 생각은 하지만……."

그러면서 주방에서 식당, 거실로, 다시 주방에서 식당, 거실로 이리저리 왔다 갔다 왔다 갔다 하지만 결국 아무것도 못 찾는 그의 행동과 여러 가지 사건들을 더 들려주었다. 그러자 그녀가 말했다. "전혀 도미니크답지 않은 행동이군요."

호주로 이주하고 얼마 안 지났을 때 만난 도미니크의 모습을 그녀는 잘 기억하고 있었다. 아이들이 감기나 중이염에 걸렸을 때 병원을 데리고 다니던 아빠의 모습을, 살갗에 난 사마귀를 액체질소로 제거하는 순간 겁먹던 아이 옆에 바싹 달라붙어 있던 아빠의 모습을, 부자간의 애정을, 도미니크 같은 아빠가 더 많기를 바랐던 일을 기억하고 있었다.

그런데 바로 전날이었다. 내가 저녁을 준비하는 동안 닉은 주방 조리대 위에 앉아 다리를 흔들어대면서 밑의 찬장 문에 신발로 검은 자국을 만들어내고 있었다. 돔이 반복적으로 왔다 갔다 하자, 신경이 곤두선 닉이 소리쳤다.

"그만요! 아, 아빠, 제발, 그만 좀 하세요!"

그 말에 도미니크는 획 돌아서서 닉의 팔을 움켜쥐었다. 그러나 나의 단호한 제지의 손길을 느끼는 순간, 돔은 갇혀버린 두뇌의 창살 저편에서 파란 눈으로 내게 애원했다. 그러곤 잿빛으로 변한 닉의 얼굴은 보지도 않고 몇 초간 얼어붙은 듯 그 자리에 못 박혀 있다가 침실로 뛰어가버렸다. 이 일도 그녀에게 다 말해주었다. 그러곤 하소연했다.

"어떻게 해야 할지 모르겠어요. 그는 잘못된 게 아무것도 없다고 생각해요. 리암 박사가 병가를 내라고 하는데도 계속 출장을 고집해요. 제지할 수가 없어요. 안전하지 않은데도요. 아무런 조치를 취하지 못하고 기다리는 사이에 끔직한 일이 벌어지면 어떡해요."

잠을 제대로 못 자 꼬챙이처럼 말라 있는 나를 보며 그녀는 자기를 다시 만나러 올 수 있겠느냐고 물었다.

"리암 박사가 도미니크와 문제의 핵심을 알아내는 동안, 당신 옆에서 잘 지내도록 돕고 싶어요."

그녀는 내게 이상한 나라의 바깥 풍경을 보여주고, 밤낮 없이 계속된 보살핌에서 벗어나 강제로나마 휴식을 취하게 해주었다. 이후 일 년 동안 나는 그녀의 사무실을 누적된 슬픔과 똑바로 서 있기도 힘들게 만드는 피로로 가득 채웠다. 그녀는 우리가 펼쳐가는 이야기들을 지켜봐주고 함께 눈물을 흘리면서 가만히 들어주었다. 또 내가 '정상적'임을 상기시켜주며 이 책을 쓰도록 격려해주었다.

환자를 이런저런 증상을 지닌 대상으로 축소시켜 보면서 차트에 생소한 용어만 기입해 넣는 의사들을 많이 봐왔다. 하지만 킴 박사는 결코 전문가연하는 비인간적이고 딱딱한 태도로 우리의 경험을 무시하지 않았다. 그녀는 이런 태도를 뛰어넘어 내 이야기를 들어주고 가장 부드럽게 슬픔을 어루만져주었다. 그녀와 리암 박사는 분명하게 감지되는 인간애로 우리의 기이한 여정을 함께하며 꼭 필요한 역할을 해주었다.

크리스마스 2주 전, 신경과전문의가 진찰을 위해 집에 왔다. 그의 충고대로 주의가 산만해지는 것을 최소화하기 위해 아이들을 데리고 밖으로 나왔다. 학교도 쉬는 날이었다. 퀸 스트리트에 있는 쇼핑몰은 뜨내기 악사들의 연주로 시끌벅적했다. 모여서 서로 시시닥거리는 십대들의 깍깍대는 웃음소리도 이따금씩 들려왔다. 아이들은 가게에 들러 생과일 스무디를 샀다.

"잘 봐. 정각 2시 방향이야." 마이크가 말했다.

"저 여자 멋지다!"

"담배를 피우잖아!"

그들은 쪽쪽 소리를 내며 스무디를 빨아마셨다. 그러고 나서 마이크는 취미용품점 창문 앞에 멈춰 서서 모형 비행기를 구경했다.

"엄마, 이 모델 좀 봐!" 마이크가 소리치자 닉이 물었다. "적십자사 비행기야?"

"하하." 나도 웃으며 가까이 다가가 구경했다.

마이크는 예닐곱 살 때부터 모형 비행기 만들기를 시작했다. 덕분에 우리 집 주방은 항공공학연구소가 돼버렸다. 아이들은 여기서 중력의 끌어당김이 작용하지 않는 외계로 비행기나 로켓을 발사했다. 그러면 이것들은 아이들 방 천장에 댕글댕글 매달린 채 지구 궤도를 맴돌았다. 덕분에 도미니크는 아이들의 방에 들어서다 수많은 비행기에 머리를 부딪혔고, 이를 계기로 아이들과 저 하늘 높은 곳에서 다시 가상의 전투를 시작했다. 그러면 난 보통 이 전투를 평화와 구조, 혹은 식량과 의약품 투하 임무를 수행 중인 것으로 재구성해주었다.

당시 어린 마이크는 얼마 전부터 새로운 비행기에 눈독을 들이고 있었다. 마이크에게 가게에 가보자고 하자, 도미니크가 얼른 달려가 코트를 걸쳐 입으며 말했다.

"내가 데리고 갈게."

"왜?"

"당신하고 가면, 불쌍하게도 애한테 적십자사 비행기를 사들려 올 거잖아."

"적십자사 비행기가 뭐 어때서?"

"마이크가 원하는 건 2차 세계대전 당시에 쓰던 것과 같은 비행기라고."

"하지만…… 장난감에 대한 우리의 생각은 어쩌고? 폭력을 암시하는 어떤 것도 권장하지 않는 게 분쟁을 잠재우는 최고의 길이라고 생각해. 당신도 파괴가 아니라 세우고 창조하는 데 상상력을 발휘하도록 돕는 장난감을 더 좋아하잖아."

"하지만 아이들한테 들려줘야 할 이야기도 있어. 세계의 역사에 대한 이야기야. 세계 역사에서도 배울 게 많아. 자, 전투기 사러 가자!"

아이들과 나는 이 추억에 웃음 지으며, 야외 상점들에서 크리스마스 쇼핑을 하는 인파를 뚫고 계속 걸음을 옮겼다. 닉이 팔꿈치로 다정하게 나를 쿡쿡 찌르며 말했다.

"맞아. 총은 안 되고, 여자를 물건 취급하지도 말라고 그랬어."

"야, 저 가슴 좀 봐!"

"와, 죽이는데!"

"사이즈가……?"

"C? 아니면 C반?"

아이들이 나를 쳐다봤다.

"거의, 될똥말똥……!"

나는 미소를 지으며 말했다.

"아냐. 저 여잔 안 넘어올 걸."

두 아이 모두 배꼽을 잡고 웃었다.

09

신경과전문의에게서 '검사' 결과를 받는 데는 일주일이 걸렸다. 하지만 우리가 겪고 있던 혼란스러운 정황을 충분히 이해하기까지는 더욱 긴 시간이 필요했다. 더 많은 검사들이 필요했지만, 도미니크는 '테스트를 통과했다'며 검사를 거부했다. 뭐라 말하겠는가? 자신이 괜찮다는데. 결국 그는 크리스마스를 지내고 중국으로 떠났다.

사이먼과 몰리가 그들의 집에서 크리스마스를 함께 보내자고 제안했다. 며칠 머물면 우리에게도 도움이 될 거라고 했다. 그런데 크리스마스 날 아침, 돔이 이해할 수 없는 행동과 반응을 보이기 시작하자 몰리는 괴로움을 들키지 않으려고 크리스마스트리에서 자리를 피했다.

돔은 불안하게 서성거리며 절제할 줄 모르고 먹어댔다. 시골의 아름다운 사유지에 있는 사이먼의 원예식물재배장을 거닐 때는 어마어마한 뱀들을 보았다고 호들갑을 떨었다. 양손으로 뱀의 몸통 크기까지 어림잡아 보이며 설명을 늘어놓았다. 하지만 처음에는 다섯 마리라고 했다가, 다음에는 여섯 마리, 그 다음에는 여덟 마리라고 하는 등 숫자만 계속 달라질 뿐 내용은 똑같았다.

결국 이 방문은 아무런 효과가 없었다. 도미니크는 비판을 감지하면 극도로 예민하게 반응했다. 사이먼이 관찰한 내용을 언급하면서 치료를 받도록 도와주겠다고 하면, 돔은 멀쩡하다고 우겨대면서 펄펄 뛰었다. "정신분열증이나 뭐 그런 거에 걸린 것 같아요." 사이먼은 이렇게 말했다.

병가중인 데다 여행하지 말라는 의사의 조언도 있었지만, 우리는 결국 브리즈번으로 돌아왔다. 그리고 미국에서 길을 잃고 헤매다 괴한들에게 봉변을 당한 지 불과 6주 만에 도미니크는 중국으로 떠났다. 신경과전문의의 진료 예약에 못 가는 것에는 신경도 안 썼다. 도미니크 말에 의하면 그를 만날 필요도 없기 때문이었다.

그의 출국을 막을 의사 권고서를 얻어내기 위해 나는 갖은 노력을 다했다. 우리가 개입하기 전에 돔이 완전히 망가지거나 끔찍한 일을 당하는 것은 원치 않았기 때문이다. 상황은 지금도 충분히 안 좋았고, 그는 안전하지 않았다. 하지만 위협이 분명한데도 불구하고 진단서 내용은 여전히 너무 애매모호했다. 개입할 근거가 충분하지 않다고 했다. 진정제를 갖고 달려가 의식불명 상태로 침대에 묶어두지 않는 한, 출장을 막을 길은 없었다.

"또 출장 가시려고요?" 닉이 물었다.

"엄마 생일은 놓치지 않는 게 좋으실 거예요. 엄마 생일에도 돌아오시지 않으면……." 마이크가 말했다.

도미니크가 혼란스러운 상태에서 벗어나기 위해 잘 아는 무언가로 도망치는 것이라 해도, 전혀 위안이 안 됐다. 여행을 가도 상태는 달라지지 않을 것이기 때문이었다. 실제로 집에서 멀리 떠나면 상태는 언제나 더 악화됐다. 그가 가르치는 내용들은 그가 잘 아는 것이고 장기기억으로 쉽게 다가갈 수 있었다. 그래서 비교적 혼란에서 자유로웠다. 하지만 중국은 달랐다.

새로운 환경에서 계획을 세울 수도, 길을 찾을 수도 없게 되면, 증상은 크게 악화됐다. 그런데도 난 거기서 무슨 일이 벌어지고 있는지, 대부분의 시간 동안 그가 어디에 있고 언제 오는지조차 알 수 없었다.

처음에 난 그가 중국에 못 갈 거라고 생각했다. 계획을 치밀하게 세우지 못한 탓에, 그의 호주 여권이 아직 시드니 주재 중국 대사관에서 비자 발급을 기다리고 있었기 때문이다. 비자가 없으면 떠나지 못할 것이었다. 하지만 그는 결심을 굽히지 않더니 네덜란드 여권을 갖고 홍콩으로 날아갔다. 그리고 비자가 없어서 중국 입국을 거절당했다. 설상가상으로 네덜란드 여권으로는 더 이상 호주 재입국에 필요한 비자도 발급받을 수 없었다.

호주 출입국관리소에 전화를 걸어봤더니, 재입국에 유효한 비자가 없으면 호주로 돌아올 수 없다고 했다. 예상대로 도미니크는 홍콩에서 오도 가도 못하는 신세가 되었다고 이메일을 보내왔다. 중국으로 들어갈 수도, 비행기를 타고 집으로 돌아올 수도 없다고 말이다.

호주 출입국관리소의 조언대로, 나는 홍콩에 있는 대학 사무실로 직접 그의 여권을 보냈다. 내게는 물론, 돔의 학과에도 그가 상세

연락처를 알려주지 않았기 때문이다. 그래서 그가 어디에 묵고 있는지, 언제 중국에 들어갈 수 있는지, 언제 집으로 돌아올지 전혀 알 수 없었다. 하지만 모르기는 그도 마찬가지일 것 같았다. 나의 강권에 요즘에는 휴대폰을 갖고 다녔지만, 휴대폰을 사용하려고도 않고 사용법도 몰랐기 때문에 통화도 안 됐다. 결국 이메일에 의지할 수밖에 없었는데, 그는 답장도 보내다 안 보내다 했다. 그렇게 며칠간 아무런 답장도 없더니, 내 생일에 메시지를 보내왔다.

'여보 생일 축하해. 사랑해!'

2주 만에 드디어 그가 집에 돌아오자, 나의 상상 속에서 돌아다니던 온갖 헤드라인들은 일시에 사라져버렸다. 호주인 교수 중국에서 실종…… 호주인 교수 중국에서 사체로 발견…… 수감중인 호주인 사형 위기에 직면— 도미니크가 마약상에게 만만한 표적으로 찍혀서, 그도 모르는 사이 우아하게 마약상의 가방이 호주로 들어오는 세관을 통과하도록 돕는 광경을 상상했기 때문이다.

나는 도미니크가 지키지 않은 신경과전문의와의 진료 약속을 다시 잡았다. 도미니크는 약속 시간에 맞춰 집에 돌아왔다. 하지만 그를 어떻게 약속 장소까지 데려갔는지는 기억나지 않는다. 그 후 나는 대학 관계자들을 만나러 갔다.

대학 캠퍼스로 차를 모는데 마뜩잖은 마음 때문인지, 스스로 곧 털어놓을 이야기로부터 필요한 거리를 유지하기 위해 애쓰면서도 한편으로는 일말의 신뢰감으로 나약함을 다스리려 몸부림치는 스파이 같은 기분이 들었다.

도미니크는 여전히 의사와의 만남을 시간낭비라고 생각했다. 법의학적 시각에서 볼 때, 도미니크는 여전히 '대부분 모호한 상태를 보이기 있기' 때문에 의사들로서는 무리하게 진단 내리기가 힘들었다. 하지만 그의 고용주라면 다른 입장을 취할 수 있을 것 같았다.

사실 이런 방법은 쓰고 싶지 않았다. 도미니크가 치료를 받아들여 교수로서의 위신을 유지할 수 있기를 바랐다. 하지만 그는 또 베트남 출장을 계획하고 있었으며, 해외 출장은 그에게 어떤 것이든 더욱 위험했다. 한마디로 출장 갈 상태가 아니었다. 갈수록 악화되고 있었으며, 위기를 회복의 발판으로 삼을 의지나 힘도 없어 보였다. 돔이 알 수 없는 병에 시달리고 있는 것은 분명했다. 하지만 그의 협조가 없다면, 그가 완전히 망가지기 전에는 아무것도 달라지지 않을 것이었다. 누군가 개입하기도 전에 끔찍한 일을 당하고 말 것이었다. 당시 나는 아버지에게 메일을 보냈다.

어떻게 해야 도미니크가 도움을 받아들일 수 있을지 모르겠어요. 상태를 호전시켜 예전처럼 돌아가기 위해 별별 짓을 다 해봤지만, 아무 소용이 없었어요. 머리 위에 접시 40개를 올려놓고 균형을 잃지 않으려 발버둥치면서 판당고(스페인 남부 안달루시아 지방의 민속 춤 혹은 춤곡—옮긴이)를 추는 것 같아요. '세상은 끝나지 않았어' 노래를 부르면서요.

내려놓는 것도 하나의 과정인 것 같아요. 모든 길을 탐험해보기 전까진 포기하지 않는 게 제 성격이잖아요. 더 이상의 다른 해결책을 찾는 게 사실은 해결책이 아니라는 걸 마음으로 깨닫기 전까지 모든 가능성들을 시도해봐야 할 것 같아요.

대학의 어느 고층 건물에 있는 인사과 사무실에 자리를 잡고 앉았다. 도미니크를 구하려는 열망으로 도미니크를 배반하는 희한한 행동을 취하려는 참이었다. 그가 학과에서 문제를 일으키고 있는지 어떤지는 몰랐지만, 학과에서 징계 조처를 취할까 봐 두렵기도 했다. 하지만 배우자의 상사에게 어떻게 그런 문제를 물어볼 수 있겠는가? 돔이 보호받기를 바랐지만, 직장에까지 찾아와서 가정사를 털어놓는, 드라마에나 나올 법한 아내로 오해받을까 봐 걱정도 됐다. 게다가 온갖 분명하고 뻔한 사실들에도 불구하고, 가끔은 내 생각에 여전히 의구심이 일었다. 그래도 보살핌의 의무가 있으므로 대학당국은 내가 제공하는 정보에 따라 조처를 취한 것이라고 확신했다. 그러므로 모든 것을 털어놓기로 마음먹었다. 다른 선택이 없었다.

"직관적으로, 무슨 일이 벌어지고 있다고 생각하시죠?"

"확실히는 저도 모르겠어요."

나의 두려움은 아직 기정사실로 밝혀진 것이 아니었고, 도미니크를 직장에서 궁지로 몰아넣고 싶지도 않았다. 그가 호전될 수만 있다면 더더욱 그랬다. 하지만 그에게는 의학적 판단이 필요했으며, 다음 베트남 출장을 못 가게 해야만 했다. 그는 안전하지 않았으며, 대학에도 골칫거리였기 때문이다.

이미 말한 이야기 말고도, 도미니크는 확실히 점점 더 쉽사리 혼란에 빠지는 것 같았다. 방향을 따라가려 애쓰는 데도 도처에서 길을 잃어버렸다. 명성이 대단한 연구기금의 수혜자로서, 이 기금을 운용할 능력이 그에게 있는지 걱정이 됐다. 게다가 그는 새로운 기술을 배우거나 복잡한 생각의 줄기를 따라잡는 데도 갈수록 어려움을 느끼고 있었다. 이 모든 변화들이 그를 외국에서 더욱 위험하게 만들었다. 내가 대학에 왔다는 걸 돔도 알았지만, 그를 괴롭히지 말라고 당부하러 온 것으로 생각하고 있었다.

복도 저편의 다른 사무실에서 희미하게 전화벨 소리가 들렸다. 인사과 직원이 펜을 내려놓은 후에도 우리는 잠시 대화를 더 나눴다. 마무리 말을 주고받고, 다음 절차를 확인한 후 내 주소를 상세하게 알려주었다. 그러곤 미소로 서로를 안심시켰다.

"아주 힘든 걸음이셨을 텐데 와주셔서 감사합니다." 그가 친절한 목소리로 말했다. 나는 악수를 나눈 후 닫힌 문 뒤에서 즉각 여기저기로 전화 거는 모습을 상상하면서 건물을 빠져나왔다. 브리즈번의 화창한 햇살 속으로 걸어 나와 차 문을 열자, 훅 열기가 빠져나가는 게 느껴졌다. 깜빡하고 앞 유리창에 햇볕가리개를 내려놓지 않은 탓에 운전대가 손을 대기도 어려울 만큼 뜨거웠다. 차에 시동을 걸고 에어컨에 공기가 쾌적해지기를 기다렸다.

도미니크는 이제 최소한 진단만이라도 철저히 받아볼 것이다. 그를 안전하게 지키기 위해 할 수 있는 일은 다했다. 하지만 이 망할 일이 세상에 알려지는 건 여전히 두려웠다. 알려졌을 때 어떤 일이 벌어질지 알 수 없었기 때문이다. 하지만 도움을 받기도 전에 돔이 완전히 망가진다면, 아시아의 어느 감옥보다는 그래도 호주에 있을 때 그러는 편이 더 나을 것 같았다.

대학 당국은 즉시 비행기표와 여행 경비의 지급을 차단했다. 위험성 여부 진단을 철저히 받으라는 지시를 내리고, 도미니크와 면담 일정을 잡았다. 신경과전문의는 내게 이렇게 조언했다.

"면담을 간단하게 해달라고 하세요. 사람들의 이목이 집중되지 않게, 조용히 위협적이지 않은 방식으로 해야 합니다. 위급한 사태가 발생하는 건 피해야 하니까요."

그의 조언대로 인사과 직원과 학과장은, 출장 교직원들에게 충분한 의학적 통과절차가 필요하다는 점을 잡담하듯 가볍게 알린 후, 의사들이 연락을 취하게 허락해달라고 했다. 돔은 동의했다. 스스로 건강하다고 생각한 돔은 베트남으로 날아가는 데 필요한 일이라면 뭐든 하고 싶어 했기 때문이다.

집으로 돌아오면서 돔은 다음 출장과 사직에 대해 되풀이해서 이야기했다. 그는 직장을 그만두거나 밴쿠버로 옮기고 싶어 했다. 하지만 나는 충동적인 사직으로 직장을 다시 못 얻으면 어쩌나 걱정이 됐다. 또 보험 혜택도 없이 의학적인 이유로 정직을 당할 수도 있었다. 그러나 대학 측이 의사들과 직접 이야기하도록 도미니크가 허락한 순간, 이 문제는 그들에게 맡겨졌다. 그리고 도미니크는 의학적으로 사직을 결정할 능력이 없는 것으로 여겨졌다. 이로써 돔은 보호를 받게 되었다.

가슴 아프게도 도미니크는 훨씬 후에 정신이 맑아진 순간에서야 해외 출장 중의 실태를 이야기했다. 출장에서 집에 돌아올 즈음에는 비행기를 놓치거나 길을 잃는 따위의 일들은 그에게 아무것도 아닌 사건으로 흩어져버렸다. 두뇌가 망가져가면서, 그가 처한 상황에서 느꼈던 두려움을 기억하지 못하고 그 여파에 시달리지도 않았기 때문이다. 그로 인해 그는 여전히 출장의 위험성을 인식하지 못했다.

이후로 몇 개월 동안 돔은 진찰을 받고, 의학적인 이유로 사직을 하고, 그러면서도 계속 베트남 출장 계획을 이야기했다. 의사들은 병이 진행될수록 충동적인 면이 줄어들고, 자신의 생각에 따라 행동하는 추진력도 잃을 것이라고 했다.

시간이 지나자 그는 실제로 차분해졌고, 우리의 다정했던 도미니크로 돌아왔다. 난 여권을 숨겨버리고 그의 출장 계획에 결코 딴죽을 걸지 않았다. 걱정하는 대신 그냥 이렇게 말해주었다. "돔, 당신 같은 사람을 갖게 되다니 베트남은 정말 운이 좋아. 당신이 가장 자랑스러운 게 뭐야?" 그러면 돔은 흥미를 갖고 자신에게 가장 중요한 것들을 늘어놓았다. 이럴 땐 미소를 머금었지만, 그가 쓰는 어휘는 제한돼 있었으며 사실들을 혼돈하기도 했다. 이런 수용적인 태도 덕분에 우리는 그에게 아직 중요한 것과 진정한 성취감을 안겨주는 일들이 무엇인지를 이해하게 되었다. 그러나 이런 상황은 얼마간 시간이 지난 후에야 펼쳐지기 시작했다. 그전까지 삶은 여전히 예측할 수 없는 방향으로 물을 튀겨대며 심하게 꿈틀거리는 정원용 호스처럼 전개되었다. 다시 호스의 방향을 고정하고 길들이기까지, 모두가 물에 흠뻑 젖곤 했다.

도미니크는 대학 측이 의사들과 논의하는 것을 허락하고 면담에서 돌아왔다. 잔디밭에서 개들에게 빗질을 해주고 있는데, 그가 다가왔다. 맥시는 푹 긴장을 푼 채 등을 바닥에 대고, 부끄러움도 없이 다리를 쩍 벌린 자세로 태양을 향해 배를 드러내놓고 있었다. 도미니크의 목소리가 들리자, 맥시가 꼬리를 흔들어댔다.

도미니크는 제시에게로 건너가 양손으로 제시의 귀 뒤를 쓰다듬어주었다. 제시는 신나게 그의 얼굴을 핥다가 배를 문질러달라고 발라당 드러누웠다. 그도 웃으며 제시와 함께 잔디밭에 앉아서 소맷자락으로 얼굴을 닦았다. 제시와 그의 관계에는 애정이 넘쳤고 복잡하지도 않았다. 그가 배를 문질러주자, 등을 대고 누운 제시는 기분이 좋은 듯 다리를 흔들어댔다. 나는 그에게 술을 건네주었다. 그는 쉽사리 주의를 빼앗겼다. 시간이 지나면서 나는 그의 주의를 부드럽게 다른 데로 돌리는 이 기술을 더욱 섬세하게 갈고 닦았다. 특히 짜증을 불러일으키는 돈 이야기에서 다른 문제로 대화를 돌리는 일을 잘하게 되었다.

이제 나는 지속적인 재정 대리인의 권한을 발휘해 그의 신용카드들을 전부 동결시켜버렸다. 또 우리의 재정 관리권을 떠맡아 인터넷 뱅킹에 필요한 패스워드도 바꾸고, 도미니크가 우리 돈에 손을 못 대도록 내 이름으로 새로 계좌를 개설했다. 돔을 우리의 재정에서 차단시켜버리다니? 어쩌다 이런 지경까지 이르렀을까? 나는 아파테Apate(속임수와 사기의 여신—옮긴이)일까? 아니면 소테리아 Soteria(안전의 여신—옮긴이) 일까? 나의 행동은 기만인가? 아니면 보살피기 위한 것인가?

도미니크는 출장 중일 때나 집에 있을 때나 완벽한 착취 대상이 됐다. 그의 이해력 부족으로 텔레마케터들에게 꿈 같은 존재가 된 것이다. 여행사나 자선단체, 신용카드사 어디든 흔쾌히 '좋다'고 대답하고, 그에게 전화를 걸거나 다가온 사람 누구에게나 돈을 펑펑 퍼주었다. 그의 납득할 수 없는 지출 범위를 놓고 보자면 경제적으로 파산할 게 뻔했다. 결국 전화료나 전기세, 자동차 휘발유 값, 한창 크는 아이들을 위한 식료품 값처럼 매일 들어가는 돈은 말할 것도 없고, 대출금과 아이들 학교 수업료도 더 이상 못 내게 되고 말았다. 엄청나게 불어난 빚을 갚을 방법도 없었다. 경제적으로 심각한 곤란에 빠졌으며, 집을 잃을지도 모르는 위기에 봉착했다.

도미니크는 이런 상황을 전혀 이해하지 못했으며, 나 역시 그를 이해시키려는 노력을 포기해버렸다. 대신 나는 우리가 처음에 만든 공동예금계좌에 약간의 돈을 남겨두었다. 독립적으로 이 현금카드를 사용하면서 그에게도 어느 정도 경제권이 있는 것처럼 느끼게 하기 위해서였다. 도미니크는 그러나 그의 경제 상황이 관리되고 있음을 전혀 눈치 채지 못했다. 10달러와 10,000달러의 차이도 아마 몰랐을 것이다. 이 계좌의 돈이 바닥나면, 나는 경제적인 책임감이 없다며 화를 내는 대신 그의 좌절에 충분히 공감해주었다. 우리 돈이 다른 곳에 안전히 모셔져 있음을 알기 때문이다.

그러다 그가 현금자동인출기 사용도 어려워하게 됐을 때는 그 '멍청한 기계'를 대면하지 않아도 되도록 지갑에 약간의 현금을 넣어주었다. 도미니크의 병이 더욱 심해졌을 때는 사용하지도 않는 은행카드가 그대로 남아 있는 지갑 속에 길 잃을 때를 대비해서 긴급 연락처를 상세히 적은 신분증을 함께 넣어주었다. 그리고 변호사의 도움으로 내 유언장을 다시 작성하고 위탁을 준비했으며 유언집행자도 새로 지정했다. 또 나의 재정대리인도 바꾸고, 내 생명보험 약관에 따라 수혜자 자격도 바꾸었다. 법적으로나 의학적으로나 도미니크에게는 더 이상 결정 능력이 없었기 때문이다. 또 내가 갑자기 버스에 치여도 그와 아이들이 보호받을 수 있도록 확실히 해두고 싶기도 했다. 그러는 와중에도 나는 직장엘 다니고, 아이들을 학교에 보내고, 집안일을 하고, 강아지들을 산책시켜야 했다.

도미니크와 내가 빗질을 마치자, 강아지들은 동시에 일어나서 깨끗하게 몸을 털었다.

"나하고 강아지들 산책시켜줄까?"

"좋아."

내가 가죽 끈을 쥐자, 신이 난 맥시가 어쩔 줄 모르고 우리 주변을 겅중겅중 뛰어다녔다. 도미니크는 한마디 말도 없이 내 옆에서 걸었다. 집으로 돌아오는 길에 미지근하고 굵은 빗방울들이 띄엄띄엄 떨어지기 시작했다. 그러나 때맞춰 집에 도착한 덕분에 억수로 쏟아지는 빗줄기를 집 안에서 구경할 수 있었다. 아이들이 아주 어렸을 적 밴쿠버에 살던 시절이 떠올랐다.

"여기는 언제쯤에나 비가 안 오나?" 노스 쇼의 작은 집 거실 창문을 내다보며 도미니크가 말했다. 거실 창문을 두드려대며 후드득 떨어지는 빗방울들을 보면서 날씨를 생각하는 동안, 그의 크고 짙은 그림자가 우리에게 드리웠다. 밴쿠버의 어느 축축한 겨울날, 우리는 오후 4시 30분부터 어둠에 휩싸여 있었다. 비에 흠뻑 젖은 이 도시에서의 짧은 겨울 낮은 이미 삶의 한 부분이 되어 있었다.

우리는 아이들이 세 살과 네 살이 되었을 때 남아프리카공화국에서 이곳으로 이사를 왔다. 더반의 햇살과 쏟아지는가 싶으면 이내 걷혀버리는 따스한 열대의 폭우를 도미니크는 그리워했다. 열대의 폭우는 푸른 하늘을 오래도록 훔쳐가지 않았기 때문이다.

그는 창문에서 떨어져 우리에게 포도주를 한 잔씩 따라주고, 나와 함께 난롯가에 앉았다. 우리는 낡은 갈색 소파 위에 다리를 올려놓고 서로를 마주보았다. 그가 의자 팔걸이에 기댄 채 내 발을 마사지해주기 시작했다. 당시 그는 도시계획 박사과정을 밟으며 집에서 아이들을 돌보고 있었다. 나는 직장을 다녔기 때문에 아이들 중심으로 학교 일정을 조정하는 것은 그의 몫이었다. 아이들은 아빠와 보내는 시간이 너무 즐거워서, 엄마를 그리워하지 않는 아이들 때문에 내가 느낀 소외감 따위는 전혀 의식하지 못했다.

"오늘은 어땠어?" 내 물음에 그가 대답했다.

"아침에는 제멋대로인 꼬마 여행자들을 안전하게 안내했지."

오늘은 아이들이 다니는 초등학교에서 그가 방과 후 교통정리 당번을 서는 날이었다. 아이들은 각각 유치원과 초등학교 1학년에 다니고 있었다.

"그런데 애들은 정말 벼룩만큼이나 집중 시간이 짧더라구!" 그가 소파에서 편안하게 자세를 고쳐 앉으며 말했다. "쿠션들은 다 어디 있는 거야?"

"애들이 다 가져갔어. 우리 침대 베개까지 몽땅."

마이크와 닉은 침실에서 분주하게 요새를 만들고 있었다. 이단침대의 매트리스 밑으로 시트의 한 끝을 접어 넣고, 나머지는 두 개의 주방 의자에 걸쳐 늘어뜨렸다. 그리고 시트를 꾹 눌러주기 위해서 시트 위에 책 더미까지 쌓아올렸다. 이렇게 만들어진 어두운 은신처는 폭풍우에도 끄떡없었으며, 집안의 온갖 쿠션과 슬리핑백들이 넘쳐났다. 책 읽는 데 쓸 전등까지 비치되어 있었다.

"당신은 어땠어? 병원에서 힘들지 않았어?"

정신병원에서 치료사로 일하는 나의 이야기에 그는 언제나 흥미를 느꼈다. 우리는 둘 다 인간에 대한 애정으로 일하고 있었지만 각자 방식은 달랐다. 그래서 언제나 서로 참고할 점이 많았다.

"난 그런 일 못해."

"무슨 일?"

"당신이 하는 일 같은 거 말이야. 현실을 이해하지 못하는 사람을 만나야 하는 일이라면 특히 더. 누군가 나한테 와서 초록색 고블린을 봤다고 하면, 나는 아마 말도 안 되는 소리라고 할 거야."

"아냐, 안 그럴 거야."

"아냐, 그럴 거야."

"글쎄, 그렇게 말한다고 도움이 될까?"

"모든 것이 날 미치게 만들어버릴 거야!"

그에게 다른 쪽 발을 내밀었다.

"초록색 고블린은 존재하지 않아. 그건 실제가 아냐."

"고블린이 있고 없고는 중요하지 않아. 가장 중요한 문제는 초록색 고블린이 보인다는 사람에게 어떻게 말해주느냐 하는 거지."

그는 계속 내 발을 주무르면서 나를 향해 씨익 소년처럼 웃었다. "나도 알아. 그래도 어떻게 그런 일을 할 수 있는지 모르겠어. 나한테는 그런 참을성이 없는데 말야." 그러고는 머리를 살짝 한쪽으로 기울이며 말했다. "혹 그런 일이 나한테 일어나면, 당신이 나를 보살펴줬으면 좋겠어."

10

신경과전문의 상담실의 문서 보관함 위에는 골진 띠의 양 끝이 붙어 있는 검은 중절모가 하나 놓여 있었다. 상담실에 그런 모자가 있으리라고는 상상도 못했다. 상담의가 혹시 접은 우산을 겨드랑이에 끼고, 단추 구멍에는 진홍색 카네이션을 꽂은 채 탭댄스를 추며 사람들의 삶에 생기를 불어넣어주는 그런 류의 남자는 아닌가 하는 생각이 들었다. 아니면 이 모자가 혹 어두운 초록색의 커다란 사과 뒤에 얼굴을 숨기고 있는, 르네 마그리트의 자화상 〈사람의 아들 The Son of Man〉에서 굴러 나온 것은 아닐까?

이런저런 질문들을 던지고 병력을 상세히 검토하더니 중절모 의사는 도미니크가 양극성 장애, 즉 조울증에 걸렸다고 진단했다.

"그럼, 우리가 하는 말 중 일부를 제대로 이해하지 못하는 건 왜 그런 거죠?" 햇살을 마주보고 있는 나와 달리 의사는 창문을 등지고 앉아 있어서 윤곽만 보였다.

"그는 좀 이례적인 경우입니다."

"그럼 길을 잃는 건요? 생활비 계산하라고 직접 설치해준 스프레드시트나 숫자 같은 것들은 왜 이해 못하는 거죠?"

"가끔은 치매에 걸린 건 아닐까 의심되기도 할 겁니다. 하지만 조울증에 걸려도 그런 증상이 나타날 수 있어요."

그가 위로하려는 듯 실루엣을 깨고 앞으로 몸을 기울였다. "조울증은 치료할 수 있어요. 분명히 약속드리죠. 도미니크를 원상태로 되돌릴 수 있습니다." 그러고는 친절한 미소로 불안감을 달래주려 했다. "알게 되시겠지만, 시간을 갖고 약물 치료를 하면 효과가 나타날 겁니다."

도미니크의 증상이 이례적이라는 말에 희망이 느껴졌다. 그날 오후 나는 팸플릿들을 한움큼 들고 그의 사무실을 나섰다. 저녁인데도 공기가 아직 후텁지근한 게 마치 랩처럼 피부에 들러붙는 것 같았다.

닉과 저녁을 먹고 뒤편 테라스에 나가 앉았다. 산들바람이 간질간질 불어왔지만 시원하지는 않았다. 바람에 주변의 습한 공기가 뜨거운 김처럼 훅 우리를 스쳐갔다. 도미니크는 침대에 있었고, 마이크는 자기 방 천장용 선풍기 아래서 숙제를 하고 있었니.

"조울증은 아닌 것 같아." 아이들에게 보여주라고 의사가 건네준 팸플릿들을 쥔 채 닉이 말했다. "아빠 증상은 여기 적혀 있는 내용하고 달라. 들어맞지 않는다구."

핸드폰 소리에 대화가 끊겼다. 닉의 친구가 그 주에 마감인 영문학 과제를 도와달라고 전화했다. 닉은 증상이 적힌 팸플릿을 한 손에 든 채로 탁자 위에 발을 올려놓고는 끊임없이 자세를 바꿔가며 친구가 〈마오의 라스트 댄서Mao's Last Dancer〉에 독자 중심적인 접근법을 취하게 도와주었다. 그러곤 핸드폰을 끊고 의자에 등을 기댄 채 소책자를 훑어보며 아빠의 병을 다시 진단해보려 했다.

"난 기대 안 할 거야."

"왜?"

"조울증 같지 않으니까. 결국 조울증이 아니란 것만 깨닫게 될 거야. 아빨 두 번 잃을 순 없어."

닉은 희망을 보류했지만, 도미니크는 양극성 장애 치료제를 복용하기 시작했다. 더불어 그를 차분하게 진정시켜주는 약들도 복용했다. 하지만 이후 몇 주가 지나도록 증상은 호전되지 않았고, 베트남행 비행기에 오르고야 말겠다는 광적인 결의도 좀체 수그러들지 않았다.

중절모 의사는 비행기를 탈 만큼 돔이 건강하지 못하다고 보았다. 결국 그의 여권을 숨겨야만 했다. 도미니크로서는 이 모든 제약들이 이해할 수 없는 일이었다. 그래서 입원해서 몸 상태를 더 철저하게 검진 받아보라는 의사의 제안도 공손하지만 분명하게 거절했다. 제안은 고맙지만 아무 문제가 없으니 베트남에 가겠다고 우기기만 했다.

이제 우리가 선택할 수 있는 방법도 바닥을 드러내고 있었다. 두 번째 만남에서 중절모 의사는 일어날지도 모를 일들을 자세히 알려주었다. 그는 도미니크에게 자발적으로 병원에 입원하라고 한 번 더 조언했다. 도미니크가 거절하면, 정신보건법에 따라 입원시켜 강제로 진단과 치료를 받게 할 수밖에 없다고 했다. 도미니크의 안전과 직업적인 명예를 지켜주기 위해선 그렇게 해야만 했다.

도미니크는 거절했다. 비행기를 타야 하므로 병원에 입원할 수 없었다. 결국 서류가 나왔고, 나는 입원동의서에 서명해야 했다. 도미니크를 돕는 일이었지만 그의 간수가 된 것 같은 느낌이 들었다.

도미니크는 많은 의학 전문가들이 포진해 있는 스프링 힐의 진료실에서 곧장 가까운 정신병원으로 직행해야만 했다. 택시는 타고 갈 수 있지만, 도망칠 경우에는 경찰에 체포될 것이라고 했다. 경찰이라는 말에 도미니크는 혼란스러운 듯 얼굴을 찌푸렸다. 도대체 경찰이 무슨 상관이야? 두려움과 분노가 그의 얼굴에서 일렁였다.

"택시타고 갈 거야. 경찰은 필요 없어." 내가 다독였다. 대기실의 접수대 앞에서 기다리자 접수원이 택시를 불러주었다.

"망할 파시스트 같으니라구!"

도미니크가 나를 몰아세우자, 병적일 정도로 마른 십대 소녀가 왕방울처럼 놀란 눈을 하고 엄마에게 바싹 달라붙었다. 그러자 접수원은 고개를 들어 낮은 목소리로 밖에서 기다리라고 했다. 도미니크와 단둘이 밖에 있어도 괜찮겠냐고 물어주는 사람은 아무도 없었다.

중절모 의사를 만나러 올 때 나는 도미니크와 버스를 타고 왔다. 출장은 안 된다고 만류하는 의사에게 도미니크가 짜증이 나 있는 상태였기 때문이다. 그가 차 안에서 폭발해버릴지도 모르는 일이었고, 그러면 나 혼자서 차를 운전하는 게 안전하지 않을 수도 있었다.

이제 우리는 커피숍 근처의 인도 위에 서 있었다. 크림색과 갈색 줄무늬의 차양 밑에 탁자들이 놓여 있었다. 커피숍의 자연스러운 분위기가 그 뒤에 다소 지루한 모양으로 줄지어 있는 병원 건물들과 대조를 이루었다.

"이 망할 나치!" 도미니크가 차 소음을 뚫고 소리를 질렀다. "꼭 존 하워드 같아! 전부 다 망할 파시스트들이야! 난 그래도 베트남에 갈 거야!"

커피를 마시던 사람들이 놀라 우리를 쳐다보았다. 회색의 맞춤 팬츠 슈트에 분홍과 자주색 스카프로 분위기를 밝게 살린, 전문 직장인처럼 보이는 여자도 고개를 돌려 우리를 바라보았다. 나와 눈이 마주치자 얼른 다른 곳으로 시선을 돌렸다. 그녀의 하이힐이 인도를 때리면서 또각또각 멀리 사라져가는 소리가 들렸다.

"파시스트! 난 베트남에 갈 거라구!"

그 여자의 걸음이 약간 더 빨라졌다.

이건 도미니크가 아니었다. 이것이 그에게 무슨 짓을 하도록 만들었는지 알게 되면, 그는 정말로 굴욕을 느낄 것이다. 나는 도미니크를 점령한 초록 고블린을 그냥 지켜보았다. 그에게 도전할 수는 없었다. 그러면 언제나 상황이 더욱 악화됐기 때문이다.

"파시스트!"

보이지 않는 한 줄을 따라 앞뒤로 미친 듯 왔다 갔다 하면서 그는 고래고래 폭언을 퍼부었다. 하지만 신체적으로 공격을 가하지는 않았다.

차양 밑에 앉아 있던 남자가 의자에서 몸을 들썩였다. '괜찮아요. 차분히 계셔주세요.' 내가 그 이방인에게 바람을 전하자, 그는 다시 의자 깊숙이 몸을 기대고 우리에게 시선을 고정시켰다. 나는 택시가 올 때까지 도미니크가 안전하게 활보하면서 마음껏 불만을 표시하도록 그와 거리를 유지했다.

"돔?" 택시가 길가에 차를 댔을 때, 나는 미소를 지으며 그에게 손을 쭉 내밀었다. 그가 느끼지 못하도록 나의 요동치는 불안과 충분히 거리를 두고 싶었다. 그는 앞으로 어깨를 기울이고는 의존적인 아이처럼 내 손에 자기 손을 얹었다. 나는 그가 차에 타도록 도왔다.

"안녕하십니까!" 그가 안전벨트를 조이며 환한 미소로 운전사에게 인사를 건넸다. "기분이 어떠세요?"

"네, 좋습니다. 고맙습니다, 선생님. 누군가를 도우러 오게 될 줄은 몰랐어요. 긴급하다고 들었는데."

"아뇨. 급하지 않아요."

운전사가 길가에서 차를 빼 급하게 유턴을 하는 동안 도미니크가 말했다. 그러고는 나와 함께 뒷좌석에 차분히 자리를 잡았다. 그의 살갗 아래서, 팔과 허벅지 밑에서 잔근육들이 떨리는 게 느껴졌다. 나는 멍하니 쳐다보는 구경꾼들 너머로 언덕 높은 곳에 있는 풍차 오두막The Old Windmill(1828년 죄수들이 지은 건물로 옥수수를 갈거나 죄수들을 벌주는 데 사용되었다—옮긴이)을 바라보았다. 죄수들이 지은 이 건물은 퀸즐랜드에서 가장 오래된 건물의 하나였다.

15분 뒤 우리는 병원에 도착했다. 병원은 노천카페와는 완전히 동떨어진 세계에 있는 현대의 감옥 같았다. 요금을 지불하고 운전사에게 고맙다고 인사를 했다. 도미니크도 좋은 하루를 보내라고 인사했다. '제발 나하고 같이 들어가줘.' 갈수록 속으로 이런 바람이 되뇌어졌다. 의학적 진단을 위한 컨베이어 벨트에 올라서는 순간, 도미니크는 내가 내민 손을 잡았다. 그렇게 우리는 거기 있었다. 가만히 서서, 의학 용어와 검사, 초조함과 불확실성으로 가득한 황량한 세계를 향해 들어갔다.

'우리는 두 왕국의 시민이다. 건강한 사람들과 아픈 사람들의 왕국. 누구나 건강한 사람들 왕국 행 여권만 사용하고 싶어 하지만 곧, 적어도 얼마간은 자신이 다른 왕국의 주민임을 인정할 수밖에 없다.' 아서 프랭크가 인용한 손탁의 글이다.

우리도 이 왕국에 도착했다. 우리가 들어서자 젊은 의사가 다가왔다. 짙은 남빛의 윤기 나는 긴 머리카락이 어깨 너머에서 자유롭게 찰랑거렸다. 구불거리는 흔적이 뚜렷하게 남아 있는 걸로 봐서 아침에는 머리를 묶고 있었던 것 같다. 그녀는 안락의자들과 커피 테이블, 잡지가 즐비한 대기실을 가로질러와 우리를 반겨주었다.

수많은 유리 창문으로 햇살이 스며들고, 혼자 있을 수 있는 좌석 공간과 열대 식물들로 꾸며진 뜰이 중앙 출입구에서부터 우리를 손짓해 불렀다. 몇몇 생각들이 사라져버리면서, 이곳에 들어가기를 꺼리게 했던 심리적 장애물도 줄어들었다.

"안녕하세요? 닥터 첸입니다. 오늘 이곳을 담당하는 수련의예요." 차분한 목소리였다. 그녀는 내게 서류 작성을 부탁하고는 도미니크를 데리고 어수선한 안내실을 벗어났다. 둘이 잡담을 나누며 복도를 내려가는데, 도미니크의 걸음걸이가 약간 뻣뻣해보였다. 돔의 차트에 서명을 거듭한 후 나는 가만히 기다렸다. 잡지를 읽을 마음도 안 내켜 우두커니 안락의자에 앉아 있었다. 의사가 곧 부를 것이라고 했다. 아마 이런저런 사건들을 전부 듣고 싶어 할 것이다.

얼마나 그렇게 앉아 있었을까, 내 이름을 부르는 익숙한 목소리가 들려왔다. 몇 달 전 집에서 도미니크를 진찰했던 그 신경과전문의였다. 그와 여기서 마주치리라고는 생각도 못했다. 도미니크의 입원 소식에 그는 놀라워했다. 대기실엔 아무도 없었다. 그는 자리에 앉아 최근의 증상들에 귀를 기울였다.

"그는 여기에 입원하면 안 돼요." 그가 한 손으로 무릎을 문지르면서 말했다. 도미니크가 양극성 장애 같은 정신질환을 앓고 있는 게 아니라고 확신했기 때문이다.

"그가 만나봐야 할 사람은 신경전문의예요. 그래도 제가 검사를 더 해보고 싶습니다."

그러면서 진단의사와 자기 생각들을 논의해보겠다고 했다. "다른 의사에게 보내는 문제를 알아볼게요. 조직에 뭔가 문제가 있을 거예요."

나는 도미니크의 증상들을 놓고 그와 횡설수설 대화를 나눴다. 확실히 양극성 장애일 수도 있지 않을까요? 양극성 장애가 끔찍한 병이라는 건 알지만, 그 병은 고칠 수 있지 않나요? 안 그래요? 그러나 조직에 문제가 있는 것이라면, '치' 자로 시작하는 병일 가능성이 훨씬 컸다. 두뇌에 종양이 없다는 것은 이미 확인했기 때문이다. 나는 어떻게 해서든 그 진단만은 피하고 싶었다. 그 병에 걸리기에 도미니크는 아직 너무 젊었다.

신경과전문의는 나와 얼마간 대기실에 앉아 있다가 더 자세히 알아보러 자리를 떴다. 시간은 가차 없이 앞으로 굴러 떨어졌다. 그날 나는 여러 명의 의사들을 만나고, 도미니크를 위해 옷가지와 병원 생활에 필요한 용품들을 집에서 가져오고, 수많은 검사들을 받는 사이사이 나뭇잎 무성한 뜰에서 그와 시간을 보내주고, 아이들을 학교에서 데려와 아빠를 강제로 정신병원에 입원시켰다는 사실을 알려주었다.

그날 저녁 늦게 리암 박사가 집으로 전화를 걸어왔다. 전화를 받을 때까지만 해도 나는 멀쩡했다. 그러나 그날의 일을 보고하는 순간, 그의 친절에 울음이 터져 나왔다. 그는 잘한 일이라고, 덕분에 도미니크는 이제 안전해졌다고 위로해주었다. 실제로 도미니크는 철저한 진단을 받게 되었고, 우리에게도 휴식이 필요했다. 통화가 끝난 후 나는 침대 위에 널브러졌다. 내 안에서 물살이 이는 게 느껴졌다. 고통 가득한 물결은 베개 위로 쏟아져 내려 슬픔의 눈물방울들을 튀겨대며 나를 텅 비워버렸다.

며칠 후 첫 가족 면회를 위해 아이들을 데리고 오후 5시 30분경 병원에 도착했다. 따뜻하게 꾸며진 병원에 들어서자, 정복을 입은 간호사들이 밝게 미소를 지어주었다. 도미니크는 식당에서 저녁 배식을 기다리는 줄에 서서 배식대를 향해 천천히 앞으로 나아가고 있었다. 구부정하게 몸을 구부리고 양손으로 빈 접시를 쥔 채 자기 차례가 오기를 차분히 기다렸다.

그가 텅 빈 눈으로 우리를 쳐다보더니 멍하니 고개를 끄덕였다. 우리 세계에서 사라진 그는 더욱 멀리 떠나가고 있었다. 닉이 도미니크를 바라보았다. 그 순간 닉의 가슴 한가운데서 고통의 신음소리가 터져 나왔다. 내게는 이 장면이 느린 화면으로 펼쳐지면서 닉의 영혼에 가해진 충격이 아주 세세하고 분명하게 보이는 듯했다. 더없이 근사한 실내 인테리어도 닉이 본 광경을 가려주지는 못했으며, 도미니크의 이미지가 던진 충격도 달래주지 못했다. 닉이 기억해온 개성적인 아빠의 모습은 사라지고, 배식 줄에서 고분고분 천천히 움직이는 모습만 남았다.

그날 밤 잠이 들 때까지 우리 셋 모두 이 모습을 떨쳐버리지 못했다. 하지만 가장 괴로워한 건 닉이었다. 닉은 지금까지도 그날을 생애에서 '가장 슬펐던 날'로 기억한다. 나는 닉의 침대에 앉아 자는 얼굴을 가만히 들여다보았다. 닉은 밤의 어두운 주름에 싸여 꿈속을 헤매고 있었다. 아빠를 사랑했으나 병원에 갇혀 사라져가는 아빠에게 상처받은 아이. 다음날 나는 닉을 학교에 보내지 않았다. 대신에 터놓고 대화를 나눴다. 아니, 사실은 그게 아니었을 수도 있다. 어쨌든 그날 오후 마음의 준비가 된 느낌이 들었을 때 우리는 다시 도미니크를 보러 갔다.

마이크는 출발하기 전 강아지들 물그릇에 물을 가득 채워주고, 나는 돔에게 가져갈 물건들을 챙겼다. 내가 가장 먼저 차로 가서, 뒷좌석에 내 가방과 맨체스터 유나이티드 최신호를 던져 넣었다. 그런데 운전석이 뒤로 밀려나 있었다. 하루가 다르게 키는 자라는데 살은 안 찌는 마이크가 최근에 차를 운전한 게 분명했다.

나는 더듬거리며 운전석 밑의 레버를 찾아 앞으로 움직였다. 그러곤 백미러를 조정한 뒤 내 얼굴을 슬쩍 훔쳐보았다. 기억 속의 내 모습보다 훨씬 늙어보였다. 창턱처럼 눈가에 자리를 잡은 익숙한 다크 서클은 더 이상 화장으로도 가려지지 않았다. 아이들은 아직도 집 안에서 여느 때처럼 꾸물대고 있었다

차에 시동을 걸자, 극심한 고통에 시달리는 어느 메탈 밴드의 음악소리가 비명처럼 귀를 때렸다. 고요를 찾아 얼른 스위치를 껐다. 차에 타고 싶은 맥시가 꼬리를 흔들며 옆문으로 뛰어나왔다. 아이들은 현관문을 잠그고 차에 올라타자마자 다시 음악을 틀었다.

충격으로 점철된 게 삶이라지만, 정신병원에 있는 돔에게 문병을 가게 되리라고는 상상도 못했다. "간호사실에서 가까운 병실에 입

원시킬 거예요. 계속 지켜볼 수 있게요. 음, 그가 도망칠 경우를 대비해서요." 그가 입원하는 날 수속을 담당하던 간호사는 독서안경 너머로 나를 쳐다보며 말했다. 차 안의 음악소리가 아이들과 대화할 여지를 전부 삼켜버리는 바람에, 간호사의 말들이 아이들과 나의 분절된 삶의 소리를 뚫고 계속 되살아났다.

"더 힘든 케이스들은 그곳에 입원시킵니다."

'어, 돔이 이제 '케이스'가 된 거야? 언제 그렇게 된 거지? 도대체 언제 인간에서 '케이스'가 된 거냐구!'

좁은 병원 주차장으로 들어서자 마이크가 음악소리를 줄였다. 빈 주차구역은 의사들을 위한 곳이었고, 방문객들이 주차시킬 공간은 남아 있지 않았다. 나는 고분고분 밖으로 나가 다른 방문객들처럼 길가에 주차를 했다. 얼마 전까지만 해도 이곳에선 자카란다(목재 향이 좋은 능소화과의 열대산 나무—옮긴이) 나무들이 길 위로 자주색 꽃을 드리우고 있었을 것이다. 그러나 지금 꽃들은 져버리고, 그늘진 나무 밑에는 차들이 들어차 있었다. 결국 나는 햇볕 아래에 차를 주차하고 앞 유리를 가로질러 차양막을 내렸다. 닉이 잡지를 집어 들고, 우리 셋은 다시 주차장을 통과해 병원으로 들어갔다.

돔이 식당에 줄 서 있는 모습을 보지 않으려고 일부러 식사 시간을 피했다. 도미니크는 방에 있었다. 우리는 마당 정원의 조용한 야외 공간으로 나갔다. 청바지에 헐렁한 티셔츠를 입은 젊은 여자가 우리 옆을 지나쳤다. 푹 꺼진 초록색 눈이 도통 웃을 줄 모르는 것 같은 얼굴에 파묻혀 있었다. 그녀는 뚫어져라 우리를 바라보더니 다시 걸음을 옮겼다. 내 옆에 바싹 붙어 서 있던 닉은 그녀의 모습이 시야에서 사라지자, 돔에게 잡지를 건넸다. 마이크는 돔이 좋아하던 음악과 함께 헤드폰을 넘겨주었다. 우리에게는 안 들렸지만 돔은 음악소리에 미소를 머금었다. 그러곤 우리의 대화는 무시한 채 계속 음악을 들으면서 리듬에 맞춰 고개를 까닥였다.

닉은 돔과 함께 대충 잡지를 훑어보았다. 그러더니 팔을 뻗어 아빠의 머리에서 헤드폰을 벗기고는 이렇게 물었다. “아빠, 괜찮아요? 여기서 지내는 거 어때요?”

“여기 사람들 다 미쳤어.” 돔이 대답했다.

닉은 이어폰을 끼워주고, 음악을 따라 다시 돔의 얼굴에 미소가 번지는 것을 가만히 바라보았다. 그들은 좋아하는 팀이 소개되어 있는 잡지를 계속 훑어나갔다. 우리는 인스턴트 음식을 먹고, 주말에 예정된 아이들의 운동경기 이야기를 했다. 하지만 돔에게 같이 하자고 권하지는 않았다. 그러다 학교에서 떠도는 ‘야비한’ 농담 이야기를 하며 우리도 모르게 웃음을 터뜨리기도 했다.

돌아갈 시간이 되어 돔의 침대 옆에 식구들이 해변의 야자나무 사이에서 웃고 있는 사진을 놓아주었다. 아이들은 그를 안고 작별 키스를 했다. 나는 아이들에게 차 안에서 기다리라고 했다. 마이크가 마치 돔처럼 이해한다는 듯 미소를 지어보였다. 마이크는 이 작별이 어떻게 이루어질지 알고 있는 것 같았다.

“이리 와. 가자.” 마이크가 닉에게 말했다.

아이들이 나가고 난 뒤, 나도 가방을 집어 들고 떠날 준비를 했다. 두 팔로 돔을 안아주자, 그가 두 눈을 크게 뜨고 힘없이 내게 애원했다.

“마리, 제발, 날 여기서 내보내줘, 제발!”

이 고통에 찬 애원이 며칠간 머릿속에서 울려 퍼졌다. 아이들에게로 걸어가는 나를 그가 창문으로 지켜보았다.

이즈음 난 아이들이 잠든 틈을 타, 아버지와 두 동생들에게 메일을 보냈다.

> 요전날 애들 학교의 사감 선생님이 아주 멋진 말을 해주었어요. "도미니크를 잃어버린 것 같은 느낌이 들 때는 아이들을 보세요. 그가 아이들 속에서 어머니를 비춰주고 있으니까요. 어머니에게는 훌륭한 아들이 둘이나 있고, 이 아이들이 태어난 것은 두 분 덕분이에요."
>
> 글을 쓰다 보니 마음이 한층 고요해지고 시간 개념도 사라지네요. 어디서 들었는지는 기억나지 않지만, 그 생각이 맘에 들어요. 제가 진심으로 소중하게 여기는 모든 것을 닉과 마이크가 구현하고 있으니까요. 정말 아이들은 제가 사랑한 모든 존재들을 반영하고 있어요. 도미니크도 그 일부이고요. 어떤 결과가 나오든 통제하려는 노력을 내려놓으려 하는데, 좋은 소식이 올 것 같지는 않아요. 지금의 삶은 만남과 작별로 가득 차 있는 것 같아요. 그만큼 많은 집착과 내려놓음이 교차하고 있고요.

도미니크는 일주일째 입원 중이었고, 아이들은 멀리 가 있었다. 닉은 학교 대항 야구 토너먼트로 뉴 사우스 웨일스에 갔고, 마이크는 집 뒤편 담장 너머에 사는 펠리시티, 크리스티안네 식구들과 며칠간 해변으로 놀러갔다. 우리 두 가족은 마치 키부츠의 구성원들처럼 우정을 나누며 살고 있었다. 서로 음식을 나눠 먹고, 잔디 깎는 기계도 빌려 쓰고, 손님용 예비 침실도 함께 사용했다. 그러면서 서로의 아이들—나의 두 아이와 마이크의 가장 친한 학교 친구인

잭, 우리 애들에게는 없는 잭의 누나 디사— 을 마치 양아들 딸처럼 함께 보살펴주었다. 펠리시티는 슬픈 시기에 서로 같이 울어주는 친구가 돼주었으며, 크리스티안은 더없이 철저한 채식주의자도 무너뜨릴 만큼 맛있는 양고기 구이를 만들어주었다.

어느 금요일 밤이었다. 병원에서 집으로 돌아와 보니 집이 유난히 적막하게 느껴졌다. 저녁을 먹고 싶은 생각도 안 들었다. 이럴 때 요리를 안 해도 된다니 다행이었다. 그런데 적막을 뚫고 절망감이 훅 솟구쳐 올랐다. 그리곤 모든 무지갯빛 색깔들이 무로 소실되어버린 것처럼 빠르게 돌아가는 색상환 같은 소용돌이 속으로 나를 집어삼키려 했다. 나는 차고로 도망쳤다. 차고에 있으면 절망이 나를 먹어버리지 못할 것 같았기 때문이다.

물감 상자를 열어 반쯤 짜낸 물감 튜브들을 살펴보았다. 한때 내 캔버스에 색깔을 입혀주던 물감들은 이제 벽에 기대어져 있었다. 처음 이 집으로 이사 왔을 때 도미니크는 차고를 정리해 그림 그릴 공간을 마련해주었다. 난 그처럼 열렬한 지지자를 한번도 가져본 적이 없다. 브리즈번으로 이사 와 미술 학교를 다니려고 시간제로 일할 계획을 세운 것도 다 그 덕분이었다. "정말 좋은 생각이야." 그는 이렇게 북돋워주었다. 그가 밴쿠버에서 박사과정을 밟을 때 내가 내조를 했으니, 이제는 그의 차례였다. 나는 포트폴리오를 만들고 글을 쓰고 그림을 그려, 내가 이야기했던 어린이 책 만드는 작업을 시작했다. 돔은 유치한 것까지 모든 작품들을 사랑해주었다.

마지막으로 사용한 엄지손가락 자국이 그대로 남아 있는 카드뮴 레드의 물감 튜브를 집어 들었다. 뚜껑을 열자 선홍색 물감이 피처럼 흘러나왔다. 이제는 텅 빈 캔버스로 손을 뻗었다. 손으로 캔버스를 쓰다듬자, 내 상상력이 여기에 무엇을 낳을지 궁금해지면서 선홍색 물감이 손가락을 따라 자국을 남겼다. 나는 나머지 물감들과 캔버스, 이젤을 질질 끌고 햇볕이 더 잘 드는 거실로 갔다. 포도주를 한 잔 따른 다음 팔레트를 준비하고, 특별한 구상 없이 캔버스를 채우기 시작했다. 영혼을 불러내는 것 같은 반젤리스 음악의 리듬에 맞춰, 물감이 뚝뚝 흘러내리도록 과감하게 물감을 칠하고 붓질을 했다.

음악의 볼륨을 높이자 대학 시절 노교수님과 즐겁게 그림을 그리던 때가 떠올랐다. 당시 나는 부전공으로 그림을 공부했다. 아주 열정적이던 교수의 붉은 더벅머리는 그녀의 불꽃 같은 영혼과 아주 잘 어울렸다. 또 가장 불안정한 학생들에게도 자신감을 불어넣어주는 능력이 뛰어나서, 자택 작업실에서 열리는 수업은 언제나 만원이었다. '그래 누드, 누드를 떠올려보는 거야!' 나는 나도 모르게 옷을 벗고, 당시 수업 후에 그녀가 과제를 내주며 설명한 대로 따라 했다.

'캔버스나 종이 위에 먼저 배경으로 물감을 칠한다. 옷을 완전히 벗는다. 몸에 바셀린을 넉넉히 바른다. 준비한 캔버스에 몸을 눌러서 바셀린 자국을 남긴다. 몸을 씻고, 옷을 입는다. 캔버스에 액체 아크릴 물감을 바른다. 열정적으로 그리고 자발적으로, 던지고 튀기고 뿌린다. 자유롭게 난장을 벌인다. 바셀린이 묻은 곳에는 물감이 묻지 않는다. 물감이 마르면 테레빈유로 바셀린을 지운다. 캔버스를 다시 문지른다. 자 기대하시라! 몸의 자국이 모호하면서도 멋지게 드러날 것이다. 다시 작업을 하고, 목탄이나 물감 아니면 뭐든 원하는 재료로 구성한다.' 그녀는 이렇게 설명했었다.

이 밤에는 옷을 다시 입는 부분을 생략했다. 그럴 필요가 없었다. 집에는 나뿐이었기 때문이다. 나는 파란색 물감과 바셀린으로 반짝이는 맨 몸으로 거실 전등 아래 섰다. 캔버스를 이젤 위에 올려놓았다. 한 손에 포도주 잔을 든 채 다른 손으로는 음악에 맞춰 붓을 휘둘러댔다. 몸의 자국이 만들어낸 멋진 곡선들을 강조하자 신기한 무늬들이 드러났다. 뒤로 물러나, 드디어 모습을 드러내고 있는 작품을 유심히 살펴보았다. 그러나 고개를 옆으로 기울이고 한쪽 다리에 몸을 싣는 순간, 내가 여전히 벗은 몸으로 음악에 맞춰 움직이고 있음을 알아차렸다. 야외 베란다와 정원으로 나가는 미닫이문 유리창에 비친 내 모습은 여전히 나를 보며 맨몸으로 춤추고 있었다.

이런 끔찍한 일이…… 블라인드! 블라인드 내리는 걸 잊어버리다니!

거기 내가 있었다. 손님들을 초대해 집 뒤 테라스에서 저녁을 먹고 있는 이웃에게 최고의 볼거리를 제공하고 있는 나. 비탈길 위쪽에 있었기 때문에 그들은 집에서 내 모습을 죄다 감상했을 것이다. 우리 집 정원 가장자리에 심어놓은 릴리 필리(단단한 재목에 식용 열매가 달리는 호주산 상록수—옮긴이)는 아직 내 사생활을 보호해줄 만큼 잎사귀가 무성해지지 않았다. 결국 놀란 이웃들은 우리 집에서 엉뚱한 사람이 정신 감정을 받으러 입원한 것은 아닌가 의아해하기에 이르렀다. 그들의 반응을 확인할 겨를도 없이 나는 물감 튜브와 붓, 바셀린 통을 집어던지고, 번들거리는 몸을 숨기기 위해 주방 조리대 뒤의 안 보이는 곳으로 냅다 줄행랑쳤다.

월요일에 직장 동료에게 이 얘기를 들려주었더니 배꼽을 쥐고 웃었다. 환자의 집을 방문했다가 지역 보건소로 돌아가는데 핸드폰 벨이 울렸다. 이로써 저절로 터져 나오던 우리의 웃음도 뚝 끊겼다.

"안녕하세요. 첸 박사입니다." 병원 수련의였다. 동료에게 메시지를 전달하듯 그녀의 목소리는 경쾌하고 사무적이었다. "결과가 나왔다는 걸 알려드리려고요. 도미니크는 양극성 장애가 아닙니다. 심리적인 문제가 아니에요. 조직에…… 촬영 결과…… 전두엽에…… 심각한 변질이…… 원인은 모릅니다…… 검사를 더 해봐야겠어요…… 치매…… 근육 총생叢生에…… 초기 근위축증筋萎縮症 과정도 진행 중입니다."

수련의는 계속해서 뭐라고 뭐라고 떠들어댔다.

순간 아무것도 떠오르지 않았다. 정신을 좀 차리고 보니, 이렇게 안 좋은 소식이라면 좀 더 나은 방식으로 전할 수도 있었을 텐데 싶었다. 나는 일을 팽개치고 곧장 병원으로 직행했다. 수련의에게 직접 듣기 위해서였다.

"안녕하세요, 마리." 점심을 먹다 말고 입에서 음식 부스러기를 털어내며 그녀가 인사했다. "네, 안녕하세요. 첸 박사님."

그녀는 나를 마리라고 부르는데, 왜 나는 편안하게 리아라고 부르지 못한 걸까? 환자의 아내라는 낮은 신분을 스스로 인정한 것인가?

"들어오세요." 그녀를 따라 텅 빈 방으로 들어갔다. "앉으세요." 문을 닫으며 그녀가 말했다. 전화 속 목소리보다 훨씬 친절하고 사려 깊은 목소리였다.

책상 옆 철제 의자에 앉자 플라스틱 시트 패드에서 공기 빠지는 소리가 났다. 그녀가 의자를 돌려 나를 향하는 바람에 우리는 무릎을 맞대게 되었다. 그녀의 검은 바지는 굽 없는 붉은 에나멜가죽 구두에까지 늘어져 있었다. 반짝거리는 리놀륨 바닥에는 얼룩 한 점 없어서, 바닥에 비친 다리 모습이 마치 심해 같은 병원 바닥에 내려진 닻처럼 보였다. 마룻바닥에서부터 쭉 이어져 있는 벽에는 시끄럽게 째깍거리는 10분 빠른 시계 말고는 아무것도 없었다. 책상 위에 어수선하게 쌓인 서류들과 달리 진료 테이블 위의 종이들은 구김 하나 없었다. 비스듬히 누운 볼펜은 다음 환자의 상태를 상세히 기록할 순간을 기다렸다.

그녀가 맘에 들었기에 환자 관련 정보에 '환자 부인, 골치 아픔'이라는 딱지를 추가하고 싶지는 않았다. 그러면 내 식구를 지켜줄 힘도 훨씬 적어질 것이기 때문이다. 그래도 그렇지, 핸드폰으로 결과를 알리다니, 수련의가 과로 때문에 실수한 건 아닐까? 다행히 그때 내가 운전을 안 하고 있었기에 망정이지, 수련의가 초조해서 그런 건가? 아니면 내가 논리정연한 데다 의료분야에서 일하고 있기 때문에 동료에게 하듯 딱딱하게 말한 건가? 하지만 난 건강 전문가가 아니었다. 남편이 죽어간다는 소식을 이제 막 핸드폰으로 전해 들은 두 아이의 엄마에 불과했다.

"이렇게 찾아와서 미안합니다…… 하지만 아까 하신 말씀 다시 설명해주시겠어요?" 내 부탁에 그녀는 고개를 끄덕이며 대답했다.

"잠깐 들르시지 않을까 생각은 했습니다."

"아까 통화할 때는 근무시간인 데다 동료와 차를 타고 있었어요. 제대로 듣기가 어려웠어요."

"압니다…… 핸드폰을 내려놓는 순간 통화가 가능하신지 물어보지 않았다는 걸 깨달았어요."

"저도 압니다. 나쁜 소식을 편하게 전할 방법은 없죠. 선생님 일에서 힘든 부분도 그것일 겁니다. 그래도 지금은 똑같은 질문을 자꾸 할 수밖에 없네요. 선생님 말씀이 이해될 때까지 자꾸 물을 수밖에 없어요."

그녀는 다시 고개를 끄덕였다.

심장이 방에서 가장 큰 소리를 내며 뛰기 시작했다. 질문하는 중에도 내 희망 위로 천둥 같은 소리를 내며 쿵덕거렸다. 드디어 그 초록 고블린의 이름을 알게 되기까지 이따금 벽에서 멍청한 시계소리도 들려왔다.

도미니크는 점진적으로 신경이 퇴행하는 병에 걸렸다고 했다. 신경전문의는 치매의 일종인 전측두엽변성이라는 진단을 내렸으며, 초기 근육위축이 진행 중이라고 했다. 치료법은 없었다.

"그도 아나요?"

"네, 오늘 오전에 잠시 이야기를 나눴습니다."

"이해를 하던가요?"

내가 같이 있어줄 때까지 기다려주었으면 좋았을 텐데.

"그런 거 같았어요. 가끔은 이해를 잘 못했지만요."

도미니크가 무엇을 이해하고 못하는지 알아내기는 대체로 어려웠다. 통찰력의 결여가 바로 이 특이한 치매의 가혹한 특징이기 때문이다. 사실 이런 특징은 일찍부터 나타났다. 그의 뇌가 병들었다는 것을 몰랐던 초기부터 우리는 도미니크가 그토록 고집스럽고 부적절하게 행동하는 이유를 파악하려고 발버둥 쳤다. 그런데 째깍거리는 시계소리를 들으며 수련의와 대화를 나누는 지금에서야 비로

소 도미니크에게 자기 병을 충분히 인지할 능력이 없음을 깨달았다. 이 질병 불각증不覺症은 그가 앓는 병의 또 다른 증상이었다.

이후로 나는 더 많은 전문가들을 만났고, 초록 고블린을 물리치기 위해 내가 할 수 있는 일들을 모조리 찾아 읽었다. 도미니크는 자신이 잃어가고 있는 것에 대해 우리처럼 괴로워하지 않을 수도 있었다. 하지만 정말로 힘든 문제는, 그의 통찰력이 떨어지면서 상황에 적응하거나 치료하려는 노력들을 하기가 그만큼 더 어려워진 것이었다.

전두엽은 개인의 기능에 중요한 역할을 하는 부위다. 두뇌의 모든 실행 업무들을 관장한다. 엘크호논 골드버그Dr. Elkhonon Goldberg 박사는 《실행하는 뇌*The Executive Brain*》에서 전두엽의 역할을 오케스트라의 지휘자에 비유했다. 지휘자가 없으므로 도미니크의 오케스트라는 불협화음을 일으킬 수밖에 없었다.

나는 첸 박사와 앉아서 계속 새로운 소식들을 꾸역꾸역 받아들였다.

"부인이 여기 오셨다는 걸 도미니크도 아나요?"

"아뇨, 아직. 선생님부터 먼저 만나고 싶었어요."

"이렇게 안 좋은 소식을 전하게 돼서 정말 유감이에요."

나는 슬픔을 무릅쓰고 가만히 고개를 끄덕였다.

"부인과 대화를 나눴다는 걸 상담의에게 알려줄게요."

"감사합니다." 모습이 바뀌어버린 희망으로 인해 내 목소리는 먼지처럼 작아졌다. 나는 깊이 숨을 들이쉬고 도미니크를 만나러 갔다.

이날따라 복도가 유난히 길게 느껴졌다. 도미니크는 방에 있었다. 그는 침대가 두 개인 병실에서 모르는 사람과 함께 지내고 있었다. 도미니크가 우리 이쁜 마누라라며 나를 그에게 소개시켜주었다. 그 남자는 아무 말이 없었다.

"나한테도 아무 말 안 해." 병실을 나서면서 도미니크가 말했다. "자살을 기도했던 사람이야."

귀신 들린 것 같은 그 녹색 눈의 소녀가 지나갔다. 도미니크가 몸을 돌리더니, 쫓아내도 꼬리를 흔들며 더욱 다정하게 깡충거리면서 따라오는 새끼 강아지처럼 그녀를 따라갔다. 그런 도미니크를 뒤따라가 붙잡으며 말했다.

"돔, 이리 와. 그늘을 찾아보자고." 우리의 대화가 들리지 않을 만큼 그녀가 멀리 사라졌을 때 다시 다그쳤다. "그러면 안 돼. 그러면 그녀가 흥분한다구." 돔은 혼란스러운 표정으로 쳐다보더니 뜰로 나를 따라왔다.

도미니크는 사교 공간의 범위도 더 이상 이해하지 못했다. 지금은 대체로 더 차분하고 다정했지만, 자신이 타인에게 미치는 영향은 인식하지 못했다. 그래서 신체적으로 지나치게 밀착해 서 있거나, 모르는 사람에게도 과도하게 친숙하고 거침없이 말했다. 감정이나 생각의 표현을 억제하는 경계를 설정해 스스로를 보호할 줄 몰랐기 때문에 사람들에게 오해를 살 위험성이 갈수록 커져갔다.

뜰의 계단 위에 도미니크와 함께 앉았다. 가까이 다가가 손을 잡고 다른 손으로는 그의 손가락들을 쓰다듬었다. 그리고 수련의가 알려준 사실들을 그에게 말해주었다.

"다 헛소리야!" 그가 소리쳤다.

계속 어루만져주자, 내 손 안에서 그의 손이 편안하게 이완되었다. 도미니크의 일부분이 되돌아오는 것 같았다. 나는 병과 싸워나가는 동안 언제나 곁을 지킬 것이며, 그 망할 병이 어떤 상황을 불러오든 홀로 감당하게 내버려두지는 않을 것이라고 말해주었다. 그는 가만히 나를 마주보며 고개를 끄덕였다.

도미니크는 입원 2주 만에 퇴원했다. 혼돈이 시작된 지 3년이 지나 있었다. 아니 4년이 거의 다 돼가고 있었나? 어쨌든 통제할 수 없는 세계로의 이 느린 추락은 처음에는 미묘하게 느껴졌지만 지옥만큼이나 두려웠다.

도미니크는 다시는 일할 수 없게 되었다. 상담의는 3개월간의 휴가가 떨어졌다고 둘러대는 편이 좋겠다고 했다. 의학적인 이유로 퇴직처리 되었다는 사실을 이해할 인지력이 도미니크에겐 없었고, 있다 해도 사실을 알면 너무 고통스러워할 것이기 때문이었다. 3개월 후에는 병의 진행 상황에 따라 그에게 가장 적합한 방식으로 이 사실을 이야기해주면 될 터였다. 하지만 불과 10개월 후에 그가 세상을 뜨리라는 건 아무도 몰랐다.

퇴원하기 전 우리는 이 상담의와 잠시 만났다.

"너무 힘들게 해서 죄송합니다." 도미니크의 인사에 상담의는 이렇게 말했다.

"아닙니다. 집에 돌아가서 푹 쉬세요. 정원일이나 뭐 그런 걸 하시든가요." 죽어가는 젊은 남자에게 하는 말치고는 좀 우스웠다. 더없이 성실하게 살아왔고 정원일 따위는 좋아하지도 않는 남자에게는 특히 더.

우리는 집으로 돌아왔다. 정원 따위에는 눈길도 주지 않았다. 몇 주 후 도미니크와 나는 치매 전문의를 만났다. 불과 44살의 나이에 노인병전문의의 보살핌을 받게 되다니! 나는 신경과전문의의 보고서를 다시 읽어보았다. 도미니크가 병원에 있을 때 초기 근육위축증에 대해 물어본다는 것을 깜빡했다. 노인병전문의는 도미니크가 전측두엽변성은 물론이고 운동신경질환까지 앓고 있다고 했다. 예기치 못했던 소식이었다. 이 병들은 서로 연결돼 있었다. 그는 도미니크가 전측두엽치매 운동신경질환으로도 불리는 이 병으로 사망할 가능성이 가장 크다고 했다.

우리의 삶은 병원 복도와 진료 약속을 전전하는 심연 속으로 더욱 깊이 미끄러져 들어갔다. 도미니크는 행동과 언어, 인지기능, 정서, 신경, 정신, 몸 모든 부분에 증상이 나타나는 불치병을 앓고 있었다. 이 병은 도둑과 같았으며 거의 모든 것을 앗아갔다. 치료법은 없었다. 온갖 증상을 이렇게 한 사람이 다 겪어내는 경우는 없었으며, 정해진 순서대로 증상들이 나타나는 것도 아니었다.

그 중절모 의사와도 이런 점을 이야기한 적이 있다. 도미니크가 병원에 있는 동안 그는 새로운 방으로 옮겨갔다. 진료실에 의자를 배치해둔 방식이 마음에 들었다. 책상을 벽에 기대고, 의자들을 서로 가깝게 붙여두었다. 책상 막은 떼어버리고, 중절모도 치워버렸다. 그것이 아쉬웠다.

"제가 실수를 해서 정말 죄송합니다." 그가 말했다.

"선생님 잘못이 아닌걸요."

"부인과 도미니크 덕분에 많은 걸 배웠어요."

그는 아이들과 어떻게 지내느냐고 물었다. 펜으로 무언가를 적지도 않고 그냥 의자에 앉아 있기만 했다. 그 친절에 눈물이 고이더니, 막 시작하려는 새로운 여정을 생각하자 뒤죽박죽 엉켜버린 상념들이 눈물과 함께 흘러내렸다. 도미니크는 회복되지 않을 것이었다. 죽음은 피할 수 없는 귀착지였으며, 거기에 도착하기도 전에 본래의 도미니크는 사라져버릴 것이다.

지금까지 초록 고블린을 조사하면서, 이 특이한 유형의 치매는 진단이 어렵다는 점을 깨달았다. 이 병에 걸리면 인지나 신체기능이 눈에 띄게 위축되기 전에 먼저 행동 장애가 나타난다. 그러나 흔히들 이런 행동 장애를 잘 알아차리지 못하기 때문에, 문제를 파악하기 전에 식구들이 뒤집어지거나 헤어져버리기도 한다. 토끼 굴속으로 떨어지는 데는 얼마간 시간이 걸리기 때문에, 가족들이 이상한 나라로 내려가는 동안 환자는 흔히 양극성 장애나 정신분열, 우울증으로 오진된다.

도미니크가 의사와의 만남을 소화하기 힘들어할 때까지 우리는 계속 이 중절모 의사를 만났다. 노인병전문의가 증상을 다스리게 도와준 반면, 중절모 의사는 도미니크가 특히 아이들과 계속 관계를 맺는 것을 집중적으로 도왔다.

돔은 자신을 정신병원에 입원시킨 중절모 의사를 여전히 용서하지 못했지만, 그와의 이 '모임'에 그래도 잘 반응해주었다. 그들은 스프링복스(남아공의 럭비 국가대표팀 이름— 옮긴이)의 럭비 경기는 물론이고 영국 축구의 승점과 실점까지 구글에서 함께 찾아보기도 했다. 그러는 중에 의사는 돔의 쇠락을 관찰하고 비침습성의 미묘한 방식으로 진단하면서, 내가 파트너에서 보호자로 변화할 수 있게 도와주었다.

"보호자라, 너무 통제적인 것 같은데요." 어느 날 이렇게 말했더니 의사가 대답했다.

"부인이 그의 세계를 관리해주는 게 필요해요. 실수를 유발할 게 뻔한 장애물들을 제거해주어야 합니다."

치매에 걸리면 일상의 안녕은 환경의 영향을 더욱 쉽게 받는다. 머리로는 잘 알고 있었지만 책임진다는 게 불편했다. 이제까지 우리가 맺고 있던 관계 방식은 달라졌다. 내가 얼마간 주도할 수밖에 없는데, 이런 방식이 내 성격과는 맞지 않는 것 같았다.

"지금 도미니크에게 부인이 어떻게 해야 하는지 묻는다면, 그가 뭐하고 할 것 같은가요?"

"글쎄요……."

"부인이 그를 안전하게 지켜주어야 해요. 부인 같은 분이 있다는 게 그에겐 행운입니다."

그러나 난 그렇게 느껴지지 않았다. 이 새로운 관계가 낯설기만 했다. 우리는 언제나 서로 조언을 주고받았다. 이야기를 들어주고 함께 웃고, 중요한 결정을 내릴 때면 열띤 논쟁을 벌였다. 그런데 이제는 내가 그를 전적으로 책임지는 법적 보호자가 되었다. 그를 대신해 중요한 결정들을 내리고, 그의 전두엽이 돼줘야 한다.

이제 적어도 원인은 알게 되었다. 병명을 알기 전, 인지기능의 변화가 분명하게 나타나기 전, 도미니크 스스로 정상으로 돌아가기를 바란 우리의 요구가 오히려 문제를 가중시켰음을 이제는 이해하게 되었다. 특히 초기에 우리가 그토록 화내는 이유를 몰랐던 도미니크는 기분이 어땠을까? 이따금 궁금해진다. 상태를 감도 못 잡고, 그의 세계를 이해할 능력도 부족하면서 우리가 알던 도미니크처럼 행동하라고 요구한 탓에, 충족시킬 수 없는 기대만 떠안기고 말았다.

나는 정말로 그의 병을 좀 더 일찍 알 수 있었을까? 잘 모르겠다. 만약 그랬다면 '~라면 좋았을 텐데' 하는 생각도 들지 않았을까? 역시 잘 모르겠다. 분명히 아는 건, 도미니크가 멀어져갈수록 문제는 더욱 분명하게 보이고, 공허가 커질수록 시야는 더 투명해졌다는 점이다.

폭풍우 그치고 뿌연 안개도 걷히면서 한층 투명한 나날들이 이어졌지만, 천천히 그리고 끊임없이 부슬비가 뿌렸다. 온갖 마음의 부침에도, 우리는 도미니크의 행동보다 환경을 보살펴주는 법을 터득했다. 사라져가는 세계 속에서 그가 개인적으로 잘 살아왔다는 느낌을 최대한 갖게 해주기 위해서였다. 그리고 이런 노력을 통해 우리는 힘들게 새로운 풍경을 얻어냈다. 초록 고블린에게서 그를 되찾아오면서 동시에 그를 해방시켜준 것이다. 그리고 이런 새로운 존재방식 속에 아직 사라지지 않은 많은 면들을 보게 되었다.

무엇보다도 그는 상한 사회적 양심을 놓지 않았다. 여전히 사회적 약자들의 편이었다. 이라크 전쟁에 계속 반대했고, 거침없이 정치적 견해를 밝혔다. 친구 중에는 신선하고도 거침없는 언어로 자유롭게 표현하는 그를 부러워하는 이들도 많았다. 자신들이 그렇게 열정적으로 통렬히 비판했다가는 무사하지 못하리라는 걸 알기 때문이었다. 도미니크는 그들을 대변하고 있는지도 몰랐다.

그는 음악을 듣는 것도 여전히 사랑했다.

다시 미소도 지어보였다.

아이들 자랑도 늘어놓았다.

식구들에게 차도 끓여주었다.

내가 만든 작품을 자랑하면서 계속 그림을 그리라고 용기도 북돋워주었다. 스포츠도 변함없이 좋아했다. 월러비스와 올 블랙스의 경기가 있을 때는 여전히 월러비스를 응원했다. 이들이 스프링복스와 경기할 때는 그의 충성심이 나뉘어졌지만, 영국과 싸울 때는 단호했다. 누구도 그들을 이기면 안 되었다.

11

어리 시절 집에 있던 책꽂이에는 삶이 채워져 있었다. 온 벽이 책으로 뒤덮여 있었는데, 책 속에는 신기한 나라들과 요정, 발음도 어려운 이름의 꽃들, 마녀와 해적, 천상의 도시들이 등장하는 이야기들이 가득했다.

소녀 시절 아빠는 비스듬하게 꽂혀 있는 철학서와 여행서, 역사서들의 책등을 손가락으로 쓰다듬으며 나아가다가, 내가 읽어달라고 고른 책을 빼들곤 하셨다. 내가 좋아하는 책들의 목록은 점점 늘어만 갔다. 《샬롯의 거미줄*Charlotte's Web*》에서부터 《저 너머의 나라*The Land of Far Beyond*》, 《꽃과 나무들의 요정*Fairies of the Flowers and trees*》에 들어 있던 시슬리 바커Cecely Mary Barker(1895~1973, 요정과 꽃 그림으로 유명한 영국의 판타지 일러스트레이션 작가—옮긴이)의 시와 《버드나무에 부는 바람*Wind in the Willows*》.

다양한 책꽂이 위에는 내 모든 조부모들의 흑백 인물사진도 놓여 있었다. 세로로 꽂기에는 너무 커서 가로로 쌓아둔 원예 관련 서적들 위로는 은색의 녹슨 테 속에서 꼬마 시절의 아버지가 동생과 나란히 앉아 있었다. 이 얼굴들은 사진을 걸어놓은 총천연색 벽과 어울리지 않는 액자들 속에서도 방 저편을 내다보고 있었다. 이 벽에는 더욱 자연스러운 모습의 가족사진이 빼곡히 걸려 있었는데, 이 중에는 레이건의 귀 뒤편에서 동전을 빼내는 아빠의 사진도 있었다. 아빠는 우리 생일파티를 할 때마다 매년 마술을 보여주었다. 내 친구들이 마술을 포기하고 남자애들한테 더 흥미를 느끼게 될 때까지 온갖 '이해할 수 없는' 묘기를 선보였다.

책꽂이 맨 아래 칸에는 문이 달려 있었는데, 이 안에는 아버지가 아끼는 오디오 시스템이 들어 있었다. 아버지는 밤마다 우리 세 남매에게 굿나잇 키스를 해준 후 클래식 음악을 들었다. 특히 모차르트의 피아노 협주곡 21번을 많이 들었다. 그 몽환적인 멜로디가 침실에까지 흘러오면 나는 아버지 가슴속에서 울리는 음악소리에 가만히 귀를 기울였다. 내가 열두 살 때 돌아가신 엄마를 그리워하고 계셨음을 알았기 때문이다. 매일 밤 잠들기 전 음악을 듣는 것은 아버지에게 엄마와 함께하는 소중하고 은밀한 시간이었다.

마술사가 돼주기도 했지만, 어린 내 눈에 아버지는 우리 학교에서, 아니 남아프리카공화국에서, 아니 이 넓은 세상 전체에서 가장 엄격한 사람이기도 했다. 그는 또 타고난 이야기꾼이기도 했다. 덕분에 나와 동생들은 말하는 동물들과 계속 모습이 바뀌는 신비로운 생물들이 사는 환상의 나라에 핵심 주인공으로 등장하기도 했다. 아버지는 모험과 위험 가득한 이 이야기들을 재치 있고도 진지하게 들려주셨다. 아빠의 코가 씰룩일 때면 얼마나 이야기를 즐기고 있는지 분명하게 느낄 수 있었다.

꼬마에서 소녀가 되도록 아빠를 통해 흡수한 이야기들이 얼마나 많은 영향을 미치고, 아빠와 함께한 이 의식儀式이 어떻게 나를 형성했는지 나는 미처 깨닫지 못했다. 호기심 많은 아이였던 나는 열정적으로 아빠가 열어 보인 세계 속에 발을 들여놓았다.

아빠는 판타지와 우화만 들려준 것은 아니었다. 실화들도 있었다. 두 친구와 모잠비크의 잠베지 강을 따라 카누를 타고 내려오던 중 친구 한 명이 악어에 물려 죽었다는 슬픈 이야기며, 1750년대에 스파이로 활동했던 조상의 모험 가득한 이야기도 있었다. 아버지의 친구가 돌아가셨을 때 나는 아마 두 살이었을 것이다.

우리는 또 2차 대전 중에 다시 만나리라는 기약도 없이 동생과 함께 런던에서 도망쳐야 했던 아이의 심정에 대해서도 이야기를 나누었다. 동시에 어머니가 독일 태생이라는 이유로 소녀 시절 당시 로디지아에 있던 포로수용소에서 7년을 살아야 했던 이야기도 들었다. 또 아버지가 열아홉에 영국을 떠나 짐바브웨로 여행한 이야기며, 2차 대전으로 큰 충격을 받은 할머니가 아들이 독일인 소녀와 사랑에 빠졌다는 걸 알고 갈등했던 사연도 전해 들었다.

꼬마였던 나는 거실 소파 위에서 아버지의 팔에 안긴 채, 혹은 아빠 발치의 화려한 페르시아 양탄자에 누워 이야기에 귀를 기울였다. 아버지는 두 눈을 크게 뜬 채 깜빡이지도 않고 모든 가능성을 받아들이던 내 표정이 지금도 또렷이 기억난다고 하신다. 나는 그 양탄자에 누워 마법의 카펫을 타고 수많은 여행을 떠났다.

오랜 세월이 흐른 뒤 할아버지가 된 아버지는 마이크와 닉에게 똑같은 경이를 경험하게 해주셨다. 아이들이 주인공으로 등장하는 이야기들로 소년다운 간절한 상상을 충족시켜주는가 하면, 아무리 열심히 노력해도 밝혀낼 수 없는 마술로 좌절감을 안겨주기도 하고, 크리스마스이브에는 산타를 이겨먹기 위해 복잡한 덫을 설치하기도 했다.

이 덫들의 유일한 문제는, 함께하면 실패할 염려가 없다는 것이었다. 어른들 중에서 몸집이 가장 작은 탓에 나는, 건물 외벽을 타고 오르는 도둑이 경비가 철저한 화랑의 적외선망을 뚫고 나갈 때와 같은 위엄을 보여주어야 했다. 크리스마스이브 때마다 〈엔트랩먼트Entrapment〉에 나오는 캐서린 제타 존스처럼 선들로 연결되어 있는 부비 트랩들—내가 숨이라도 쉬면 전원이 꺼지는—이 미로처럼 정교하게 설치된 곳을 통과해야 했던 것이다. 이 모든 묘기는 내가 걸리지는 않는지 도미니크와 아버지가 지켜보는 가운데 산타의 선물들을 전달하기 위한 것이었다.

이 모든 시간이 지금도 어제 일처럼 기억난다. 이런 시간을 이야기하는 것은 인간만의 결합 행위다. 우리는 함께 웃고 상상하며 즐거워한다. 희망을 찾고 지혜를 전해주며 함께 울어준다. 이야기를 들어주며 서로를 다시 발견한다. 그리고 기억한다. 이 글을 쓰는 지금도 아버지의 존재가 느껴지고 목소리가 들리는 것 같다.

내 어린 시절의 페르시안 양탄자가 지금은 우리 집 거실에 있다. 여러 해가 흐른 뒤 이 양탄자에 앉아 나는 아이들에게 도미니크가 죽어가고 있다는 이야기를 해주어야 했다.

닉은 떡갈나무 콘솔 옆 의자에 앉아 내 말을 들었다. 콘솔 위에는 아버지가 인도에서 사다 준 두 개의 수공 목기 대접 옆에 도미니크와 나의 결혼식 사진이 나란히 놓여 있었다. 닉은 단단히 등을 기대고 앉아 마치 그렇게 해야 벽이 그의 위로 무너져 내리는 걸 막을 수 있다고 생각하는 것 같았다. 나는 닉을 향해 두 팔을 벌려 오라고 손짓했다. 그는 싫다고 말없이 고개를 저었다.

"엄마는 아빠가 영혼의 동반자인줄 아셨어요?" 마이크가 소파 위에서 물었다. 나는 고개를 끄덕였다. "아빠가 기다려줄 거예요, 엄마."

오 이런, 마이크가 나를 걱정해주다니!

다시 두 팔을 벌리자, 아이들은 동시에 다가와 양옆에서 내 품에 머리를 묻었다. 나는 두 아이를 품에 안은 채 오래된 가죽 안락의자에 몸을 의지하고 앉았다. 우리의 뒤섞인 슬픔이 자아낸 눈물로 가슴이 축축이 젖었다. 마법의 엔딩 같은 것은 없다는 걸 잘 알면서도, 우리 셋은 함께 앉아 잊을 수 없는 카펫 타기를 계속했다. 도미니크는 두 세계 사이에 매달려 있었고, 치료법은 없다. 갈수록 병이 악화되다 결국은 죽을 것이다.

아이들이 솔직하게 물었다. 나는 사실대로 대답해주었다. 아이들은 가만히 침묵을 지키다가 다시 질문들을 쏟아냈다.

"예전의 아빠 모습을 기억 못하게 되면 어쩌지? 건강했을 때 아빠 모습을 기억이라도 할 수 있을는지 모르겠어." 닉이 말했다. 두 아이를 끌어안으니 아이들의 깊은 아픔이 그대로 전해졌다. 활발하게 어울려주던 기억 속의 아빠는 몸은 살아 있으되 더 이상 존재하지 않았다.

"아홉 살쯤이었을 때 기억나? 밴쿠버에서 호주로 이사할 거라고 너희에게 말했을 때 말야."

닉이 고개를 끄덕였다.

"그때 넌 거의 토할 정도로 흥분했지. 그래서 아빠가 너하고 눈높이를 맞추려고 무릎을 꿇고는 널 무릎 위에 앉힌 다음, 너를 안은 채 머리에 뺨을 가져다댔지. 지금 엄마가 하고 있는 것처럼……."

"응, 기억나." 닉이 고개를 들고는 다시 연결된 듯한 표정으로 나를 바라보았다. 깨어난 기억이 만들어낸 것 같은 표정이었다. 닉은 아버지가 안아주던 느낌을 기억했다. 뭔가 만져지는 것 같은 느낌. 그때 나는 이야기를 수집하는 것이 아주 중요한 일임을 깨달았다. 그리고 바로 그 자리, 소녀 시절 내가 아버지와 앉아 있던 바로 그 양탄자 위에서 우리 셋은 도미니크를 되찾기 위한 첫 발을 내디뎠다.

"밴쿠버에 살 때 얼어붙을 것처럼 추운 날 아빠하고 축구하던 거 기억나?"

"응, 글렌이글스 필드였지."

"너하고 가라테를 같이 배우려고 아빠가 가라테 동아리에 가입한 거는?"

"물수제비뜨는 거 가르쳐주던 것도 기억해?"

"그때 아빠 정말 대단했어."

"하지만 엄마한테는 안 가르쳐줬어. 그래서 엄만 아직도 어린 여자애들처럼 돌을 던지잖아!"

"눈이 오는데도 집 뒤 테라스에서 바비큐 만들어주던 것도 기억해."

"멋쟁이 사차원이었지."

"아빠랑 체스 두던 때가 좋았어."

"엠블사이드 공원에 데려갔을 때도 멋졌지. 덕분에 거기서 늘 체스를 두던 노인들도 볼 수 있었어."

"그 노인들은 러시아인처럼 말했지."

"그중에 한 노인하고 시합했었는데."

"그 사람이 일부러 져줬어!"

"운동회 날 아빠가 학부모 계주에 참가했던 거 기억나지? 장애물 경주였는데, 아빠가 여장에 하이힐을 신고 뛰었잖아."

"정말 황당했지. 가관이었어."

"하지만 모두가 멋지다고 생각했어. 꺄악 환호성을 질러댈 정도였잖아!"

"그래도 그건 변칙이었어."

"그랬던 것 같아."

"엄마들이나 참가할 수 있는 경주였는데 말야."

"그래도 아빠 덕분에 다음 해에는 아빠들도 떼거지로 그 경주에 참여하고 싶어 했어."

"그래두 그렇지……."

"아빠는 트렌드를 선도하는 크로스 드레서였어! 누가 감히 생각이나 했겠니?"

"박사과정 밟는 동안 아빠가 우리랑 집에 있을 때가 좋았는데. 덕분에 우린 방과 후 보호소에 갈 필요도 없었어. 지금 생각하니까 참 중요한 시간이었던 것 같아."

"아빠도 좋아했어. 가끔 그런 말을 했지. 너희 덕분에 언제나 젊게 살아간다고. 늬네 아니? 레이건 이모가 어렸을 때 지겨운 경쟁자들을 물리치는 법을 아빠가 이모한테 가르쳐주기도 했다는거?"

"뭐라고요?!"

"언제?"

"이모가 여덟아홉 살 때였지. 아빠가 그 방법을 적어주기까지 했는걸. 이모한테 복사본 하나 보내달라고 할게."

"우리랑 씨름했던 것도 기억나?"

"네 발목을 잡고 거꾸로 대롱대롱 흔들면서 너는 결코 아빠를 이길 수 없다고 선언하던 것도 기억나?"

"그 무시무시한 장면! 사진으로도 찍었잖아."

"아빠가 우리 야구팀 코치였던 때도 기억나?"

"야구는 정말 지루했어."

"아빠가 축구팀 감독하던 때도 기억나지?"

"아빠는 기금 모으는 걸 정말 싫어했어!"

"팀원들이 전부 아빠를 '독재자 도미니크'라고 불렀지."

"맞아. 피지로 축구 여행을 갔을 때 아빠가 팀원들을 전부 풀장에 던져 넣어서 그런 별명이 붙었어. 팀원들이 아빠도 풀장에 끌어들이려고 했지. 기억나지? 하지만 아빠가 너무 힘이 세서 그렇게 못했어!"

"무적의 존재였지."

"이런 사람은 늙어도 요양원에 안 가지?"

"아니란다. 그런 사람도 곧잘 가."

그날 밤 컴퓨터 자판을 두드려 친정 식구들에게 들려주었다. 아이들과 이야기를 나눈 뒤 초코칩 쿠키를 구웠는데 모두들 오래도록 침묵 속에서 반죽을 쳐댔다고, 우리 대화에 도미니크도 함께했으면 좋았을 텐데 이전의 그와는 달리 그럴 수 없었다고, 좋은 친구인 에

드워드와 엘리자베스가 오전에 도미니크를 그들의 집으로 데려가서 방해 없이 편안하게 아이들과 수다를 떨 수 있었다고. 편지는 이렇게 이어졌다.

에드와 리즈가 도미니크를 집에 데려오고 나서 아이들과 얼마간 시간을 보냈어요. 그 사이 저는 돔과 함께 있었죠. 그런데 에드가 아이들에게 이렇게 말해주었대요. "엄마가 너무 슬프거나 바빠서 도미니크의 요구를 들어주지 못할 때가 있을지도 몰라. 엄마가 걱정되거나, 엄마가 필요한데 예전처럼 곁에 있어주지 못하거나, 무언가 이야기하고 싶으면, 우리가 밤이든 낮이든 그 자리에 있어줄게." 그들이 없으면 어떻게 살아갈 수 있을지 모르겠어요. 리즈는 떠나면서 막 울기까지 했어요. 유령처럼 창백한 아이들 얼굴과 아빠의 죽음을 감지하고 있는 것 같은 눈빛에 충격을 받았대요.

나는 가족과 친구들에게 그들이 아는 도미니크의 모습, 특히 아버지로서의 모습을, 그가 삶에 미친 영향을 아이들에게 들려달라고 부탁했다. 웃긴 이야기든, 가슴 따뜻해지는 이야기든, 도리에 어긋난 이야기든 상관없었다. 사진도 좋았다. 우리는 이야기와 사진들을 모아서 어떻게든 정리해보기로 했다.

이렇게 해서 도미니크가 가톨릭계 초등학교에서 사악한 유세비우스 수녀에게 대들었던 일도 기억해냈다. 그녀는 사디스트처럼 쇠자로 아이들을 후려치는 버릇이 있었다. 그 때문에 도미니크는 손가락 마디에서 피가 나기도 했다. 그런가 하면 가슴 부분이 지나치게 파인 옷과 초미니 스커트를 입고 다녀서, 남학생들에게 제1 외국어보다 다른 것을 더 많이 가르친 아프리카인 교사 이야기도 있었다.

또 럭비 선수 시절의 도미니크, 대학생 시절의 도미니크, 사회운동가, 동료, 교사, 소중한 친구였던 도미니크의 모습도 알게 되었다. 아들로서의 도미니크, 맏형에 사위, 처남, 삼촌, 대부였던 도미니크의 이야기도 들었다. 도미니크와 마리의 이야기, 아이들이 그의 삶에 무엇을 선물했는지에 초점을 맞춘, 도미니크와 아이들 사이의 이야기들도 들었다.

도미니크는 언제나 아이들이 자기를 젊고 활달하게 만들어준다고 말했다. 인내심을 가르쳐주고, 언제나 진실하게 하며, 소박함이 만족을 선사한다는 점을 일깨워주지만 그의 잠을 모조리 훔쳐간다고 투덜대기도 했다. 그는 아이들의 웃음소리를 사랑했으며, 아이들의 웃음에는 전염성이 있다고, 아이들의 미소가 나를 닮았다고도 했다. 진실한 미소는 무엇이든 뚫고 들어가 빛을 발하며 누구에게나 영향을 미치므로, 아이들은 정말로 운이 좋을 거라고도 했다.

이제 청년이 다 된 아이들은 이 이야기꾼들을 일부 이해했다. 아이들은 이야기에 전혀 싫증을 느끼지 않았다. 누군가와 몇 번이고 거듭 나눌 수 있는 삶의 이야기였기 때문이다. 아무리 자주, 되풀이해서 이야기해도, 말하고 나면 언제나 기분이 좋아졌다. 더욱 큰 무언가의 일부분이 된 것 같은 기분이 들었기 때문이다.

아이들은 그 똑같은 옛날이야기들에도 깔깔거리고, 도미니크가 맏딸을 보호하려는 내 아버지를 처음 만난 자리에서 반항했던 이야기에도 웃음을 터뜨렸다. 우리가 데이트하던 초기에 아버지와 도미니크는 서로를 편하게 받아들이지 못했다. 또 우리가 부모가 되었을 때나 돔의 어머니가 우리 방에 들어왔을 때도 돔과 내가 성적인 장난을 멈추지 않았다는 패트릭의 짓궂은 이야기도 기억해냈다. "오호, 심했네. 근데 너무 적나라하게 까는 거 같은데!" 당시 아이들은 십대 소년들다운 목소리로 소리쳤다. 성을 즐기는 부모를 상상하는 것이란 그리 신나는 일은 아니었던 것이다! 하지만 그들의 얼굴 표정이 도미니크와 비슷하다거나, 도미니크처럼 다리 하나를 뒤로 들어 올리고 벽에 기댄다는 말을 들을 때는 언제나 좋아했다.

이런 이야기들은 절망을 이겨내는 해독제나 강장제 같았다. 다시 가족으로 결합하는 방법이기도 했고. 기억하는 행위는 추억의 방식이기도 하지만, 중요한 무언가의 일원이라는 소속감을 회복하는 방법이기도 한 것이다.

바바라 마이어홉Barbara Myerhoff이라는 문화인류학자도 이 개념을 많이 이야기했다. 그녀는 캘리포니아 주 베니스 비치 노인복지센터의 유대인 노인들을 대상으로 현장연구를 실시했다. 의식과 삶의 역사에 대한 인류학적 연구에 영향을 미친 연구였다. 그녀는 기억이 '이전의 자신과 삶의 이야기에 등장하는 인물들, 이야기의 일부를 구성하는 중요한 타인들에게 다시 주의를 집중하고 불러 모으는 역할을 할 수 있다'고 했다.

마이어홉과 그녀의 통찰을 발전시킨 마이클 화이트Michael White(아델라이데에 있는 덜위치 센터와 이야기 치료의 공동창시자—옮긴이) 같은 이들은 이런 특별한 유형의 기억을 중요한 타인들과 연결되기 위한 의도적인 행위로 보았다. 또 '다양한 목소리의' 정체성에 기여하는 공동체 의식과 자아감까지 회복시켜준다고 했다.

우리가 기억하는 세계가 도미니크를 구해주지는 못할 것이다. 그러나 그 양탄자 위에 앉아 다시 그와의 관계를 회복함으로써 우리는 그를 현실적으로 분명히 이해하기 시작했다. 물론 우리가 탄 양탄자에 마법의 힘은 없었다. 우리는 그가 죽기도 전에 그를 잃어가고 있었지만 이 양탄자는 언제든 그를 다시 찾을 수 있는 곳으로 우리를 실어다 주었다.

12

지역의 한 치매 관련기관에서 열리는 첫 모임에 참석했다. 건물 안으로 들어서자 광택지로 된 벽면 포스터에서 노인들이 다정하게 웃는 얼굴로 반겨준다. 그들은 내가 깊은 숨을 들이쉬고 주변을 둘러보는 소리에까지 귀를 기울이는 것 같았다. 관리와 적응에 필요한 도움의 손길을 기대하며 이런 자리에 발을 내딛는 것이 어떤 기분인지 그들은 잘 알 것이었다. 병들어 은퇴했지만 한때는 그들도 이렇게 이곳을 방문했을 것이기 때문이다. 그들 대부분이 손자가 있을 나이인데, 자기들끼리 뭐라고 수다를 떨더니 이렇게 합의를 본 것 같았다. '자네도 내 자식들하고 같은 또래인 것 같은데. 더 많을 수도 있고. 잘될 거야. 우릴 봐. 우리도 이 단체에 도움을 받았어.' 포스터 속의 노인들은 이렇게 말하며 미소 짓는 것 같았다.

어느 정도 도움을 받으리라는 희망에 이곳을 소개해준 사람은 도미니크를 담당하는 노인병전문의였다. 하지만 그들에게 우리는 완전히 새로운 사례였다. 우리처럼 젊은 사람을 상대해본 적이 없었던 것이다. 포스터에도 나 같은 사람은 없었다. 책꽂이 위쪽에 붙어 있는 '초기에 만들어진' 포스터 속의 인물들도 우리보다는 나이가 훨씬 많아 보였다.

"마리 씨 맞죠? 보호자 그룹에 참여하려고 오신 건가요?" 이름표를 단 젊은 여자가 복사를 하다 나를 맞아주었다. "언제든 편하게 책들을 훑어볼 수 있어요. 대출도 해드립니다."

그러고는 차와 커피를 마실 수 있는 공간을 보여주고, 스무 명가량의 사람들이 모여 있는 방으로 안내했다. 잡담을 나누는 보호자들 사이에 여분의 빈 의자가 몇 개 보엿다. 나는 조용히 미끄러져 들어가 자리를 잡았다.

내가 기대했던 것은 전혀 생각나지 않지만, 그 만남의 기억만큼은 지금도 의식 속에 뚜렷이 각인돼 있다. 상담사가 자기소개를 하며 모인 사람들에게 인사를 하자, 방 안이 조용해졌다.

"이제 제가 누구인지 아셨으니, 모두 본인 소개를 하고 누구를 보살피고 있는지 말씀해주세요. 자, 선생님부터 시작할까요……." 자꾸만 얼굴 위로 흘러내리는 적갈색의 구불구불한 머리카락들을 쓸어 올리며 상담사는 방금 지목한 사람에게 고개를 끄덕여보였다.

"안녕하세요. 제 이름은 메리예요. 91살 된 제 어머니를 보살피고 있어요."

"안녕하십니까. 진이라고 합니다. 남편이 양로원에 있어요. 85살이고요."

"저는 셸리예요. 아버지 요셉을 보살피고 있어요. 제 아버지도 85살이신데 곧 양로원에 들어가실 거예요. 어머니도 양로원에 계신

데, 치매에 걸리신 건 아니에요."

"안녕하세요. 전 마리입니다. 전 남편을 보살피고……."

순간 방 안이 침묵에 휩싸이면서 모두 놀라움에 헉 숨을 죽였다.

"맞아요. 그는 이제 겨우 44살입니다." 사람들이 놀란 숨을 충분히 토해내기도 전에 상담사가 말했다. 그러고는 나한테 눈길 한 번 안 건네고 이렇게 덧붙이기까지 했다. "상황이 좀 다르죠?"

"부모님 때문에 온 줄 알았어요!" 어느 여자가 속삭였다. 이 소리가 방 안에서 울려 퍼지다 사람들의 얼굴을 맞고 튕겨 나와 내 무릎 위에 내려앉았다. 그러고는 윙윙거리는 에어컨 소리가 사람들의 소리 없는 생각들을 모두 흡수해버릴 때까지 무릎 위에서 숨을 할딱였다. 내게 집중된 사람들의 눈길에 얼굴이 화끈거렸다. 상담사가 제멋대로 흘러내린 머리카락들을 다시 쓸어 올리며 말했다.

"그뿐이 아닙니다. 아직 십대인 아들이 둘이나 있어요!"

다시 헉 하는 놀란 숨이 방 안을 휘돌았다. 이번에는 연민까지 보태졌다. 그 순간 보닛 드라이어 밑에 머리를 들이댄 채 주변에 앉아 있는 여자들에게 재미있는 이야기들을 야금야금 던져주는, 1950년대 풍의 미용실에 앉아 있는 여자의 이미지가 뇌리를 스쳤다. 이 여자도 똑같이 흐트러져 있는 몇 올의 머리카락 때문에 내내 성가셔 했다.

"그런데 벌써 몇 년째 치매를 앓고 있답니다. 어린 아이들이 어떻게 겪어내고 있을지 상상이 가세요? 아, 그들이 받을 상처는요?"

그녀는 대답을 기다리지도 않고, 사람들이 절레절레 고개를 흔들고 쯧쯧 혀를 차는 소리를 들으며 계속 말을 이어갔다. "하지만 이처럼 슬픈 일도 저는 많이 경험해봤습니다. 이런 사람들에게도 상담을 해준 적이 있어요. 이 상황은 아주 복잡합니다. 네, 그래요. 아이들이 있을 경우엔 특히 그렇죠. 아이들을 회복시키려면 감정을 밖으로 표출하게 해야 합니다. 절대적으로 중요한 일이죠."

'뭐야, 우리 가족을 도와주라고 단체에서 보낸 사람이 고작 이런 사람이란 말이야?' 그녀는 누군가 다른 사람에게 미리 우리 가족 이야기를 들은 것 같았다. 이전에 만났거나 이야기를 해본 적이 없었기 때문이다. 하물며 방 안 가득 모여 있는 낯선 사람들에게 우리 가족의 사연을 멋대로 추측하고 떠벌려서 사람들을 충격에 빠트려도 된다고 허락한 적은 더더욱 없었다. 할 말을 잃은 나는 이상한 차별의 눈빛을 견뎌내며 외따로 앉아 있었다. 과연 이런 '도움'이 아이들에게 어떤 영향을 미칠까?

나는 다시 사람들에게 주의를 기울이다가 첫 휴식시간에 슬그머니 방을 빠져나왔다. 다른 곳에서 찾아낸 지원책들을 계속 밀고 나가는 편이 아이들과 나를 위해 더 좋겠다고 생각한 것이다. 포스터 속의 다정한 얼굴들을 지나쳐 건물을 빠져나왔다. 그들이 내 생각을 읽을 수 있었다면, 내 아이들이 이런 시기에 이곳에서 제시하는 것과는 다르게 자신을 받아들이기를 바라는 엄마의 마음을 이해했을 것이다. 자신을 사랑받는 존재로 생각하기를, 지혜롭고 재능 있고 용감하며 다행히도 사랑할 힘이 넘치는 존재임을 알기를 바라는 마음 말이다.

이 단체에 내 소감을 가장 유익하게 전달할 방법을 고민하면서, 곧장 차가 있는 곳으로 갔다. 차는 블록을 돌아 주차해두었다. 이 도시에서 주차는 언제나 어려웠지만 오늘 같은 날에는 교통과 싸우기 전에 걸을 기회가 있는 게 도리어 고마웠다.

집으로 가는 길은 평탄하고 별 문제도 없었다. 쑥덕거리는 미용실 같은 세계에서 벗어나 반 시간을 운전해서 집 현관문을 밀고 들어서자 닉이 물었다.

"오셨어요, 엄마. 엄마 카메라 충전돼 있어요?"

"그럴 거야."

"사진 좀 찍어주실 수 있어요?"

"우리 아기, 물론이지. 그런데 뭐 하려고?"

"알게 되실 거예요." 닉이 목욕탕으로 들어가 도미니크의 면도기와 여분의 면도날을 꺼냈다.

"아빠, 저한테 면도하는 법 좀 가르쳐주실래요?"

거실에 있던 도미니크가 목욕탕으로 건너갔다.

"희한한 면도죠. 알아요, 저도. 아직 수염이 안 났다는 거." 닉이 내게 속삭였다. 닉의 두 눈이 목욕탕 거울을 통해 나를 돌아보았다. 털 한 올 없는 어린 소년의 얼굴에 섬세하게 박혀 있는 눈 속에는 슬픔이 서려 있었다. 자신이 남자로 성장하는 것을 아빠가 보지 못하리라는 슬픔이었다. 얼마나 기다린 순간이었을까. 결국 닉은 아버지와 아들 사이에서만 가능한 경험을 스스로 요구하고 나선 것이다. 덕분에 도미니크도 아빠 노릇할 기회를 다시 한 번 얻게 되었다.

엄마가 계셨을 때의 기억이 물밀듯 밀려왔다. 엄마는 나의 첫 번째 브래지어를 꼭 사주고 싶어 했다. 죽기 전에 마지막으로 할 수 있는 엄마 노릇이었기 때문이다. 유방암이 우리에게서 엄마를 빼앗아갈 무렵 나는 열두 살에 불과했다. 가슴이 아직 팬케이크처럼 납작했다. 고통스러워하는 게 훤히 보이는데도 엄마는 아빠에게 우리를 가게로 데려다 달라고 졸랐다. 당시 나는 이런 아이러니를 이해하지 못했다. 그래도 엄마는 보형물을 착용하고 가게에 가서 작은 분홍빛 장미가 한가운데 수놓인 하얀색의 예쁜 브래지어를 사주었다. 이 브래지어는 사춘기를 겪어내는 것도 못 볼 딸을 향한 엄마의 소망을 상징하는 것이었다.

"꼬마였을 때 아빠랑 면도하던 거 기억나?" 닉과 도미니크를 사진에 담기 시작하면서 내가 물었다.

"살짝, 사실은 잘 안 나." 닉의 대답에 도미니크가 말했다.

"나는 나는데. 밴쿠버에 살 때였지…… 넌 아주 어렸어. 너하고 마이크하고 매일 나랑 면도를 했어. 내가 줬잖아, 이거…… 이거 뭐지?" 단어가 생각이 안 나는지 그가 쓰던 면도기를 내밀며 물었다.

"면도기?"

"응…… 아니……" 닉의 물음에 도미니크가 얼버무리며 나를 쳐다보았다.

나는 문턱에 기대선 채 기억을 떠올리며 미소를 머금었다.

"면도날은 빼고 줬지."

도미니크가 고개를 끄덕이며 닉을 향해 씨익 웃었다.

각각 네 살과 다섯 살이던 때였다. 마이크와 닉은 아침마다 불안하게 발끝을 곧추세우고 서서 하얗게 거품이 묻은 턱을 간신히 화장대 꼭대기까지 끌어올렸다. 그러곤 면도날 없는 면도기로 돔과 함께 열심히 면도를 했다. 이제 닉은 그때보다 훨씬 키가 커졌다.

면도날을 새로 끼운 면도기 두 개가 화장대 위에 놓였다. 도미니크는 미지근한 물로 얼굴을 적셨다. 닉도 똑같이 따라했다. 도미니크가 면도용 젤을 닉의 손가락 위에 짜주고, 자신이 쓸 젤도 짜냈다. 그러고 둘은 작게 원 모양으로 얼굴과 턱 밑에 젤을 문질러댔다.

"털이 자라는 방향대로 면도해야 해." 도미니크의 말에 닉은 고개를 끄덕였다. 도미니크는 턱 선을 따라 아래턱을 향해 옆의 구레나룻부터 아래쪽으로 밀어나갔다. 닉이 따라하자, 젊은이다운 팽팽한 피부가 길처럼 드러났다. 도미니크가 면도날에 붙은 티끌들을 제거하기 위해 흐르는 물에 면도기를 갖다대고는 닉에게도 똑같이 하라고 옆으로 비켜섰다. 둘은 이제 한 손으로 살갗을 팽팽하게 잡아당기고 면도를 계속해 나갔다. 진짜 질레트면도기를 들고, 나란히 서서, 뺨 위로 팔을 똑같이 움직였다. 이제 흰 거품이 묻은 콧수염이 남았다. 그들은 다시 면도기를 헹군 다음, 윗입술을 이빨 위에서 동글게 늘리고, 대기 중인 카메라를 향해 부드럽게 조금씩 수염을 밀어나갔다.

도미니크가 침대 밑에 야구 방망이를 두고 잠을 자기 시작했다. 팔이 닿는 바로 그 자리에다 조심스럽게 방망이를 집어넣은 후, 여전히 그 자리에 있는지를 몇 번이고 점검했다. 처음에 나는 아무것도 모르고 방망이를 치워버렸다.

"안 돼. 방망이가 꼭 있어야 된다구!" 그가 소리쳤다.

"뭐하려고?"

"도둑이 들면 당신을 어떻게 지켜?"

"지금 도둑이 걱정돼서 이러는 거야?"

"여기는 도둑이 쉽게 침입할 수 있어. 저 창문으로 곧장 들어올 수도 있다고." 도미니크가 침실 창문을 가리키며 말했다. 공정하게 말해서, 편하게 침입하려는 도둑이라면 사실 이 침실 창문을 가장 먼저 노릴 것이었다.

"약속해. 내가 집에 없을 때 절대로 저 창문을 열어두고 자지 않겠다고."

"알았어. 약속할게. 하지만 그 방망이가 없어도 날 지켜줄 수 있지 않아?"

"도둑이 어떤 무기를 갖고 있을지, 몇 놈이나 될지 모르잖아."

"도둑이 들어와도 방망이는 언제든 가져올 수 있어. 사고가 일어나면 어쩌나 걱정할 필요 없다구."

"아냐! 그래도 침대 밑에 넣어둬야 해."

그를 설득하기란 불가능했다. 결국 그에게 방망이를 건네주었다. 그는 조심스럽게 방망이를 넣어두고 불을 껐다. 나는 그가 잠들기를 기다렸다 그가 닫아둔 창문을 열었다. 신선한 밤공기가 방 안으로 들어왔다. 옆에 서서 잠든 모습을 내려다보니, 이마 위로 가늘게 주름이 패여 있었다. 고요 속에서 그의 뇌가 딱딱 소리를 내며 갈라지는 소리가 들리는 것 같았다.

그는 기도를 드리는 것처럼 가슴에 두 손을 모은 채 미동도 않고 누워 있었다. 나는 그의 손이 안 닿을 만큼 물러서서, 얼마나 깊이 잠들었는지 확인하기 위해 기침을 해보았다. 그는 움찔거리지도 않았다. 나는 시선을 그에게 고정시킨 채 천천히 몸을 굽혀 침대 밑에서 조용히 방망이를 빼낸 다음, 발끝으로 살금살금 걸어가 숨겨버렸다. 그러곤 방망이를 찾지 못해 두려움과 불안에 떠는 그를 달래주지 않아도 되도록, 다음날 저녁 그가 잠들기 전에 확실히 보이는 자리에 방망이를 갖다 두었다. 도미니크가 잘 시간에 더 이상 방망이를 찾지 않을 때까지 나는 밤마다 이 의식을 되풀이했다.

어느 날부턴가 그는 방망이를 달라고 하지 않았다. 방망이를 사용하지도 않았으며, 그걸 갖고 어떤 공격성을 드러내지도 않았다. 병적으로 갑자기 분노를 표출할지도 모른다는 내 불안한 예감과는 상관없이, 그저 잠을 자기 위해 방망이가 필요했던 것이다. 이처럼 평범한 일상으로 자리 잡은 새로운 생활 속에는 야구 방망이와 면도를 가르쳐주는 다정함이 공존했다.

다행히 내 직업과 타인들의 연구 덕분에 나는 병과의 관계가 자신과 타인이 우리를 바라보는 시각에 어떤 식으로 영향을 미치는지 얼마간 이해하고 있었다. 하버드대학교의 임상심리학 부교수인 케테 바인가르텐Kaethe Weingarten도 이 점을 자세히 설명했다. 병에 대해 갖는 다양한 이야기들이 우리와 세계와의 상호작용에 영향을 미치는데, '병을 꼼짝 못하게 하고 병에 상관없이 본래의 자기를 느끼게 만드는 것이라면 무엇이든 좋다'고 한 것이다.

도미니크가 뇌질환에 걸렸음을 알고 나자, 그의 행동을 이해하기가 훨씬 쉬워졌다. 황폐함의 이유도 납득이 됐다. 또 삶이 완전히 달라져도 우리 가족이 함께한 역사를 더 이상 의심하지 않게 되었다. 개인으로서의 도미니크를 그의 병과 분리하기 시작하고, 이런 분리로 인해 초록 고블린의 침입에 상관없이 우리 본래의 모습으로 존재할 더 나은 기회도 갈망하게 되었다.

돔이 퇴원하고 2개월 후 우리는 마이크에게 18번째 생일파티를 열어주었다. 시간은 초록 고블린을 기다려주지 않았고, 동시에 삶도 계속되었다. 정지 버튼 같은 건 없었다.

이제는 훤칠한 청년이 된 나의 아가를 바라보았다. 삶이 완전히 다른 길로 접어들 무렵 그는 열네다섯에 불과했다. 그런데 이제 아빠보다도 훌쩍 큰 키에 멋지게 차려입은 모습으로 여기 서 있다. 오늘의 패션 테마는 블랙과 화이트였다. 우리의 '문지기' 같은 에드와 그의 옆을 지키는 리즈, 우리 가족을 지지해주는 따스한 손길과 마음의 공동체에서 핵심 역할을 해주는 친구 베스. 이들과 한 팀을 이뤄 파티를 열고 생일을 축하해주고 도미니크를 보호해주었다. 파티 날 밤은 웃음과 신나는 음악, 포켓볼 게임, 블랙과 화이트의 테마를 화려하고도 세련되게 매력적으로 소화해낸 청년들로 가득했다. 만날 서퍼들이 입는 반바지에 티셔츠 쪼가리만 있고 다니던 돔과 인도면으로 만든 옷만 입고 다니던 나 사이에서 어떻게 이처럼 쫙 빼입는 걸 좋아하는 애들이 태어났을까?

풍선 터지는 소리에 도미니크가 펄쩍 뛰었다. 베스가 손을 내밀자, 도미니크가 손을 잡았다. 호주로 이사 온 지 얼마 후 직장에서 만났을 때만 해도, 그녀가 이처럼 내 삶에 깊이 발을 들여놓게 될지는 상상도 못했다. 도미니크는 지나친 자극 때문에 안절부절못하면서 갈수록 피곤한 기색을 드러냈다. 하지만 주의를 돌려 잠자리로 유도하기는 힘들었다.

"싫어! 하나도 놓치고 싶지 않아!" 그가 소리쳤다.

다시는 이런 자리에 참석하지 못할 걸 알기라도 하듯 단호하게 두 눈을 부릅떴다. 그러더니 몸을 돌려 어깨를 앞으로 내밀고 두 팔을 힘없이 늘어뜨린 채, 이해할 수 없다는 눈으로 멍하니 응시하면서 밖으로 터벅터벅 걸어 나갔다. 아이들 친구들에게는 두려운 모습일 수도 있었다. 다행히 마이크가 아빠에게 존경스러운 관객을 만들어주기 위해 친구들에게 '마음 편히 가지라고' 평온 레이더를 설치했다. 이날 밤엔 이런 지지가 슬픔의 방패막이 돼주었다. 마이크는 돔에게 미소를 지어보이며 팔을 그의 몸에 둘렀다. 그렇지만 그가 사회적으로 용인할 수 있는 방식으로 행동하거나 대화에 참여하리라는 기대는 전혀 하지 않았다. 마이크는 그래서 이날이 오기 전에 친구들에게 미리 몇 가지를 귀띔해두었다.

도미니크는 마이크가 조성해놓은 분위기에 그대로 반응했다. 사람들 사이를 목적 없이 왔다 갔다 하면서 사람들과 잘 어우러졌다. 정원에서 지켜보던 닉은 셔츠를 매만지며 슬픔을 다시 밀어넣었다.

파티 중에 친구 몇이 다가와 마이크와 닉이 잘 지내느냐고 물었다.

"잘 지내지요? 그 문제에 대해서는 도대체 얘기를 안 해서요."

다음으로 내갈 간단한 간식을 준비하고 있을 때, 친구 한 녀석은 주방 조리대에 몸을 기대며 이렇게 묻기도 했다.

"음, 저희가 뭐 도와드릴 게 없을까요?"

술 취한 열여덟 살 아이들과 출동한 경찰 사이에 거친 실랑이가 벌어졌다는 끔찍한 뉴스를 들은 적이 있지만, 이 아이들은 아주 달랐다. 화단에 몇몇이 조심스럽게 토를 해놓은 것만 빼면, 이 신사적인 청년들은 제대로 배려할 줄 알았다. 그 증거로 다음날 아침 노크 소리에 나가보니, 흐릿한 눈의 아이들 몇몇이 우리 집에서 잠을 잔 친구들과 함께 뒷마무리를 하러 와 있었다.

마이크는 숙취를 해소할 기름진 브런치 재료들을 꺼내 조리대 위에 올려놓았다.

"베이컨 조각에 계란 프라이 얹은 거 먹을 사람?"

마이크의 말에 툴툴거리면서도 좋다는 소리들이 이어졌다.

"닉! 넌 바비큐 담당해."

"엥? 왜 나야? 형이 해."

나는 기름기 줄줄 흐르는 소시지와 시끄러운 음악, 십대 소년들의 테스토스테론 냄새를 피해, 도미니크를 데리고 길게 드라이브를 나갔다. 몇 시간 후에 돌아와 보니, 집은 얼룩 한 점 없이 깨끗했다. 쓰레기통은 흘러넘쳤지만 바닥은 걸레질까지 되어 있고, 마이크와 닉은 침대에 대자로 골아 떨어져 있었다.

몇 시간 후 마이크가 잠에서 깼다. 냉장고로 가서 차가운 우유를 따라 마시려 했지만, 우유 통이 텅 비어 있었다.

"미키네 가게에 스피커들 되돌려줘야겠어요. 콜레스네 잠시 들렀다가 오는 길에 우유도 사오고요."

도미니크는 마이크를 따라 차로 가서 조수석에 앉았다. 그를 차에서 꼬드겨낼 방법이 없었다. 그날 아침엔 면도도 안 한 상태였다. 아침 일찍 드라이브를 다녀왔는데도 혼란스러워 보이고 몰골도 부스스했다. 마이크가 운전석에서 나를 바라보며 말했다.

"난 괜찮아. 아빤 드라이브 좋아하잖아. 드라이브하면 아빠도 더 편안해질 거야. 그리고 사람들이 어떻게 생각하든 난 신경 안 써. 우리 아빠니까."

마이크는 지갑 속에 특별한 카드를 소지하고 다녔다. 도미니크의 행동에 불안해하는 사람들이 있을 경우 조심스럽게 보여주기 위한 것이었다. 마이크는 그 카드가 제자리에 있는지 점검했다. 카드 자리에서 그 카드는 빠끔히 얼굴을 내밀고 마이크를 올려다보았다. 카드에는 이렇게 적혀 있었다. '저는 이 분의 보호자예요. 이 분은 기억 상실과 정신적 혼란을 겪고 있어요. 너그럽게 봐주시기 바랍니다.'

도미니크가 서서히 좁아지는 세계를 잘 헤쳐 나가도록 돕는 사이, 어마어마하게 많은 참을성이 우리의 하루하루를 장식했다. 우리는 슬픔과 더불어 초록 고블린도 이해하기 시작했다. 또 도미니크가 이상하거나 짜증스러운 짓을 할 때도 그와 함께 마음을 편안히 갖는 법을 터득했다. 도미니크의 뇌는 죽어가고 있었으며, 그 텅 빈 공간은 가르침과 정직, 함께 흘리는 눈물과 웃음으로 채워지기 시작했다.

마이크의 생일파티가 있고 며칠 후, 돔의 동생 다니엘이 갓난쟁이 아들을 데리고 남아프리카공화국에서 날아왔다. 내 동생 패트릭도 곧 오기로 했고, 그 다음은 밴쿠버에서 내 친구들이 방문하기로 되어 있었다. 그레이엄이 가장 먼저 올 것이다. 그레이스는 나중에, 아마도 도미니크가 죽고 나서 내가 그녀를 가장 필요로 할 때 올 것이다.

우리는 다니엘과 함께 노스 스트래드브룩 아일랜드로 여행을 가기로 했다. 스트래디는 가족 휴양지로 인기 있는 곳이었다. 다니엘은 도미니크와 전화로 이야기를 나누었고, 나도 이메일과 전화로 종종 연락을 주고받았다. 그래도 와서 직접 마주하면 도미니크의 상태를 받아들이기는 쉽지 않을 것이다. 다니엘과 도미니크는 일

년간이나 만나지 못했다. 이런 만남에는 대체 어떤 준비를 해야 할까?

처음 도미니크를 본 순간, 다니엘은 그의 쇠락한 모습에 큰 충격을 받았다. 나는 사실 도미니크의 모습에 얼마간 무감각해진 터라, 도리어 다니엘이 아무것도 알아채지 못할까 봐 초조했었다. 내가 호들갑을 떨거나 과장했다고 생각할까 봐 은근히 걱정되기까지 했다.

다른 사람들의 눈에는 도미니크의 장애가 분명히 인지되지 않을 때도 있었다. 친구나 동료가 잠깐 들를 때는 어쩐 일인지 더 일관된 모습을 보였기 때문이다. 도미니크가 덜 피곤한 오전, 이들과의 짧은 만남에서는 잘 드러나지 않았다. 사용할 수 있는 뇌 기능이 점점 줄어드는 상황에서도 그는 이들과의 상호작용을 감당하는 데 젖 먹던 힘까지 쥐어짜냈다. 그래서 사람들이 떠나고 나면 완전히 소진해버렸으며 본래의 도미니크는 전혀 남아 있지 않게 되었다. 그래서인지 사람들은 우리가 보거나 경험하는 것들을 이해하지 못했다. 닉도 아빠가 이래서 사람들이 잘 믿지도, 이해하지도 못한다고 말한 적이 있다. 그래서 닉은 집 밖에서 도미니크의 병에 대해 일절 함구했다. 초록 고블린이 우리를 거짓말쟁이로 만드는 것처럼 느껴지는 상황에서 달리 어떻게 할 수 있었겠는가?

"아빠가 그리워." 닉은 이렇게 말했다. "아빠는 살아 있는 것도, 죽은 것도 아니야."

도미니크는 언제나 스트래디를 사랑했다. 우리는 생필품과 해변에서 필요한 용품들을 차에 가득 싣고 이 섬으로 가족 휴가를 떠났다. 거기 가면 도미니크도 편안하게 이완되고, 그러면 본래의 모습을 더 많이 회복할 것 같았다. 바다가 그의 마음을 움직여 파도를 타거나 비치볼을 즐기면서 생기를 되찾는 도미니크를 볼 수 있을 것 같았다.

그런데 이번에는 파도가 7피트나 되는 높이로 거칠게 부서졌다. 도미니크도 그것을 보았다. 인명구조원들을 향해 소리쳤지만, 그들에게는 그의 목소리가 들리지 않았다. 결국 도미니크는 해변으로 갔다가 다시 해변가 집으로 돌아왔다. 그러곤 다시 해변으로 갔다가 휙 돌아서서 집으로 돌아왔다. 나도 그와 함께 걸었다. 갈팡질팡하는 그를 혼자 둘 수 없었고, 우리 중 누구도 그를 안정시킬 스위치를 찾을 수 없었기 때문이다. 결국 우리가 알던 도미니크는 모습을 드러내지 않았다. 집에서 멀리 벗어난 환경이 그에게는 갈수록 버겁기만 했나 보다.

도미니크가 서성거리는 모습은 흡사 유령 같았다. 소리를 안 낼 뿐, 해변가의 집 안 바닥을 둥둥 떠다니는 것 같았다. 팔은 양옆으로 나무토막처럼 늘어뜨리고, 허리를 비트는 기색도 없이 두 발만으로 뻣뻣한 몸을 조정했다. 덕분에 우리의 뒤통수에서도 눈이 자라났다. 아이들은 아빠가 배회하지 않기를 바라며 현관문에 빗장을 걸어두었다. 그러자 불안해진 그는 지면에서 떨어져 있는 뒤편 테라스를 기어오르려고 했다. 그를 멈출 방법은 없었다. 나는 얼른 빗장을 끌러주고, 치매환자처럼 단호하게 그와 걸어주었다. 혼돈을 통과해, 불안을 넘어, 고요를 찾아, 하루 종일 해변을 왔다 갔다 서성였다.

집에서처럼 스트래디의 밤공기도 도미니크에게서 잠을 앗아갔다. 게다가 아직 아기인 조카의 울음소리가 종소리처럼 그의 머릿속에서 울려 퍼지면서 그는 더욱 불안해했다. 한 알을 나눠먹어도 모두가 나가떨어질 만큼 강한 약을 복용해도 밤새도록 잠을 이루지 못했다. 익숙한 집에서 멀리 벗어난 상황을 더 이상 감당할 수 없었던 것이다. 나는 이번이 도미니크와 함께하는 마지막 가족휴가가 되리라는 것을 직감했다.

섬에서의 마지막 밤, 뭔가 특별한 이벤트를 벌여야겠다는 생각이 들었다. 우리는 팬케이크의 밤을 갖기로 했다. 어린 시절, 팬케이크의 밤은 도미니크네 가족에게는 전설적인 행사였다. 도미니크와 두 십대 동생은 주방 식탁에 둘러앉아 누가 더 게걸스럽게 많이 먹나를 경쟁하며 한자리에서 어마어마한 양의 팬케이크를 먹어치웠다.

"아빠랑 작은 아버지들이랑 정말 영웅적으로 많이 먹어치웠다면서요?" 마이크의 말에 다니엘이 웃으며 말했다.

"무진장 먹어댔지." 팬케이크의 밤과 최고 우승자에 대한 이야기는 이미 식구들 사이에 유명했고, 마이크와 닉도 윌리엄가의 팬케이크 시합에 참가한 적이 있음을 다니엘도 분명히 알고 있었다.

"한 번에 얼마나 많이 드실 수 있었어요?"

"많이! 정확히는 기억 안 나. 하지만 절대 도미니크 형만큼은 삼킬 수 없었어."

"그럼, 대충 어림잡아서 얼마나 많이 드신 것 같아요?" 닉이 물었다.

"에이, 이제는 너까지 물어보는구나. 나도 몰라. 한 열다섯 개? 형, 내가 열다섯 개나 열일곱 개쯤은 먹은 거 같지?" 도미니크가 멍하니 미소를 지어보였다.

"아마 몇 개는 더 먹을 수 있을 거야!" 다니엘의 말에 아이들이 깔깔거리며 웃었다.

"저는 아직 그만큼은 먹어보지 못했어요. 하지만 시합은 아직 끝난 게 아니니까요." 닉이 말했다.

"아빠는 저희들을 위해 팬케이크를 수북이 만들어주곤 했어요." 마이크가 말했다.

"어마어마했지." 닉이 말했다.

"어머님도 그렇게 해주셨던 기억이 나네요." 내가 다니엘을 향해 말했다.

"뭐를?" 닉의 물음에 내가 이야기를 들려주었다.

"팬케이크를 산더미처럼 만들어주셨어. 팬케이크를 따뜻하게 유지하는 특별한 비법을 갖고 계셨지. 그래야 팬케이크가 건조해지지 않거든. 스토브 위 끓는 물 냄비 위에 접시를 얹어놓고, 그 위에 팬케이크를 쌓아두는 거야."

"맞아요!" 다니엘이 소리쳤다. "우리가 팬케이크를 먹기 전에 엄마는 많은 양을 만들어서 쌓아두곤 하셨죠. 어느 날 밤, 아마 우리가 학교를 다닐 때였을 거예요. 엄마가 팬케이크를 보통 때보다 많이 만들었는데, 세상에나, 도미니크가 22개나 먹어치웠어요! 누구도 믿을 수 없었죠."

"맞아요. 아빠가 그 얘기 해줬어요." 다니엘이 팔로 도미니크를 휘감으며 말했다.

"어머니처럼 팬케이크를 만드는 사람은 없었어요. 오늘 어머니처럼 한 번 만들어보실래요?" 내가 다니엘에게 말했다.

"기대되는데요!" 닉이 소리쳤다.

다니엘은 재료를 조리대 위에 올려놓았다. 그는 커다란 대접에 달걀들을 깨 넣고, 닉은 우유와 설탕, 밀가루를 첨가했다. 마이크는 혼합된 것을 손으로 휘젓기 전에 이런저런 비장의 재료들을 집어넣었다. 전기 반죽기가 없었기 때문에 팔이 아파올 때까지 대접을 돌려야 했다. 지름길은 없었다. 반죽의 질감이 완벽해야만 했다. 조리대 위에 밀가루가 먼지처럼 쌓이든, 깨진 달걀껍질에서 흰자위가 바닥으로 흘러내리든, 포장재 밑바닥의 찢어진 틈새에서 설탕이 천천히 새 나오든 우리는 그냥 무시해버렸다. 이제 반죽이 완벽해졌다. 프라이팬에서 뒤집기를 선보일 준비가 된 것이다. 하지만 처음 몇 개는 잘 들러붙는 원반 같았다.

"걱정 마." 다니엘이 말했다. "처음 몇 개는 언제나 실패작이야. 그래도 맛있는 과자처럼 먹을 수 있어."

다니엘과 아이들은 반죽에서 거품이 일어나는지, 가장자리가 얼마나 말랐는지, 색이 황금빛을 띠는지 주의 깊게 살폈다. 그러고는 팬케이크가 팬 속에 무사히 착륙하기를 바라면서 뒤집기를 했다. 한두 장은 가장자리에 걸려 대롱거리다가 찌부러진 모양으로 다시 팬 속으로 들어갔다. 팬케이크라기보다는 접힌 오믈렛처럼 보였다. 그들은 이렇게 팬케이크가 아닌 과자를 몇 개 더 만들어냈다. 하지만 얼마 안 있어 세 명의 어릿광대들은 곧 있을 만찬을 위해 낄낄거리며 서커스 묘기하듯 팬케이크를 뒤집었다.

도미니크도 방 안을 왔다 갔다 하다가 멈춰 서서 이 광경을 구경했다. 혼란을 뚫고 미소가 번졌다. 그는 미각도 후각도 이미 잃은 상태였다. 하지만 그들이 무얼 하고 있는지만큼은 잘 알고 있었으며, 추억은 그를 기분 좋게 만들어주었다.

결국 오늘날까지 한 번에 22개를 먹어치운 그의 기록은 누구도 깨트리지 못했다.

그는 지금도 공전의 팬케이크 왕이다.

13

동네 경찰서를 찾아갔다. 정문 로비의 실종자 포스터들을 지나쳐 접수처로 갔다. 뒤따라오던 여자 하나가 덥다고 혼자 구시렁거렸다.

"무슨 일로 오셨는지요?" 접수처에 앉아 있던 경사가 조용히 물었다. 내 뒤에서 기다리던 여자는 서류처럼 보이는 한 뭉치 종이들을 부채처럼 부쳤다.

"괜찮으시면…… 음…… 저 다른 데서 조용히 이야기 좀 할 수 있을까요?"

경사가 고개를 끄덕였다. 수정처럼 파란 눈에 짙고 무성한 속눈썹이 커튼처럼 드리워져 있었다. 그는 가까운 방으로 안내했다. 그러고는 물을 한 잔 따라주고 내 옆 의자에 앉았다. 그는 채근도 하지 않고 이야기를 기다렸다. 드디어 나는 우리의 이야기를 꺼내놓았다.

남편이 아픈데, 젊은 나이에 치매에 걸렸다고. 무슨 이유에선지 걷는 걸 좋아해서 걷고 또 걸어야 한다고. 그런데 내가 일하러 가면, 나를 찾아 거리를 헤맬 때가 있다고. 이로 인해 몇몇 이웃들이 내게 전화를 걸어 '도미니크 목격담'을 상세히 들려주기도 한다고. 처음에는 어떻게 해야 할지 그들도 몰랐기 때문이라고 말했다.

이후 그가 어떤 목적으로 걷는 것인지, 그저 길을 잃어 헤매는 것인지 계속 지켜봐야 했는데, 그를 안전하게 지키는 것과 그를 강제하는 행위를 구분하기가 쉽지 않다고. 지금은 그렇게 멀리 가지도 않고, 같은 길을 되풀이해 걷다가 안전하게 집으로 돌아온다고. 이웃들도 이제는 초록 고블린에 익숙해진 것 같다고 말이다.

하지만 도미니크가 길을 잃거나, 어쩔 줄 모르고 우울하게 거리를 헤매거나, '이상하게 행동할' 경우에는 설명이 필요할 것 같다고 했다. 술주정뱅이나 정신병 환자, 못된 짓을 하는 사람이 아님을, 젊은 나이에 전측두엽치매와 운동신경질환을 앓고 있는데 직장이나 공항엘 가려는 중인 것 같다고, 그 또래의 남자로서는 흔한 모습이 아니므로 사람들이 그와 부딪히면 이해하기 쉽지 않을 테니 설명을 해줘야 할 것 같다고 말했다.

그러면서 경사에게 사진을 한 장 내밀었다. 내가 아는 안 도미니크는 카메라 앞에 서는 걸 싫어했다. 그래서 대개는 항의로 입을 크게 벌린 채 얼굴을 찌푸리곤 해서 그런 사진밖에 못 찍었다. 하지만 이 사진은 달랐다. 도미니크가 세상을 향해 아주 자연스럽게 미소를 짓고 있었다. 사진이 찍히는 줄도 몰랐던 것이다.

"그런 일을 겪고 계시다니 정말 안됐군요." 경사가 말했다. "안심하세요. 이런 상황에 대비해 훈련받은 인력들이 있습니다. 적임자에게 곧장 알려드릴게요." 그는 손에 들고 있던, 그와 같은 연배인 도미니크의 사진을 다시 내려다보았다.

물론 나는 이 훈련받은 인력이 필요한 상황이 발생하지 않기를 바랐다. 하지만 필요한 일이 벌어진다면, 그들이 도미니크와 주변 사람들에게 최대한 도움이 되는 방식으로 다가가기를 원했다. 경찰이 개입하는 상황을 마이크나 닉이 목격할 경우에는 특히 더 그래야만 했다. 부디 굴욕적인 급습이나 감금 같은 건 없어야 했다. 그런 행동은 도미니크의 고통을 증폭시키고 모든 것을 더 악화시킬 것이다.

나는 경사에게 아이들 이야기도 했다. 많은 걸 겪어내고 있다고 말이다. 도미니크는 지금 약물치료를 받고 있는데, 예전처럼 통제불능 상태가 되거나 그를 찾을 수 없을 때는 000에 전화 걸어야 한다는 이야기도 했다. 경사는 고개를 끄덕이면서, 아이들의 핸드폰 번호를 포함해 우리의 모든 연락처를 받아 적었다. 그러고는 우리를 중앙연락센터에 최우선 연락 대상으로 올려놓겠다고 했다.

경사가 메모하는 동안 나는 도미니크가 진실하고 신사적인 태도에 얼마나 잘 반응하는지도 설명했다. 경찰이 개입할 경우에는 친절하고 밝고 차분한 태도가 효과적일 것이며, 그러면 도미니크도 보통은 고분고분하게 따른다고 말이다. 상대가 호전적인 느낌을 안 주면, 혼란에 빠져 있을 때도 온순한 영혼이 되기 때문이었다.

도미니크는 또 아이들에 대해 이야기하는 걸 좋아하며, 운동경기를 소재로 대화를 나누면 쉽게 주의를 돌릴 수 있었다. 경찰이 내게 전화를 해주면, 내가 가서 문제없이 그를 데려올 수 있으리라는 것도 알려주었다. 더불어 도미니크가 두 달 전에 입원했던 병원 이름과 전화번호, 의사 등 상세한 연락처도 말해주었다. 필요할 경우에는 그를 아는 병원에 다시 데려다 주는 것이 좋을 것이기 때문이다. 전혀 연고가 없는 병원에 데려가면 사정없이 진정제를 투여할 수도 있고, 그러면 공포에 젖은 뻣뻣한 몸이 낯선 사람의 몸에서 서서히 축 늘어져버릴 것이기 때문이다. 아니면 정신병동에 감금돼 그 끔찍한 검사과정을 전부 다시 거치다가 결국엔 애초에 그곳에 들어올 사람이 아니라는 말만 듣게 될 것이다. 이런 부적절한 입원은 결국 그 안의 야수를 해방시켜 고통과 증상을 악화시킬 것이며, 결국에는 쉽게 예방할 수 있었음에도 아픈 상처만 남길 것이다.

경사는 내게 자신의 직통번호를 알려주었다. 그러고는 변화나 새로운 정보가 있을 시엔 아이들이나 나 모두 언제든 그에게 전화 걸어도 좋다고 했다. 나는 물을 한 모금 더 마시고 감사의 말을 전했다. 그러자 그가 말했다.

"그게 저희 일인 걸요, 뭐."

이로써 또 하나의 위험을 제거했다.

경찰서에서 나와 직장으로 향했다. 시계를 보았다. 내 고마운 친구 조는 지금도 도미니크와 함께 있을 것이다. 마음이 놓였다. 나는 간호휴가에 연차까지 전부 써버린 상태였다. 주중에는 아침마다 친구들이 당번표 같은 것까지 만들어서 도미니크를 보러 들렀다. 이런 식으로 도미니크는 여전히 의미 있는 사회적 교류를 이어갔다. 온전히 그의 것이라 할 만한 것이었다. 덕분에 나는 누군가 몇 시간 동안 그와 함께 있으리라는 사실에 안심하고 출근할 수 있었다. 그들은 함께 강아지를 데리고 걷거나, 드라이브를 하거나, 내가 퇴근

했을 때를 위해 주방에서 저녁을 준비했다. 이런저런 정치 문제나 가난의 악순환을 끊는 문제를 토론하기도 하고, 도미니크가 먼 이국에서 벌이던 프로젝트 관련 사진들을 훑어보기도 했다.

쥬느비에브가 내일 방문한다. 그녀는 호주에 와서 처음으로 사귄 친구였다. 내가 출산한 지 얼마 안 되는 걸 알고 학교에서 내게 다가와 커피를 마시러 오라고 초대했을 때, 그녀의 쌍둥이 딸 클로에와 릴리는 겨우 6주밖에 안 됐었다. 이 쌍둥이들이 지금은 여섯 살이 되었고, 우리 집 냉장고는 꼬마 릴리의 사진들이 한 장 한 장 늘어가면서 갈수록 화려해지고 있었다.

"도미니크가 언제까지 살 수 있을 것 같아?" 어느 날 그녀가 물었다. 난 언제일지는 모르겠는데 하루가 다르게 안 좋아진다고 했다. 그때부터 그녀는 도미니크를 위해 그림을 그리기 시작했다.

나는 내일 보게 될 새로운 그림을 상상해보았다. 더불어 도미니크가 그녀를 위해 차를 끓이는 모습도 떠올렸다. 물속에 티백을 집어넣고 찻물이 소용돌이치면서 우러나는 모양을 지켜보는 도미니크. 그는 아침에 침대에서 나오자마자 그녀를 위해 주방 조리대 위에 그린 바닐라 티백이 든 머그잔 두 개를 나란히 놓고 그녀를 기다렸다. 그러나 9시 30분까지 어떻게 기다려야 하는지 그는 몰랐다. 과거와 미래의 시간 개념을 잃어가고 있었기 때문이다. 그에게는 언제나 현재만 존재했다. 하지만 친구를 위해서 차를 준비하기에 좋은 시간이란 현재 말고 언제겠는가?

나는 내 직장인 지역의료센터에 도착해서 직원 주차장에 주차했다. 중절모 의사와 노인전문의 모두 도미니크가 집에 혼자 있어도 안전할 거라고 했다. 그는 약물 치료 중이었고, 약간 무심하기는 했지만 차분했다. 어떤 경우에도 일하러 대학에 가지는 못할 것이었다. 학교에 갈 수 없는 이런 상황이 교수로서의 명성을 보호하는 데는 오히려 좋을 것이었다. 하지만 그는 아직 24시간 감시가 필요한 상태는 아니었다. 내가 없을 때 아이들이 학교에서 돌아와 그와 집에 있어도 문제없었다. 나는 고객들을 만나고, 보고서를 쓰고, 미팅에 참석하느라 하루하루 바쁘게 지냈다. 이로 인해 갈수록 말라가고 있다는 것도, 도미니크처럼 나의 한 부분을 잃어가고 있다는 것도 알아차리지 못했다.

핸드폰이 울렸다.

"엄마, 아빠가 없어졌어요!" 마이크의 공포에 질린 목소리가 핸드폰에서 굴러 떨어졌다. "대학교로 가는 버스를 탔어요! 아빨 집으로 데려오려고 버스 정류장까지 막 달렸는데, 이미 버스에 올라탄 뒤였어요!"

그전에 도미니크는 대학교까지 차를 태워달라고 부탁했다고 했다.

"지금은 그럴 수 없다면서 차도에 차가 없다는 것까지 보여줬어요. 엄마가 퇴근하면 모셔다 드리겠다고요. 그랬더니 내내 엄마가 돌아오기를 기다렸어요. 괜찮아 보였는데……."

"아들, 알았어. 괜찮아."

"정말 멀쩡하셨어요. 불안해하지도 않았다고요. 게다가 안으로 들어와 침대에 누워 계셨어요. 그래서 난 방에 가서 숙제를 했는데.

그런데 간식 가지러 나와 보니까, 주방 조리대 위에 메모가 있는 거예요."

"메모를 남겼어?"

"응, 버스를 타고 가야겠다고요. 아빠가 길 잃어버리면 어쩌죠?"

"나간 지 얼마나 됐는데?"

"정확히는 몰라요. 나가시는 소리도 못 들었거든요."

"알았어. 내가 버스 노선대로 뒤따라가 볼게. 만날 수 있을 거야. 어디 가면 찾을 수 있는지 알아."

"전 몰랐어요……."

"네 잘못이 아니야. 내가 집에 있었어도 일어났을 일이야. 아무 일 없을 거야."

"학교 메일이 왜 안 열리는지, 베트남으로 가는 일은 어떻게 되가는지 알고 싶다셨어요."

"아들, 괜찮지?"

침묵.

"마이크?"

"아, 정말 미치겠어요."

"알아. 많이 힘들다는 거."

대학교로 가려면 도미니크는 버스를 갈아타야만 했다. 그에게는 감당하기 어려운 일일 것이다. 그렇게 단호했다니 그를 학교에 데려다 주어야 했다. 하지만 그랬다면 집으로 데려오기 힘들 수도 있었다. 도미니크가 돌아올 경우를 대비해서 마이크는 집에 남았다.

나는 학과장 앤터니에게 전화를 걸어 도미니크가 학교로 가는 중임을 알렸다. 몇 주 전 그와 인사과 직원을 만나 의학적인 문제로 도미니크의 영구 은퇴서류에 사인했을 때, 이미 이런 가능성에 대책을 세워두었다.

총체적이고 영구적인 장애.

이 외에도 그의 삶이 떠나감을 인정하는 서류들에 많은 서명을 해야만 했다.

눈에 띄게 악화되는 도미니크의 상태와 의사의 금지 명령에도 불구하고, 나는 그가 결국에는 대학으로 돌아가기를 기대했다. 그의 주의를 다른 데로 돌리려 애쓰면서도 말이다. 하지만 대학으로의 복구 문제는 신중하게 처리해야 했다. 도전을 받으면 그 초록 고블린이 난리를 피울 수도 있고, 동료들이 이 쇼를 구경하기 위해 맨 앞 좌석표를 구입할 필요는 없었기 때문이다.

의사는 진찰 예약을 꼭 지키고, 여행을 하지 말며, 대학교 교정에 가지 말라고 권고했다. 그러나 도미니크는 이런 제약들을 이해하지 못했으며, 이로 인해 여러 면에서 쉽게 상처를 받을 수도 있었다. 그도 나름대로 적응하려고 애썼다. 하지만 왜 지금 일을 할 수 없다는 것인가? 출장 계획도 있고, 박사과정 중인 제자들도 계속 지도해줘야 하는데? 논문심사위원이라 얼른 논문을 놓고 토론에 들어가야만 하는데? 멀쩡하다는 걸 학교는 왜 알아주지 못하는 거지? 그는 이렇게 생각했을 것이다.

"그들이 나를 제거해버리려는 것 같아."

몇 주 전 그는 이렇게 말했다.

"말도 안 돼. 당신은 너무 지쳤어. 그래서 휴식을 주고 싶은 거야. 당신 정말 젖 먹던 힘까지 짜내서 일해왔잖아."

"아냐. 난 아직 힘이 남아 있어."

"그래, 맞아. 하지만 당신도 알다시피, 업무 부담이 엄청나다고 했잖아."

"그래!"

"내 생각엔, 당신에게 휴식이 필요하다고 의사들이 말한 것 같아. 그래 봐야 세 달이야. 잊지 마. 월급을 주면서 당신한테 휴가를 허락하고 있는 거야. 이걸 봐……."

그러면서 대학 동료들이 보내온 이메일을 읽어주었다. 거기에는 따뜻한 지지의 마음이 분명히 표현되어 있었다. 그가 없으니 학교가 전 같지 않다느니, 그를 만나러 꼭 오고 싶다느니, 그가 그립다느니 하는 말이 적혀 있었다. 하지만 '아픈'이나 '병가' 같은 말을 나는 입 밖에 내지 않았다. 예전에 이런 말을 썼다가 전혀 효과가 없다는 것을 힘들게 깨달았기 때문이다. 그는 자신이 괜찮다고 생각했다. 이것에 내가 반론을 제기했다면, 그를 완전히 잃어버렸을지도 모른다.

도미니크가 아픈 내내 나는 앤터니와 정기적으로 연락을 주고받았다. 어느 날 아침, 필요할 경우를 대비해 사려 깊게 슬쩍 내 쪽으로 밀어준 티슈 한 통과 함께 그의 사무실에 앉아 있던 기억이 난다. 나는 초록 고블린이 문제를 일으킬 정도로 기운이 팔팔한 동안 이 고블린에게 가장 효과적으로 대응할 방법과 관련해서 내가 아는 정보들을 최대한 제공했다. 같은 대학에서 교수로 일하는 노인전문의도 앤터니에게 도미니크의 병에 대해 상세하게 조언해주었다고 했다. 어떤 증상을 보이고, 어떻게 대응해 나가야 하는지 알려준 것이다. 친절과 이해로 짜인 안전망이 서서히 확장되고 있었다.

도미니크를 찾으러 가면서 나는 앤터니와 전화로 대책을 논의했다. 최고의 전략이라고 언제나 효과가 있는 건 아니었다. 우리 모두 그걸 알고 있었다.

"내가 다 알아서 할게." 처음 병원으로부터 핸드폰으로 안 좋은 소식을 들었을 때 함께 차를 타고 있던 그 직장 동료가 말했다. "자기 고객 스케줄은 내가 다시 잡아줄게. 여긴 급한 일 하나도 없어."

그녀는 아주 차분했으며 허둥대지도 않았다. 이런 시기에는 정말이지 완벽한 친구였다. 그녀가 팔로 나를 감싸 안으며 말했다. "가봐. 다른 사람들한테는 내가 잘 말할게. 얼른 가기나 해. 그리고 뭐든 필요한 거 있으면 전화하구."

나는 사무실을 나와, 도와줄 사람이 더 필요할 경우를 대비해 도중에서 에드를 차에 태웠다. 우리는 도미니크가 보이는지 두 눈을 부릅뜨고 버스 노선을 따라갔다. 그런데 앤터니에게서 연락이 왔다. 도미니크가 교정에 도착했다는 것이었다. 우리는 도미니크가 속한 학과 건물 바깥의 정원으로 직행했다. 둘은 축구와 아이들 얘기를 하고 있었다.

"어이 친구! 잠깐 커피 마시러 들렀어." 에드가 말했다.

도미니크는 반색하며 그를 따라 커피숍 안으로 들어갔다. 앤터니와 내가 잠식해 들어오는 열기를 피해 나무 아래 서서 이야기를 나누는 사이, 햇빛이 섬섬 그늘을 밀고 들어왔다. 도미니크는 우리가 생각했던 것보다 더 빠르게 망가지고 있었다. 조짐이 안 좋았다.

커피숍도 환기처로 충분하지 않았다. 도미니크는 자기 컴퓨터를 켜서 일을 하고 베트남으로 출장 갈 계획을 짜기까지는 집에 돌아가지 않겠다고 했다. 털끝만큼도 생각을 바꾸려 하지 않았다. 결국 도미니크를 그의 연구실로 데려갔다. 앤터니와 에드와 나는 그가 한때 번쩍이는 아이디어들을 발전시켰던 컴퓨터 뒤편에 서서, 그가 컴퓨터에 로그인하려고 애쓰는 모습을 지켜봐야만 했다.

"병가 중에는 이메일 안 봐도 돼." 앤터니의 말에 그가 대답했다.

"난 멀쩡해."

"음, 당분간 휴직 중일 때는 원격접속을 차단하는 게 정책이야. 그래야 확실하게 직원들이 필요한 휴식을 취할 수 있으니까."

"그래도 난 컴퓨터가 필요해."

도미니크는 계속 그의 패스워드를 입력했다. 하지만 그의 번호는 이미 차단돼 있었다. 나는 학교에서 좋지 못한 장면이 연출되면 어쩌나 겁이 났다.

"IT 전문가를 찾아서 좀 봐달라고 부탁할 수는 없을까요? 그들이 살펴보는 동안 우린 잠깐 드라이브하고요." 내가 앤터니에게 말하자, 그러면 상황을 전환시킬 수 있겠다는 듯 고개를 끄덕이며 말했다.

"좋아요."

도미니크가 고개를 들고 미소를 지으며 말했다. "고마워."

"자네 연구실을 구경하다니 정말 좋았어. 그리고 앤터니, 자네도 만나서 반가웠네." 에드도 이렇게 말했다.

도미니크가 책상에서 일어나 우리와 함께 천천히 차로 돌아가자, 비로소 두려움이 사라지면서 신선한 공기를 들이마실 여유도 생겼다. 집으로 향하는 동안, 도미니크는 IT 전문가들이 문제의 진짜 원인을 찾아낼 거라며 행복해했다. 그러나 나머지 우리는 그런 일이 일어나지 않으리라는 걸 잘 알고 있었다. 그래도 도미니크는 대학에서의 평판에 먹칠하지 않고 안전하게 집으로 돌아왔다.

다음날 앤터니가 전화했다. "이런, 이거 정말 성가신 일이군요!" 그러면서도 우리 모두를 걱정해주었다. "잘 계시지요?"

우리 모두의 정당성을 어떻게든 입증해준 그의 자발적인 전화에 너무 마음이 놓였다. 아이들은 괜찮았다. 아니, 괜찮지 않았다. 정말 죽을 맛이었다. 앤터니는 방문을 하고 싶은데 돔이 일어났는지 궁금하다고 했다. 이후 몇 달 동안 그는 꽤 자주 우리 집엘 들렀다. 한 번은 그에게 학교에서 도미니크의 변화를 처음으로 알아차린 게 언제냐고 물은 적이 있다. 그러자 그는 꼬집어 말하기 힘들다고 했다. 그의 변화를 그로서는 이해하기 힘들었기 때문이다.

"처음에는 내가 그의 기분을 상하게 한 줄 알았어요. 나 때문에 그런 거라고 생각했죠."

이후 앤터니는 친절하게도 우리 집을 찾아와 도미니크와 차를 마시며 그와 베트남 출장에 대해 수다를 떨어주었다. 그 사이 도미니크는 몇 번 학교를 방문했다. 그러던 어느 날 아침, 직장에 있는데 돔이 그의 학과에 있다고 앤터니가 전화로 알려주었다. 도대체 몇 번이나 일하다 말고 학교로 달려가야 하는 걸까? 앤터니는 돔이 학과를 돌아다니게 그대로 두었지만, 전화기 반대편의 나는 격한 감정에 눈물로 목이 메었다. 여느 때처럼 일 잘하던 학과장한테 대체 이런 일을 어떻게 처리하라고 그러는 거야?

"문제없어요, 마리. 당신이 걱정입니다. 이 문제는 우리가 해결할 수 있어요. 내가 여기 지키고 있을게요. 당신과 도미니크 둘 다를 위해서요."

이 고블린 때문에 여러 번 곤란한 상황에 부딪혔을 텐데도, 앤터니는 도미니크가 세상을 뜬 후에도 주저 없이 그 약속을 지켰다.

도미니크는 베트남 출장 계획을 짜면서 동시에 해외에서 새로운 일자리를 알아보는 문제에 여전히 골몰했다. 노인병전문의는 이런 상태가 당분간 계속될 거라고 했다. 나는 도미니크의 직업 생활에 개입하고 싶은 마음은 없었지만 그가 집에서 쓴 이메일 몇 통을 보고, 선택의 여지가 없음을 깨달았다. 그래서 도미니크의 해외 동료 셋에게 연락을 했다. 현재 그에게 일어나고 있는 일들을 이해할 자료가 없을 경우, 도미니크의 국제적인 활동 영역에서 동료들이 그에게 어떤 반응을 보일지 알 수 없었기 때문이다. 이 동료들은 필요하다면 다른 사람들에게도 연락을 취해주겠다고 했다. 안전망이 다시 넓어진 것이다. 그들은 도미니크의 해외 동료 명단을 갖고 있는 앤터니와 함께 그의 직업 영역에서 일어나는 일들을 계속 주시해주었다. 덕분에 나는 집에서 계속 그를 보살필 수 있었다.

자신에게 금지된 일에 관심을 기울이지 않으면 도미니크는 더 즐겁게 하루하루를 보냈다. 친구들의 아침 방문에도 쉽게 기분이 달라졌다. 차들은 눈에 안 띄도록 다른 거리에 주차해두었다. 자전거는 펠리시티와 트리스티안네 차고에 갖다 두고, 자동차와 연구실 열쇠, 여권은 온갖 술과 함께 찬장 안에 숨기고 문을 잠가두었다. 도미니크는 이제 스스로를 절제할 줄 몰랐기 때문이다. 그리고 찬장 열쇠는 다른 방에 숨겨두었다.

"찬장 열쇠 어딨어?" 한때는 자유롭게 열던 곳이 손도 못 대도록 요새처럼 잠겨 있는 것을 보고 그가 놀라서 물었다. "자동차 열쇠가 필요하단 말야. 일하러 가야 해."

자동차 열쇠가 있는 곳은 알아냈지만, 찬장 열쇠를 찾아내는 두 번째 단계는 넘을 수 없었던 것이다. 이럴 때면 나는 열쇠를 찾아줄 테니 먼저 산책을 나가는 게 어떠냐고 차분히 유혹했다. 그는 보통 그러자고 했다. 내 생각에 브리즈번과 그 주변은 모조리 걸어본 것 같다. 나의 거짓말에 쓴 물이 올라오듯 목 안이 얼얼했지만, 그를 안전하게 지키려면 어쩔 수 없었다.

여름이 가을을 향해 움직이고 있었다. 브리즈번에서는 낙엽이 지기 전에 잎사귀에 물이 들거나 하는 일은 없었다. 하지만 열대성 뇌우는 사라졌다. 나는 더 시원해진 공기를 들이마시며 직장에서 집으로 돌아왔다. 그런데 도미니크가 가로수들이 줄지어 선 거리에서 나를 기다리며 내 차가 오나 살피고 있었다. 그에게 목적의식을 불러일으키는 활동을 찾기는 갈수록 어려웠으며, 친구들에게 편안히 부탁하기에는 그의 요구가 상당히 부담스러웠다. 초록 고블린이 갈수록 많은 공간을 점령하고 있었기 때문이다. 내가 얼마나 더 직장에 다닐 수 있을지 몰랐다.

그가 나를 알아보고 손을 흔들었다. 그의 굳은 얼굴 위로 미소가 번졌다. 나는 집 앞 진입로에 차를 댔다.

"얼른 와, 가자." 벌써 걷을 준비를 하고 그가 말했다. 나는 안으로 들어가 현관에 가방을 내려놓고 아이들에게 "안녕!" 하고 소리쳤다. 그러고 나서 도미니크와 걷기를 시작했다. 덕분에 아이들은 휴식 시간을 갖고, 도미니크도 좋아했다.

도미니크는 말수가 적었다. 나는 나무며 달라지는 하늘 빛, 새들이 지저귀는 소리에 주의를 기울였다. 그렇게 둘이 손을 꼭 잡고 걸었다. 걷고 또 걷고, 하염없이 걸었다.

집에 돌아온 후에 저녁 준비를 시작했다. 하지만 내게 필요한 요리의 주재료는 달랐다. 360도의 시각과 부드럽게 주의를 분산시키는 기술, 그리고 엄청난 유머 감각이 필요했다. 그렇게 요리하다가, 현관문이 끼익 소리를 내며 부르면 나는 얼른 가스레인지를 껐다. 그러곤 대충 저며서 반쯤 익힌 음식이 다시 들러붙든 말든 그대로 두고, 도미니크를 향해 달려갔다. 저녁이 되면 도미니크는 더 불안정하게 흔들렸다. 그런데도 다시 거리를 돌아다니려 했다. 거기다 한 번으로 끝나지도 않았다. 하지만 아이들은 둘 다 숙제를 하고 있어서, 저녁 준비를 마쳐달라고 부탁할 수도 없었다.

문을 열었다 닫았다 할 때마다, 방충망 달린 문 위의 경첩이 하루에도 몇 번씩 앵무새처럼 꽥액 요란한 소리로 우리를 맞았다. 기름칠이 필요했지만, 한편으로는 도미니크가 집을 나갈 때마다 알려주는 자동 경보기 노릇을 해주기도 했다.

"수도꼭지에서 물이 똑똑 떨어지는 것 같아요."

우리 집을 방문한 다니엘은 이렇게 말했다.

"어떻게 저런 소리를 하루 종일 듣고 사세요?"

한편 도미니크의 쇠락해가는 과정을 모두 지켜본 패트리샤 수녀는 방충망을 친 문이 삐걱이는 소리를 낼 때마다 내가 거리로 달려나가는 모습에 익숙해졌다. 그래서 그녀는 삐걱 소리를 들을 때마다 친구들에게 전화를 걸어서 식사 당번을 주선해주었다. 이렇게 일주일에 7일을 꼬박 나를 도왔다. 나의 만능 보호천사이자 수양가족, 문지기로 나선 그녀는 이 특별한 병을 친구들이 이해하고 모든 근거 없는 오해들을 물리치도록 자신이 아는 지식을 친구들에게 전해주기도 했다. 자비의 성모 동정회 수녀인 그녀가 없었으면 도대체 어땠을지, 상상이 안 된다.

그녀가 86세나 됐다는 건 누구도 몰랐을 것이다. 수십 년은 더 젊어 보였기 때문이다. 나이가 반밖에 안 되는 사람들보다도 힘이 넘쳤다. 아일랜드인 특유의 멋진 유머를 쏟아내고, 와인도 잘 마시며, 저녁을 먹은 후에는 베일리 아이리시 크림(알코올 도수 17도의 위스키에 크림을 섞은 독한 술 — 옮긴이)을 한 잔 마셨다. 언제나 선구적인 이야기들이 넘쳐났으며, 여성의 권리에도 분명한 견해를 갖고 있었다. 나는 그녀가 속으로는 약간 반항아 같은 면을 갖고 있다고 생각했다. 하지만 그녀의 기본적인 힘은 친절하고도 단단한 영혼에 있었다. 그녀는 깊이 사랑하고 사심 없이 베풀었지만 만만한 사람은 아니었다. 오늘날의 문제들에 충분한 관심을 갖고 있었지만, 어떤 것에도, 정말 어떤 것에도 충격을 받지는 않았다. 우리는 오랜 세월 신성한 비밀들을 공유했는데, 그녀가 삶을 바라보는 방식은 아주 지혜로웠다.

집 안에 더 많은 변화가 필요한 시점이 다가왔다. 어느 오후 집에서 이런저런 진단이 끝났을 때 패트리샤 수녀가 나를 불렀다. 이날 오전에는 전문치료사가 집에서의 안전을 위해 총체적인 진단을 해주고, 도미니크가 가능한 오래도록 집에 머물 수 있게 개선해야 할 점들을 일러주었다. 우리에게는 샤워 레일과 화장실 레일, 손에 쥐는 샤워꼭지가 필요했다. 샤워 부스 문은 떼어내고, 화상 방지를 위해서 온수 시스템에 온도조절장치를 부착해야 했으며, 주방에는 사용하기 쉬운 수도꼭지를 새로 달고, 더 높은 침대와 침대 레일…… 등이 있어야 했다. 목록은 끝이 없었다. 도둑질이라도 해야 할 판이었다.

패트리샤가 차를 마시러 오라고 초대했다. 도미니크는 잠깐 잠들었고, 아이들도 집 안에 있었다. 그녀의 집은 차로 5분 거리라 내가 도착했을 때는 이미 주전자의 물이 끓고 있었다. 그녀가 수다를 떨면서 찻잔 두 개를 꺼내놓았다. 끓는 물을 티백 위에 붓고 우유를 적당히 넣은 다음, 집에서 만든 케이크 한 조각과 함께 건네주었다. 누군가 끓여주는 차를 마실 때면 언제나 세상이 한결 편안하게 느껴진다.

"음, 마리에게 줄 게 있어요. 나한테 괜히 체면 차리지 말고 그냥 받아둬요." 그녀가 거액이 든 봉투를 건네며 말했다. 내게 주라고 누군가 그녀에게 전해주었단다. 이름도 밝히지 않고 말이다. 나는 뭔가 착오가 있는 게 분명하다고 생각했다. 금액이 너무 컸기 때문이다. 할 말을 잃고 쳐다보기만 하자 그녀가 말했다.

"사람들이 돕고 싶어 해요."

미지의 누군가가 보낸 이 친절이 내 슬픔의 우물 속으로 들어와 안도의 눈물을 길어 올렸다. 그렇지 않아도 일을 그만둬야 할 판이었는데, 이 돈이면 집안을 손보고 도미니크에게 필요한 물품도 구입할 수 있었다. 이것을 시작으로 가족과 해외의 친구들을 포함한 많은 사람들이 선물을 보내왔다. 이들의 자발적인 넉넉함은 계속해서 나를 놀라게 만들었다.

변화와 새로운 것들이 우리 앞에 놓여 있었다. 우리는 진전과 후퇴를 동시에 경험하고 있었다. 아이들과 나는 대학 공개일을 맞아 도미니크가 가르쳤던 대학에 갔다. 닉은 고등학교를 마치고 뭘 공부할지 아직 고민 중이었다. 우리는 돌아다니면서 다양한 홍보대에서 팸플릿들을 챙겼다. 닉은 법학과 저널리즘 학부의 강사들과 대화를 나누는 데 대부분의 시간을 할애했다. 법학에 특별히 흥미를 느끼는 것 같지는 않았는데, 홍보대 뒤편에서 넋이 빠질 정도로 멋진 강사를 보는 순간 모든 게 이해됐다. 도미니크가 있던 학과의 홍보대 앞을 지나칠 때는 그를 거기서 볼 수 없다는 게 이상하게 느껴졌다.

캠퍼스 생활의 재미와 부모로부터의 독립을 상상하는 열정적인 젊은이들의 얼굴이 무수히 보였다. 돔이 거기 없다는 것은 아이들에게 주어진 컨트리클럽 회원권이 취소된 것과 마찬가지였다. 더 어렸을 때 아이들은 학교가 쉬는 날이면 이곳에서 그와 많은 시간을 보냈다. 연구실에서 야단법석을 떨기도 하고, 수영장에서 수영도 하고, 테니스도 치고, 직원들만 들어갈 수 있는 카페테리아에서 함께 점심을 먹기도 했다. 그랬던 아빠의 영토에서 쫓겨나다니, 아이들은 눈에 띄지 않게 슬픔을 삭이고 있었다. 아빠가 가르치던 학과 건물에 들어가봐도 되는지 아이들이 물었다. 그곳은 그들의 건물처럼 느껴지기도 하는 곳이었다.

우리는 수많은 정보들을 챙겨 집으로 차를 몰았다. 하지만 졸업 후 닉의 진로는 여전히 불투명했다. 학년에 비해 닉은 나이가 어렸다. 열여섯에 고등학교를 졸업하는 것이다.

"지금 급하게 큰 결정들을 내릴 필요는 없어. 더 일반적인 무언가를 하고 좋아하는 강좌도 들으면서 모색해보는 게 어때?" 나의 말에 그가 어깨를 들썩여 보였다.

"좋아하는 일을 하면 행복한 자리에 있을 가능성이 더 커지잖아."

"말이 쉽지. 그게…… 어, 아빠다!"

여느 때 같으면 붐볐을 거리 한복판을 도미니크가 터덜터덜 걸어 내려오고 있었다. 집에서 1.5킬로미터나 떨어진 곳이었다. 고맙게도 주변에 차는 우리밖에 없었다. 차가 다닐지도 모른다는 생각을 전혀 할 줄 몰랐기 때문에 그는 거리 한복판에 있었다. 나는 차를 대고 그에게 걸어갔다.

"안녕! 이거 정말 기분 좋은 깜짝쇼네!"

"당신이군. 당신 찾으러 대학에 가는 중이었어."

"조는?"

아무 대답이 없었다.

"잠시 드라이브 할래?"

그는 미소를 지으며 차에 올라탔다. 집에 있는 조에게 전화를 걸었더니 그는 기절초풍했다. 돔이 밖에 있다고 알려주고, 집으로 돌아가기 전에 블록을 한 바퀴 돌았다.

도미니크는 더 이상 소리의 방향을 감지하지 못했다. 공간과 깊이를 지각하는 능력도 잃어가고 있었다. 이로 인해 주변 세상에 대한 신체 반응도 느려졌다. 이 고블린을 파악하기 위해서 나는 뭐든 읽어나갔다. 잡지 기사에서부터 의학 참고 서적들, 뇌 관련 서적들까지 닥치는 대로 모조리 읽었다. 그 가운데 신경학자 올리버 색스Oliver Sacks의 글이 마음에 들었다. 그는 판단 기능이 우리에게 가장 중요한 능력의 하나라고 했다. '판단'은 직관적이고 개인적이며 포괄적이고 구체적인 능력으로서, 이것을 통해 상황이나 사물이 서로 혹은 독자적으로 어떤 관계 속에서 존재하는지 '파악'한다고 했다. 그러므로 추상적, 논리적 개념을 형성하는 능력은 없어도 살아갈 수 있지만, '판단능력을 상실하면 급속하게 소멸한다'고 했다. 도미니크는 바로 그 능력을 잃어가고 있었다. 의사들도 확인한 사실이었다. 나는 일을 그만두기로 마음먹었다. 그를 혼자 두는 것이 더 이상 안전하지 않았기 때문이다.

우리는 계속 함께 걸었다. 걷고, 걷고, 또 걸었다. 걷지 못하게 하려고 온갖 꼼수를 다 부려봤지만, 그러면 그의 불안만 커졌다. 하지만 걷게 놔두면, 더 이상 감당해낼 수 없는 자극과 요구들에서 벗어나, 그가 원하는 고요 속으로, 손에 손을 맞잡고 걸어 들어갈 수 있었다.

학교 공개일이 지나고 얼마 안 있어, 《호주고등교육》 부록에 도미니크로 인해 생겨난 공석의 구인광고가 실렸다. 하지만 앤터니는 더 기다렸다가 도미니크의 연구실에서 짐을 빼도 좋다고 했다. 다른 사람들이 그의 연구실을 사용해도, 그가 덜 신경 쓸 때까지는 하나도 손을 대지 않았다. 덕분에 그를 조금도 우울하게 만들지 않고 연구실 짐을 챙겨올 수 있었다.

마이크가 배낭을 주방 바닥에 내팽개치고, 냉장고 문을 열어 신선한 오렌지 주스를 병째 벌컥벌컥 마시기 시작했다.

"마이크!"

그래도 그는 멈추지 않았다.

"엄마, 무슨 일이 있었는지 알아맞혀 봐!"

"무슨 일인데?"

"아빠네 학과 1학년에 잭슨이란 아이가 있는데 말야."

마이크가 주스를 꿀꺽꿀꺽 마시면서 이야기를 들려주었다. 오전에 이 친구가 다가와 수업 시간에 교수님이 '윌리엄 이론'을 언급했다면서 이렇게 물었다는 것이다.

"늬 이름이랑 같잖아. 이 사람이 너하고 관련 있는 거야?"

이 말에 마이크는 친구를 데리고 계단을 올라가 도미니크의 연구실에 붙어 있는 '도미니크 윌리엄 박사'란 명패를 가리키며 자랑스럽게 말했단다.

"우리 아빠야."

14

초인종이 울리자 제시가 호들갑스럽게 꼬리를 흔들어대기 시작했다. 문으로 달려가 코를 벌름거리며 누가 왔는지를 확인했다. 지금은 집에 제시 한 마리뿐이었다. 맥시는 당분간 에드와 리즈 집에 맡겼기 때문이다. 높은 소리로 끊임없이 짖어대는 맥시를 보내자 집안이 한결 조용해졌다. 물론 맥시는 나중에 다시 데려올 생각이었다. 하지만 지금은 날카롭게 짖어대는 소리를 도미니크가 견디지 못했다. 울부짖는 자명종소리처럼 머릿속을 울렸기 때문이다.

오선 8시. 부기한 휴가의 첫 날이었다. 병원에서 걸려온 비보 전화를 받고 5개월이 지난 후였다. 직장에서는 내게 믿기지 않을 정도로 호의적이었다. 내게 필요한 만큼 시간을 준 것이다. 시간제한도, 조건도 없었다. 임시대리인으로 내 자리를 충원하고, 언제 돌아오든 다시 그 자리를 내주겠다고 했다. 적어도 돌아갈 자리는 있는 셈이다.

제시와 함께 문을 열자, 펠리시티가 미소를 머금은 채 건포도와 밀기울을 섞어 구운 따끈따끈한 머핀을 한 통 들고 있었다.

“괜찮아요?” 부스스한 내 몰골을 보고 그녀가 물었다. 우리는 이야기를 나누며 주방으로 걸음을 옮겼다.

“도미니크가 밤에 잠을 너무 못 자요.”

“뭐든 필요한 거 없어요?”

“음, 멋진 파자마 한 벌?”

“파자마?!”

내게서 웃음이 터져 나왔다. 밤만 되면 도미니크가 갈수록 안절부절못했다. 이로 인해 현관문이 밤마다 삐걱대며 나를 호출하고, 그가 혹 집을 나가지는 않는지 신경을 곤두세우게 했다. 전날 밤에는 끼익 하는 문소리에 깨어나, 신고 자던 양말을 어울리지 않게 그대로 신은 채 한쪽 겨드랑이엔 구멍 숭숭 뚫린 도미니크의 편안하고 헐렁한 티셔츠를 걸치고는 물감이 튄 추리닝 바지에 다리를 집어넣고 부리나케 그를 뒤쫓았다. 자정이 약간 지난 시각이었다. 거리를 유령처럼 미끄러져가는 도미니크와 머리를 침대에서처럼 산발하고 미친 듯 뒤쫓는 부랑자 같은 여자. 블라인드 사이로 훔쳐보다가 부스스한 머리의 부랑자가 다시 성치도 않은 불쌍한 남자를 추적하기 시작했다고 경찰에 신고하는 소리가 들리는 것 같았다.

이 이야기를 들려주자, 펠리시티도 머핀 바구니를 든 채로 웃음을 터뜨렸다.

“그래서 뭔가 근사한 옷이 없을까 생각하는 중이에요. 경찰이 잡으러 왔을 때, 이왕이면 멋진 차림으로 체포되는 게 좋잖아요.”

극도의 피로가 유머로 조금 옅어졌다. 차를 마시면서 정신없이 웃어젖히다 보니 폼 나게 체포당할 만한 온갖 차림새의 내 모습이 그려졌다.

차를 두 잔째 비우고 나서 펠리시티는 찻잔과 차 주전자를 헹구고 바로 옆인 그녀의 집으로 돌아갔다.

"우리 저녁 같이 먹어요." 떠나면서 이렇게 소리쳤다. 나는 현관문에서 손으로 키스를 날려 보내는 시늉을 하고는 안으로 들어와 도미니크를 데리고 의사를 만나러 갈 준비를 했다. 기억 진료소에서 노인병전문의를 만난 뒤, 도미니크의 식도를 진찰하기 위해 언어치료를 받기로 되어 있었다. 운동신경질환이 빠르게 식도까지 잠식하고 있었던 것이다.

이렇게 의사들을 만나고 나면 도미니크는 늘 피곤해했다. 차로 돌아갈 때는 더 느리게 발을 끌고 숨도 거칠어졌으며, 자신이 서 있는 자리도 좀체 파악하지 못했다. 두 눈에는 영향력을 잃은 사람의 말없는 불안이 그대로 드러났다. 의사와의 이런 만남들은 그에게 과다한 노력을 요구하는 일이었다. 그래서 집으로 돌아올 때면 그의 본래 모습은 더 남아 있지 않았다.

그날 밤 펠리시티와 디사가 차가운 샴페인을 한 병 들고 찾아왔다. 잭과 아이들은 아직도 이웃집에서 이탈리아 요리를 만들고 있었다. 요리가 완성되면 우리 집으로 가져올 예정이었다. 잭은 요리하는 걸 좋아했다. 고고학자가 되는 꿈이 이루어지지 않아도 그는 언제든 호주의 제이미 올리버(대영제국훈장까지 받은 영국의 요리 연구가—옮긴이)가 될 수 있었다. 도미니크는 잠깐 낮잠을 자는 중이었다. 최근에 도미니크의 악화된 상태를 자세히 이야기해주자 펠리시티는 물을 한 잔 따라주고 내 말에 귀를 기울였다.

노인병전문의는 상주 요양시설을 찾아보는 게 좋겠다고 제안했다. 컵 속에서 쉬익 소리를 내며 표면으로 떠오르는 거품처럼 나는 내내 흥분해서 떠들어댔다. 도미니크는 아직 젊다고 말이다. 하지만 내 파트너이자 연인, 함께 아이들을 돌보는 부모, 내 최고의 친구를 노인보호시설에 보내야 한다는 생각은 가슴을 너무 답답하게 만들어서, 괴로움을 제대로 뱉어내기도 힘들었다. 돔은 점점 악화되고 갈수록 멀리 떠내려가고 있었다. 어떻게 해야 그 자신의 이야기를 이해할 수 있게 도와줄 수 있을까? 어떻게 해야 그를 위해 자신을 이해하고 이해시키는 방법을 찾아낼 수 있을까? 어떻게 하면 그 방법으로 그를 감싸주고, 그가 더 이상 말로 표현할 수 없게 될 때 그것을 느끼게 해줄 수 있을까? 도미니크의 원래 모습이 하나도 남지 않은 때에도 어떻게 하면 그를 계속 기억할 수 있을까?

"돔한테 퀼트를 만들어주고 싶어. 요양시설에 가지고 갈 수 있게 말이야." 나의 말에 펠리시티가 말했다.

"나도 도와줄게."

"정말?"

"정말."

"나도. 바느질하는 거 나 좋아해." 디사가 거들었다.

"하지만 난 바느질을 잘하지는 못해. 그 복잡한 퀼트 작업을 해낼 자신이 없어." 나는 이렇게 말했다.

"잘 못해도 돼. 우리가 도와줄 거니까. 네가 천에 그림을 그리면, 우리가 그걸 바느질로 새기면 돼. 정말 우린 뭐든 할 수 있어."

"도미니크가 여러 나라들을 여행하면서 사다 준 스카프들하고 천을 일부 쓰면 될 거야."

"밀납 염색한 아프리카 천도 쓰자."

"그리고 사진도. 도미니크가 가끔 사진 앨범을 훑어보거든. 그럴 때면 뭔가 일어나는 것 같아. 다시 그 시절로 돌아가는 것 같다니까. 거실 벽에 걸려 있는 그 사진들 알지?"

펠리시티와 디사가 고개를 끄덕였다.

"그 앞에 서서 사진들을 만져보기도 해. 그럴 때면 얼굴이 바뀌지. 불안하게 서성이는 것도 멈추고, 그 당시로 곧장 걸어 들어가는 것 같아. 중요한 의미를 가진 사진을 그가 골라주면, 그걸 천 위에 옮겨보자."

그날 밤 우리는 푸짐한 이탈리아 음식에 샴페인을 더 곁들여 먹으며 도미니크에게 만들어줄 퀼트 작품을 대충 스케치했다. 작품의 중심은 커다란 직사각형 모양으로 하고, 여기에 퀼트 길이와 거의 비슷하게 우리의 발자국을 바느질해 넣는다. 마이크와 닉, 도미니크 그리고 내 발자국을 다양한 색깔로 집어넣는 것이다. 이 여정을 우리 모두 함께하고 있으니까 말이다. 그런 다음 손으로 그림을 그려 넣은 천과 사진을 이 사각형 주변에 배치하고, 퀼트를 이어가면서 도미니크에게 중요한 것들을 연상시키는 상징들을 바느질해 넣는다.

마이크와 닉은 퀼트를 위해 그들에게 중요한 의미를 지니는 이미지를 고르기 시작했다.

"난 아빠하고 나하고 노는 사진이 좋아."

"트램펄린에서 노는 사진들 쓰자."

"아빠가 우리를 공중에 내던지는 사진은 어때?"

"그건 너무 무서워."

"맞아, 토할 것 같아!"

공중에서 다시 도미니크의 품속으로 떨어질 때 사진 속 아이들의 얼굴은 아드레날린이 충만한 웃음으로 환하게 빛나고 있었다.

퀼트가 완성되면서, 두 아이들이 눈을 감은 채 두 팔로 아픈 아빠를 감싸 안고 그를 느끼는 최근의 사진도 함께 바느질해 넣었다.

도미니크의 발에 물감을 칠해준 뒤 주방 바닥에 펼쳐놓은 옥양목 천 위로 걸어가게 하는 것도 즐거운 작업의 하나였다. 수 미터나 되게 천을 펼쳐놓자 바닥이 미끄러웠다. 내가 도미니크의 발바닥에 자주색 물감을 칠해주는 동안, 그는 균형을 잡기 위해서 양쪽에 서 있는 아이들을 움켜잡고는 새된 소리로 웃음을 터뜨렸다. 붓과 차가운 물감에 발바닥이 간지러웠기 때문이다. 그 바람에 우리도 전부 깔깔거리면서 진흙 싸움을 하는 아이들처럼 서로에게 물감을 튀겨댔다. 이 놀이터에서 도미니크 발자국 주변에 아이들이 함께 다채로운 색깔의 발자국을 찍어대는 동안, 나는 우리 발가락 사이에서 기웃거리는 슬픔에는 눈길도 주지 않으려 했다. 이후로 몇 달 동안 자주색 발자국들은 우리 집 주방 바닥에 춤추듯 찍혀 있었다. 우리 중 누구도 그 발자국들을 지워버리고 싶어 하지 않았기 때문이다.

도미니크가 그만의 노선을 따라 집 안을 불안하게 서성이는 사이, 우리는 식탁 위에 작업장을 만들었다. 퀼트의 달인 펠리시티가 최대한 많이 바느질하고, 우리는 도미니크가 보고 듣는 가운데 수다를 떨면서 사연들을 새겨 넣었다. 어느 면에서 그는 감독과 같았다. 그의 선택에 따라 내가 사진들을 옥양목 천에 그려 넣은 후, 펠리시티와 디사, 함께 작업하는 몇몇 친구들이 함께 사진들을 배열

하고 개개의 천 조각에 바느질을 해 넣었기 때문이다. 그 사이 도미니크는 우리에게 그린 바닐라 티를 수없이 만들어주었고, 우리는 한 칸 한 칸 완성될 때마다 식탁 위에 이것을 펼쳐놓았다. 이렇게 진열된 이야기는 점점 늘어갔다.

차를 마시는 의식에는 무언가 중요한 의미가 있었으며, 도미니크는 이 의식에서 위안을 얻었다. 어떤 기대 없이 사람들과의 연결을 통해 서로 풍요로워지는 경험을 제공했기 때문이다. 말도 필요 없었다. 이제는 말도 그를 저버려, 차가 식기도 전에 증발되어버렸다. 대화를 할 때는 어찌할 줄을 몰랐는데, 친구들을 위해 차를 만들어주는 일은 아직 연결되어 있어 유능하며 정다운 그의 일부분을 표현할 기회가 돼주었다. 그는 찾아오는 모든 사람들에게 그들이 좋아하건 싫어하건 차를 만들어주었다. 우리는 곧 그가 전선을 안 꽂아 끓지도 않은 물을 조심스럽게 부어 만들어주는 차를 마시는 법을 터득했다. 그린 바닐라 티는 지나치게 시원했다.

어느 날 아침 도미니크와 함께 아이들과 주방에 있을 때였다. 나는 주전자를 불 위에 올려놓고 머그잔 네 개를 꺼내며 물었다.

"돔, 차 어떻게 타 줘?" 이건 그냥 자동적으로 나온 질문이었다. 이미 아는 대답을 기다리면서, 난 속으로 설탕을 넣어줄까? 아니면 우유를 넣어줄까? 하고 생각했다.

그런데 그는 인간이 아는 질문 중에 가장 멍청한 질문을 들은 것처럼 놀랍고 혼란스러운 표정으로 나를 쳐다보며 말했다.

"컵에."

그거야 당근이지!

아이들과 나는 웃음을 터뜨렸다. 뱃속에서부터 터져 나온 웃음이 수그러들 줄 모르고 커져만 가자, 도미니크도 따라 웃었다. 전염성의 집단 웃음이 추진력을 얻어 집 안을 굴러다녔다.

"이거 얘기로 꼭 써야 돼!"

"제목은 그린 바닐라 티로 하고!"

우리는 도미니크의 멍한 표정과 걷고 싶어 하는 욕구도 개의치 않고, 신나게 수다를 떨거나 조용하게 바느질을 했다. 하지만 위잉 돌아가는 기계 소리 너머로 문이 끼익 열리지는 않는지 주의해 들었다. 문 열리는 소리에 정기적으로 거리를 향해 내달리는 일은 퀼트 작업의 한 부분이 되었다.

"이 사진 정말 귀여워!" 함께 작업하는 중에 디사가 펠리시티의 어깨 너머로 몸을 구부리고 소리쳤다. 도미니크 수도원 학교에서 찍은 사진 속에서 다섯 살의 도미니크가 우리를 향해 환하게 웃고 있었다. 잭과 아이들은 거실에서 플레이스테이션 앞에 박혀 있고, 도미니크는 차를 끓이는 중이었다.

"자, 얘기 좀 해봐." 디사가 윙윙거리는 재봉틀 너머로 물었다. "돔하고는 어떻게 만난 거야?"

돔을 만났을 때 가장 먼저 눈에 띈 것은 그의 눈이었다. 그는 언제나 내 미소가 가장 먼저 눈에 들어왔다고 했다. 정말로 피할 수 없는 미소였다고 했다. 당시 나는 치아교정기를 끼고 있었다. 입 안 가득 들어차 있는 금속의 반짝이는 철도 궤도 같은 교정기. 친구와 대학교 카페테리아에 있는데, 그가 흰 반바지에 하늘색 티셔츠 차림으로 지나갔다. 그가 몸을 홱 돌려 우리를 쳐다보자 펄럭거리는 커튼처럼 그의 금발이 찰랑거렸다. 눈이 마주치는 순간, 바로 그 자리에서 나는 알았다. 아주 분명히.

그는 약간 수줍게, 그 파란 눈으로 여전히 나를 바라보면서 뒷걸음쳤다. 고개를 살짝 한쪽으로 기울이고는 입 한쪽이 살짝 올라가게 씨익 수줍은 미소를 지어보였다.

"나 재랑 결혼할 거야." 여자 친구를 팔꿈치로 쿡쿡 찌르면서 나는 이렇게 말했다. 그러자 친구가 눈썹을 치켜 올리며 의아한 표정으로 나를 곁눈질했다.

"재 알지도 못하잖아."

"알아."

나는 집으로 돌아가 심상한 어조로 침착하고 분명하게 아빠에게 말했다. "결혼할 남자를 막 만나고 왔어요."

"오, 그래? 이름이 뭔데?"

물론 이름도 몰랐다.

다음 몇 주 동안 심리학 강의실에서 그가 보였다. 그는 언제나 중앙 칸에 똑같은 여자애와 앉아 있었다. 뒤에서 4부의 1가량 내려온 곳이었다. 나는 언제나 강의실 왼편에 똑같은 남자애랑 앉아 있었다. 그가 앉은 곳에서 몇 줄 앞서 있었다. 그래서 우리 둘 다 서로 학과 친구랑 데이트를 하는 줄 오해했다. 나중에 그는 너무 티 나지 않게 나를 보느라 일부러 뒷자리에 앉은 거라고 고백했다. 이렇게 우리는 한 달간 말없이 서로를 훔쳐보기만 했다. 그러던 어느 날 내가 수업 중에 몰래 빠져나왔다. 고통스러우리만치 지루한 데다 다음날까지 제출해야만 하는 인류학 과제를 미처 마치지 못했기 때문이었다. 그런데 로비에서 우연히 그와 마주쳤다. 그때까지도 나는 도미니크가 강의실을 나오는 모습을 보지 못했다.

"안녕, 마리!" 그가 인사했다.

내 이름을 안단 말이지? 그의 숨결을 타고 흘러나온 소리가 내 어깨 위에 내려앉는 것을 가만히 들었다. 내 얼굴이 붉어졌고, 그는 어색한 듯 머리카락을 헝클어뜨렸다. 그래도 우리는 태연한 척하면서 너무 지루한 강의에 대해서 이런저런 잡담을 나누었다.

"지난주에 스포츠클럽에서 운동 장비 갖고 있는 거 봤어. 펜싱을 하는 거야?"

고개를 끄덕이자 그가 다시 물었다.

"내일도 거기 갈 거야?"

"그럴 거 같아."

"나두. 그럼 거기서 볼까?"

"좋아."

"정말?"

"정말!"

그의 이름은 여전히 몰랐다.

디사가 식탁에 앉아 손을 컵 모양으로 오므려 턱을 괴고 물었다.

"그때 몇 살이었어요?"

당시 나는 막 열아홉에 접어든 애송이였다.

이런 이야기들을 돌아보며 천조각에 기록하는 일은 망망대해에 놓인 내게 창조적인 구명정이 돼주었다. 하지만 단순히 내 고통을 표현하는 수단이기만 했던 것은 아니다. 초록 고블린의 발작 시간이 줄어들면서 우리의 대화도 바뀌었지만, 우리는 삶의 이야기를 공유하면서 이 이야기들을 함께 바느질해 나갔다.

트램펄린 위에서 마이크와 닉이 두 배나 높이 튀어 올랐던 이야기며, 남아프리카공화국의 새로운 비공식 국가 '주여 아프리카를 구원하소서'를 부르며 그들에게 말을 가르쳐주려 했던 이야기, 밴쿠버에 있는 사이프러스 산에서 터보건을 탄 이야기, 두 갓난쟁이를 하늘 높이 던져 올렸다가 아빠의 커다란 팔로 안전하게 받아들던 이야기, 작은 아가가 깔깔거리면서 모두 위로 물을 뿌려대던 이야기, '널 사랑해' 하는 고백을 듣던 이야기…….

이처럼 단순하지만 시적인 삶의 표정들을 포착해 퀼트에 바느질해 넣었다. 기억과 희망 사이에 다리를 놓았다. 이렇게 혼돈 속에서 창조물을 만들어내면서 역설과 더욱 친숙해졌다. 그날 밤늦게 나는 컴퓨터 앞에 앉아, 도미니크가 불안하게 눈을 뜨는 사이사이 친정 식구들에게 이메일을 보냈다. 따뜻한 차를 홀짝이면서 메일을 쓰는데, 마치 도미니크의 생명이 수증기처럼 컵 위에서 어른거리다가 나를 둘러싼 침묵 속으로 사라져버리는 것 같았다.

매일 원래의 도미니크를 점점 더 많이 '잃어가고' 있지만, 웬일인지 도미니크 덕분에 사람과 사물들을 새로운 시각으로 보게 된 것 같아요. 과거를 벗어버리고 미래도 의식하지 않으면서 현재에 단단히 뿌리내리게 됐죠. 현재 속에는 행복을 가져다 준다고 생각한 것에 대한 집착이 들어설 여지가 없어요. 잘게 조각나고 부적절한 제 새로운 세계에서는 무엇이 중요한 것인지 잘못 판단하면 안 되기도 하고요. 죽음을 향해 가는 도미니크의 여정 덕분에 생기를 주는 게 무엇인지 더욱 분명히 알게 된 것 같아요.

다음날 아침 닉이 식사를 준비하는데 도미니크가 주방으로 들어왔다. 닉은 대접에 위트빅스(알갱이나 칩이 아닌 비스킷이나 큐브 모양으로 만들어진 호주의 대표적인 아침 시리얼—옮긴이) 일곱 개를 넣고, 우유를 담을 수 있을 만큼 가득 흘리지도 않고 부었다.

"아빠, 안녕."

"그래."

닉이 두 팔을 벌리자 도미니크가 그 안으로 걸어 들어갔다. 그의 쪼그라든 몸이 한창 자라나는 아들의 품속에 쏘옥 들어갔다. 잠시 후 도미니크가 물러서서 의심쩍은 눈초리로 닉의 대접을 살펴보자 닉이 말했다.

"부전자전이에요. 아빠도 엄마랑 데이트하러 가서 아빠 몫으로 2인분이나 주문했잖아요!"

도미니크는 웃음을 터뜨리고, 새로 모아놓은 퀼트 조각들을 보기 위해 퀼트 작업대로 걸어갔다. 닉도 위트빅스 대접을 들고 그를 따랐다.

"학교를 몇 군데나 다니신 거예요?" 시어머니가 간직하고 있던 다양한 학교 배지와 모자에 두르는 띠들이 퀼트에 바느질돼 있는 것을 보고 닉이 물었다. 도미니크 가족은 이사를 많이 다녔다.

"여러 군데." 도미니크의 대답에 닉이 다시 물었다.

"셋? 넷?⋯⋯ 아니면 일곱 군데요?"

"여러 군데."

학창시절에 있었던 빅 브라더 전설을 다니엘이 들려주었다. 그는 열두 살이었고, 다섯 살 많은 도미니크는 고등학교 2학년일 때였다. 학교운동장에서 특히 거친 녀석이 어슬렁어슬렁 다가오더니, 다니엘이 하던 핸드볼 게임에 훼방을 놓았다. 아이들이 어리고 겁이 많아서 주먹질을 못하리라는 걸 그는 알고 있었다. 그래서인지 그는 자신이 대장임을 분명히 알려주기 위해 아이들의 테니스공을 잡아 운동장 저편으로 던져버리기까지 했다. 그런데 그때 불행하게도 큰 형 도미니크가 지나간 것이다. 그는 순식간에 아이들을 괴롭히는 이 녀석의 셔츠 깃을 움켜쥐고 번쩍 들어올렸다. 덕분에 공중에서 대롱거리던 녀석은 아이들이 보는 앞에서 혹독한 욕설들을 들은 후 후들거리는 무릎으로 땅바닥에 내동댕이쳐졌다. 이후 이 녀석은 다니엘에게 다시는 얼굴을 찡그리지 않았다. 그리고 깡패잡이 도미니크는 다니엘의 영웅이 되었다.

닉이 학교 배지 옆 칸으로 손을 가져가면서 말했다. "이 그림 정말 멋져요. 우리가 키우던 강아지들이 다 있네. 아빠가 어렸을 때 키운 강아지들도 있고요." 그러고는 강아지들의 이름을 하나하나 소리내 읽어 내렸다. "웰렝턴, 브루투스, 키타, 버스터, 셰프, 킴, 사샤, 맥시 그리고 제시! 사샤도 보고 싶어요."

톰이 미소를 지었다. 사샤는 남아프리카공화국에 살 때 우리 가족이 키우던 강아지였다. 우리는 닉이 갓난쟁이일 때 남아프리카공화국을 떠났다. 그래서 닉에게는 사랑하던 사샤 말고는 남아프리카공화국에 대한 기억이 없다. 사샤는 강아지계의 사자 마스티프였다. 황금빛 털에 큰 체구로 18개월밖에 안 됐을 때도 몸무게가 58킬로그램이나 나갔지만, 지방은 1온스도 없었다. 하지만 아이들과 함께 있어도 상상할 수 없을 만큼 부드러웠다. 당시 두 살이던 닉은 침대에서 자는 걸 싫어하곤 대신에 사샤의 강아지 매트에서 함께 자겠다고 떼를 썼다. 그러면 사샤는 닉이 가까이 붙을 수 있도록 옆으로 누워 발을 들어올려주었다. 닉이 잠들 때까지 둘은 그렇게 누워서 서로를 쓰다듬어주었다. 강아지 침으로 범벅이 된 닉을 다시 침대로 데려오기 위해 다가가면, 사샤는 발을 들어올리곤 했다. 그러곤 살짝 몸을 털어내고 매트 위에서 다시 자세를 잡은 다음 잠 속으로 빠져 들어갔다.

거실 테이블 위에 펼쳐놓은 퀼트에는 이런 이야기들이 더 많이 보태졌다. 친구들이 찾아오면 보통 제시가 현관에서부터 꼬리를 흔들며 그들을 맞았다. 대학 동료에서부터 십대 시절의 친구들에게까지 나날이 늘어나는 퀼트는 도미니크와 새롭게 함께할 수 있는 소재가 돼주었다. 도미니크에게도 마찬가지였다. 물론 퀼트도 도미니크의 확연한 쇠락이 불러일으키는 충격을 달래주지는 못했다. 하지만 도미니크가 젊었을 때 즐겨했던, 앞은 짧고 옆과 뒤는 긴 우스꽝스러운 헤어스타일을 보고 아이들도 친구들과 웃을 수 있었고, 이런 스타일도 유행이 될 수 있었다는 것에 놀라워했다.

"야, 너네 아빠가 럭비를 했는지는 몰랐는데! 넌 축구하잖아. 어떻게 된 거야?"

"세상에서 가장 많이 하는 스포츠잖아. 축구보다 더 좋은 건 없을 걸!"

또 친한 친구가 천 위에 바느질해 놓은 '주여, 아프리카를 구원하소서'의 가사를 보며 이렇게 묻는 친구도 있었다.

"이 국가에 나오는 말 다 알아?"

"그럼, 하지만 몇 개는 발음이 어려워. 이 노래는 금지곡이었어.

인종차별정책이 시행 중이었을 때 자유를 부르짖는 곡으로 이 노랠 불렀거든."

아이 친구들에게 이 노래는 국제 럭비 우승결승전이 시작될 때 나오는 남아프리카공화국 국가로 더 익숙했다. 아이들은 이런 친구들에게 남아프리카공화국에서 인종차별정책을 쓰던 당시, 돔과 내가 사회 정의를 위한 활동에 적극적으로 참여한 이야기를 들려주었다. 이렇게 애완동물과 스포츠, 정치, 가족 등등, 지금의 호주 친구들은 전혀 모르지만 우리에게는 너무도 많은 사연들이 스며 있는 이야기들을 우리는 퀼트 속에 담았다. 이민자 가족들을 따라다니는 풍요롭지만 보이지 않는 이야기들을.

우리 집을 찾는 아이들 친구들은 모두 도미니크와 관계 맺기를 힘들어했다. 하지만 점점 커져가는 퀼트가 그들에게도 대화의 중심을 제공해주고, 초록 고블린이 만들어내는 어색한 분위기를 물리치는 해독제가 돼주었다.

때로는 퀼트를 만드는 작업 속도가 느려지기도 했다. 의사와의 약속이나 학교 활동, 도미니크와 걸어주기, 또 다시 다가온 의사와의 만남, 흠뻑 젖은 시트 빨기, 끝도 없이 나오는 빨랫거리와 한밤의 계속되는 배뇨 등 할 일이 너무 많았기 때문이다. 나는 조깅용 반바지에 티셔츠, 침대 밑에 비치해놓는 슬립 온 신발을 신은 채 그대로 곯아떨어졌다. 그러다 돔이 일어나는 기척이 느껴지면, 그가 집 안에 얌전히 있기를 바라기도 했다. 그가 렌지를 켜거나 주전자에 물을 끓이지는 않는지 항상 귀를 쫑긋 열어두었다. 돔은 뜨거움과 차가움도 구분하지 못했기 때문이다. 화상을 입지 않게 경계를 늦추지 말아야 했다. 문이 끼익 소리를 내면, 일어나 그와 함께 나가줘야만 했다.

어느 날 아침, 펠리시티가 집에서 작업 중이던 조각들을 갖고 불쑥 찾아왔다. 그녀가 노크하기도 전에 도미니크와 현관에서 마주쳤다. 그는 아무 말도 없었지만 그녀를 바라보다 손을 뻗어 결혼식 장면이 담길 조각을 만져보았다. 그런 그의 모습에 그녀는 눈을 껌뻑이며 눈물을 참았다. 도미니크가 손을 다시 옆으로 거둬들일 때까지 그들은 그렇게 서 있었다.

"당신 거예요." 펠리시티가 퀼트 조각들을 건네주며 말했다. 도미니크는 미소를 지으며 그 조각을 받아들고 거실 테이블로 가서, 진열돼 있던 다른 조각들 옆에 두었다. 그러고는 그것들을 펼쳐놓고 결혼식 사진에 손을 가져갔다. 그는 그렇게 가만히 서서 내 머리 위의 꽃들을 손가락으로 더듬었다.

도미니크는 종종 천에 새긴 사진들을 보며 추억들을 더듬었다. 이런 시간은 그에게 생기를 불어넣었다.

퀼트 조각들을 모아 붙인 후, 포근하고 푹신하게 속을 채워 넣는데 몇 달이 걸렸다. 우리는 의미 있는 사람들이 글을 남기거나 그림을 그려 넣을 수 있게 빈 칸들도 몇 개 붙여두었다.

퀼트가 완성되고 며칠 후 쥬느비에브에게서 전화가 왔다.

"자기야 안녕. 맥스가 안 열리는 미닫이문도 고쳐주고 사진도 걸어주려고 지금 가는 중이야. 릴리도 같이 갔어. 지금 가도 괜찮아?"

"고마워, 물론이지. 좋아."

"나는 클로에랑 나와 있어. 내일 이때쯤에 잠깐 들러도 될까?"

"차 준비돼 있을 거야!"

그러자 그녀가 웃으며 말했다. "도미니크한테 잉글리시 브렉퍼

스트 티 얻어 마실 방법을 찾아야겠어." 그린 티는 사실 그녀가 즐겨 마시는 차가 아니었다. 그녀는 그 차를 싫어했다.

쥬느비에브의 전화를 받고 10분 뒤, 그녀의 남편 맥스가 차도에 차를 댔다. 도미니크는 침대에 있었다. 맥스가 공구박스를 들고 문을 두드렸다. 릴리는 양손에 자기가 그린 그림들을 들고 맥스 옆에 서 있었다.

"이거 돔 줄 거예요." 인사를 나누기도 전에 릴리가 맨발에 분홍색 여름 드레스 차림으로 서서 말했다. 긴 머리칼은 포니테일 스타일로 위쪽에 동여맸다. 걸을 때마다 머리카락이 어깨 양쪽으로 휙휙 찰랑거렸다. 그녀는 맥스를 따라 우리 방으로 들어와서는 침대 위로 올라가, 새로 깐 시트 위에 책상다리를 하고 도미니크 옆에 앉았다. 그러고는 천진스럽고 편안하게 그림들에 대해 이야기하더니, 자기가 덧붙인 글을 보여주기 위해 도미니크에게 더욱 가까이 다가가 앉았다. 그녀는 낱말을 하나하나 가리켜 보이며 자기가 쓴 메시지를 큰 소리로 읽어주었다. 그러고는 그에게 미소를 지어보이고 침대에서 미끄러져 내려와, 혀를 입 가장자리로 살짝 빼물고 대단한 집중력으로 퀼트 위에 메시지를 써내려갔다.

"시리잉히는 도미니끄, 우리이의 사링으로 기녁 재비드리께어."

15

릴리가 다녀가고 며칠 후 현관문을 두드리는 소리가 들렸다. 캘리가 큰 소리로 나를 부르면서 곧장 집 안으로 들어왔다. 전날 밤 전화가 오긴 했다. 하지만 그녀와 나는 2년 동안 대화를 나눈 적이 없었다. 서로 아는 친구를 통해 알게 된 사이일 뿐, 함께 어울린 적도 없었다. 그런데 도미니크 소식을 듣고는 우리 집을 찾아온 것이다.

우리 집을 방문한 적이 한 번도 없는데도, 그녀는 실수이긴 하지만 릴리의 그림들을 건드려 바닥에 떨어뜨리면서 주방으로 갔다. 그러고는 마치 자기 집처럼 편안하게 휘젓고 다니기 시작했다. 냉장고 안을 훑어보고 직접 커피를 끓여마셨다. 나는 그림들을 집어 냉장고 위에 자석으로 다시 붙여두었다. 그녀는 우리 모두를 위해 컵케이크를 만들어 왔다며 플라스틱 그릇 안에 담아두면 좋겠다고 했다. 내가 빵 구울 시간도 없을 거고 아이들도 좋아할 거라면서 말이다. 초콜릿 아이싱이 덮여 있는 초콜릿 컵케이크였는데, 다채로운 색깔의 아이싱이 숱하게 뿌려져 있었다. 내가 초콜릿을 아주 좋아했던 게 기억났기 때문이란다. 그러면서 요리를 도와주고 싶다며 물었다.

"뭘 해먹을까요? 알레르기 같은 거 있어요?"

그때 도미니크가 주방으로 들어왔다. 그는 켈리를 몰랐다. 그녀는 미술관의 전시 작품이기라도 한 것처럼 도미니크를 위아래로 훑어보았다.

"이런, 마리. 너무 비극적이에요." 그녀가 살짝 목소리를 낮추어 속삭였다. "이렇게 되기 전의 그를 생각하면……."

도미니크가 휙 돌아서 자리를 떴다.

나는 방금 들은 말을 털어내려 애쓰면서 할 말을 잃고 그 자리에 서 있었다. 도미니크는 훨씬 똑똑했다. 그녀를 차단시켜버리기 위해 그냥 걸어 나가 침실 문을 닫아버렸다.

도미니크의 언어능력과 이해력이 떨어지면서, 몇몇 캘리 같은 사람들이 우리 무리에 갑자기 비집고 들어와서는 아무것도 이해하지 못하는 사람처럼 그를 대했다. 그가 말을 많이 안 했기 때문이다. 어떨 때는 치매환자들의 언어습관을 비난하면서, 도미니크가 마치 유치원생이나 재교육이 필요한 사람이라도 되는 양 이야기했다. 하지만 대개의 경우 도미니크를 아예 없는 사람 취급했다.

정말로 흥미로운 것은 도미니크가 그들에게 반응하는 태도였다. 그의 이해력을 의심하는 듯한 사람에게는 그들 스스로 핵심을 요약하게 내버려뒀다. 또 어쭙잖은 관심을 충족시키고픈 갈망으로 그를 보살피겠노라 온 사람은 귀신같이 알아보았다. 상대가 질투심이 지나치건, 불안해하건 그는 그것을 분명히 느끼고 반응했다. 방 안의 어떤 분위기에도 정확한 온도계가 돼준 것이다.

도미니크가 새로 얻은 감정측정기는 언어 외의 신호들까지 감지해내는 묘한 기술을 갖고 있었다. 이 기술은 그의 불안한 언어 해독력과 자신을 표현할 적당한 말을 찾는 분투를 보완해주었다. 요컨대 그는 감정의 내용물을 아주 정밀하게 읽어냈다. 우리가 하는 말의 이면에 있는 모든 뉘앙스를 이해했으며, 얼굴의 시각적 신호들을 감지해내고, 무의식적인 몸짓과 행위들의 의미를 전부 읽어냈다. 말 없이도 상호작용의 의미를 파악할 수 있었던 것이다. 그가 큐브 안에서 내 말은 못 들으면서 내 모습만 바라보던 꿈이 다시 생각났다.

캘리가 컵케이크를 갖고 들른 다음 주에 나는 도미니크를 데리고 의사를 만나러 갔다. 함께 상담실에 들어서자, 의사가 인사를 하며 의자를 권해주었다. 의자 두 개가 나란히 벽에 기대어 있었다. 도미니크와 내가 자리를 잡자 의사는 진료 테이블 앞 회전의자에 우리와 마주보고 앉았다. 그는 독서용 확대경을 코 아랫부분에 걸치고, 안경 너머로 우리를 살펴보았다. 그러고는 도미니크에 대해 내게 이런저런 질문들을 던졌다. 방 안에 없는 사람처럼 취급한 것이다. 물론 도미니크는 믿을 만한 역사가는 아니었지만 그가 지금 상황을 이해 못할 거라고 생각해 투명인간처럼 대하는 것은 잘못이다. 나는 도미니크에게 고개를 돌려, 의사에게 하듯 그와도 충분히 소통했다.

"돔, 당신 대신 내가 질문들에 답해도 괜찮겠어?"

그가 고개를 끄덕였다.

"내가 잘못 대답하거나 빠트리는 게 있으면 알려줘." 그러자 그는 슬며시 내 손바닥 위에 자기 손을 얹었다. 의사는 의자를 돌려 우리 둘을 마주보았다. 계속 나를 보고 이야기했지만, 간간이 도미니크에게도 눈길을 주었다. 그도 부드러워졌고, 도미니크도 오해하지 않았다. 덕분에 남은 시간이 순조롭게 흘러갔다. 도미니크는 웃기까지 했다. 차를 타고 돌아올 때는 편안하고 기분도 좋아 보였다. 운전석에서 살펴보니 차분히 앉아 정면을 응시하고 있었다.

도미니크가 오락치료사를 만나기 시작했다. 원래 목적은 도미니크를 위해 고안한 프로그램을 통해 의미 있는 활동에 참여하고, '정서와 신체, 사회적 관계의 만족도를 향상'시키는 것이었다. 그런데 첫 만남을 마치고 돌아온 도미니크는 아주 불안정하고 우울해 보였다. 양손으로 머리를 감싼 채 주방에서 앞뒤로 끊임없이 왔다 갔다 했다. 내게 이야기해주려고는 하는데 제대로 표현을 못했다. 그러더니 투명한 셀로판지에 싸서 리본으로 묶은 목욕폭탄을 내밀었다.

"당신이 이걸 만들었다구?"

마른 울음을 우는 것처럼 잔뜩 일그러진 얼굴로 그가 고개를 끄덕였다. 그러고는 계속 서성였다. '목욕폭탄? 잘나가던 교수직까지 잃고 병과 싸우는 지적인 젊은 남자한테 망할 놈의 목욕폭탄이나 만들 게 했단 말이지? 이게 뭔 의미 있는 활동이야!?'

살아오는 동안 도미니크는 예쁜 목욕용품은 고사하고 한 번도 공예품에 관심을 가져본 적이 없다. 그런데 왜 지금이라고 달라져야 한단 말인가?

치료사들은 이처럼 도미니크의 이야기에서 잃어버린 부분에만 초점을 맞추고, 그를 서서히 쇠잔해가는 인물로 설정했다. 계속 자라날 또 다른 이야기가 들어설 여지를 만들어주지 않았다. 그가 학교에서 축구경기 관람하는 걸 좋아하는 것에는 관심도 없었다. 학교 축구장의 학부형들은 아이들이 축구하는 모습을 즐겁게 지켜보는 도미니크의 일면을 잘 아는데 말이다.

그는 물론 농구코트나 가라테장의 소음은 더 이상 견뎌내지 못했다. 하지만 소음에서 물러나 이리저리 왔다 갔다 할 수 있는 축구장은 여전히 즐겼다. 사람들도 호의적이어서 그를 빤히 쳐다보지도 않았다. 학교 교장인 닐은 언제나 다가와 인사했지만, 도미니크가 그를 못 본 듯 앞만 보거나 대화 도중에 자리를 떠도 기분 상해하지 않았다. 말씨도 언제나 다정했다. 도미니크를 보면 뇌종양으로 죽은 막역한 친구 생각이 나는데, 그도 도미니크와 비슷하게 행동했다고 말하기까지 했다. 그도 초록 고블린에게 사랑하는 사람을 잃은 것이다.

초록 고블린을 데리고 돌아다니는 일이 많아질수록, 언어능력 속에 숨어 있는 힘과 정치, 다양한 대화가 우리 경험을 형성하는 방식, 그리고 언어로 표현되지 않는 인식의 소외가 더욱 분명히 눈에 들어왔다. 올리버 색스는 우리의 자연 언어는 말로만 이루어져 있지 않다고 했다. '온 존재로 자신이 전달하려는 바를 전부 표현하는 발화로 이루어져 있으며, 이 발화를 이해하려면 단순히 말만 인식하는 것보다 훨씬 더 많은 것이 필요하다'고 했다. 또 언어는 어조 속에 잠겨 있으며, 말을 초월하는 표현성 속에 박혀 있다고 했다. 또 깊고 복잡하며 미묘하지만, 실어증에 걸린 사람도 완벽한 발화 능력을 갖고 있다고, 아니 가진 걸 넘어서 '불가사의하게 향상시킨다'고도 했다.

이건 정말 아이러니였다. 통찰력을 잃는 대신 지나치리만큼 민감해진 새로운 도미니크는 사람들을 '읽을' 뿐만 아니라 그의 쇠락이 타인에게 미치는 영향까지 느낄 줄 알았다. 타인들의 비일관성도 놓치지 않았다. 누군가 불안을 숨기고 미소를 지으면 그것도 알아차렸다. 그들의 공포도 느꼈다. 불안은 그들의 몸에서 그에게로 즉각 전달되었다.

그러나 근육이 약해지고 있었기 때문에 스트레스를 받으면 호흡이 더 힘들어졌다. 도미니크의 소멸이 다가오고 있음을 부정하기란 불가능했다. 그래도 우리는 지켜보기 힘들어 이따금, 아주 사소한 것이라도, 그가 호전되고 있음을 보여주는 신호를 찾아내려 애썼다. 물론 이런 마음을 이해할 도리가 없었으므로 도미니크는 우리를 위로해줄 수 없었다. 그러므로 도미니크에게서 호전 징후를 찾아내려는 무의식적인 노력은 우리의 경솔한 요구였다. 우리 기분을 좋게 만들어달라고 요구하는 것이나 마찬가지였으니까. 그는 결코 나아지지 않을 것이었다. 도미니크를 최대한 편안하게 만들어주려면, 먼저 우리 자신부터 다스릴 줄 알아야 했다.

돔이 자기 세계에 좀 더 잘 적응하기 시작하면서, 우리도 그와 더불어 적응하는 법을 터득했다. 하지만 점검표가 없었기 때문에 그 과정에서 실수를 범하기도 했다. 도미니크는 추상적이거나 은유적인 개념을 더 이상 이해하지 못했다. 그래서 더 이상 "이크, 이 모기들이 나를 산 채로 잡아먹고 있잖아!" 같은 식으로 말하지 않았다. 대신에 그가 적당한 말을 찾느라 고민하지 않아도 되도록, 아니오나 네로 답할 수 있는 질문을 던졌다. 또 오감에 지나친 부담을 주는 일을 경계했다. 한 번에 한 가지만 말하고, 아이들이 음악을 듣고 있으면 텔레비전은 껐다. 부드럽게 대하려고 애썼고 침착한 어조를 유지하려 했다. 그리고 웃음에 의지했다. 텔레비전에서 발포비타민 베로카 C를 마시고 오렌지색으로 변해 생기 있게 반짝이는 여자를 보고 도미니크가 웃으면, 우리도 따라 웃었다. 우리는 이렇게 새로이 듣고, 말하고, 보는 방식들을 배웠다.

또 한 가지 중요한 변화는, 서로 조금이라도 좌절하는 기색이 보이면 아이들과 내가 서로에게 잠시 쉬도록 일깨워주게 되었다는 점이다. 우리의 사랑과 인내와는 상관없이 초록 고블린이 우리를 삼켜버릴 때가 있음을 분명히 알았기 때문이다.

그런데 유난히 녹초가 된 어느 날, 도미니크가 마이크에게 같은 질문을 백번도 넘게 되물었다. 도미니크의 주의를 다른 데로 돌리려고 갖은 애를 다 썼지만 소용이 없었다. 결국은 마이크를 잠깐 잭의 집으로 보내고, 도미니크를 데리고 길게 드라이브를 나갔다. 나중에 기분이 어떻냐고 마이크에게 물었더니, 어깨를 으쓱해 보이며 이렇게 말했다. "잊어버리려 애쓰고 있어. 다시 똑같은 것을 물어도 짜증내지 않을 거야."

처음에 우리는 새로운 언어에 대한 피로 때문에 고통스러웠다. 하지만 모든 언어들이 그렇듯, 푹 젖어 살다보니 곧 유창해졌다. 우리는 도미니크의 생각에 딴죽을 걸지 않게 되었으며, 사실을 따지기보다는 그가 어떻게 느끼는지에 더 주의를 기울였다. 그래도 운전에 대한 대화를 화내지 않고 풀어가는 데는 좀 시간이 걸렸다.

"열쇠 어디 있어? 나 가게 가야 되는데."

"당신은 운전하면 안 되잖아."

"할 수 있어."

"안 돼. 의사가 안 된다고 했어."

"당연히 할 수 있어."

말없는 공포. '이 모든 상황이 더 안 좋아지면 어떡하지?'

도미니크는 평생 거의 매일 운전을 했다. 그러므로 당연히 운전하는 법을 안다. 물론 지금도 운전할 수는 있다. 결국 대화의 전개 방향을 바꿔야 했다.

"그래, 당신이 운전할 수 있다는 거 나도 알아. 하지만 의사가 지금은 안 된다고 했어."

"말도 안 되는 소리야."

"그래, 나라도 기분 나쁠 것 같아."

"터무니없지. 덕분에 난 아무 데도 못 가고 있어."

"어디를 가고 싶은데?"

"산책하고 싶어."

결국 우리는 말씨름을 그만두고 나갔다. 때로는 산책도 하고, 그가 원하면 차에 태워 드라이브를 하기도 했다.

도미니크는 슬플 때나 기쁠 때나 우리와 함께할 줄 알았다. 그는 웃음을 좋아했으며 친절에 끌렸다. 친절은 말이 없이도 드러나는 것이기 때문이다. 침묵 속에서도 친절은 울려 퍼진다. 그러므로 중요한 것은 우리 자신과 평화롭게 지내고, 돔을 있는 그대로 정확하게 받아들이는 것이었다. 요컨대 순응이 필요했다. 우리에게는 협상할 권한이 없었다. 우리가 할 일은 죽음 앞에서 충실하게 살아가는 것이었다. 그의 영혼에 부드럽게 다가가 충분히 사랑받는 존재이며 안전하다고 말해주는 것. 이 새로운 존재 방식을 받아들여야 했다.

도미니크의 경우, 타인의 감정을 자신도 모르게 알아차리는 기술은 결코 잃어버리지 않았다. 죽는 순간까지 그와 함께했다. 치매 지성. 요양원 직원들은 그의 기술을 이렇게 불렀다.

도미니크가 매일 혼란 속에 머물면서도 가장 절친인 브라이언의 사랑을 느끼며 보호소 침대에 누워 있게 될 날도 머지않았다. 나는 브라이언이 샌디에이고에서 보내온 이메일을 그에게 읽어주곤 했다. 내용을 얼마나 많이 이해하는지 나로서는 알 수 없었다. 도미니크는 더 이상 읽지 못했기 때문이다. 하지만 이메일을 읽어줄 때마다 그의 영혼은 활기를 되찾았다. 이 편지들의 첫 부분에서 브라이언은 언제나 그들이 주고받던 정감 어린 농담으로 도미니크를 반겨주었다.

"이 망할 자식! 잘 있지?"

브라이언의 농담을 도미니크는 웃음으로 받아 넘겼다. 브라이언은 도미니크의 병을 순순히 받아들이지 않았다. 그는 둘이서 모험적인 카약 여행을 떠나기로 계획했던 일을 추억했다. 그리고 함께 카약 탈 친구가 없어서 자전거 타기를 시작했는데, 자전거를 타다가도 혹 도미니크가 따라오는 건 아닌지 계속 두리번거리게 된다고 했다. 또 도미니크가 좋아하던 곳임을 알기 때문에 해변에서 자전거를 타곤 한다고도 했다.

브라이언은 프리미어 리그 축구와 그들이 좋아하는 맨체스터 유나이티드 팀 이야기도 했다. 최신 성적과 다음 해에 프랑스에서 열릴 럭비 월드컵 소식도 계속 알려주었다. 그들은 언제나 잉글랜드와 맞서 싸우는 럭비 선수는 누구든 응원하기로 했었다. 하지만 호주에 사는 남아프리카공화국 출신인 도미니크에게 뉴질랜드 사람인 그처럼 올 블랙스 팀을 응원해달라고 부탁할 때는 거의 응원을 강요하기까지 했다. 브라이언은 도미니크가 정말로 그립다고, 그들이 함께했던 멋진 일들을 누구도 앗아갈 수 없을 거라고 했다. 도미니크가 언짢아하지 않았다면, 내게도 이런 일들을 몇 가지 이야기 해주었을지 모른다. 그는 도미니크에게 사랑한다고 말했다. 도미니크도 그 말을 들었다. 이런 말을 들을 때면 그는 앙상해진 두 손을 가슴에 십자 모양으로 포개 얹고, 휘둥그레진 눈으로 깜빡임도 없이 나를 쳐다보곤 했다. 그러고는 어린애처럼 기뻐하며 탄성을 연발했다.

"브라이언이 나를 사랑한대! 브라이언이 나를 사랑한대!"

브라이언은 바로 여기에 도미니크와 함께 있는 것이나 다름없었다. 죽어가는 친구를 품에 안고, 야외 체스게임을 즐기며 브리티시 컬럼비아 주의 하우 해협을 따라 내려가던 모험적인 카약 여행을 추억하며 그와 함께 있었다.

16

번야 산맥의 나무들이 햇살을 향해 높이 치솟아 있었다. 학교 휴일인 데다 친구들이 넉넉한 마음을 베풀어준 덕에 일주일간 아이들과 이곳에서 보내게 되었다. 우리도 우리만의 빛에 다다르기를 바라며 나는 아이들을 데리고 집을 떠났다.

아늑한 산장은 우림의 국립공원 안에 평화롭게 둥지를 틀고 있었다. 하지만 근처에 가게가 없어서 먹을 것을 가져가야 했다. 먹거리를 챙기면서 나는 하이킹의 기억들을 떠올렸다. 아이들을 태운 캐리어를 등에 동여맨 채 도미니크와 둘이서 드라켄스버그 산을 걸었다. 브리티시콜롬비아 주의 산속 오솔길과 우리가 좋아하는 오리건 연안의 길을 네 식구가 함께 걸은 것이다.

집을 떠나기 전 아이들 방에 가보니, 인스턴트식품을 담은 다섯 개의 슈퍼마켓 가방 밑에 옷을 넣은 작은 가방이 하나 파묻혀 있었다. 내가 이미 준비한 음식과는 별개의 것이었다. 몸이 얼어버릴 만큼 추울 텐데, 차 안 공간이 한정돼 있다고 이야기해도, 음식 가방 한두 개를 빼고 따뜻한 옷가지들을 넣은 가방을 하나 더 실으라고 설득하는 건 불가능했다. 마이크와 닉의 식욕이나 이들이 먹어댈 양은 제아무리 기발한 상상력으로도 이해가 안 될 정도였기 때문이다. 아이들의 정찬용 접시를 특대형 강아지 밥그릇으로 바꿔야 하는 건 아닐까 진지하게 고민한 적도 한두 번이 아니다.

잭과 미치도 산장에 함께 가기로 했다. 이 단짝 친구들은 아이들과 쿵짝이 척척 잘 맞았다. 나는 차도에 서서 상황을 정리할 방법을 궁리했다. 차는 음식과 짐들로 빽빽이 들어차 있었지만, 네 개의 기다란 몸뚱어리도 어떻게든 구겨 넣어야 했다. 푸드 트레일러가 절실히 필요했다. 닉이 옳았다. 부전자전이므로 이런 식욕은 사내아이들에겐 자연스러운 것이었다. 아무래도 퀼트에 음식 이야기도 넣어야 할 것 같았다. 그리고 자동차 이야기도.

데이트를 시작할 무렵 도미니크는 1960년대식 폭스바겐 비틀을 몰았다. 뒤창 밑의 리어엔진 덮개에 작은 코가 튀어나와 있는 차였다. 당시 나는 열아홉이었는데, 차가 나보다 나이가 많은 줄 알았다. 도미니크는 부모님에게 물려받은 이 차를 여러 해 동안 몰고 다녔다.

우리의 웨딩카도 이 차였는데, 공사장에서 나는 것보다도 소음이 심했다. 어느 날 밤, 작은 동생 레이건이 부르릉대는 엔진소리를 듣고 그를 마중하러 현관으로 달려갔다. 내 신발을 신은 채였는데, 여덟 살짜리 꼬마의 발에는 너무 컸다.

"안녕?" 그가 머리를 헝클어뜨리며 말했다. "뭐해?"

"아무것도 안 해요." 레이건이 어깨를 으쓱해 보이며, 그를 향한 어린애다운 사랑을 숨기고 짐짓 지루한 표정을 지어보였다.

"오빠는 왜 온 건데요?"

"페이블에서 저녁 먹으려고. 마리가 거기 가지튀김이 맛있다고 해서."

"에효~"

"내 생각도 그래."

"아냐. 정말 끝내주는데. 자기도 좋아하게 될 거야."

대화에 끼어들며 내가 말했다.

"상대도 사랑해주지 않으면, 상대를 사랑할 수 없어."

도미니크가 말했다.

"이 경우는 사랑할 수 있어요."

"정말 어마무시한 건가 봐."

그가 레이건에게 말했다. 레이건은 따가닥 소리를 내며 베란다로 가서는 발끝으로 난간에 기대서서 우리에게 손을 흔들어주었다.

"소음기가 망가진 거 같아."

엔진에 시동을 걸면서 도미니크가 말했다. 자갈이 깡통 안에서 덜그럭거리는 것 같은 소리가 났기 때문이다. 후진으로 차도를 벗어나는 순간, 하늘에서 불길하게 빗방울이 몇 방울 떨어졌다. 곧이어 와이퍼의 리드미컬한 빽빽 소리가 다른 차들이 만들어내는 불협화음과 어우러지면서 우리는 식당으로 차를 몰았다.

식당에 도착하자 어느 학생의 낡은 차가 우리 앞의 주차 공간에서 빠져나갔다. 그를 알고 나서부터 도미니크의 주차 행운은 변함이 없었다. 어디를 가든, 주차장이 얼마나 꽉 차 있든 그를 위해 언제나 빈 공간이 나타났다. 그는 밤비를 뚫고 스며드는 가로등 불빛을 안내자 삼아, 식당 바로 건너편의 빈 주차 공간에 차를 댔다. 이제는 비가 억수같이 퍼붓고 있었다.

"잽싸게 뛰어가자." 나의 제안에 그가 말했다.

"홀딱 젖을 텐데."

"그래도 뛰어보는 거야!"

"네 미소, 정말 마법 같아."

그의 말에 얼굴이 화끈 달아올랐다.

"어, 얼굴 빨개졌어!"

"아냐, 안 그래."

"아냐, 정말 빨개졌어!"

그가 웃음을 터뜨리고는 어깨 너머로 지나가는 차들이 없는지 확인했다. 거리는 텅 비어 있었다.

"좋아, 이제 뛰자. 하나, 둘, 셋……."

우리는 총알같이 차에서 튀어나와, 텅 빈 거리를 가로질러 비를 피할 곳을 향해 뛰었다. 미지근하고 굵은 빗방울이 큰 소리로 두드려댔다. 차 문을 잠그는 도미니크를 두고 내가 먼저 내달렸다. 비를 피할 곳에 도착해서 축축하고 긴 머리칼을 손가락으로 빗질해 얼굴에서 떼어냈다. 흠뻑 젖은 면 셔츠에서 물을 털어내자, 끈 날린 속옷의 레이스 장식이 그대로 드러났다. 나는 미칠 듯 행복했다. 식당에 들어가 식사하기로 되어 있지 않았다면, 두 팔을 벌리고 빗속으로 뛰어들어 얼굴을 쳐들고 쏟아지는 비를 느꼈을 것이다.

"이런 비 정말 좋아! 도저히 안에 있을 수 없게 만드는 비야."

길을 가로질러 내 곁으로 온 도미니크에게 소리쳤다.

우리는 식당으로 들어갔다. 걸음을 옮길 때마다 가죽 샌들이 질벅거렸다. 식당 안은 손님들로 왁자지껄했다. 서로에게 상당히 비판적인 좌파 학생들과 여피족이 대부분이었는데, 여기서는 서로 신경도 안 쓰는 것 같았다. 로비에서는 자리를 기다리는 사람들과 더불어 우산 몇 개가 뚝뚝 물을 흘리고 있었다. 큰 테이블을 차지하려면 약간 기다려야 했지만, 우리는 두 사람이 앉을 수 있는 테이블로 곧장 안내되었다.

유행을 살린 분위기 탓인지, 식당은 학생들의 호주머니 사정에 맞는 유명한 모임 장소였다. 도미니크가 메뉴를 살펴보는 동안, 라이브 가수가 손님들의 수다소리와 경쟁하듯 기타를 치면서 힘차게 노래를 불러 젖혔다. 나는 무엇을 먹을지 이미 생각해두었다.

종업원이 무료로 주는 마늘빵을 갖고 와 주문을 받았다. 돔이 먼저 주문하라는 듯 나를 바라보았다. 나는 가지튀김을 주문했다.

"오늘 밤의 인기 메뉴죠." 종업원이 주문을 받아 적으면서 말했다.

"전 고메 버거요." 종업원은 돔의 주문도 받아 적었다. "그리고 엉덩잇살 스테이크에 버섯 소스 큰 것도 같이 주세요."

"이런, 오실 분이 더 계신가 보죠? 3인용 테이블이 필요한 줄은 몰랐습니다."

"아뇨, 괜찮아요. 우리가 다 먹을 겁니다."

"오! 그럼 전채요리 삼아 주문하신 건가요? 메인 음식을 두 개나 주문하셨습니다. 양이 아주 많은데요."

"양이 많다니 좋군요. 고마워요."

"어떤 음식을 먼저 내올까요?"

"한꺼번에 내와도 상관없어요."

"농담하는 거지!" 종업원이 간 후 내가 물었다. "전부 다 먹을 거야? 종업원이 주방에서 떠들 이야기가 생겨서 좋아하겠어!"

청소년 시절 도미니크는 끊임없이 게걸스럽게 먹어댔다. 고등학교 시절에는 점심 시간에 14장의 빵과 몇 리터의 우유를 들이켰다 했다. 내가 그의 가족과 저녁 식사할 때도 그는 접시 두 개를 그득 채우곤 했다. 하나에는 밥을 산더미처럼 담고, 다른 접시에는 고기와 야채 등 나머지 음식들을 담았다. 그런데도 몸에 비곗살 한 점 없었다. 큰 키에 몸도 탄탄하고 지나칠 정도로 건강했지만, 아이들이 태어나기 전까지는 인간으로는 불가능할 정도로 어마어마하게 먹어치운다고 생각하곤 했다.

와인이 나왔다. 우리 사정에 맞는 싸고 작은 하우스 와인이었다. 돔이 와인을 따르고는 잔을 치켜들어 내 잔에 쨍그랑 부딪혔다.

"자기를 밖으로 나가고 싶게 만드는 비를 위해."

나는 흠뻑 젖은 샌들을 벗고 맨발을 그의 발 위에 얹었다. 오래 기다릴 필요도 없이, 다른 종업원이 커다란 접시 두 개를 한 팔 위에 떨어지지 않게 올려놓고, 세 번째 접시는 다른 손에 쥔 채 우리 테이블로 왔다.

"버거는……?"

도미니크가 사리를 치웠다.

"그럼 스테이크는?"

"그거도 제 것입니다." 도미니크가 촛대와 소금, 후추, 와인 병을 한쪽으로 치워 음식 놓을 자리를 만들었다.

"그럼 가지 콤보는 여기……" 종업원이 접시를 내 앞에 놓으면서 말했다. "맛있게 드십시오!"

"음식 내올 사람을 정하려고 제비뽑기를 했을지도 몰라. 이것들을 전부 먹어치울 거라고 말한 남자가 누군가 보려고 말야!"

내 말에 도미니크는 비쭉 웃으며 햄버거를 벌리더니 포크로 홍당무를 빼냈다.

"내가 먹을게. 난 홍당무 정말 사랑해."

그러자 그는 팔을 뻗어 홍당무를 내 접시에 놓으며 말했다.

"사람들은 제대로 의미를 생각하지도 않고 사랑이라는 말을 마구 남발하는 것 같아."

"그건 아니지. 어떤 말을 한 가지 맥락으로만 써야 하는 건 아니잖아. 내 말의 의미를 자기도 정확히 알잖아. 같은 말도 상황에 따라 다른 의미로 쓰일 수 있어."

"난 내 고양이를 사랑해. 난 해변을 사랑해. 난 너를 사랑해. 나는 홍당무를 사랑해?"

나는 그에게 추파를 던지며 말했다.

"그렇게 남용하면 진정한 의미가 훼손되잖아."

"그럼, 자긴 해변을 사랑하지 않는단 말야?"

"아니, 정말로 해변을 좋아해. 해변 없이는 살고 싶지 않아. 하지만 해변을 사랑하는 건 아냐."

"그럼 누군가 그냥 표현하기만 해도, 그 의미를 정확히 알 수 있다는 말야……?"

"으, 짜증나. 뭘 전달하고 싶으면 언제든 그냥 써."

세 번째 종업원이 테이블로 와서 컵에 물을 따라주었다. 그는 몇몇 테이블을 거쳐 주방으로 돌아갔다. 주방에서는 미리 서빙한 종업원들이 도미니크가 얼마나 먹어치웠는지 최신 소식을 기다리고 있을 것 같았다.

우리는 식사를 마친 후 계산하고 식당을 나섰다. 밖은 훨씬 조용했다. 비는 이미 그쳤고, 몇몇 장난스런 별들이 점점이 흩어져 있는 다이아몬드처럼 얼굴을 내밀고 반짝였다. 도미니크가 내 몸에 팔을 둘렀다. 길 건너 차로 가는 동안 내 정수리에 입을 맞추었다. 내 신발은 여전히 질척거렸다.

도미니크가 열쇠를 돌렸지만 엔진은 잠잠했다. 좀처럼 시동 걸리는 소리가 안 났다. "할 수 없지. 또 시작해야지." 그가 차 뒤편으로 걸어가면서 말했다. "내가 밀게."

"알았어." 나는 이렇게 말하고 운전석으로 들어가, 젖은 샌들을 벗어 뒤편 바닥에 놓고 열쇠를 돌렸다. 맨발로 클러치 페달을 누르고 2단 기어를 넣은 다음, 다른 발로 브레이크를 풀었다.

도미니크가 밀었다.

"지금이야!" 가속도가 붙자 돔이 소리쳤다.

클러치를 풀고 가속장치를 약간 밀자, 차가 토끼처럼 깡충 튀어나가면서 시끄럽기만 하던 엔진에서 시동 걸리는 소리가 터졌다. 도미니크가 움직이는 차의 조수석으로 뛰어올랐다. 우리는 깔깔깔 웃음을 터뜨렸다. 이런 일에는 이제 도사가 다 돼 있었기 때문이다.

지금 타고 다니는 스바루 왜건은 훨씬 믿을 만하다. 아이들 때문에 제대로 움직이는 차가 있어야만 했다.

도미니크도 아이들이 차 트렁크 안에 장비를 쌓는 걸 지켜보았다. 그가 다시는 어디로도 운전해갈 수 없다는 생각을 하니 슬픔이 밀려왔다. 우리가 멀리 번야 산에 가 있는 동안 도미니크는 간병인과 함께 집에 머물기로 했다. 간병인은 치매환자들을 위한 주간위탁시설에 소속된 간호사였다. 내가 다니는 직장의 간호사 친구가 연결해준 사람이다.

이제 도미니크에게는 상시 보살핌이 필요했다. 우리는 젊은 나이에 치매에다 운동신경질환까지 걸린 환자와 가족들을 위한 적절한 지원서비스를 찾기 위해 분투했다. 일단은 친구들과 함께 가능한 대로 도미니크를 돌보았다. 당시에는 치료비 지원기금이나 주거환경개선, 위탁시설, 집이나 상주보호시설에서의 임시간호 등을 알아볼 연락처조차 몰랐다. 우리가 누릴 수 있는 혜택과 그것을 받는 방법에 대한 정보를 얻을 곳도, 나이에 맞는 지원을 제공하는 곳도 없었다. 내 간호사 친구가 지역사회자원센터를 찾아가보며 돕고 나서기 전까지는 모든 것을 혼자서 처리해야 했다.

다행히 나는 운이 좋았다. 직업 환경 덕분에, 간접적으로 이미 나와 연결돼 있던 시스템을 파악하고 이용할 수 있었던 것이다. 내가 화가나 다큐멘터리 제작자였다면—나의 꿈이기는 했지만—그렇게 운이 좋지는 못했을 것이다. 주간위탁시설은 노인을 돌보는 곳이었지만, 우리에게도 아주 친절했다. 비용을 깎아주고, 우리 집에서 개별적으로 임시간호를 해주고, 우리 가족과 도미니크의 어린애 같은 요구도 맞춰줬다. 내가 아이들을 데리고 멀리 여행을 떠나게 도와준 것도 그들이었다. 하지만 24시간 도미니크를 보살펴줄 수는 없었다. 그래서 우리가 멀리 번야 산에 가 있는 동안, 간병인이 집에 없을 때는 에드가 매일 와서 보살펴주기로 했다.

그는 대학에서 학위과정을 밟고 있었으며, 다음 주까지 제출해야 할 과제물도 있었다. 그래서 우리 집에서 공부해도 되겠느냐고 도미니크에게 물었다. 그의 집은 부산하게 움직이는 식구들 때문에 집중해서 과제물을 작성하기 어렵다고 투덜거렸다. 시끄러운 음악 소리에 아이들 친구, 정신을 산만하게 하는 것들이 집 안을 장악하고 있다고 말이다. 이런 상황이 어떤 것인지 도미니크는 잘 알고 있었다. 그래서 사실은 자신이 '보살핌을 받는' 입장이라는 사실도 잊고 즐겁게 친구를 돕기로 했다. 나는 그에게 긴급연락처와 살펴줘야 할 부분들, 약 복용, 환자식, 걸쭉한 유동식, 하루 일과, 열쇠를 숨겨둔 장소 등 모든 것을 미리 상세하게 일러주었다.

에드도 도미니크와 함께 서서 차 안으로 몸을 구겨 넣는 아이들을 지켜보았다. 아이들이 다 타면 출발한 참이었다. 잭은 뒷좌석의 닉과 마이크 사이에 비집고 앉았다. 아프리카인처럼 둥글고 무성하게 자라난 붉은 곱슬머리가 백미러를 가득 채웠다. 덕분에 차도를 벗어나면서 점점 멀어져가는 도미니크의 모습이 보이지 않아 내 죄책감이 옅어졌다. 아이들이 음악소리를 높이자, 거리 끝에 다다르기도 전에 차는 에미넴의 랩 소리에 맞춰 둡 둡 두둡 스스로를 다그치면서 번야 산을 향해 달리기 시작했다.

번야 산을 향하면서 우리는 완전히 다른 리듬 속으로 들어갔다. 집으로 돌아온 후 나는 식구들에게 이메일을 보냈다.

그곳에는 고대의 지혜가 고동치고 있었어요. 심오하고 중립적이며 활력을 불어넣어주는 지혜. 자연 속에 있는 것은 정말 중요한 일이에요. 자연이 말을 건네면 더 잘 들을 수 있으니까요.

중병에 걸린 아빠와 함께 지내는 고단한 일상에서 벗어나는 일이 아이들에게 얼마나 중요한지 알겠어요. 모든 것을 버리고 떠나 보니, 아이들이

> 아빠를 위해 십대의 삶을 얼마나 많이 억압했는지 알겠더라고요. 더 즉흥적이고, 더 시끄럽고, 더 수다스럽고, 덜 조심스러워하고 덜 무미건조할 수 있었는데 말이에요. 안전을 위해 물건을 숨기지 않아도 되고…… 또…… 하여간 아이들은 깔깔대고, 무시무시한 음악을 듣고, 숲속을 걷고, 장작불을 쬐며 편안하게 쉬고, 플레이스테이션도 즐기고, 왈라비와 난간에서 지구 끝까지 펼쳐져 있는 것 같은 풍경을 감상했어요. 그런 모습을 보니 기쁘면서도 짠하더라고요. 둘은 원래 같이 오는 감정인가 봐요.

같은 메일에서 나는 돔이 더 이상 정신 나간 사람처럼 행동하지 않는다는 사실도 전했다. 이런 거친 시간들을 만들어낸 부분들이 그의 두뇌에서 해체돼버린 것이다. 물론 정서적으로는 여전히 퉁명스럽고, 무엇도 혼자서 시작하지 못했다. 하지만 우리가 그의 변화에 적응하면서, 뭉클하게도 그 역시 유대감을 드러내는 방법을 발견했다. 다감하고 부드러워졌다. 우리는 이런 시간들에 매달렸다. 하지만 이런 태도는 해소를 더욱 어렵게 만들기도 했다.

엄청난 이해에도 불구하고 우리에게는 여전히 휴식이 필요했다. 새로운 삶의 방식이 십대 청소년인 아이들에게는 특히 더 힘들었다. 번야 산으로의 여행은 이런 소진의 순간에 때맞춰 주어진 기회였다. 마이크와 닉의 참을성이 바닥나면서, 참을성이라는 낡은 망토를 뒤집어쓰고 있던 짜증이 폭발해버렸다. 집안 곳곳에서 고성이 오가는 싸움이 벌어지고, 쾅 소리를 내며 닫혀버린 문과 씨름하고, 선원들도 오금이 저릴 말들이 난무했다. 아무리 노력해도 이 불꽃은 누그러질 기미가 보이질 않았다. 다 타서 제 풀에 꺼져버리기를 바라는 수밖에 없는 것 같았다.

나는 기진맥진한 몸을 이끌고 침대로 가서 누워, 혼자 펑펑 울었다. 도미니크는 손가락으로 벽을 그으며 침실에서 서재로 왔다 갔다 하기를 되풀이했다. 이로 인해 벽에는 지워지지도 않을 더러운 때자국이 나버렸다. 내가 침실로 들어가는 것이 보이면, 그도 따라 들어왔다. 내 폭발의 원인이 자기 자신이라는 것도 모른 채, 침대 옆에 우두커니 서 있었다. 그러고는 살짝 침까지 흘리면서 뻣뻣한 몸을 기울여 내 머리칼을 사랑스럽다는 듯 쓰다듬었다. 난 두 눈을 감고, 그의 손길 덕분에 세상이 고요하게 숨죽이던 시절을 떠올렸다. 이렇게 쓰다듬어주고 나면, 그는 다시 손가락으로 벽을 그으며 왔다 갔다 하기를 계속했다.

노인병전문의는 초조하게 펜을 만지작거렸다. 도미니크의 상태는 급속도로 악화되고 있었다. 의사들을 만날 때마다 안 좋은 소식을 듣는 것에도 이제는 길들어져 있었다.

도미니크의 걸음걸이와 목소리의 톤, 삼킬 때의 반사기능, 호흡 등 모든 것이 달라지고 있었다. 기침도 심해져 밤새 켁켁거렸다. 오븐이나 레인지도 쓰지 못했다. 쓰려고 해도, 화상을 입거나 무언가를 태워버릴 위험이 있었다. 샤워하거나 옷을 입을 때도 도와줘야 했으며, 냉수와 온수의 꼭지도 구분 못했다. 데워야 한다는 것도 잊고 차가운 음식을 그냥 먹어치웠다. 그래도 손님들에게 그린 바닐라 티는 아낌없이 계속 만들어주었다. 도미니크의 몸이 점차 망가지고 기능을 잃어가면서, 치매로 인한 증상과 운동신경질환으로 인한 증상은 종종 구분할 수 없게 됐다. 믿을 수 없는 몸과 뒤엉켜버린 뇌, 심신을 쇠약하게 만드는 혼란 속에서 삶이 편안할 리 없었다.

노인병전문의를 만나고 일주일 후, 식도 X선 촬영과 호흡검사를 위해 도미니크를 데리고 병원을 찾았다. 병원에서 돔은 그의 다리를 기다려주지 않는 에스컬레이터와 마주쳤다. 사람들은 갈 곳을 향해서 바쁘게 휙휙 지나치고, 삑삑거리는 기계들은 안심하라는 내 목소리를 집어삼키고, 신호음들과 뒤섞여 휠체어까지 끽끽대는데 모르는 사람들이 그의 이름을 불러댔다. 결국 검사가 시작되기도 전에 그의 감각기관은 완전히 과부하에 걸리고 말았다. 이제는 더 이상 병원도 그가 감당할 수 있는 장소가 아니었다.

밖으로 나가기 위해 나는 에스컬레이터 대신 엘리베이터로 1층까지 내려왔다. 중앙출입구에 이르자 자동문이 우리를 위해 열렸다. 건물 밖으로 나와 오후의 화창한 햇살 속으로 들어섰다. 그런데 그때 도미니크가 갑자기 내 손을 뿌리치고 불안하게 홱 돌아서서는 오가는 차들 속으로 뛰어들었다. 불러도 소용이 없었다. 방향감각을 잃고 혼란에 빠진 채, 차들이 양방향에서 오가는 도로 한복판에서 예측 불허의 모습으로 왔다 갔다 했다. 터질 것 같은 머리를 양손으로 감싸 쥐고는 지그재그로 나아가면서 모든 것을 중지시키고 싶어 했다. 나는 차들을 향해 멈춰달라고 팔을 흔들어대면서 그를 따라 차 속으로 뛰어들었다. 도미니크의 손을 붙잡자 당황한 운전자들은 멀뚱히 지켜보기만 했다.

"돔, 나야."

"마리…… 마리."

"나 여기 있어. 바로 여기 있다구."

나는 그의 손을 꽉 움켜쥐었다. "집에 가자." 그러곤 무사히 차로 돌아가기를 바라면서 그를 감싸 안고 보도로 데려갔다.

그날 한밤중에 말없이 퀼트를 바라보고 서 있는 도미니크를 발견했다. 불안해서 잠을 못 이루는 것 같았다. 손에는 서로를 끌어안고 있는 우리의 액자사진이 들려 있었다. 우리는 앞으로 무슨 일이 닥칠지도 모르고 환하게 웃고 있었다. 그는 사진을 보다가 이 사진을 옮긴 퀼트로 시선을 돌렸다. 유독 고요한 밤이었다.

“천사들이 날 에워싸고 있어.” 도미니크는 종종 이런 말을 했다. 나는 미소를 지었다. 이런 말에는 우리 둘을 편안하게 만들어주는 무언가가 있었다. 그가 고개를 돌려 나를 바라보며 말했다.

“당신도 그 천사들 중에 한 명이야.”

눈물이 솟구쳐 올랐다.

“정말이야. 당신은 나한테 천사야.”

예기치 않게 의식이 또렷해진 그는 사진을 갖고 침대로 돌아갔다. 그는 누워서 사진에 키스까지 했다. 그러더니 가슴 위에 올려놓고 두 손으로 꼬옥 감싸 쥐었다. 노곤해지면서 잠이 오자 그는 사진을 건네며 말했다.

“사랑해.”

“나도 사랑해.”

“부탁이야……” 그가 단호하게 화장대를 가리키며 말했다. “눈을 떴을 때 사진이 저기 있었으면 좋겠어.”

사진을 화장대 위에 올려놓고 침대로 올라가자 그가 말했다.

“난 좋아지고 있지 않아.” 나는 그를 안아주었다. 다시 말을 잃어가고 있었지만, 무엇이든 내게 바라는 것이 있느냐고 묻는 순간 그의 대답이 모든 것을 말해주었다.

“그냥 나한테 다정하게 대해주면 돼.”

17

결국은 그를 보호시설에 보내야 한다는 건 나도 늘 인식하고 있었다. 의사들도 이 점을 몇 번이나 언급했다. 하지만 난 먼 미래의 일로 여겼다. 이런저런 사건을 겪으며 한층 가까운 일로 받아들이게 될 때까지는. 그런데 이번에는 글 속에서 이것을 다시금 확인하게 되었다. 노인병전문의가 도미니크의 최근 진단서에 이렇게 기록한 것이다. '앞으로 몇 달 내에 보호시설에 입원시켜야 할 것 같습니다…….'

그러나 젊은이들이 이용할 수 있는 시설은 없었다. 관심은 높아가고 있었지만 아직 지어진 곳은 없었다. 도미니크를 집에서 돌보지 못하게 될 경우 우리가 선택할 수 있는 곳은 노인을 보살피는 시설뿐이었다. 적당한 장소를 물색해야만 했다.

내가 나가서 '조사'를 할 수 있도록, 베스가 와서 돔을 데리고 브라이비 아일랜드로 드라이브를 갔다. 베스는 한창 브루스 고속도로를 달리다가 벗어나는 길을 놓친 건 아닌지 모르겠다고 큰 소리로 말했다. 그러자 돔이 눈 하나 깜짝 않고 대답했다.

"맞아요. 놓쳤어요. 저기 뒤에 있었는데."

그 사이 나는 내 차를 타고 패트리샤 수녀를 데리러 갔다. 그녀가 함께 보호시설을 봐주겠다고 했기 때문이다. 시설들을 살펴보다가 어딘가 근사한 곳에서 함께 커피를 마시는 것이 우리 계획이었다.

그날의 계획에 난 아주 차분하고 느긋했다. 사실은 모든 일이 조사에 불과했기 때문이다. 도미니크를 보호시설에 보내야 하는 사태가 벌어질 경우, 위기의 시간에 중요한 결정을 내리지 않기 위해서 미리 가능한 곳을 둘러보는 것뿐이다. 대기자 명단을 받으면, 명단에 미지의 이름으로 남는 대신 시설 사람들과 친숙해질 시간을 벌고 싶기도 했다.

첫 번째로 들른 곳은 집에서 멀지 않은 곳이었는데 건물의 외관이 아주 아름다웠다. 이 방문에는 좀 엉큼한 구석이 있었다. 일부러 약속을 잡지 않고, 이곳에 사는 패트리샤 수녀의 친구를 찾아간 것이다. 그녀가 차를 내온 뒤, 보호시설에서의 삶에 대해 이야기를 나눴다. 그녀는 아흔 살이었는데, 얼룩 하나 없이 깨끗한 차림새로 외모에 상당히 신경을 썼다. 미소로 반겨주면서도 주름진 부드러운 손으로는 단정하게 고정시킨 머리를 매만졌다. 그러고는 내게 새 옷 두 벌을 보여주었다. 그녀에게 제공된 옷장이 옷들을 보관하기에는 좀 작다는 데 동의할 수밖에 없었다. 그녀는 지팡이를 집어 들고 보호시설을 구경시켜주었다.

"젊은 사람은 누구든 여기서 지내는 게 쉽지 않을 거야."

뇌를 심하게 다친 서른 즈음의 여자가 누워 있는 방을 지나치며 그녀가 말했다.

"자동차 사고를 당한 거 같아. 이 불쌍한 애는 면회자도 없어. 하지만 간호사들은 언제나 씩씩하지."

그녀는 지팡이에 무거운 몸을 싣고 계속 걸었다.

"도미니크는 아직 걸을 수 있지?"

"예."

"이런 일을 해야 하다니, 참 안됐네."

"감사해요."

"사람들을 저기 아래층에서 헤매게 두기도 해. 저기도 구경시켜 줄까?"

"폐쇄 병동인가요?"

"응, 들어갈 수는 있지만 나올 수는 없어."

우리는 나무 계단으로 다가갔다. 오랜 세월 손길에 닳아 반들거리는 난간이 아름다웠다.

"리프트는 없나요?"

"있어. 하지만 계단으로 내려가도 돼." 패트리샤와 친구가 말했다. 그들은 난간을 붙잡고 천천히 계단을 내려갔다.

매력적인 장식들에도 불구하고 마치 남은 삶에서 멀리 떨어진 지하 감옥으로 내려가는 듯한 느낌이 들었다. 맨 아래 계단에 이르자 패트리샤의 친구가 잘 꾸며진 나무문을 밀었다. 문 뒤에 무엇이 숨겨져 있을지 궁금했다. 가장 먼저 다가온 것은 냄새였다. 소독제가 악취를 풍겼다. 우리는 가구 하나 없는 중앙 거실로 들어갔다. 반들거리는 바닥에는 휠체어 발에 긁힌 자국이 종횡으로 나 있었다. 남녀 할 것 없이 휠체어에 줄지어 앉은 채 벽을 마주보고 있었다. 몸을 웅크리고 가슴에 턱을 파묻은 모습이 마치 벽걸이에 꼼짝도 않고 매달려 있는 봉제인형 같았다. 생기라고는 전혀 없는 방에 셋은 망연자실 서 있었다.

옆에 붙어 있는 식당에서 유쾌하고 수다스러운 간호사와 이야기를 나눴다. 간호사는 의자에서 일어서더니 안내를 해주겠다고 했다. 몇 가지 호의적인 질문들이 오가던 중 그녀는 새로 들어온 환자를 돌보기 위해 자리를 떠야 했다. 환자가 잠긴 병동에서 탈출하겠다고 계속 문을 쾅쾅 두드려댔기 때문이다.

패트리샤는 걱정하는 것 같았지만, 나는 홀가분한 마음으로 그곳을 나왔다. 결론은 간단했다. 내 목숨이 달린 일이라 해도, 도미니크를 이곳에 보내지는 않을 것이다. 마이크와 닉에게 이런 병동에서 아빠를 만나게 하고 싶지는 않았다. 우리는 작별인사를 했다. 패트리샤의 친구에게 고마움을 전하고, 패트리샤와 나는 커피를 마시러 나왔다.

커피숍은 꽃가게가 딸린 선물가게 안에 자리 잡고 있었다. 우리는 야외 테라스의 그늘진 자리에 앉았다. 물 항아리에 담긴 꽃들과 담장 위로 뻗은 재스민 덩굴이 주변을 에워싸고 있었다. 방금 닦아준 것처럼 잎사귀들은 반짝반짝 윤이 났다. 우리 집에 있는 것들처럼, 밤이 되면 별 모양의 작은 흰색 꽃들이 향기를 뿜어낼 것이다. 도미니크는 데크에 앉아 있기를 좋아했다. 그곳은 그가 짧게나마 가만히 앉아 있을 수 있는 공간의 하나였다.

주문한 커피가 나왔다. 도미니크에 대한 생각을 떨쳐버릴 수 없었다. 그가 마시는 것들을 이제는 걸쭉하게 만들어야 했다. 하지만 그는 걸쭉한 차를 싫어했다. 차를 마시는 간단한 행위에도 참으로 많은 삶이 들어 있었다. 차를 조금씩 홀짝일 수 없다는 것이 불공평하게 여겨졌다. 식도가 막힐 위험이 있기 때문에 그가 먹는 음식은 전부 꼼꼼하게 감독해야 했다. 숨이 새 나가는 소리가 나는데도 차를 꼬박꼬박 마시고 싶어 했기 때문이다.

패트리샤가 스푼으로 카푸치노에서 거품을 떠냈다. 커피를 휘젓자 생각들이 머그잔 속에서 원 모양으로 소용돌이쳤다. 마실 것을 걸쭉하게 만드는 것 말고도 고려해야 할 점들은 또 있었다.

이날 아침 도미니크는 일찍부터 나와 함께 데크에 나와 있었다. 새들은 여전히 노래로 하루를 맞이하고 있었다. 그런데 도미니크가 갑자기 보이지 않았다. 삐걱거리는 문소리가 들리지 않은 걸로 보아, 아직 집 안에 있는 것 같았다. 집 안으로 들어가 침실로 향했다. 그런데 목욕탕 문이 잠겨 있었다.

"돔, 괜찮아?" 아무 대답이 없다.

"들어가도 돼?"

"응."

문을 열었다. 도미니크가 바닥에 고인 오물 위에서 무릎을 꿇은 채 네 발로 기고 있었다. 어쩌다 흘러내린 오물을 맨손으로 떠올려 바닥을 깨끗이 치우려 애썼다. 그러면서도 당황해서 어쩔 줄 몰라 했다.

"도와줄까?"

그가 고개를 끄덕였다. 나는 문을 닫고 그와 함께 바닥에 쭈그려 앉았다.

"괜찮지?"

그가 다시 고개를 끄덕이며 당혹감과 혼란이 뒤섞인 미소를 지어

보였다. 내가 전혀 개의치 않는 것처럼 보이자 마음을 놓는 것 같았다. 나는 화장지 뭉치들로 오물을 집어 올려 변기 속에 떨어뜨렸다. 남아 있는 오물은 일단 수건으로 덮어버렸다. 그러고는 몸의 배신으로 그의 손에 스며버린 미지근한 오물들을 부드럽게 젖은 수건으로 닦아냈다.

일어서서 샤워기를 틀려고 하자, 그는 팔을 뻗어 더러워진 반바지를 다시 입으려 했다.

"깨끗한 걸로 줄게."

"싫어!" 그가 꼭 이 반바지를 입어야겠다는 듯 바지 허리띠를 꽉 움켜쥐면서 소리쳤다.

"좋아. 그럼 샤워 먼저 하는 건 어때?"

그러자 그는 반바지를 붙잡고 있던 손을 풀고, 티셔츠를 벗기게 했다. 균형을 유지하기 위해 나를 꼭 붙들고 있다가 내 손을 잡고 샤워실 안으로 들어갔다. 따뜻한 물이 비누처럼 그를 깨끗이 씻어 내렸다. 싫은 기색은 전혀 없었다. 그러다가 됐다 싶었는지 스스로 샤워실에서 나와 축축하게 젖은 모습으로 다시 그 지저분한 반바지를 입으려 했다. 아, 내가 한 발 늦었다! 바지를 숨겼어야 했는데! 나는 그의 주의를 다른 곳으로 돌리려 했다

"안 돼! 내 반바지!"

도미니크를 다시 씻겨야 했다. "제발 샤워 좀 하자!" 나의 채근에 그는 다시 샤워기 아래로 들어갔다. 난간을 붙들고 서서 내가 씻기도록 가만히 있었다. 샤워꼭지로 장난스럽게 물을 뿌려대자 그가 웃었다. 나도 천천히 젖어갔다. 나는 팔을 뻗어 반바지를 눈에 안 띄도록 수건 밑에 슬쩍 밀어 넣었다.

"잠깐만 따뜻한 물 좀 즐기고 있어."

나는 깨끗한 반바지를 가지러 얼른 침실로 내달렸다. 그러자 그가 소리쳤다.

"내 반바지!"

돔 모르게 나는 푸른색의 같은 반바지를 여섯 벌이나 사두었다. 세탁도 쉽고 다리미질도 할 필요가 없었다. 허리도 고무줄로 돼 있어서 돔이 지퍼나 단추 때문에 씨름할 필요가 없었다. 요실금 패드도 조심스럽게 숨겨두었는데, 돔이 언제나 즐겨 입는 헐렁한 티셔츠를 걸치면 아무 티도 안 났다. 그는 변함없이 도미니크처럼 보였다. 해변에 어울릴 법한 무심하고 멋진 도미니크처럼.

"여기 있어." 나는 얼른 깨끗한 반바지를 내밀었다. 그제서야 그가 미소를 머금었다. 전에 입던 반바지와 완전히 똑같았기 때문이다. 돔이 몸을 떨기 시작했다. 나는 물을 잠그고 깨끗한 수건을 몸에 둘러주었다. 그런데 방향을 일러주기도 전에 돔은 오물을 흠뻑 머금은 수건 위에 냉큼 발을 올려놓았다가, 더러운 발자국이 찍히는 것도 모르고 침실 카펫 위를 가로질렀다.

이 이야기를 하자, 패트리샤는 테이블 위로 팔을 뻗어 내 손을 움켜쥐며 말했다.

"맥콜리 요양원 알지?"

"다음에 가보기로 한 곳요?"

그녀가 고개를 끄덕였다. "이런 모든 일들을 그들이 도와줄 거야. 거기 가면 혼자 감당하지 않아도 돼."

나의 침묵은 내가 아는 것보다 훨씬 많은 것을 말해주었다.

"음. 그냥 살펴보는 거야." 그녀가 커피를 마저 마시며 말했다. "나도 보호시설에는 들어가고 싶지 않아. 하지만 나도 늙었어."

맥콜리는 상당히 멀리 떨어져 있다. 차로 50여 분이나 걸렸다. 패트리샤가 속한 자비의 성모 동정회 수녀 친구들 대부분이 이곳에 상주하고 있다. 모두가 젊은 수련 수녀로 수녀원에 함께 들어갔던 친구들이었다. 이들은 대부분 아일랜드에 함께 있다가 호주로 옮겨 왔다. 어쩐 일인지 이들은 주교들의 지시를 받기보다는 창시자의 지휘 아래 자율적으로 꾸려나갔다. 개척적인 여인들로 이루어진 교단 같았다. 처음부터 지역사회에서 활동했던 '실천하는 수녀들'의 교단 말이다.

패트리샤와 친구들은 사회정의를 위해 일하든, 가난이나 교육 문제, 아픈 사람들을 위해 일하든, 생의 대부분을 종교 공동체에서 함께 보냈다. 그러다 이제는 노인복지를 시작한 것이다. 영혼이 무언지도 모르고 더불어 사는 삶이나 우정 따위는 무시해버리면서 생의 마지막 나날들을 네 벽과 창문 안에 가둬버리는 시설에 들어가는 것보다는 이런 곳이 훨씬 나을 것 같았다. 맥콜리 요양원은 최근에야 일반인에게도 문을 개방했다. 일반인과 함께 어울리는 것이 그들에게 어떨지 궁금했다.

고무나무 빛의 얼룩덜룩 그늘진 풀밭 가장자리에 차를 주차했다. 요양원의 자동문을 열고 들어서자, 도미니크를 시설에 들여보낼 날이 임박했다는 현실이 젖은 시멘트처럼 내 안을 마구 휘젓고 돌아다녔다. 하지만 그런 현실이 가져다 줄 안도감을 갈구하는 마음도 있었다. 오, 그렇게 못된 생각을 하다니! 상충되는 감정들이 끝장을 볼 때까지 싸워대는 통에 비명이 나올 것 같은 두통은 도통 사라질 줄을 몰랐다.

패트리샤의 친구 둘이 로비에 앉아 있었다. 패트리샤가 인사하자, 그들이 미소를 지으며 내 이름을 불러주었다.

'안 돼! 난 이들과 어울리고 싶지 않아!'

그렇게 생각하면서도 공손하게 미소를 지어보였다. 이곳의 많은 수녀들이 다른 수녀들과 동거인들을 보살피면서 계속 일하는 모습을 상상하다 보니, 이들 사이에 가학증 환자나 정신이상자들이 숨어서 강철 같은 지휘자들과 함께 맥콜리의 복도를 어슬렁거리는 건 아닌가 하는 생각이 들었다. 도미니크가 초등학교 시절 매 맞은 유제비우스 같은 수녀들과 맞닥뜨린다면, 상황이 정말로 흥미진진해질 것 같았다.

나는 두 여인들 뒤편의 유리문 너머로 넓은 마당을 살펴보았다. 조경이 잘된 정원이 있었는데, 부겐벨리아가 늘어져 있는 모양을 보니 더반에 사는 오래된 학교 친구 시드니의 정원이 떠올랐다. 시드니는 남아프리카공화국에서 바로 며칠 전에 연락을 해왔다. 그녀가 그리웠다. 우리는 그녀의 정원에서 아름다운 결혼사진을 찍기도 했다. 그 목본성 덩굴은 얇고 붉은 꽃들을 잔뜩 매단 채 돔과 나의 어깨 위로 천연 아치처럼 가지를 드리웠다. 안 지 6년이나 됐지만 우리는 아직 젊었고 평생 함께할 가능성까지 앞에 두고 있었다.

우리는 도미니크가 다니던 학교 예배당에서 소박하고 편안하게 결혼식을 치르고, 시드니의 정원에서 점심을 먹었다. 나는 결혼식 전날 밤도 그녀와 함께 보냈다. 원래는 여자 친구들끼리 좋은 시간을 가지려 했는데, 내가 입덧으로 구역질을 심하게 하는 바람에 그녀는 다음날 결혼식 도중에 내가 토하지 않기를 바라면서 홍차를 끓여주는 데 대부분의 시간을 썼다.

다음날 아침 도미니크가 나를 데리러 왔다. 나는 긴 면 드레스 차림에 머리에는 꽃을 꽂고 맨발로 문을 열어주었다.

"예쁜데?" 그의 말에 나는 두 팔로 그를 안으며 말했다. "휘발유 냄새가 나!"

"아직도 나? 구강청정제 아무 거나 있어?"

"무슨 일이야?"

"차 휘발유가 다 떨어졌어. 그래서 사이펀으로 약간 뽑아 올린 다음, 밀어서 시동을 걸어야 했어. 여기까지 도착할 수 있을지 어떨지도 모를 정도였다니까!"

"농담하지 마."

"아냐. 예배당으로 가는 길에 연료를 채워야 해."

도미니크가 재빨리 샤워를 마치고 나자, 시드니가 어머니와 함께 자기 메르세데스 벤츠로 예배당까지 태워다 주겠다고 했다. 강요는 절대 아니었다. 도미니크하고 마리 생각은 어때? 한번 고려해볼래? 좋은 생각 같지 않아? 주유소까지도 못 가면 어떻게 해!

하지만 도미니크와 나는 부르주아적 삶의 상징인 차를 타느니 차라리 고물일망정 우리 차를 타고 가다가 쫄딱 망하는 편이 더 나았다. 그래서 정중히 사양했다. 우리 거절로 마음이 상하지 않기만을 바랐는데, 그런 것 같지는 않았다. 시드니와 어머니는 아주 너그러웠고, 두 젊은 이상주의자들에게 일말의 서운함도 드러내지 않았다. 이렇게 해서 우린 고물 폭스바겐을 다시 믿어보기로 했다.

나는 신발을 뒷좌석에 내던진 후 드레스를 무릎까지 걷어 올리고 조수석에 앉았다. 그러고는 녹이 슬어 생긴, 차 바닥의 구멍 양쪽에 맨발을 올려놓았다. 구멍을 통해 길바닥이 훤히 내려다 보였다. 시드니와 그녀의 어머니는 주유소에 도착하기도 전에 연료가 바닥날 경우를 대비해 주유소까지 우리를 따라왔다. 우리는 연료를 채운 뒤 덜덜거리는 차를 타고 예배당으로 향했다. 푸른색 결혼 리본으로 장식된 우리의 고물 차를 지원차량인 검은색 메르세데스 벤츠가 뒤따랐다.

결혼식 날 다행히 나는 구토를 하지 않았다. 행복과 햇살뿐이었다. 사랑을 약속하듯 스테인드글라스 창문으로 햇살이 비춰들고, 우리의 눈 속에서도 빛이 반짝였다. 오, 나의 사랑스러운 남자, 그는 나의 전부였다. 다음날 아침 나는 잠자는 그의 따스한 숨결이 내 살갗에 와 닿는 것을 느끼며 잠에서 깨어났다. 아무것도 걸치지 않은 내 불룩한 배 위에 나를 보호하려는 듯 그의 손이 놓여 있었다.

휠체어 소리에 다시 요양원 로비로 주의를 돌렸다. 벽에 걸린 나무 조각품이 눈에 띄었다. 작품 안에서 나무의 모습이 보였다. 유칼립투스 나무 같았다. 나뭇잎들이 아래로 늘어뜨려져 있고, 그 사이로 노는 아이들과 작은 오두막들, 지팡이를 쥔 노인이 보였다. 조각품은 모종의 이야기를 손으로 새겨 넣은 것 같았다. 이곳에 있는 자비의 성모 동정 수녀회에 대한 이야기나 그들의 뿌리와 성취, 축하해야 할 일, 기억해야 할 일들에 대한 이야기. 서로를 향해 열려 있는 시간을 조각한 선들을 더듬어가며 조각품을 손으로 쓰다듬어보았다.

큰 키의 금발 여인이 나를 향해 걸어왔다. 간병인과는 다른 복장이었고 걸을 때마다 구두에서 또각또각 소리가 났다. 이후 몇 달 동안 나는 복도에서 이 소리를 들으려고 귀를 기울이곤 했다. 이 소리가 죽음의 리듬에 따스한 맥박을 보태주었기 때문이다.

그녀는 나를 반기며 친절하게 자신을 소개했다. 그녀는 돌봄 책임자 매기였다. 간호 책임자가 아닌 돌봄 책임자. 그 단어가 정말 맘에 들었다. 그날 오전 나는 매기를 포함한 몇몇 주요 직원과 얼마간 시간을 보냈다. 그들의 돌봄 모델과 자격증, 철학, 가치, 인력비율, 치매 특별 돌봄을 포함해, 그들의 자세와 가족들과의 관계, 노인 간병에 적합한 요건에서 젊은 사람을 보살피는 문제를 그들이 어떻게 생각하는지, 완화치료를 포함한 모든 치료방식 등을 점검했다. 궁금한 문제는 전부 물어본 셈이다.

이 '마리 테스트'를 실시하는 동안, 그들은 내내 참을성 있게 앉아 내 나약함과 소심함이 방 안을 가득 채우도록 내버려두었다. 그들이 만든 통합적인 치매 돌봄법이 나는 퍽 마음에 들었다. 여기서는 누구도 가두지 않았다. 시설을 구경시켜주며 끊임없이 차를 대접했지만 동정심은 조금도 드러내지 않았다. 너무 마음이 놓였다. 동정은 엄청난 고립을 불러오고, 이런 고립에서는 어디로도 도망칠 수 없다. 슬픈 이야기 속에 홀로 갇혀버린다.

동정은 사람들 사이에서 위계적 관계를 만들어내고 유지시킨다. 그 구조상 동정의 대상이 지닌 능력과 위치가 더 '열등'하다고 생각하기 때문이다. 연민에 동반되는 온기나 호혜적인 인간관계가 동정에는 전혀 없다.

나는 우리의 이야기를 들려주었다. 그들은 젊은 가족의 곤경에 마음이 짠해진 것 같았다. 또한 정말로 다행스럽게도, 남편을 이런 시설로 보낼 생각을 하는 나를 몹쓸 사람으로 여기는 것 같지는 않았다. 그들은 진심 어린 공감과 전문가다운 능력으로 균형 있게 우리 이야기를 받아들였다. 그리고 무엇보다도 친절했다. 변화를 불러오고 함께 있어주는 분명한 친절이었다.

방문을 마치고 패트리샤와 나는 길을 건너 차를 향해 걸어갔다. 패트리샤가 팔로 나를 감싸 안았다. 난 집으로 돌아가기도 전에 완전히 기운이 빠져 말없이 주저앉았다.

집에 돌아와보니 주방 조리대 위에 쇠고기 스트로가노프가 놓여 있었다. 호일에 덮여 있었는데 아직 따뜻했다. 그 옆에는 밝은 색의 거베라 데이지와 메모가 놓여 있었다.

> 다음 금요일에 레이디스미스 블랙 맘바조(남아프리카공화국 출신의 세계적인 9인조 남성 아카펠라 그룹— 옮긴이) 공연에 함께 가요. 이미 예매했어요. 오후 7시까지 준비하고 있으세요! 사랑하는 아무개가.

우리 집 냉장고는 먹을 것들로 꽉 차 있었다. 그런데도 사람들은 여전히 그날 만든 신선하고 따뜻한 음식들을 두고 갔다. 어떨 때는 읽을 시간도 없는 잡지나 따스한 말이 담긴 카드와 함께 포도주를 병째로 두고 가기도 했다. 이렇게 당번이 정해진 음식들이 줄줄이 도착했다. 모두 친구나 얼굴도 모르는 친구의 친구들이 우리를 위해 준비한 것들이었다.

그들은 또 다림질에 잔디깎기, 집안 청소도 해주었다. 몸 둘 바를 모를 만큼 넉넉한 이런 지원은 큰 힘이 됐다. 정말로 많은 사람들이 우리를 보살펴주었다. 이런 엄청난 도움을 받다니 나는 정말 운이 좋았다. 이런 도움이 없었다면 감당해내지 못했을 것이다. 하지만 안 좋은 면도 있기는 했다. 성역이었던 우리 집은 마치 정거장처럼 되어버렸다.

밤에도 이런저런 분주한 일들로 시간이 없었다. 야간의 거리 배회도 계속되었다. 도미니크는 새벽 3시에서 5시 사이에 시도 때도 없이 아침을 먹고 싶어 했다. 게다가 삼키는 데 어려움을 겪고, 혼자 주방에 두면 대체로 안전에 문제가 있었기 때문에, 그가 깨어 있을 때는 나도 언제나 깨어 있어야 했다. 목에 걸리지 않도록 식사는 죽처럼 만들어야 했다.

하지만 더욱 힘든 점은, 그가 새벽에 아침 식사를 하는 동안 아이들이 깨지 않도록 하는 것이었다. 시험 기간에는 특히 그래야만 했다. 그가 무언가를 찾는 동안, 전등이 죄다 환히 켜지고, 접시들은 쨍그랑 부딪히는 소리를 내고, 찬장 문들은 쾅 소리를 내며 닫히곤 했기 때문이다. 거기다 푹 불은 위트빅스를 한 수저 퍼먹고는 학교 가라고 깨워야 할 아이가 누구인지를 알기 위해 계속 아이들 방으로 불쑥 쳐들어가기도 했다.

"자, 일어나. 학교 가야지."

"아빠아아아-! 지금 한밤중이란 말예요."

"늦겠다."

"알았어요, 고마워요." 아이들은 이렇게 말하며 몸을 뒤집었다.

초록 고블린이 등장하기 몇 년 전, 아이들이 아침마다 침대에서

안 나오려고 온갖 잔꾀를 부리던 때가 생각났다. 이때도 도미니크는 아이들 방으로 쳐들어가 학교 가라고 깨워대곤 했다.

"아무 예고도 없이 불부터 켜곤 했어." 다같이 이때를 추억할 때, 닉이 말했다. 도미니크의 행동에 아이들은 머리를 베개 밑에 파묻으며 툴툴거리곤 했었다.

"그러고는 아빠를 막으려는 나를 차갑게 비웃으면서 성큼성큼 침대로 걸어오셨지." 그랬다. 닉은 꼼짝도 않고 침대에 누워 있고, 둘 사이의 투쟁은 계속되었다.

"아빠는 한 손으로 단번에 휙 이불을 걷어버렸어. 겨울엔 정말이지 죽을 맛이었지. 그래도 난 아빠를 무시하고 오돌오돌 떨면서 침대에 누워 있었어. 그러면 아빠는 발목을 잡고 침대에서 질질 끌어내리기 시작했지. 아주 행복한 목소리로 그 우스꽝스러운 노래를 부르면서 말야. '안녕. 정말 아름다운 날이지 않니. 오늘도 학교를 간다는 게 너무 신나.'"

얼마 못 가서 이것은 전개가 뻔한, 등교 전 난투 의식으로 굳어졌다. 침대에서 끌려나오는 아이는 누구든 패배를 부정하면서 침대 기둥을 붙들고 버텼다. 그러곤 방바닥에서 몸싸움을 벌이다가 결국엔 엄청난 힘에 눌려 활동을 개시하곤 했다. 도미니크의 어떤 부분은 이 재미있던 때를 기억하는 것 같았다.

대개의 경우엔 아이들 방문을 못 열도록 도미니크를 멀리 떼어놓을 수 있었다. 하지만 그러고 나면 이젠 제시의 졸린 얼굴이 환해지곤 했다. 도미니크가 스테레오에 걸어둔 조시 그로번(미국 출신의 세계적인 팝페라 가수—옮긴이)의 목소리가 한밤중에 온 집안을 노래로 가득 채우기 시작하면, 제시가 따라 짖어대면서 놀 시간이라고 생각해서인지 꼬리까지 흔들어댔다.

혼돈과 평화, 다시 혼돈. 나는 이런 상황을 더욱 잘 헤쳐 나가게 되었다. 야밤의 위트빅스 모험은 이제 정규행사가 돼버렸다. 나는 거실에 있던 스테레오의 연결을 아예 끊어버리고 대신에 휴대용 스테레오를 사용했다. 도미니크는 대개 음악과 나를 따라서 침실로 들어와, 조시의 노래를 들으며 다시 잠 속으로 빠져 들어갔다.

혼돈과 일시적인 소강, 다시 혼돈. 초록 고블린은 이렇게 억압과 제약이 판치는 감옥으로 우리를 다시 불러들이고, 가끔은 안내를 하기까지 했다. 나는 그래도 희망을 놓지 않았지만, 철장은 언제나 거기 버티고 있었다. 철장의 어느 편에 서야 할지 결심해야만 했다. 당시 나는 아버지에게 이런 메일을 써 보냈다.

> 몇 주 동안은 잘 지냈는데, 다시 변하기 시작하는 것 같아요. 오늘은 의사와 약속이 있었어요. 불가피한 변화들에 머리는 기특할 정도로 잘 대비하는데, 마음은 영 그렇지가 않아요. 돔이 고통받는 걸 원치 않아요. 작별 인사를 하고 싶지도 않고요. 이 여정은 걸음을 내디딜 때마다 또 다른 역설들이 가득해요. 저의 가장 큰 소망은 가장 큰 두려움이기도 해요. 제가 원하는 것이 제가 원하지 않는 것이기도 하니까요.

쥬느비에브는 다섯이나 되는 아이들과 맥스를 집에 두고, 일주일에 한 번 우리 집에서 밤새 돔을 보살펴주었다. 그러면서 내게 잠을 좀 자야 한다고 했다. 사실 나는 지칠 대로 지쳐 있었다. 그녀는 공인받은 간호사였고 돔은 정말로 그녀를 좋아했다. 나는 쌓여만 가는 집안일을 팽개쳐둔 채, 길 위쪽 베아트리체 집에 가서 잠을 자곤 했다. 집에 계속 있으면 불안한 돔이 날 찾을 게 뻔했기 때문이다. 가내 임시보호를 받아도, 집 안에 계속 있으면 결코 휴식을 취할 수 없었다.

그래서 몇몇 친구들이 도미니크를 데리고 드라이브를 나가주고, 한 동료는 가정요양기금 패키지와 환자를 극진히 보살펴주는 요양원 입소에 필요한 노인치료 평가절차를 도와주기도 했다. 덕분에 가내 임시보호 시간을 약간 더 늘릴 수 있었다. 이 시간을 이용해서 나는 주말에 열리는 아이들 운동경기나 방과 후 행사, 학부모-교사 면담 등에 참석했다.

그러던 어느 토요일 오후, 학교에서 닉의 축구경기를 관전했다. 럭비와 달리 축구경기에는 관중이 많지 않았는데, 그날은 응원 온 사람들이 많았다. 닉의 팀이 라이벌 학교와 시합을 벌이기 때문이다. 승패에 자존심이 걸린 경기였다. 주말이면 늘 그랬듯 닐이 건너오더니 인사를 하고 안부를 물었다.

"학교 수업료는 걱정하지 마세요. 저희가 다 냈어요."

나는 믿기지 않는 눈으로 그를 쳐다보았다. 그 순간 관중들의 함성이 터져 나왔다. 누군가 골을 넣은 것이다. 함성소리로 보건대 우리 팀의 골이 틀림없었다. 소란의 한복판에서 나는 꼭 갚겠다며 거듭 감사의 인사를 전했다. 하지만 이런 시기에 어떤 말로 감사의 마음을 제대로 표현할 수 있겠는가?

"아닙니다. 오히려 그 반대예요." 그가 미소를 지으며 말했다. "두 아드님 같은 보배를 주셨으니, 저희가 두 분에게 감사를 드려야죠." 그는 두 팔로 나를 안아준 뒤 관중 속으로 사라지면서 말했다. "그리고 다 저희가 좋아서 하는 일인데요 뭐."

운동장에서 또 다시 함성소리가 들렸다. 학교 사진사이기도 한 선생님이 경기장 가장자리에서 경기 사진을 찍고 있었다. 도미니크의 상태가 좋아서 함께 경기장을 찾았을 때 이 선생님은 닉에게 경기를 관전하는 도미니크의 사진을 찍어도 되겠느냐고 물었었다. 그리고 심하게 아픈 중에도 아들의 축구시합을 흐뭇한 표정으로 응원하는 돔의 모습을 아름답게 사진에 담았다. 우리는 이 사진들 중 하나를 퀼트에 담아서 몇 주 후 학교로 가져갔다. 학생들은 이런 작품을 자세히 보게 해준 선생님들 덕분에 행복해하고, 간단한 서명이나 메시지를 보태고 싶어 했다.

'그런 사랑을 불어넣어주고, 그렇게 멋진 아이들의 아버지가 되다니 참으로 훌륭한 분이십니다.'

'윌리엄 가족의 여정에 조금이나마 동참하고 마이크와 닉을 만나며 가르치는 일이 얼마나 큰 영광인지 모르겠습니다. 도미니크와 마리에게 정말 감사해요. 평화와 축복이 함께하기를 바랍니다.'

메시지를 더하던 중에 한 교사가 손으로 그린 나무 네 그루를 쓰다듬으면서 말했다.

"이거 설명 좀 해주시겠어요?"

그림 옆에는 초록색으로 헌사가 쓰여 있었다.

'네 그루의 나무, 네 개의 생명. 도미니크, 당신의 사랑은 영원히 우리와 함께 자라날 겁니다.'

이 메시지를 적은 이는 사이먼과 몰리였다. 도미니크가 요양원으로 들어가기 전에 즐길 수 있도록 이야기 정원에 나무를 심은 것이다. 도미니크는 사이먼과 몰리가 우리 정원에 구덩이를 파는 동안, 자신이 무엇을 보고 있는지도 깨닫지 못한 채 차를 홀짝이면서 이들을 지켜보았다. 퍽 소리가 날 때마다 삽은 더욱 깊이 들어갔고, 네 그루의 새 나무들을 먹여 살릴 땅은 더욱 크게 입을 벌렸다.

나무를 다 심은 후 우리는 테라스용 테이블에 둘러앉아 갓 끓인 차를 마셨다. 도미니크는 구부정히 굽은 등에 멍한 눈, 헤벌어진 입가로 천천히 침이 흐르는 것도 몰랐다. 닉이 테이블에서 일어나 서재로 갔다. 창문 너머로 보이는 닉은, 몸을 웅크린 채 두 팔로 머리를 감싸고 울고 있었다. 닉에게 가려고 자리에서 일어서자 사이먼이 말했다.

"제가 가볼게요."

사이먼이 서재로 들어가 닉을 안아주는 모습이 보였다. 닉은 한마디 말없이 그의 품 안에서 펑펑 울었다. 그날 오후 떠나기 전에 사이먼은 아이들에게 짧은 글을 남겼다.

네 그루의 나무

우리는 네 그루의 나무를 심었어. 윌리엄 가족과 그들 앞에 놓인 삶을 나타내는 나무들이지. 마리와 마이크, 닉을 나타내는 세 그루는 함께 심었는데, 나무의 생명력과 에너지, 대지를 안전하게 공유할 수 있도록 하기 위해서야. 이 나무들은 남아프리카공화국이 원산지야. 억세고 단단해서 어떤 조건에서든 살아남아 크고 튼튼한 나무로 성장하지. 너희가 자라서 성숙해지는 것처럼 말이야.

떨어져 있는 나무 한 그루는 도미니크를 위한 거야. 그는 너희를 떠나 여행을 계속할 테니까. 그도 자라서 잎이 무성해지고, 꽃을 피우는 멋진 나무가 될 거야……. 언젠가 도미니크는 떠나겠지만, 이 외로운 나무와 너희를 위한 나무는 변함없이 힘차고 아름답게 서 있을 거야. 성장을 멈추지 않을 거야. 나도 너희 아빠가 그리울 테지만, 그를 위해 나무 한 그루는 심어줄 수 있어. 도미니크의 나무는 스리랑카가 원산지야. 그가 좋아했던 곳이지.

사랑하는 사이먼이

18

전화벨이 울렸다. "누구니?" 마이크에게 묻자, 어깨를 으쓱해 보이더니 수화기를 건넸다. 매기였다. 그녀는 임시 간호시설을 이용할 수 있게 되었다는 소식을 전해주었다. 앞으로 일 년 반 동안 빈자리가 없었는데 누군가 취소했으니, 아이들이 학년말 고사를 보는 시기에는 자유로워질 수 있을 거라고 했다. 사실 닉의 고3 마지막 시험과 졸업식 등이 있는 시기와 정확히 겹쳤다. 타이밍이 절묘했다. 아이들도 친구 집에서 머물고 싶어 하지 않았고, 나도 마이크가 작년에 고3 마지막 시험을 치를 때 같은 악몽을 집에서 다시는 겪고 싶지 않았다. 며칠 전 노인병전문의와 마지막으로 나눈 대화가 내 머릿속을 울렸다. 나는 집 뒤 테라스에 앉아 있는 패트리샤를 건너다보았다.

"받아들여." 그녀가 단도직입적으로 말했다. "나중에 언제든 취소할 수도 있잖아." 나는 그러겠노라 하고, 전화기를 내려놓은 뒤

멍하니 그 자리에 서 있었다. '나중에 언제든 취소할 수도 있어. 영구적인 일이 아니라고. 영구적인 일이 아니야!' 하지만 난 알고 있었다. 도미니크는 집으로 돌아오지 못하리라는 것을.

노인병전문의는 우리에게 다른 의사를 소개시켜주었다. 도미니크의 다음 단계에 도움을 줄 의사였다. 창문도 없는 진료실에 앉아 나는 수명 만료시의 문제들을 이야기했다. 소생술은 쓰지 않을 것이며, 위벽을 뚫고 위 속에 직접 음식을 공급하는 튜브도 안 꽂겠다고, 침습성의 중재술은 결코 사용하지 않겠다고 했다. 또 더 우울한 문제인 흡인성 폐렴의 치료를 언제 중단할지에 대해서도 이야기했다.

돔과 나는 이미 몇 년 전에 이런 문제들을 이야기해두었다. 우리 둘 다 건강하고 기대로 가득 차 있을 때였다. 이런 방법들에 의존하거나 쓰지 않게 되기를 바라며, 혹 이런 방법이 필요한 상황이 돼도 필요한 조처만 취하기로 했다. 그러나 위를 배회하면서 이 대화에 참여하지 않던 내 일부분은, 죽은 살갗처럼 회색빛이 도는 창백하고 푸른 벽들이 얼마나 높은지 알고 있었다. 반면 땅에 붙어 있는 나는 한마디 한마디를 분명하게 새겨듣고 있었다.

일주일 뒤인 10월 3일은 우리의 결혼기념일이다. 나는 병원에 가서 새 전문의를 만났다. 그녀는 친절하고 솔직했다. 길어야 네 달에서 여섯 달밖에 안 남은 것 같다며, 해야 할 일을 가르쳐주었다. 수명이 다했을 때의 대처법에 대해서 우리는 다시 똑같은 대화를 나누었다. 어떤 연명치료도 않을 것이며, 도미니크의 생명에 매달리지도 않을 것이라고, 모든 과정에서 더욱 따스하게 대해주겠다고, 편안하게 보내주겠다고. 고통을 완화시켜주는 작업은 진단이나 치료의 세계와는 아주 다르다. 더 부드럽고 더 섬세하다. 그리고 그만큼 더 예리하기도 하다.

집에 돌아와 보니 도미니크는 누워 있었다. 다시 전화벨이 울렸다. 통화를 마친 후 컴퓨터 앞에 앉자, 말들이 소용돌이쳤다. 그러나 글을 쓰기 시작하자 세상은 다시 느긋해졌다. 글을 쓰고 발신 단추를 누르기까지의 틈은 내게 멈출 시간을 주었다. 대화 중에 사라져버린 생각의 핵심을 포착하려고 애쓰면서 그 시간 속에 더 머물 수도 있었다. 그러나 아침에 정신 차렸을 때 무엇을 해야 할지 모르는 나를 식구들이 붙들어줄 수 있도록 다시 글을 썼다.

아이들이 걱정이에요. 기말고사 중에 이 일로 받을 충격을 어떻게 줄여줄 수 있을까요? 완화치료 담당의는 친절했고, 우리는 선택할 수 있는 방법들을 모조리 검토했어요. 그녀는 앞으로 6주에서 8주 동안 도미니크의 증상을 완화시켜서, 우리가 시험기간을 잘 보내도록 도와줄 거예요. 하지만 침습성의 중재술은 쓰지 않을 생각이에요. 도미니크가 계속 자존감을 잃지 않고 편하게 지내도록, 어떤 고통도 이겨내도록 우리의 사랑으로 도울 거예요.

지금은 아이들에게 어디까지 말해줘야 할지 모르겠어요. 언제나 마음을 열고 정직하게 말해왔지만, 마이크는 지금 한창 시험을 치르는 중이거든요. 이야기를 해주기에는 아주 안 좋은 시기죠. 큰 충격을 받을 테니까요. 아이들은 도미니크를 아주 잘 견뎌내고 있어요. 하지만 우리 안에 쌓여 있던 긴장은 다른 식으로 드러나기도 하죠. 그래서 상황이 한쪽으로 치우치거나, 거꾸로 되거나, 심지어는 뒤집어지기도 해요. 그런데 어찌된 영문인지, 온갖 혼란의 한가운데서도 아이들은 제게 지혜를 가르쳐줘요.

나는 닉의 친구 어머니 한 분이 며칠 전 전화로 해준 이야기도 썼다. 닉이 '집안일'에 입을 꼭 다물어서 몇몇 학교 친구들이 걱정하고 있다는 이야기였다. 닉에게 그 문제를 물어보자, 닉은 배를 깔고 침대에 가로질러 누워 대답했다. "괴롭잖아." 마이크는 닉의 침실 문틀에 기다란 몸을 기댄 채 민트를 씹고 있었다. 나는 닉의 냄새나는 운동 가방을 옆으로 밀치고, 바닥에 편안히 자리를 잡았다. 그러자 닉이 팔꿈치를 괴고 옆으로 돌아누웠다. 마이크가 민트를 던져주자, 내게서 눈을 떼지도 않고 팔을 들어 올려 민트를 잡아챘다.

"내가 그 얘기를 안 한다고들 하는데……" 닉이 민트를 입 안에 넣고 말했다. "하지만 기분을 좋게 만들어주려고 모든 아이들한테 이야기하고 싶지는 않아. 얘기한다고 달라지는 것도 없으니까."

"나도 동감이야." 마이크가 말했다. "위안이 안 돼. 악몽에서 깨어날 수 없는 것처럼. 그런데도 애들이 계속 물으면, 아무것도 달라지지 않고, 아니 오히려 더 안 좋아져도—그럴 게 뻔하지만, 같은 악몽을 되풀이해서 다시 또 다시 들려줘야 해. 내가 이야기했다는 이유로 걔네들은 기분이 좋아지겠지만, 나는 정말 기분 더러워져!"

"우린 이야기하고 싶은 사람한테만 말할 거야."

이 모든 상황에서도 한 가지 분명한 것이 있어요. 상태가 악화되리라는 거죠. 오늘은 끔찍한 사실을 알게 된 날이에요. 그 모든 것에 하루 더 가까이 다가간 날이죠. 오늘 아침, 완화치료 담당의를 만나러 가기 전, 가내간호를 도와주는 센터에서는 도미니크의 상태가 그들이 감당할 수 있는 수준을 넘어섰다고 통보했어요. 그러면서 보호시설에 보내는 게 좋겠다고 조언하더군요. 지역사회 돌봄에 상당한 믿음을 가진 이들에게 이런 말을 듣다니, 정말 충격이었습니다. 도미니크에게 임시보호 기간이 얼마나 가능할지 의사에게 물었더니, 가능하다면 도미니크를 계속 시설에 두는 편이 좋다고 강력하게 권유했어요. 그런데 제가 집에 도착하자마자 매기가 전화했어요.

매기의 전화에 나는 깜짝 놀랐다. 치매로 인한 서커스 공연 같은 사건들로 삶은 매일 무너져 내리고 있었다. 나는 일주일에 7일, 하루 24시간 '당번'을 서야 했다. 너무 피곤해서 눈앞이 똑바로 보이지도 않았다. 하지만 매기가 요양원에서 전화를 걸어 임시가 아니라 지속적으로 보호받을 수 있는 자리를 받아들일 준비가 되었는지를 물어오자 나는 그만 목 놓아 울어버리고 말았다.

"지속적으로?"

"마리 생각은 어때요?"

"모르겠어요…… 그냥 너무 피곤할 뿐이에요……."

'피로 때문에 추하게 굴거나 품위를 잃어버리지 않으려면 어떻게 해야 할까?'

"그를 계속 사랑해주고 싶어요."

"그렇게 할 수 있게, 그를 계속 사랑해줄 수 있도록 우리가 도울 수 있어요. 마리도 좀 쉴 수 있고. 그러면 서로에게 더욱 많이 다가갈 수도 있을 거예요."

"지금 결정해야 하나요?"

"아니, 안 그래도 돼요. 계획했던 대로 들어와서 임시보호를 받게 하는 건 어떨까요?"

내게 탈출구가 필요하다는 걸 알아주다니, 그녀에게 말없이 고마움을 전했다. 그가 다시 집으로 돌아오리라고 생각해야만 그를 그곳에 데려다 줄 수 있을 것 같았다. 나는 두 눈을 감고, 도미니크가 매년 결혼기념일마다 사주던 장미꽃 향기를 떠올렸다.

집 앞 차도에서 아이들 차 소리가 들렸다. 나는 도미니크의 천사들이 내가 옳은 말을 하게 도와주기를 바랐다. 이메일을 확인하고 그날 겪은 마음의 고통을 횡설수설 주절거린 다음, 보내기 버튼을 눌렀다. 아이들이 피자 상자들을 들고 집 안으로 들어왔다. 동네 사람들 반은 먹이고도 남을 양이었다.

"도대체 피자를 얼마나 많이 산 거야?"

"우리가 다 먹을 거야. 문제없어!"

아이들은 상자에서 꺼내 곧바로 피자를 먹기 시작했다.

"아빠는 자?"

"응. 피곤한가 봐. 중요한 날이었거든."

아주 자연스럽게 대화가 펼쳐졌다. 나는 완화치료 담당의가 했던 말을 아이들에게 전했다. 마이크는 기간을 포함해서 단도직입적인 질문들을 던졌다. 나는 아이들에게 모든 것을 말해주었다. 많은 이야기를 나눈 후, 마이크는 컴퓨터로 돌아가 가장 친한 몇몇 친구들에게 최신 정보를 알려주었다. 한편 닉은 친구들과 포커를 하러 나가서는 누구에게도 입도 뻥긋 안 했다.

우리는 회복 이야기에 희망을 품는다. 무엇도 고칠 수 없고, 할 수 있는 것이라곤 사랑하고 내려놓는 것뿐인, 너저분한 병 이야기는 일반적으로 잘 견뎌내지 못한다. 이런 이야기를 모든 사람이 편안하게 받아들일 수는 없다. 그래서 난 내 식대로 각색을 했다. 어떤 사람들에게는 아주 솔직하게 이야기했다. 하지만 심리적으로 동요를 일으키며 사방에 퍼뜨리고 다니는 주변 사람들의 정서적 조각들을 끊임없이 주워 담아야 하는 것에서 나를 보호하기 위해, 이야기를 피하거나 듣기 좋게 포장한 적도 많다.

아이들과 이야기를 나누고 며칠 후, 패트리샤와 나는 도미니크의 임시보호 문제를 의논하기 위해 다시 맥콜리로 차를 몰았다. 매기가 우리 둘을 반겨주고 누군가의 개별실 같은 곳으로 안내했다. 맛있는 것들을 한 접시 내올 것만 같았다. 코바늘로 뜬 테이블보를 보니 할머니가 생각났다. 할머니도 이것과 거의 똑같은 테이블보를 갖고 있었다. 여기에 할머니의 은제 찻주전자와 수제 생강 비스킷이 있으면 완벽하게 어울릴 것 같았다. 매기가 마실 것을 주었다. 순간, 대학 사무실에서 처음 우리 상황을 고백했을 때 나를 감싼 것과 같은 서늘한 장막이 내려오는 게 느껴졌다.

도미니크의 임시보호 개시일이 확정되었다. 3주 뒤 3주간의 임시보호를 위해 입원하기로 했다. 그 사이 밴쿠버의 친구들은 기금을 모으고 있었다. 도미니크의 요양보호 비용을 거의 충당할 만한 돈을 곧 받게 될 것이다. 수없이 많은 사람들이 우리에게 쏟아 부은 관대하고 친절한 마음은 언제나 내 안에 남아 있다.

매기의 목소리는 차분했다. 임시보호에 대한 설명을 들으면서 나는 상황에 따라 결정을 번복할 생각도 했다. 그러나 언제든 방문할 수 있으며, 원하면 요양원에서 묵을 수도 있다고 했다. 그녀는 또 도미니크의 일과와 그가 좋아하고 싫어하는 것 등을 자세히 알면 도움이 될 거라고 했다. 도미니크를 위해 똑같이 해줄 것이기 때문이다. 또 되도록 나이와 가족에 적합한 보살핌을 제공하고 싶은데 집을 한번 방문해도 되겠느냐고 묻기도 했다. 익숙한 환경에 있는 도미니크를 보며 그가 가장 잘 적응할 방법을 찾으려는 것이었다.

우리는 아이들에 대해서도 이야기했다. 그녀는 도미니크가 요양원에 머물기 전에, 아이들과 내가 요양원을 방문해보는 게 좋을 것이라고 했다. 나는 도미니크가 요양원에 들어갔을 때 아이들이 겪게 될 갈등—낯선 상황에 직면했을 때 우리 안에서 일어날 수도 있는 생각들—이 이런 답사로 덜어지길 바랐다.

그녀는 인간의 응집된 나약함을 목격했을 때 아이들이 '신체적 충격'을 어떻게 경험할지도 이야기해주었다. 집중요양보호시설에서 경험한 충격은 남은 생애 동안에도 옅어지지 않는다. 그녀는 간호대 학생들이 일반적으로 이 신체적 충격을 어떻게 경험하는지를 설명했다. 예비방문은 아이들이 이 충격을 이겨내도록 도와줄 기회가 될 것이다. 8개월 전 도미니크가 정신병원에 들어갔을 때의 닉을 떠올리자, 이런 도움을 받게 된 것에 마음이 놓였다.

"요양원에 있는 것과 집에 있는 것은 절대 같지 않아요." 매기의 말에 고개를 끄덕였다. 그녀의 얼굴이 한결 부드러워졌다. "마리가 없는 상황을 도미니크가 어떻게 감당해낼 것 같으세요?"

정말로 사려 깊은 질문, 한 방에 현실을 직시하게 만드는 질문이었다. 나는 숨을 토해내면서 다시 마음을 가다듬었다.

"모르겠어요……. 이 남자는 제가 평생토록 사랑해온 사람이에요. 떨어져서 서로 어떻게 살아갈지 정말이지 저도 잘 모르겠습니다."

그녀의 눈에 눈물이 고였다.

일주일 뒤 아이들과 나는 차를 타고 맥콜리로 갔다. 아이들이 노인요양시설에 가본 것은 밴쿠버에서 여덟 살과 아홉 살 때가 마지막이었다. 아이들이 다니던 초등학교에서 한 달에 한 번 요양원의 상주 노인들을 방문했기 때문이다.

"그냥 가서 노인분들과 수다를 떨어주면 돼." 인솔 교사는 이렇게 말했었다.

"뭘 갖고요?"

"무슨 이야기든 괜찮아. 하지만 예의는 지켜가면서."

그러나 이 가엾은 아이들은 이야기를 어떻게 시작해야 할지, 상주 노인들이 그들을 좋아하는 건지 아니면 그냥 참아주는 건지 알 수 없었다. 자연히 의미 있는 상호작용은 이루어지지 않았다. 휠체어와 수염 덥수룩한 턱을 직시하거나, 주름살과 사연들로 가득한 쭈글쭈글한 얼굴들을 경이의 눈으로 바라볼 기회가 아이들에게 주어지지 않은 것이다.

도미니크가 들어갈 요양원을 내가 몇 번 방문했다는 걸 아이들은 알고 있었다. 아빠에게 갈수록 더 많은 보살핌이 필요하다는 것도, 어렸을 때 방문한 요양원과 이곳이 다르다는 것도, 이곳이 정신병원은 아니라는 것도 이해하고 있었다.

닉을 학교에서 데려왔다. 마이크는 그날 수업이 없었다. 친구들과의 교류가 끊어지지 않도록 강좌를 한두 개 더 들으라고 해도, 집에서 도미니크를 보살피는 일을 돕겠다고 수강 과목을 최소한으로 줄였기 때문이다.

"우리한테 시간이 얼마나 남아 있는지 모르잖아요. 집에 더 있고 싶어요." 마이크는 이렇게 말했다.

아이들과 요양원에 도착했다. 30헥타르의 다소 시골스러운 풍경 속에 서 있는 여러 건물 중의 하나가 바로 요양원이었다. 새 건물이었는데, 돌로 지은 오래된 수녀원 건물이나 아름답게 보존되어 있는 두 채의 건물과도 대조를 이루었다. 1860년대까지 거슬러 올라가는 두 건물은 퀸즐랜드에서나 볼 수 있는 건축양식으로 문화유산에 등록되어 있었다. 우리는 가시철조망 울타리 한편에서 요란하게 풀을 뜯고 있는 말 앞의 나무 밑에 차를 주차시켰다. 나무들 사이로 새로운 주택 단지가 얼핏 눈에 들어왔다.

매기가 기다리고 있었다. 그녀는 마이크와 닉에게 자신을 소개한 뒤, 할머니의 찻주전자가 놓여 있으면 딱 어울릴 것 같던 그 테이블이 있는 방으로 우리를 안내했다. 처음 맥클리를 방문했을 때 참을성 있게 나와 많은 시간을 함께했던 오락치료사 엠마도 자리했다. 마이크의 왼쪽 귀에서 아이팟 선이 대롱거렸다. 내가 그 선을 세게 잡아당기자, 마이크는 흘깃 곁눈질하면서 이어폰을 호주머니에 쑤셔 넣었다. 아이들은 방 안에 어색하게 서 있었다.

"마음 편히 자리에 앉으세요." 매기가 말했다.

테이블 밑에서 끌어내자 의자 다리들이 고통스럽게 신음소리를 냈다. 그날 아침 나눈 이야기들은 많은 부분 기억이 나질 않는다. 하지만 방 공기가 무겁게 느껴졌던 것은 생각난다. 마이크는 한마디도 하지 않았다. 엠마는 이런 모습에 주의를 기울이고, 마이크도 엠마가 그러고 있다는 것을 알아챘다. 그러나 도미니크처럼 마이크도 침묵을 편안해했으며, 오늘은 특히 관찰에 집중할 생각이었다. 안전하게 관찰할 수 있는 자리에서 자꾸 불러내는 질문들에 짜증을 느끼면서, 마이크는 계속 엄숙한 얼굴로 침묵을 지켰다. 근본적으로 아이들은 슬픔에 젖어 있었던 것이다.

닉은 의자 위에서 몸을 움직였다. 자세를 바로 하고 앉은 채 발을 이리저리 움직이면서 주어지는 모든 질문에 대답했다. 그들은 서로를 위해 묻고 답하기를 되풀이했다. 나는 고요함 곁에 용기가 앉아 있는 것을 지켜보며 슬픔과 사랑을 동시에 느꼈다.

"아빠를 가장 잘 보살펴드리려면 아빠에 대해서 뭘 알아야 할까?"

"아빠는 음악을 정말로 좋아하세요." 닉이 말했다. "복도에 퀸 음악이 울려 퍼지면 어떻게 대처하시겠어요?"

"멋진 선곡이군요. 우리도 같이 즐길 거예요! '아덴라이의 들판'만 들었는데, 신선한 변화가 될 겁니다!" 매기가 말했다.

웃음에 방 안 공기가 한결 가벼워지면서 하나의 돌파구가 마련되었다.

"아빠 방 구경할래?" 내가 아이들에게 물었다.

바닥은 의자 다리 자국들로 상처가 나 있었다. 상주자 한 명이 복도에서 우리를 지나쳤다. 팔을 이용해 복도를 따라 앞으로 미끄러져 나가는 사이, 그녀의 시든 두 다리는 무릎에서 꺾여 있었다. 하나는 앞으로, 다른 하나는 몸 옆쪽으로. 휠체어 타는 걸 좋아하지 않았지만, 어쨌든 그녀는 이런 식으로 돌아다녔다. 두 다리를 Z자 모양으로 접고 복도를 따라 편안하게 움직였다. 닉이 다가와서 나는 팔로 닉을 감싸 안은 채 함께 걸었다. 매기는 우리를 텅 빈 방으로 안내했다.

"이 방이 맞나요?"

"네." 닉의 물음에 매기가 답했다.

"크네요."

"엄마한테도 말한 것처럼, 여기서 밤을 보내고 싶으면 침대를 들여놔줄게. 맥주 한두 개는 들여와도 되고, 아빠랑 축구를 볼 수도 있어. 아빠가 왈라비 팬이니?"

"예. 하지만 영국 팀 팬은 절대 아니에요! 여기서 영국 팀을 응원하면 안 돼요."

"올 블랙스도 안 돼! 여긴 확실한 왈라비 영토야!" 그들은 작게 킬킬거렸다.

"너도 럭비를 하니?" 그녀가 물었다.

"아뇨, 머리를 심하게 부딪친 적이 있어서요. 딱 한 번 해봤어요."

"그럼 다른 스포츠 하는 거 있어?"

"축구랑 야구요. 그런데 축구하다 머리에 충격을 받은 적이 있어서, 엄마는 제가 체스를 했으면 하세요!" 그러면서 팔꿈치로 다정하게 나를 쿡 질렀다. "저희는 전부 맨체스터 유나이티드 팬이에요. 아빠가 어렸을 적부터 그 팀 팬이었거든요. 자야 할 때도 침대에서 담요 안에 작은 라디오를 틀어놓고 그들의 경기를 듣곤 했내요!"

마이크도 미소를 지으며 조용히 방을 가로질러, 튀어나온 창문 앞에 서서 둘의 대화에 귀를 기울였다.

"정원이 정말 아름답네요. 햇살도 잘 들고요."

"정원을 걸어볼래?" 마이크의 말에 매기가 물었다.

"좋아요."

우리는 나무 그늘 밑의 벤치들과 친구나 가족들이 함께 찾을 수 있는 조용한 테라스를 지나, 잘 다듬어진 잔디밭 사이로 구불구불 나 있는 오솔길을 걸었다. 매기가 바비큐 도구가 있는 조용한 테라스 구역으로 우리를 안내했다. 고무나무들이 가득한 자연림을 마주 보고 있는 곳이었다.

"언제든 편안하게 여기서 바비큐를 해먹을 수 있어요."

정원을 거닐고 나서 매기는 엠마를 남겨두고 자리를 떴다. 엠마는 더 많은 정원들을 지나, 치매환자들을 위해 특별히 지은 오락 치유 오두막으로 안내했다. 무엇이든 마음에 걸리는 것은 물어보라고 하자 마이크가 주변을 둘러보았다. 두 눈이 점점 슬프게 깊어지다가 곧장 그의 안으로 잠겨들었다. 닉도 요리용 작은 주방과 그림 그리는 테이블, 손뜨개와 대바늘뜨기를 하는 공간 등 곳곳을 훑어보았다. 오랜 시간이 필요하지는 않았다. 그는 그림과 공예품 작업대에서 눈을 들어 엠마의 눈을 정면으로 응시했다.

"좋아하는 게 판이한 아흔 살 노인들에 둘러싸여 있는 아빠에게, 정확히 어떻게 의미 있는 소일거리를 찾아주실 건가요?"

이미 아이들은 견뎌낼 수 있는 한계에 도달해 있었다. 대답이 걱정을 없애주기는 했지만, 대답한 대로 쉽게 되리라고 장담할 수는 없었다.

"여기서 나갈까요?" 마이크가 내게 말했다. 떠날 때가 된 것이다. 우리는 요양원을 나와, 맥콜리를 제외한 온갖 얘기들을 하면서 쿠사 산(브리즈번이 한 눈에 내려다보이는 명소— 옮긴이)에 있는 식물원으로 갔다.

"저, 최신 매든 게임 사러 가도 돼?" 닉이 물었다.

"벌써 나왔어?"

"네, 그래픽을 보셔야 해요. 죽여줘요." 나의 물음에 마이크가 대답했다.

"맞아! 미초의 엉덩이를 팍 걷어차줘야지!"

닉과 미초는 서로 적수가 되어 오래전부터 매든 게임을 해왔다. 닉의 표현을 빌리자면, 그들은 '퀸즐랜드 최고의 매든 게임 선수'였다. 이 말은 둘이 치열한 경쟁을 해왔다는 의미이기도 했다. 한쪽이 이기면, 패배한 쪽은 주먹을 휘두르고 싶을 만큼 화가 났다.

시계를 볼 필요는 없었다. 옥토버페스트에서 만난 신경과전문의 친구가 도미니크와 함께 필요할 때까지 집에 있어줄 것이기 때문이다.

"서둘러 오지 않아도 돼요." 그녀는 이렇게 말했다.

그녀와 몇몇 친구들이 공원에 있는 식당에서 식사할 수 있는 상품권을 주었다. 오늘은 그것을 사용하기에 딱 좋은 날이었다.

"그들이 날 같은 편으로 만든 거 같아." 스테이크를 주문하고 나서 닉이 말했다.

"맥콜리 사람들?"

"응. 그 금발 아가씨 맘에 들었어."

"허풍을 안 떨어서 좋았어. 비교적 정직하더라고. 덕분에 좋은 일을 더 쉽게 믿을 수 있게 됐어."

젊은 도미니크를 보살피는 일이 직원들에게는 새로운 상황이 되리라는 점을, 다시 말해 학습 경험이 되리라는 점을 솔직히 말해준 것을 그는 높이 샀다.

마이크와 닉은 보통의 십대가 상상도 못할 일을 직면하고 있었다. 아무리 완벽한 장소라 해도, 아빠가 들어갈 곳은 요양원이었다. 그 무엇도 이 사실을 더 편히 받아들이도록 해줄 수는 없었다.

"요양원을 보여주셔서 감사해요." 마이크가 말했다.

"나두. 엿 같지만, 좋은 곳인 거 같아." 닉도 한마디 했다.

"아빠한테도 잘 해줄 거 같아요." 마이크의 말에 닉이 고개를 끄덕였다. 나는 테이블 위로 팔을 뻗어 둘을 안아주었다.

"우는 거야?" 닉이 물었다.

"정말 우네! 감상적으로 한마디 했더니 울어요!"

다음날 밤 쥬느비에브가 도미니크를 돌봐주기 위해 건너왔다. 그녀는 잠 좀 자라면서 나를 길 위쪽 베아트리체 집으로 보냈다. 나는 다음날 아침 5시 45분에 집으로 돌아왔다. 잠도 별로 못 잤고, 다른 사람의 침대에 깨어 누워 있는 것도 의미가 없었다. 쥬느비에브는 뒤편 테라스에 나와 앉아서 하루가 깨어나는 소리를 듣고 있었다.

"차? 아니면 커피?" 내가 주방에서 소리쳤다.

"아침에 마시기 좋게 진한 홍차로 부탁해." 그녀가 일어나 내게로 오며 물었다. "잠은 좀 잤어?"

"별로."

"자기, 맥콜리에 비어 있는 자리 받아들일 거지?" 주방 조리대에 기대 주전자물이 끓기를 기다리며 그녀가 물었다.

"어, 그냥 한시적으로 머무는 거야. 그러니까, 시험이 끝날 때까지."

그녀가 내 손을 잡고 두 눈을 깊이 들여다보며 말했다. "마리, 사랑하는 친구로서, 돔을 집으로 데려오면 무슨 일이 벌어질지 간호사 입장에서 말해줄게. 돔의 후두경련이 더 자주 일어날 거야. 후두경련은 이미 많이 봤지? 경련이 저절로 멈추지 않으면, 애들 보는 앞에서 질식하거나 의식을 잃을 수도 있어. 그럼 넌 000을 불러야 할지도 몰라. 000이 도착하면, 긴급의료요원들이 진찰을 하겠지.

하지만 낯선 사람들과 장비, 어수선한 분위기, 소음, 구급차에 도미니크의 감각이 과부하에 걸리면, 두려움과 불안 때문에 무슨 일이 벌어지고 있는지도 모를 거야. 의료진은 그에게 진정제를 투여한 후 응급실로 데려갈 거고. 응급실 같은 환경을 그가 더 이상 견뎌낼 수 없다는 걸 다 아는데도 말야. 너도 이런 상황을 막을 수 없고, 그들도 어쨌든 돔을 응급실로 데려갈 거야.

결국 돔의 스트레스 수치는 하늘을 찌를 거고, 이로 인해 경련만 더 심해질 거야. 그럼 외상성 사망에 이를 수도 있어. 잘 알아. 그에게 이런 일이 일어나는 걸 원치 않는다는 거. 하지만 애들이나 네게 이런 죽음이 돔의 마지막 모습으로 기억될 수도 있어. 모두를 위해서 그렇게 되는 건 바라지 않을 거야."

그녀가 내 손을 꼭 쥐었다.

"마리, 넌 모든 사랑을 다해서, 헌신적으로, 네 온 존재로 돔을 보살펴왔어. 하지만 이제 지쳤고, 그는 많이 아파. 그를 지금 집에 두는 건 위험한 일이야. 24시간 고도의 집중적인 보살핌이 필요한데, 집에서는 그렇게 할 준비가 안 돼 있어. 맥콜리는 너희 가족 모두에게 좋은 선택이 될 거야. 내가 설명한 위험들이 훨씬 완화될 거야. 그리고 바람이기도 한데, 돔에게 평화롭게 죽을 기회도 줄 수 있어."

집에 함께 있을 수 있는 날이 하루 남았다. 그날 오후 닉은 몇 가지 기분 좋은 소식을 갖고 학교에서 돌아왔다. 그가 단과대 수석을 차지했다는 것이다! 닉 덕분에 우리는 신이 나서 하늘을 둥둥 떠다니는 것 같았다. 잭이 축하해주러 집에 들러서, 아이들 셋이 새로운 플레이스테이션 게임을 시작했다. 수석을 했어도 새로 출시된 최신 매든 게임에 대한 관심이 흩어지지는 않는 모양이었다. 구매 순간부터 이들의 관심은 이것에 집중돼 있었다. 공중을 붕 떠서 서로에게 돌진하다가 헬멧이 부딪히며 대응에 실패하고, 가상의 인물이 터치다운을 위해 엔드 존을 향해 질주하는 사이, 닉을 지지하는 힘찬 외침과 함께 승리의 함성이 온 집 안에 울려 퍼졌다.

밖은 아직 밝았지만, 밤이 막 낮과 작별인사를 나누려 하고 있었다. 나는 돔 옆에 누워 있었고, 돔은 바다 너머로 지는 해를 찍은 사진을 바라보았다. 꼬마 릴리가 퀼트에 글을 써준 날, 맥스가 벽에 걸어준 사진이었다. 사진이 조명을 받아서인지 바닷물의 움직임이 실제처럼 보였다. 보통은 잘 걸어두지 않는 사진이었지만, 색이 약해도 무언가 빠져들게 하는 매력이 있었다. 물의 움직임에 도미니크는 완전히 넋을 잃었다. 사진의 배경 조명은 마음을 달래주는 야간 등의 역할도 했다. 도미니크는 더 이상 어두운 걸 좋아하지 않았다.

잠시 후 잭이 침실로 머리를 들이밀었다.

"우와!"

돔이 팔을 번쩍 들어 올려 인사를 했다.

"이런, 무언가 빠졌잖아요!" 잭이 더 잘 보이게 방 안으로 들어왔다. "저런 일몰 장면을 칵테일 없이 볼 순 없죠!"

그러고는 홱 돌아서서 사라져버렸다. 15분 후 그는 은쟁반에 피냐 콜라다('파인애플 무성한 언덕'이라는 의미의 칵테일로 럼과 파인애플 주스, 코코넛 밀크를 섞어 만든다— 옮긴이) 다섯 잔을 들고 왔다.

"어이, 마이크! 닉!"

아이들도 침실로 들어왔다.

"자, 이렇게 하는 겁니다!" 잭은 이렇게 말하면서 쟁반을 돌렸다. 도미니크는 첫 번째 잔을 집어 들고는 소리도 없이 순식간에 마셔버렸다. 세 아이들도 침대 위로 올라와 함께 일몰을 바라보며 칵테일을 마셨다.

잭이 걱정스런 얼굴로 물었다. "도미니크를 위해 무알콜 칵테일을 한 잔 만들었는데, 다른 잔을 들이켰어요. 괜찮을까요? 약물치료에 해롭지 않을까요?"

"정말 생각이 깊구나. 하지만 돔은 축하해줄 줄 아는 사람이야. 걱정 마. 아무 일 없을 거야!"

우리는 잔을 치켜들었다.

"닉을 위해!"

"돔, 닉이 수석을 했어!"

"개신나다!" 도미니크가 흐뭇함을 주체 못하고 함박웃음을 지으며 이런 말을 쏟아냈다.

"개좋을씨구!" 나도 이렇게 소리치며 잔을 치켜들었다.

"개좋을씨구!" 세 아이들도 일제히 이렇게 소리쳤다.

잔이 쨍그랑 소리를 내며 부딪히고, 집 안엔 축하의 웃음소리가 가득 찼다. 이 순간만큼은 내일 닥칠 일들을 전부 잊었다.

나는 퀼트 작품을 어루만졌다. 우리도 모르는 사이에 퀼트는 우리를 감싸주고 있었다. 칵테일과 축하, 우리를 보듬어 감싸주는 퀼트! 멋진 일몰과 집에서의 마지막 날이었다.

다음날 아침 도미니크는 침실 화장대에 기대 있었다. 예기치 못하게 명료한 상태로 차분히 그의 병에 대해 이야기하기 시작했다. 자신이 했던 업무와 당황스러웠던 경험들, 해외에서 길을 잃었을 때 얼마나 두려웠는지, 사람들의 말을 이해 못하는 게 얼마나 혼란스러웠는지, 제대로 말을 못하는 게 얼마나 큰 좌절을 안겨주었는지 털어놓았다. 닉이 엿듣고 있는지 주방에서 달그락거리던 소리도 잠잠해졌다.

"난 치매에 걸렸어. 그게 문제야." 도미니크가 말했다. 그러고는 나를 품속으로 끌어당겼다. 오, 이럴 순 없어! 하필 맥콜리로 데려가기로 한 아침에. 물론 전에도 여러 번 이야기했던 일이었다. 하지만 그가 이해하고 있는 줄은 전혀 몰랐다. 맥콜리로 가는 것을 어떻게 생각하느냐고 묻자, 여전히 멀쩡한 눈빛으로 그가 말했다.

"때가 됐어."

그러나 이 말을 뱉고 나서 멀쩡한 도미니크는 다시 사라져버렸다. 다시 불안하게 왔다 갔다 서성이면서 내게 바닐라 코크를 사먹게 샘포드까지 태워다줄 수 있냐고 물었다.

닉이 눈을 휘둥그레 뜨고 달려왔다.

"말도 안 돼! 방금 뭐라고 그러셨어요?"

먼저 나는 도미니크를 요양원과는 정반대 방향에 있는 샘포드로 데려갔다. 그러고는 바닐라 코크를 한 손에 들려주고 드디어 맥콜리를 향했다.

매기가 문 앞에서 우리를 맞아주었다. 도미니크는 애처로워 보이는 손가락으로 그녀와 악수를 나누며 미소를 지었다. 그녀는 도미니크에게 다정히 이야기하면서 그의 방으로 안내했다. 도미니크는 그녀의 부드러운 목소리에 미소를 짓고, 손가락으로 벽을 그으며 멍한 눈으로 우리 옆에서 걸음을 옮겼다.

의사의 입원허가는 잠시 후에 있을 예정이었다. 그 사이 매기는 우리에게 둘만 있을 시간을 주었다. 도미니크는 침대에 누워 텔레비전을 보고, 나는 어정버정 천천히 그의 방을 정리했다. 주방 싱크대만 빼고 모든 것을 준비해왔다. 맥콜리의 방을 최대한 집의 침실처럼 느끼게 만들어주기 위해서였다. 그가 언제나 좋아하는 내 그림들과 아끼는 사진들, 침대커버, 음악, 텔레비전, DVD 플레이어, 싱싱한 꽃, 퀼트, 이제는 더 이상 읽을 수 없는 책 무더기까지 모두 가져왔다. 집에서 우리는 언제나 책에 둘러싸여 있었다. 어린 시절의 우리 집이 그랬던 것처럼 책들이 벽을 이루고 있었다.

그날 오후 늦게 패트리샤 수녀가 찾아왔다. 나는 의자 위에서 불안하게 균형을 유지하면서 퀼트 작품을 걸고 있었다. 요양원의 싱글침대에는 너무 컸고, 도미니크도 그것을 벽에 걸어두고 싶어 했으므로. 그녀는 흔들리지 않게 의자 가장자리를 잡아주며 내려오라고 성화를 부렸다.

"멋지지 않아요?" 나는 의자가 다시 흔들리건 말건 패트리샤의 재촉에는 신경도 안 쓰고, 퀼트를 더 잘 보기 위해 상체를 뒤로 젖혔다. 퀼트는 벽 전체를 차지했다. 돔에게 다가가려면 먼저 그의 이야기들이 담긴 이 퀼트와 인사를 나눠야 했다.

내가 마치 퀼트 활동가처럼 느껴졌지만, 이 퀼트는 더 이상 나를 필요로 하지 않았다. 오래전 자신의 삶을 갖게 되었기 때문이다. 퀼트는 우리 모두의 주의를 끌어당겨, 그것이 아니었으면 두려워 가보지도 못했을 공간 속으로 우리를 초대했다. 퀼트에는 목소리도 있었다. 퀼트는 지금 상황에 대한 도미니크의 권리까지 대변해 주었다.

패트리샤는 도미니크의 옷가지들을 정리하게 도와주고 안락의자에 편안히 자리를 잡았다.

"같이 있어주지 않아도 돼요."

"떠날 시간이 됐을 때 혼자 있으면 안 되잖아."

그녀가 잠시 침묵을 지키다가 말했다.

"집에 가는 걸 보고 싶기도 하고."

쥬느비에브와 펠리시티는 집에서 나를 기다리고 있었다. 무슨 말인지 귀에 들어오지 않고, 그들의 입이 움직이는 것만 보였다. 그들이 떠난 후 아이들과 나는 냉동식품을 꺼내 식사를 했다. 아마 파스타의 한 종류였을 것이다. 우리는 라자냐를 푸짐하게 먹고 샐러드도 곁들였다. 그러고는 소파 위에 몸이 닿을 만큼 착 달라붙어 앉아, 텔레비전인가 DVD인가를 보면서 조금 이야기를 나눴다. 나중에 닉이 잠든 후 마이크가 내 방으로 건너왔다.

"엄마, 너무 작아 보여요. 침대에 혼자 계시니까 너무 작아 보여요."

일주일에서 하루 모자란 6일 뒤, 뭔가 은밀히 할 얘기가 있는 듯 맥콜리에서 매기가 나를 한쪽으로 끌고 갔다. 그녀는 따스하고 다정했지만, 곧 자신이 하려던 말을 꺼냈다.

“도미니크에게 영구적인 입원을 권한다면 어떻게 하시겠어요?”

내 얼굴이 굳어지자, 언제나 식당처럼 느껴졌던 방으로 나를 데려갔다.

“그런데…… 그가 그렇게 안 좋아요?”

그녀가 부드럽게 걸음을 옮기면서 나를 마주보고 대답했다.

“많이 안 좋아요.”

“정말요?”

그녀가 고개를 끄덕였다.

“가망이 없는 건가요?”

그녀는 긍정도 부정도 하지 않았다.

“도대체 이렇게 힘든 일을 집에서 어떻게 해오셨는지 모르겠어요.”

아이들은 놀라지 않았으며, 돔이 집에 돌아오지 못하리라는 사실을 어느 정도는 담담하게 받아들였다. 오래전부터 천천히 길게 이별인사를 해오고 있었기 때문이다. 물론 슬픔은 여전했다. 아빠로 인한 슬픔은 더없이 깊었다. 그러나 초록 고블린이 나가고 난 지금 집 안은 한결 가볍게 느껴졌다.

몇 주 후 현실에 익숙해졌을 즈음, 졸업식 상장 수여식에서 닉은 시상대에 올라 여러 상을 받았다. 정말로 용감한 열여섯 소년이었다. 그의 이름이 호명되자, 학교 강당은 박수갈채로 폭발할 것 같았다. 그가 시상대에 오를 때는 기립박수로 반겨주었다.

나는 카메라를 들고 옆에 서 있는 마이크를 살펴보았다. 작년이맘 때 마이크는 아주 다른 졸업식을 치렀다. 마이크의 고등학교 3학년은 진단 미확정의 두려운 시간 속에서 펼쳐졌다. 도미니크도 졸업식에 참석했지만, 당시에는 오늘밤 우리를 둘러싸고 있는 많은 이해와 지지가 없었기 때문에 사람들 앞에서 고통스러워하며 당혹감에 빠져버렸다. 지난 졸업식의 기억에도 흔들리지 않고 마이크는 동생을 눈에 띄게 자랑스러워했다. '돔, 당신도 이 장면을 봤으면 좋았을 텐데, 이 순간 두 애들을 봤으면 좋았을 텐데.'

온갖 감정들이 뒤섞여 들고 일어난 이날, 해질 무렵 닉이 단상에서 나를 보았다. 그는 우리에게 환히 미소를 지어보이고, 돌아서서 닉을 끌어안으며 귀엣말로 뭐라고 속삭였다.

시상식 다음날 밤에는 졸업을 기념하는 인상적인 저녁만찬이 있었다. 방 안은 고등학교를 졸업하고 새로운 삶을 시작하는 아이들의 환호성과, 한때 드나든 장소와 작별하는 부모들의 샘솟는 눈물로 반짝반짝 생기가 넘쳤다. 마무리와 새로운 시작이 만들어내는 생기가 하얀 테이블과 꽃 장식 가득한 방 안에 감돌고, 가슴을 울리는 말들과 학창시절을 기리는 졸업식 DVD, 수차례의 축배가 이어졌다. 아이들이 각자의 테이블에서 일어나 가족을 위해 잔을 드는 순간에는 방 안이 침묵에 빠져들기도 했다.

"나의 어머니 그리고 아버지를 위해." 닉이 테이블에 앉아 있는 사람들을 향해 소리쳤다. 그러고는 나를 향해 돌아서서 말했다. "엄마 사랑해요. 정말 모두 모두 감사합니다." 그러자 고요를 깨고 환호성이 터져 나왔다. 닉은 이런 소란에도 아랑곳하지 않고 계속 나를 응시하며 미소를 지어보였다.

19

졸업식 만찬은 밤이 깊어서야 끝났다. 다음날 아침 퀸즐랜드의 수많은 졸업생들이 파티장인 골드 코스트를 향해 떼 지어 탈출했다. 우리는 골드 코스트로 향하기 전에 도미니크를 보러 맥콜리로 차를 몰았다. 휠체어에 앉아 있던 상주자들과 약이 담긴 수레를 끌던 간호사들이 큰 소리로 닉에게 당부했다.

"텔레비전에 나오는 그 피도 안 마른 얼간이들처럼 술에 취하면 안 돼!"

"뉴스 카메라가 내내 따라붙는다는 거 잊지 마!"

"엄마는 우리가 보살펴줄 테니까 걱정 마. 엄마들은 으레 졸업생들을 걱정하지만 말야. 그게 엄마들의 일이니까."

"자, 이제 가야지. 어쨌든 넌 다른 애들하고는 다를 거야!"

작별 인사가 끝난 후 난 닉을 골드 코스트로 데려다 주었다. 친구들은 이미 와 있었다. 녀석들 가운데 다섯은 방을 함께 썼다. 이 이상한 통과의례를 함께 경험하는 녀석들을 떠나기 전에 나는 방을 둘러보고, 닉에게 매일 집으로 전화하라고 일렀다. 그러고는 서로를 보살필 녀석들의 계획을 점검한 후에, 낮이든 밤이든 문제가 생기면 즉각 전화를 걸라고 당부했다. 내가 강박적으로 만반의 대비를 하자, 그들의 눈이 서서히 이글거리기 시작했다.

"농담 아냐! 매일 전화 걸 거지?"

"넵, 받들어 모시겠습니다! 닉, 우리도 다 그렇게 해."

"문자 확실히 날릴게."

"문자도 좋지만 전화 거는 것도 중요해. 정해진 시간에 목소리가 안 들리면, 곧장 차 몰고 쳐들어올 거야. 그러니까 어느 편이 좋을지 잘 알아서 해."

나는 닉을 끌어안고 입을 맞췄다.

"안녕히 가세요, 닉 어머니."

"안녕, 미초." 멋쟁이가 다 된 미초에게도 포옹하며 키스했다. 그러자 미초가 말했다.

"저희는 괜찮아요. 서로 잘 보살펴줄게요. 근데 저희 어머니하고 얘기 나누셨죠? 두 분 말씀이 똑같아서요."

나는 우유를 살짝 가미한 롱 블랙(뜨거운 물에 에스프레소 샷 두 잔을 더해 만든 것—옮긴이) 테이크아웃 커피를 쥐고 미소를 머금은 채 이들의 방을 나섰다. 그러고는 차로 걸어가, 이 흥분된 파티 기간에 아이들을 보호해달라고 기도했다. 술에 취해 주먹다짐을 하거나 도랑에 구토를 하는 졸업생들의 모습이 국영방송에 나오는 것은 좋지 않았다. 그러고는 붐비는 브루스 하이웨이를 따라 집으로 향했다.

나는 한 시간이나 혼자 차 안에 있었다. 최근에 나온 〈너무나 프랑스적인 너무나 멋진〉 시디를 틀어놓고 커피를 홀짝이다 좋아하는 곡을 듣기 위해 트랙을 몇 줄 건너뛰기도 했다. 그러다 집 근처에 와서 개 사료를 사러 슈퍼마켓에 들렀다. 우유도 다 떨어졌다. 차를 주차하고 엔진을 끄자 음악이 멈췄다.

나는 목록도 없이 통로를 지나치다 저녁메뉴를 생각하며 수레 안에 물건들을 집어넣었다. 집에는 마이크와 나만 있을 것이다. 생수병 선반을 보자, 닉이 다음 주 동안 술만큼 물도 많이 마실까 하는 생각이 들었다. 세제와 가정용 청소도구, 저질의 헤드라인이 화려한 잡지들을 지나 애완동물 사료 코너로 갔다. 거기 서서 평소 먹이던 회사의 건조사료를 찾았다. 그런데 다른 데로 옮겨지고 없다. 다른 제품을 노출시키기 위한 상술이 분명했다. 붉고 검은 친숙한 포장지를 찾아 선반을 훑는데, 누군가 어깨를 톡톡 쳤다. 고개를 돌려보니 잘 모르는 사람이 약간 과장스럽게 반기는 표정으로 "안녕하세요!" 하고 인사했다. 예전 직장에서 한두 번 부딪힌 사람이었다. 그녀는 남편을 불러 세우더니 나를 소개했다.

"이 분은 마리야. 도미니크 얘기 해준 거 기억나지? 그 사람 부인이야."

"아! 네. 안됐습니다." 그가 내 손을 쥐고 흔들며 말했다. 처음에 나는 우리가 걱정돼서 그가 살짝 얼굴을 찌푸린 줄 알았다. 그런데 그게 아니었다.

"남편 분은 자신이 누구인지도 더 이상 모르죠?" 그는 음모를 더욱 자세히 캐려는 사람처럼 몸을 앞으로 기울이며 말했다. "게다가 이상한 짓들을 하죠? 이젠 정상이 아니죠?"

부자연스럽게 끝만 올린 그의 추측이 정말로 궁금해서 묻는 말일까 의심스러웠다. 그보다는 충격적이고 자질구레한 내용으로 가득한 대화를 통해 도미니크의 기이한 행위들을 염탐하려는 것 같았다.

"댁이 어떻게 보느냐에 따라 다른 것 같은데요." 나는 계속 그의 눈을 빤히 마주보면서 말했다. "그건 그렇고, 도대체 어떤 게 정상이죠?"

나는 침착했지만 반감을 숨기지는 않았다. 하지만 너무 피곤해서 그들과 다툴 수는 없었다. 그들은 초록 고블린보다도 통찰력이 약한 것 같았다. 도대체 뭘 알고 싶은 건지 알 수 없었다. 그들은 가십거리를 기대하며 나를 쳐다보았다. 내가 아는 사랑과 정상성에 힘을 불어넣으면서 나는 숨을 깊이 들이쉬었다. 그러고는 그들이 무거운 개 사료 포대들 아래서 꺄악 비명을 지르며 사라져버릴 때까지 한바탕 설교를 하거나 고함을 치거나 열변을 토하고픈 마음을 억누른 채, 얌전히 앞으로 나아갔다.

정상적이라는 건 도대체 무엇일까? 하나의 개념이라는 건 나도 안다. 난 집으로 가서 이 말의 어원을 찾아보았다. 사전과 구글,《웹스터 단어의 역사》, 장애관련 서적들을 훑어보고, 나중에는 레너드 데이비스가 편집한《장애 연구 교재》와 정상성의 개념들에 대해 쓴 동료 제인 허턴의 저서까지 살펴보았다. 내가 발견한 바에 따르면, '정상의normal'란 말은 '직각의'를 의미하는 라틴어 '노르마norma'에서 파생되었다. 목수의 직각자로 올바른 각도를 만들어내는 것을 가리키는 말이었던 것이다.

이처럼 이 말은 원래 수학 용어였다. 직각자를 통해 목수는 일정하게 똑같은 각도와 각을 만들어낼 수 있었다. 그러나 시간이 지나면서 'normal'이란 말의 쓰임도 달라졌다. '규칙에 따라서'처럼 더 일반적이고 덜 직접적인 의미로 쓰이게 된 것이다. 현대의 'normal'이 갖는 의미는 대부분 여기에서 비롯되었다.

하지만 1800년대에 이 말을 일반적으로 '공통의 기준에 순응하는, 보통의, 심지어는 자연스러운'과 같은 의미로 정의하고 이해하면서, 각도보다는 사람과 사람의 행위를 평가하는 방식으로 쓰기 시작했다.

하지만 'normal'을 '보통의, 심지어는 자연스러운'의 의미로 사용한다면, 우리가 평가하는 사람의 삶을 만들어낸 넓은 영역의 줄거리들을 알아차리지 못할 것이다. 심지어는 그것을 찾지도 않을 것이다. 이미 주어진 일련의 기대와 함께 의심의 여지도 없는 절대적 기준을 구축해버렸기 때문이다.

이날 오후 난 슈퍼마켓에서 만난 그 부부에게 속으로 계속 폭언을 퍼부으며 도미니크를 만나러 갔다. 애초에 나한테 인사를 건네지 말았어야 한다고 후회하면서 여전히 개 사료 포대들 밑에 깔려 있는 그들의 면전에 목수의 직각자를 흔들어대면서, 병과 인간의 가치에 대한 개념들을 연결 짓는 것은 새롭거나 색다른 가설이 아님을 상기시켜주는 광경을 상상하면서 말이다. 자신들이 정상성에 대해 사회적으로 구축된 개념을 더욱 강화시키고 있으며, 이런 개념이 실은 기준에 맞는 사람들은 인정하고 심지어 존경도 하지만, 자로 잴 수 없는 우리 같은 사람들은 소외시키는 경향이 있음을 그들 같은 작자들이 알기나 할까?

그리고 비정상성의 개념에 대해 이야기하자면, 문제는 '더 이상 정상적으로 존재하지 않는 것'보다 장애를 가진 사람들을 힘들게 만든다는 데에 있었다. 정상적인 남자나 정상적인 여자, 정상적인 가족, 정상적인 남편, 성공, 실패, 정상적인 환자, 정상적이지 않은 환자 등, 정상성에 대한 일반화된 개념들을 지지할 때 이들이 계속 잃어버릴 삶의 풍요로움은 어떻게 되는 것인가!? 으!

우리가 알던 도미니크는 확실히 달라졌다. 사람들은 그를 마치 지나간 추억처럼 바라보았다. 이런 시선이 돔에게는 어땠을지 궁금했다. 그는 더 이상 '공통의 기준'에 따른 기대를 충족시켜주지 않았고, 우리 문화가 중요하게 생각하는 능력들을 대부분 잃어버렸다. 그렇다고 더 이상 자아감이 없는 걸까? 자의식은 정말로 영원히 사라진 걸까?

정체성이 타인과 함께 살아가는 행위 속에서 구축되는 것이라면, '정상'이든 아니든 자의식은 사라지지 않는다고 생각한다. 아프리카인들의 우분투 철학은 이것을 아름답게 설명해준다. 우분투는 '우리가 존재하기 때문에 내가 존재한다'는 의미로 번역할 수 있다. 서로의 인간성 속에서 우리는 서로 연결돼 있으며, 자의식도 삶을 함께하는 사람들과의 관계 안에서 형성된다는 것이다. 사람들 간의 일체감을 통해 자신에 대해 더욱 많은 것들을 발견하게 된다는 의미다.

맥콜리에 도착했다. 머릿속으로는 장애의 정치학에 대한 기사를 쓰면서 늘 차를 세우던 자리에 주차시켰다. 늘 보던 다정한 말이 담장 건너편에서 풀을 뜯고 있었다. 녀석은 아무 생각 없이 꼬리를 휙

휙 움직였다. 나는 가상의 대화와 목수의 직각자를 차 안에 버려두고, 여러 복도를 지나 도미니크의 방으로 갔다. 그는 침대 옆에 서 있었다.

"안녕." 놀라지 않도록 부드럽게 인사를 건네자, 그가 부자연스럽게 두 팔을 벌렸다. 품속으로 들어가자 두 팔로 나를 감싸 안았다. 한마디 말도 없었다. 그러더니 팔을 풀고 벽에 걸려 있는 퀼트로 걸어갔다. 그 앞에 말없이 서서, 얼굴에 그림을 그린 채 미소를 머금고 있는 아이들을 손으로 쓰다듬었다. 얼굴의 그림은 어머니날 내게 보내는 메시지와 함께 그가 그려준 것이었다. 그는 아이들의 알록달록한 얼굴을 쓰다듬더니 그 위에 양 손바닥을 얹었다. 그가 이렇게 아이들을 안는 모습을 나는 가만히 지켜보았다.

도미니크는 웨딩드레스를 입은 내 모습이 담긴 부분으로 손을 움직였다. 펠리시티가 준 조각을 다른 조각들과 이어붙인 후 가만히 어루만졌던 바로 그 퀼트작품이었다. 그는 손가락으로 부드럽게 내 얼굴을 더듬었다. 그렇게 오래도록 내 얼굴을 쓰다듬다가 휙 몸을 돌렸다. 나는 그의 손을 잡아주었다. 도미니크는 뭐라고 표현할 말을 찾지 못했지만, 다시 우리는 서로를 발견했다. 그는 얼굴을 일그러뜨리면서 마른 울음을 토해냈다. 그러나 이런 순간도 곧 사라져버렸다. 불안한 서성임이 다시 시작되었다. 그러나 나는 도미니크를 살아 있게 만드는 것이 무엇인지 분명히 깨달았다. 손바닥에 아직도 생생하게 아로새겨져 있는 우리 셋과 함께 그는 맥콜리의 복도를 불안하게 서성였다.

20

"자기, 안녕." 필로미나 수녀가 인사를 건넸다. 그녀는 햇살 잘 드는 요양원 로비에서 편안한 의자에 폭 안겨 있었다. 상주자들은 이제 매일 만나는 내 모습에 친숙해졌다. 그래서 이따금 미소를 짓거나 살짝 건드리면서 다정하게 이런저런 한담을 늘어놓았다.

"나 어때?"

그녀는 의자 팔걸이에 몸을 의지하고 천천히 일어나더니 한 바퀴 빙 돌았다. 덕분에 모든 각도에서 그녀의 모습을 관찰할 수 있었다. 머리를 새로 했는데, 창문으로 들이비치는 햇살에 전날에는 안보였던 미묘한 보랏빛 색조가 도드라져 보였다. 그녀가 볼레로 재킷의 어깨를 어루만졌다. 재킷은 주름 없는 암청색의 드레스와 완벽하게 어울렸다. 왜 내게 의견을 묻는지 궁금했다. 빛바랜 반바지에 티셔츠나 입고 다니는, 스타일 아이콘과는 전혀 거리가 먼 사람인데 말이다.

"있잖아, 새로 장만한 거야."

"무슨 일 있으세요?"

"요양원 식구 하나가 신에게 돌아갔거든. 오늘 오전에 장례식에 가기로 했어. 우리 전부 예배당에 데려다 줄 차를 기다리는 중이야. 그래서 최고로 근사하게 보이고 싶어."

"오, 정말 안됐군요……."

"떠날 준비가 돼 있었어. 많이 아프기도 했고. 내 드레스 어때?"

"색깔이 아름답게 잘 어울려요. 청색이라 눈이 더 생기 있어 보이고요."

"고마워!"

그녀는 다시 팔걸이에 의지해 의자 깊숙이 자리를 잡았다. 장례식에 참석할 상주자들이 모두 모여 오래된 수녀원 옆에 있는 예배당으로 태워다 줄 차를 기다렸다. 맥콜리에서 장례식은 삶의 일부분이었다. 작별인사는 익숙했고, 죽음은 피할 수 없었다. 삶이 그 여정을 마치면, 결국에는 누구나 이렇게 이곳을 떠났다. 삶의 이 시기를 생각해보는, 그럴 수 있는 상주자들이 얼마나 될지 궁금했다. 죽음은 누구에게나 일어나는데 사람들 대부분은 죽음에 대해 많이 생각해보지 않는 것 같았다. 그러나 바로 여기에서 삶이 그 여정을 마치는 중이었다.

필로미나 수녀는 도미니크의 이웃으로 복도 건너편에 살았다. 그녀는 훌륭한 음악가였는데, 나를 처음 초대해서 방을 구경시켜줄 때 이렇게 말했다. "바이올린이 거의 전부죠. 하지만 피아노도 잘 가르쳤어요."

그녀는 화음이 안 맞는 것은 뭐든 참을 수 없어했다. 귀를 괴롭게 했기 때문이다. "불공평해. 그는 너무 젊은데." 그녀가 이렇게 말하며 화제를 바꾸었다. "나야…… 여기 있는 게 이해가 되지만, 하지만……." 고개를 흔들면서 말했다. "왜 그런지 자네도 늘 의아하지?"

나는 어깨를 으쓱해 보였다. 내가 알 수 없는 세상의 모든 의문과 함께 이런 의아함 따위 우주를 떠돌도록 하늘로 던져버리려 노력했다.

"가끔은 설명이 안 되는 일들도 있죠." 나는 그냥 이렇게 대답했다.

필로미나는 자비의 성모 동정회 수녀였다. 청빈서약을 했지만, 내 생각엔 기회만 주어진다면 지쳐 쓰러질 때까지 쇼핑을 할 것 같았다. 수녀복을 입어야 하는 나날들을 어떻게 견뎌내는지 궁금했다. 가끔은 그녀가 수녀복 속에 보드랍거나 화려한 무언가를 몰래 입고 있는 건 아닐까 하는 생각마저 들었다. 게다가 낮잠을 자고 난 후에도 그녀의 머리는 언제나 완벽했다. 비결을 가르쳐준 적이 있는데, 그렇게 까다로운 것도 아니었다. 덕분에 나도 바람 맞은 것 같은 무심한 머리 모양을 좀 단정하게 만들 수 있었다. 요컨대 그녀의 베갯잇은 분홍색 새틴으로 되어 있었다.

"만져 봐." 손으로 베갯잇을 어루만지며 그녀가 말했다. "새틴을 쓰면 머리 뒤편이 부스스하게 엉키는 걸 막을 수 있어."

나도 그녀의 베개를 쓰다듬어보았다.

"그리고 베갯잇은 두 개는 있어야 해. 그래야 세탁할 때 다른 걸 쓸 수 있어."

약간 냉담하다는 평판과 달리, 그녀는 애정을 갖고 우릴 대해줬다. 언제든 방에 들르거나 찾아와도 좋다고 초대를 했는데, 그녀에 따르면 이런 특권은 아무한테나 주는 것이 아니었다. 그녀는 다리미와 다리미대까지 갖고 있어서, 필요하면 이것도 사용할 수 있었다. 하지만 누구에게도 말하면 안 된다는 지시를 엄수해야만 했다. 아무나 강아지를 데리고 들어와 다리미 좀 빌려 쓸 수 없냐고 묻는 건 원치 않았기 때문이다. 그도 그럴 것이 그녀의 다리미는 정말 성능이 좋은 것이었다.

그녀도 가끔 도미니크를 보러 들렀다. 하지만 방 안에 머물지는 않고, 방문을 두드린 후 수제 머핀만 주고 갔다. 친구가 그녀를 위해 만들어다 주면, 꼬박꼬박 우리를 위해 머핀 네 개를 챙겨두었다 주곤 했다.

이웃인지라 우리는 꽤 자주 얼굴을 보았다. 대개 우리는 음악이나 곡조에 안 맞는 노래로 그녀를 정말로 짜증나게 만드는 어느 상주자, 꼭 해보고 싶은 다음 쇼핑 원정, 새 옷이 잘 어울리는지에 대해 대화를 나누었다. 그래서 매일 대충 차려입고 다니는 내게 그녀가 로비에서 새 옷이 어떤지 의견을 물었을 때도 그리 놀라지 않았다. 그녀의 새 드레스에 찬사를 보낸 후 나는 인사를 하고 도미니크의 방으로 향했다.

복도까지 흘러나온 로비 윌리엄스의 목소리에 휠체어의 익숙한 끼이끽 소리가 묻혀버렸다. 퀸과 조시 그로번도 일시적이나마 로비 윌리엄스에게 뒤로 밀려난 적이 있었는데, 로비는 브리즈번에서 두 번이나 콘서트를 열었다. 온갖 라디오 방송국에서 그의 노래를 틀어주었다. 그런데 도미니크에게 로비의 콘서트 DVD를 준 간호사와 도미니크 덕분에 이제는 도미니크가 머무는 동의 노인들도 어쩔 수 없이 아일랜드 가락 대신 팝송을 듣게 되었다. 하지만 필로미나 수녀는 퀸으로부터 벗어나게 돼 기뻤을 것이다. 로비와 프레디 모두 음색이 멋지지만, 우리의 음악적인 수녀님은 퀸의 〈풍성한 소녀Fat Bottomed Girl〉보다 로비의 〈소녀들Girls〉 가사를 더 좋아할 것 같았다.

몇 시간 후 아이들도 맥콜리에서 우리와 함께했다. 로비의 〈천사들Angels〉을 벌써 열다섯 번째 듣고 있을 때였다.

"어이, 여러분. 뭔지 맞춰보실래요?" 닉이 말했다.

"뭔데?"

"다음 주에 열리는 로비 윌리엄스 티켓을 구했어요!"

"그걸 어떻게 구했어?!"

학교 선생님이 연락을 했다고 닉이 설명했다. 자선재단에서 백스테이지에도 들어가 볼 수 있는 공연티켓을 학교에 보냈는데, 선생님이 마이크와 닉에게 표를 주었다는 것이다. 마이크는 표를 즉시 내게 내밀었다.

"아냐, 너희들이 가. 재미있겠다."

"엄마가 가요. 로비 윌리엄스 좋아하시잖아요. 꼭 가셔야 해요."

하지만 표를 받을 수는 없었다. 게다가 난 도미니크의 곁을 비우고 싶지 않았다.

"말도 안 돼! 엄마도 즐거운 시간을 좀 가져야 해요. 우리한테도 그래야 한다고 말씀하셨잖아요. 그러니까 꼭 가셔야 해요."

그러면서 아이들이 복도로 나갔다. 하지만 그들이 주고받는 소리가 여전히 들려왔다.

"네가 전화해."

"아냐, 형이 해."

"하지만 이런 일은 네가 더 잘하잖아."

"알았어. 전화번호 알지?"

아이들은 5분도 안 돼서 여분의 티켓을 구했다. 닉이 자선재단의 기획자에게 내게도 휴식이 필요하니 표를 더 줄 수 없겠냐고 부탁한 것이다.

"성공! 이제 엄마도 가세요!" 마이크가 방으로 다시 들어오며 말했다.

"그래." 닉도 핸드폰을 호주머니에 집어넣으며 말했다. "우리가 볼 공연은 자리가 꽉 찼대. 그래서 우리 공연 다음날 열리는 공연으로 두 장 얻었어."

일주일 뒤 아이들은 콘서트장에 가서 로비 윌리엄스가 스타디움을 뒤흔드는 모습을 구경했다.

브리즈번의 다른 편에서 나는 도미니크와 함께 요양원 침대에 누워, 집으로 돌아가기 전에 그가 잠들기를 기다리고 있었다. 그런데 침대 옆 테이블에서 핸드폰이 진동하기 시작했다. 도미니크를 산만하게 만들지 않으려고, 그의 몸 위로 손을 뻗어 핸드폰을 받았다. 그러자 천둥과 같은 소음을 배경으로 닉과 마이크가 핸드폰에 대고 소리를 질러댔다.

"와, 엄마, 들어봐!"

"엄마, 우리 목소리 들리죠? 아빠를 위한 거예요."

아이들은 군중 틈에서 핸드폰을 높이 치켜들고 있었다. 나는 도미니크가 들을 수 있도록 핸드폰을 스피커에 연결시키고 그에게 속삭였다.

"그가 당신을 위해 노래를 불러주고 있어." 그러자 도미니크가 미소를 지었다. 하지만 아이들의 몸짓 때문만은 아니었다. 그의 미소는 나로부터 비롯된 것이었다. 그리고 로비와 5만 2천 4백 13명의 관객들이 특별히 그를 위해서 〈천사들〉을 불러주고 있기 때문이기도 했다.

돔은 어떤 음악 훈련도 받은 적이 없다. 악기를 연주하거나 합창단에서 노래해본 적도 없었다. 그래도 음악은 그를 매료시켰으며, 그가 초록 고블린의 손아귀에 떨어지고 난 후에는 우리 모두에게 또 다른 출구를 열어주었다. 돔이 집에 있을 때면 우리는 아이들 컴퓨터로 퀸의 모든 노래들을 틀어놓았다. 돔이 반복적으로 짜증스럽게 질문을 던지면서 아이들 방을 불안하게 서성거릴 때면, 아이들은 이런 식으로 프레디 머큐리의 노래로 주의를 돌리고 함께 노래를 불렀다. 도미니크의 끊임없는 서성거림과 따분한 질문에는 욥 같은 인내가 필요했기 때문이다. 다니엘은 언젠가 이것을 '끔찍한 고문'으로 표현했다. 그러고는 이 고문 때문에 우리의 신경이 망가지지 않을까 걱정하면서, 이런 고문을 어떻게 견디는지 놀라워했다. 사실 가끔은 우리도 잘 견뎌내지 못했다. 하지만 음악이 도움을 주었다.

서성거리는 노선을 따라서 도미니크가 퀸의 〈너를 뒤흔들어버릴 거야We Will Rock You〉에 맞춰 뻣뻣하게 춤추듯 왔다 갔다 하던 날도 그랬다. 돔이 어디를 서성거리건 들을 수 있도록 마이크가 볼륨을 높였다. 프레디의 목소리가 그의 방에서 힘차게 울려 퍼졌다. 다음 곡이 시작되려는 찰나, 도미니크는 마이크의 방으로 돌아가 그 곡을 다시 틀어달라고 부탁했다. 이렇게 그는 다시 또다시 그 곡을 부탁했다. 근육도 더 이상 반응하지 않는 딱딱하게 굳은 얼굴로 리듬과 하나로 녹아들었으며, 평상시에는 텅 비어 있던 눈도 빛으로 반짝였다. 프레디는 이렇게 우리를 즐거운 시간으로 인도했다. 우리 넷은 자연스럽게 발을 구르고 손뼉치면서 노래를 부르기 시작했다. 쿵, 쿵, 짝. 쿵, 쿵, 짝. 쿵, 쿵, 짝. 쿵, 쿵, 짝.

이렇게 우리는 흥겹게 놀았다. 치매가 일어나기 전 우리 삶 속에 있던 자연스러운 즐거움이었다. 합창 부분에서는 목소리를 더욱 크게 질러댔다.

쿵, 쿵, 짝. 쿵, 쿵, 짝.

열 번째로 다시 듣는데, 마이크의 핸드폰이 울렸다.

"안녕, 친구!" 잭이 전화기에 대고 소리를 질러댔다. "그 망할 놈의 음악소리 좀 줄여. 도대체 똑같은 노래를 몇 번이나 계속 듣는 거야? 그 소리 때문에 미치겠어!"

마이크가 낄낄거리면서 소리를 더 높였다.

"짜샤! 우리 지금 아빠하고 록 콘서트 하는 중이야."

"오, 짱이네!"

이후 며칠 동안 우리 머릿속에서는 이 노래가 윙윙거렸다. 심지어는 퀼트 작업을 하는 동안 펠리시티노 이 노래를 흥얼거렸다. 그녀의 말에 따르면 그날 잭의 이야기를 듣고 그들도 집에서 우리처럼 흔들어댔다고 한다. 쿵, 쿵, 짝. 쿵, 쿵, 짝.

〈천사〉만 빼고 로비의 노래도 시큰둥해졌다. 그러나 퀸과 조시 그로번의 곡들은 여전히 확고한 애청곡으로 남았다. 더 이상 볼륨을 높일 필요는 없는 것 같았지만 말이다. 돔에게 요양원에서의 시간은 순간에서 순간으로 이어지거나 연속되지 않고 뒤집어졌다. 그래도 우리를 또 다른 방식으로 함께 존재하도록 만들어주는 무언가가 음악에는 있었다.

맥클리에서 도미니크에게 노래를 불러주던 마이크의 모습을 언제나 소중히 간직할 것이다. 마이크는 아름다운 목소리를 지니고도 뽐내지 않았다. 그래서 그의 노랫소리를 들은 사람은 거의 없었다. 나는 마이크가 도미니크의 침대에 앉아 부드럽게 노래를 불러주는 모습을 여러 번 봤다. 그는 노래로 도미니크에게 말을 걸었고, 도미니크는 거리낌 없이 함께 따라 불렀다. 마이크에게 눈을 고정시킨 채, 눈에 안 보이는 오케스트라를 가슴 박동에 따라 지휘하듯 박자에 맞춰 두 손을 움직이면서 마이크의 노래를 따라 부르곤 했다.

음악은 도미니크의 존재를 확장시켜주었다. 추상적인 사고와 언어 능력을 잃어갈수록 음악에 대한 감각적 반응은 커지는 것 같았다. 두 눈을 감고 음악을 들이마시는 모습을 보면, 그의 영혼이 떨리는 게 보이는 듯했다. 어떤 음악에는 감정의 파도가 너무도 강하게 요동쳐 눈물을 흘리기까지 했다. 조시 그로번은 거의 근원적 반응을 불러일으켰다. 부드럽고도 원색적이면서 충만한 반응. 조시의 목소리에는 도미니크로 하여금 자신을 표현하게 만드는 마술 같은 게 있었다. 덕분에 그는 감정을 드러내고 깊이 느꼈다. 가사를 알아듣고 이해하기까지 했다. 그뿐이 아니었다. 새로운 곡들의 가사와 멜로디를 전부 외워서 오래전부터 알던 것처럼 흥얼거렸다.

어느 날 저녁 나는 조시 그로번의 CD 〈어웨이크Awake〉를 틀어주었다. 새로 출시된 앨범이었는데, 한두 번밖에 듣지 않았는데도 가사를 막힘없이 불러 젖혔다. 그는 방의 돌출된 창가 의자에 앉아 있었다. 황혼녘의 하늘은 자줏빛으로, 구름은 우윳빛이 감도는 회색으로 물들고 있었다. 나무들은 해 그림자를 잃어버리고 서서히 윤곽만 드러내고 있었다. 우리 둘뿐이었다. 음악이 흐르자 도미니크가 노래를 부르기 시작했다. 사라지고 있는 목 근육 때문에 목소리에 풀기는 없었지만, 노래 가사는 내 무릎 위로 부드럽게 팔랑거리며 내려앉았다. 그는 의자 가장자리에 뻣뻣이 걸터앉아 팔을 뻗어 내 손을 거머쥐었다. 그러고는 그의 가슴에서 우러나는 노래인 것처럼 한마디 한마디 정확하게 노래를 불렀다. 시작 부분에서 딱 한 번 노래를 멈추고 "당신을 위해 불러주는 거야" 하고는, 노래가 끝날 때까지 눈길 한 번 떼지 않고 내 눈을 바라보았다.

그녀는 내 그림자를 꿰뚫어봐
무언가를 더 보지
내 안에 빛이 있다고 믿어
그녀는 확신해
그녀의 진실이 나를 강하게 만들어줘
매일 아침 내가 옆에서 그녀의 힘을 느끼며 깨어난다는 걸
그녀는 알까.

나는 영웅이 아냐
난 천사도 아냐
난 그냥 평범한 남자
다른 누구와도 다르게
그녀를 사랑하려는 남자
난 그녀의 눈 속에 있어.

21

매일 맥콜리로 도미니크를 만나러 갈 때마다 난 슬픔의 외투를 현관문 밖 나무 벤치 위에 걸어두었다. 덕분에 그도 숨 쉴 수 있었다. 돔은 여전히 타인들의 감정을 매우 섬세하게 느꼈다. 아무리 감쪽같이 숨겨도, 어떤 스트레스든 튀어나와 자석에 철가루가 달라붙듯 그의 몸에 척 들러붙었다. 그래서 우리는 슬픔의 외투가 나무에서 조용히 기다리는 동안, 차분하고 부드럽게 존재의 풍요로움과 아무것도 안 하는 축복을 즐겼다. 그러다 밤이 돼서 그가 잠들면, 밖으로 나와 낡고 익숙한 그 외투를 걸쳐 입고 내내 훌쩍이며 집으로 돌아왔다.

맥콜리에는 나름의 리듬이 있었다. 평일이 더 분주했다. 방문객과 자원 봉사자들, 가족들이 입구의 자동 유리문을 들락거렸다. 교대 근무가 시작되고 끝나는 시간에 맞춰 간호사들이 들어오고 나갔다. 도미니크가 좋아하는 간호사도 교대를 하러 왔다. 그녀는 중국인이었는데 호주에서 박사과정을 밟고 있었다. 중앙 로비에서 이따금 그들의 모습을 보곤 했는데, 함께 휴식처를 걷거나 예배당을 지나 들락날락 돌아다녔다. "만리장성을 걷는 중이었어요." 그녀가 이렇게 말하면 도미니크는 웃음을 터뜨렸다. 어떤 날에는 여러 무리의 사람들이 해변이나 습지 혹은 쇼핑센터에 갈 채비를 하고 로비에 모여 있기도 했다. 그들이 도움을 받으며 혹은 도움의 손길이 없는데도 독립적으로 거부 의사를 밝히며 버스에 오르거나 휠체어를 타며 다정하게 수다를 떠는 소리도 들려왔다.

의사들은 수요일에 방문했다. 그들은 의약품이 담긴 손수레와 차트를 든 간호사들을 대동하고 이 방 저 방 검진을 다녔다. 도미니크는 의사들이 들이닥칠 때마다 방을 떴다. 잽싸게 일어나서는 눈길도 안 주고 곧장 그들을 지나쳐 밖으로 나갔다. 이렇게 의사들과는 담을 쌓고 지냈다.

그는 리암 박사 말고는 어떤 의사도 만나려 하지 않았다. 하지만 리암 박사는 너무 멀리 있어서 도미니크를 방문할 수 없었다. 그런데 매기는 달랐다. 도미니크는 하루에도 몇 번씩 중앙 출입구 근처에 있는 매기의 사무실 안으로 슬쩍 미끄러져 들어갔다. 그곳에 가는 길은 절대 잃어버리지 않았다. 그녀의 문은 언제나 열려 있었고, 책상에는 늘 서류더미들이 빼곡히 들어차 있었다. 그는 마치 유령처럼 나타나 치아를 드러내고 씩 웃으며 인사했다. 그러고는 자신이 방해가 되는지 어떤지는 조금도 생각하지 않고 기대에 찬 눈으로 그녀를 바라보았다.

돌봄 책임자인 그녀는 늘 분주했다. 그런데도 도미니크는 종종 그녀의 사무실에서 액자에 담긴 가족사진들을 구경하거나, 함께 컴퓨터 앞에 앉아서 그녀가 읽어주는 다니엘의 이메일에 귀를 기울이곤 했다. 한 번은 그런 도미니크가 성가시지 않느냐고 물어보았다. 그러자 예의 그 침착한 태도로 그녀가 말했다.

"전혀 안 그래요. 도미니크는 젊은 데다 최근까지도 자기 연구실을 갖고 일하던 사람이에요. 그에게 제 사무실은 익숙한 환경이죠."

거의 매일 병동에 있는 간이 주방에 사람들이 모여, 머핀이나 브라우니, 여러 가지 달콤한 빵 등 그날 구운 다양한 간식을 곁들여 차를 마시는 모습을 볼 수 있었다. 아그네스 수녀와 매리 캐서린 수녀, 넬리와 유니스 수녀가 더 불편한 사람들을 도우면서 수다를 떠는 모습도 종종 보였다.

어느 날 아침 이들 무리를 지나쳐가는데, 아그네스 수녀가 큰 소리로 불러 세웠다. "우리 모두 도미니크를 찾고 있는 중이에요."

"고마워요, 수녀님."

"애들이 지나가는 게 보였는데, 차 한 잔 할래요? 도미니크 방에 갖다 줄게요."

대답할 틈도 없이 그녀가 차를 한 잔 따랐다. 할 수 없이 나는 잠시 멈춰서 그들과 수다를 떨었다. 그들에게 젊은 가족은 신선한 존재였다. 게다가 도미니크는 맥콜리 요양원에 들어온 세 번째 남자이기도 했다.

"처음으로 이곳에 들어온 남자가 뭐라 그랬는줄 알아요?" 아그네스 수녀가 짐짓 건방진 미소를 흉내 내며 말했다. "'수녀님, 저는 이곳의 청일점입니다.' 그래서 내가 뭐랬게요? '여인들 사이에 있는 그대에게 축복이 있을지니.' 이랬다우!"

그 순간 우레와 같은 박수와 함께 깔깔거리는 웃음소리가 주방을 가득 채웠다.

요양원은 아주 친절하지만 전혀 다른 세계였다. 속해 있기는 하지만 잘 어울리기는 힘든 세계. 나는 화기애애하게 잡담을 나누며 차를 다 마신 후 돔의 방으로 향했다.

"올리브가 오늘 아침에 나를 붙잡고 놓아주질 않았어요." 마이크가 돔의 방으로 들어오면서 말했다. "좀 이상했어요." 그러자 닉이 거들었다. "우리 셔츠를 막 잡아당기면서 따라오는 거야. 우리 코 앞에 대고 시끄럽게 울면서. 어떻게 해야 하지?"

올리브도 맥콜리에서 요양 중이었다. 그녀 역시 치매를 앓았다. 젊은 시절 부부는 여러 아이들을 입양해 키웠다. 천주교 신자여선지 타인들을 보살필 때 자존감을 가장 많이 느꼈기 때문이다.

"대니가 그를 보살피지 못하게 해요." 그녀는 내게 이렇게 불평하곤 했다.

그녀는 도미니크를 대니나 데본, 대릴, 딜론 등 여러 가지 이름으로 불렀다. 그를 보살필 수 없을 때면 좌절했고, 그럴 때마다 버스를 타고 남편에게 가고 싶다고 말했다. 울음을 터뜨리면서 내게 버스비 50센트를 달라고 부탁한 적도 있다.

우리는 올리브를 따돌리고 지나칠 묘책을 떠올렸다. 낮 동안에는 중앙 출입구가 잠겨 있지 않다. 내가 요양원에 없을 때 도미니크는 종종 나를 찾다가 중앙 출입구에서 내가 오기를 기다렸다. 직원들을 위한 감지 팔찌를 착용한 그가 출입구를 나설 때마다 직원들에게 신호가 갔다. 하지만 도미니크는 보통 멀리 가지는 않았으며, 대개 내가 오는지 보러 차도까지만 나갔다. 하지만 기다림은 그에게 힘든 일이어서 들락날락 분주하게 움직이며 기다리는 동안 감지기에서 수도 없이 신호음을 보냈다. 그러던 어느 날 올리브도 그곳에서 버스를 기다리고 있었다. 그녀는 도미니크보다도 먼저 내게로 다가와 소맷자락을 잡아당겼다. 이 모습을 본 돔은 놀라 부리나케 방으로 도망쳤다.

아이들이 나와 헤어진 후 도미니크를 따라잡을 수 있도록, 나는 속도를 늦춰 그녀와 함께 걸었다. 그러자 그녀가 팔을 움켜쥐면서 말했다. "나한테 묵주가 있어." 걸음을 멈추고 도미니크와 아이들이 모퉁이를 돌아 사라지는 걸 확인한 후, 그녀가 쥐고 있는 묵주를 자세히 들여다보았다. 꽉 쥐고 있어선지 땀으로 축축하고 온기도 남아 있었다.

"올리브, 도미니크를 위해 묵주기도를 해주면 그에게 도움이 될까요?"

"오 물론이지! 하지만 내 방에서는 안 돼. 난 여기 없을 거야! 묵주기도를 해주고 나서 집으로 갈 거야."

그녀는 내 손을 잡고는 단호하게 그녀의 방으로 끌고 갔다. 그러더니 의자 하나를 복도로 끌고 나왔다.

"방 안엔 안 있을 거야!"

그녀는 오래되고 익숙한 묵주를 손가락에 건 채, 복도 의자에 앉아 돔을 위해 조용히 기도를 시작했다.

"고마워요, 올리브."

그녀는 가만히 고개만 끄덕이고 계속 성모송을 읊조렸다. 기도하는 그녀를 내버려두고 도미니크의 방을 향해 줄달음쳤다.

방에 도착하기도 전에 마이크와 닉이 속옷이 보이도록 내려입는 반바지 차림으로 복도에서 나를 향해 어슬렁어슬렁 걸어왔다. 도미니크가 하도 걷고 싶어 해서, 도미니크의 엉덩이에 보행 보조기를 채우고 그를 부축한 채 왔다 갔다 하고 있었다. 속을 넣은 넓은 벨트에 손잡이까지 달린 이 보조기를 이용해 돔이 앉고 서는 것을 돕고 걷는 동안 안정적으로 보조해주는 법은 식구들 모두 물리치료사에게 배워 알고 있었다.

보조기를 찬 돔과 양옆의 아이들은 복도를 통과해 정원으로 향했다. 돔이 더없이 '시시껄렁한' 이야기들을 해도, 돔과 함께 웃어주며 멋스럽게 헝클어진 머리카락을 갖고 장난을 쳤다. 삶이 갈수록 슬프고도 충만한 대기 시간처럼 변해가는 동안, 돔과 함께 있어주는 그들의 모습이 보는 이에게 얼마나 큰 감동을 불러일으키는지 아이들은 잘 몰랐다.

그날 밤늦게 집으로 돌아온 나는 마이크의 침실 바닥을 가득 뒤덮은 옷가지들을 딛고 섰다. 도미니크 곁에는 베스가 있어주었다. 베스는 내가 집에서 나머지 일들을 처리할 수 있도록 일주일에 한 번씩 오후에 와서 취침 '교대' 시간까지 있어주었다. 이미 세탁한 마이크의 티셔츠와 청바지, 운동복들이 지저분한 옷들과 완전히 뒤섞여 있었다. 개서 넣어둬야 할 것과 세탁할 것을 가려내느니, 마이크는 곧 이것들을 전부 세탁기 안에 처넣어버릴 것이다.

"나 왔어."

"응, 엄마야?"

마이크에게 차를 한 잔 건네주고는, 침대 끝머리의 구겨진 이불 위에 자리를 잡고 앉았다. 그는 등에 받치고 벽에 기대라고 베개를 던져주었다. 그러고는 머그잔을 감싸 쥔 채 긴 다리를 내 다리 위에 걸치고, 생각을 정리하기라도 하려는 듯 천장을 올려다보며 말했다.

"있잖아요. 아빠가 저를 위해 마지막으로 희생하고 계신 거 같아요."

"그게 무슨 말이니?"

"이 일이 저를 변화시키고 있어요……."

차를 홀짝이고 다음 말을 기다렸다.

"중요한 걸 배우는 느낌이에요. 이런 일이 일어나지 않았으면 생각도 못해봤을 것을요…… 그게 뭔지 아직은 모르겠지만 무언가 좋은 걸 얻게 될 거 같아. 아빠를 위해서요. 그러니까 전혀 무의미한 일은 아니에요."

맨발을 쓰다듬어주자 마이크가 소리쳤다.

"이런! 손이 얼음장 같아!"

나는 찻잔으로 손을 덥힌 후 다시 마이크의 발을 만져주었다.

"이상해요. 사람들은 이런 일을 겪으면 더 강해진다고 하는데……."

"이런 일이 날 더 강하게 만들어줄지 잘 모르겠어." 침실에 있던 닉이 끼어들었다. "하지만 나를 다르게 만들어준다는 건 확실히 알겠어."

닉은 침대에 누워 한쪽 팔꿈치에 몸을 의지한 채, 《맨체스터 유나이티드》 최신호를 보고 있었다. 아이들은 서로가 잘 보이도록 각자의 침대에 누워, 상투적인 문구들에서 떼어낸 지혜의 말씀들을 나누었다. '신은 극복할 수 없는 것은 어떤 것도 주지 않는다. 그대를 죽이지 않는 것이라면 결국은 그대를 더욱 강하게 만들어줄 것이다'와 같은 것들이었다. 그러나 이런 분명한 지혜들도 본질적으로는 도움이 안 됐다. 두 번째 지혜를 말한 이는 니체였는데, 그는 정신병으로 죽었다! 이 병은 그만큼 무시무시했다.

"인간이 받을 수 있는 최악의 진단이야." 닉이 말했다.

완화제 같은 상투적인 문구들은 우리 모두에게 전혀 도움이 안 됐다. 그것들은 공허하고 진부한 말들을 조제한 것에 지나지 않았다.

다음날 아침 다시 맥클리에 가보니, 도미니크가 스트래드브룩 섬에서 산 티셔츠를 입은 채, 가슴팍에 휘갈겨져 있는 표어를 갖고 간호사들과 시시덕거리고 있었다. '상어들이 먹어치워, 악어가 없는 곳!' 그가 이 문구를 되풀이해서 읽는 사이, 웃음이 끊이질 않고 이어졌다. 아이들은 아빠가 어린아이처럼 즐거워하는 모습을 물끄러미 바라보았다. 도미니크의 웃음은 정말 유쾌해보였다. 그가 행복해하는 모습을 보니 위안이 됐지만 그의 이런 모습은 이 병의 위력을 일깨워주기도 했다. 간호사들의 웃음과 농담, 멍청한 표어가 도미니크의 기분은 좋게 만들어주었을지 모르지만, 아이들에게는 전혀 재미있지도, 가슴에 와 닿지도 않았다. 아이들은 자리를 뜰 수밖에 없었다.

집으로 돌아오는 과정에는 섬세한 주의가 필요했다. 때로는 몰래 빠져나와야 했다. 우리가 떠나는 모습을 못 보면 도미니크는 우울해하지 않았다. 그래서 우리는 주의를 분산시키는 친절하고 애정어린 게임 기술을 터득해야만 했다. 하지만 이런 짓도 마음이 편치는 않았다. 너무 작아서 끊임없이 피부를 쓸어대는 옷, 몸에 안 맞는 옷을 걸치는 것만 같았다.

"정말 싫어. 꼭 속임수를 쓰는 것 같잖아. 아빠를 속여야 하다니." 닉은 이렇게 소리쳤다.

"아빠, 사랑해요." 아이들은 도미니크에게 키스하며 이렇게 말하곤 했다. 도미니크는 자기 이름을 부르는 소리를 좋아했다. 그의 뻣뻣해져가는 얼굴에서는 안도감과 더불어 알았다는 듯 미소가 피어났다. 아이들은 그러면 잠깐 기다렸다가 잽싸게 슬그머니 방을 빠져나왔다. 누구도 "잘 있어, 아빠. 우리 이제 집에 갈 거야"라고 말하지 않았다.

나는 그의 곁에 머물렀다. 밖으로 나가는 중에 아이들은 간호사를 불러 나를 도와달라고 부탁하곤 했다. 그러면 간호사가 느닷없이 들이닥쳐서, 대개는 산책을 가자고 제안하는 식으로 도미니크의 주의를 다른 데로 돌렸다. 대개의 경우 그는 간호사의 제안을 받아들이고, 간호사와 함께 내 앞을 지나쳐 갔다. 일말의 주춤거림도 없이, 나도 몰래 방을 빠져나간다는 것을 알아차리지도 못하고 말이다. 하지만 가끔 우리보다 먼저 중앙 출입구에 도착해 함께 가겠다고 우겨서 우리를 뜨끔하게 만들었다. 그럴 때면 나는 이렇게 말하곤 했다.

"아, 당신 방에 중요한 걸 두고 왔네. 다시 돌아가서 그거 가져오면 어떨까?" 그러면 그는 고개를 끄덕이고 나와 손을 맞잡은 채 천천히 방으로 돌아갔고, 나는 아이들이 차 안에서 기다리는 동안 그의 방에 잠시 머물렀다가 전 과정을 다시 반복하곤 했다. 이것은 도미니크는 물론 아이들의 마음을 달래주기 위한 전략이기도 했다. 집으로 돌아오고 싶어 하는 우울한 아빠와 문간에서 작별하고 나면, 밤새 잠을 제대로 이룰 수 없었기 때문이다.

우리는 차를 건물 뒤편에 주차해두고, 도미니크가 잘 모르는 직원용 문을 통해 나왔다. 아이들이 따로 차를 타고 올 때 이런 전략은 더욱 성공적이었다. 집으로 돌아가느라 나를 기다릴 필요도 없고, 그러면 아빠와의 작별이 한결 편안해졌다.

어느 주말 아이들이 친구들과 외출해 도미니크와 단 둘이 있게 됐을 때, 나는 의사에게 전화를 걸어 도미니크를 진찰하러 와달라고 부탁했다. 전화를 받았을 때 의사는 정원 일을 하고 있었다. 그는 정원용 부츠를 신은 채로 즉각 차를 타고 달려왔다. 그런 점이 정말 마음에 들었다. 무언가 현실적이고 기초가 든든하며 진실한 것 같은 느낌이 들었다. 친숙하지만 이런 상황에서는 흔치 않은 일이었다. 하지만 그러기는 우리도 마찬가지였다.

도미니크의 폐는 유체와 오염물로 가득 차 있었지만 근육이 약해서 어떤 것도 뱉어낼 수 없었다. 운동신경질환은 숨을 막히게 하고, 치매는 녹아가는 몸뚱이를 왔다 갔다 서성이게 만들었다. 하나를 완화시켜주는 약물을 투여하면 대개는 다른 병에 문제가 생겼다. 두 가지 병은 연결되어 있으면서도 서로 끊임없이 다툼을 벌였다. 당시 나는 가족들에게 이렇게 적어 보냈다.

이 혼란의 한가운데서도 때로 더없이 뭉클한 순간으로 채워진 쉼표의 시간들이 있어요. 희석되지 않은 강렬한 시간. 이럴 때 우리는 다시 잃어버리기 전에 그 모든 것을 끌어모으죠. 이럴 때 사랑과 슬픔은 아주 긴밀하게 뒤엉켜 있는 것 같아요. 도미니크를 잃어가고 있지만 한편으로는 더욱 깊이 이해하게 되었다는 생각도 강하게 들어요.

오늘, 대항하지 않고 놓아주는 것에 대해 이야기했어요. 내가 그를 얼마나 사랑하는지, 얼마나 많이 그리워할지. 아이들이 더 어른이 돼도 그를 언제나 기억할 것이라고, 내가 그 자리에 있어주리라고, 우리의 모든 친구들도 그러할 것이라고. 서로를 보살피는 한 우리 모두 괜찮을 거라고 이야기했지요. 그에게 이 점을 알려줄 필요가 있는 것 같았거든요.

그가 잠들 때까지 그 허약한 몸을 안고 누워 있었어요. 그러다 보니 기억하는 능력보다 자신이 잊히지 않으리라는 것을 아는 게 더 중요하다는 생각이 들더군요. 그래서 그에게 속삭였어요. 세상을 뜨고 난 후에도 어떤 식으로든 내게 잘 지내고 있다고 알려줄 수 없겠느냐고요.

"아빠가 이제는 식사를 잘 못해요." 어느 날 저녁 마이크가 말했다.

"튜브로 위에 영양을 공급하거나, 산소호흡기 같은 걸 씌우거나 하지는 않을 거지?" 닉이 물었다. 나는 말없이 고개를 끄덕였다.

"아빠가 아사하는 건 아니겠지?"

"아냐, 그렇진 않을 거야……."

"그럼 끔찍할 거야." 내가 말을 잇기도 전에 닉이 말했다.

"아빠는 굶지 않을 거야. 허기를 느끼지도 않을 거고."

대화를 듣고 있던 마이크가 말했다.

"그걸 어떻게 확신해요?"

"나도 그게 걱정이 돼서 물어봤어. 그랬더니 의사가 그러더라. 죽어갈 때는 먹고 마시고픈 욕구가 서서히 사라지면서 엔도르핀이 분비돼서 편안함을 더 많이 느낀다고 말야. 몸이 죽음을 편안하게 받아들이는 나름의 방식인 거지."

"그럼 먹고 마시고 싶은 욕구를 못 느낀다고요? 허기도 전혀 안 들고요?"

"허기도, 갈증도 안 느낄 거야. 안 먹어서 고통을 느끼지도 않을 거고. 오히려 억지로 음식을 먹이면 아픔을 더 많이 체감하지. 이렇게 몸이 정지되어버리면, 사람들은 종종 혼수상태에 빠져서 아주 평화롭게 죽음을 맞기도 해."

물론 우리에게 익숙한 대처 방식은 아니었다. 음식은 우리가 걱정하고 있음을 보여주고 보살피는 하나의 방식이었다. 그래서 아픈 사람이 생기면 치킨 수프를 만들어 먹이는 것이다. 먹고 싶을 때 먹게 하던 우리도, 도미니크가 때로는 먹고 싶어 하지 않을 수도 있음을 받아들이는 쪽으로 보살핌의 방식을 바꾸었다.

"의사한테 그 점에 대해서 더 물어볼래? 나랑 네가 아는 것보다 더 많은 답을 줄지도 모르잖아."

"좋은 생각이에요! 하지만 이런 문제를 설명하는 일은 엄마가 더 잘해요. 전 그냥…… 전 아빠가 고통받는 걸 원치 않을 뿐이에요."

며칠 후 마이크와 닉은 에드의 소형트럭을 타고 쓰레기 처리장으로 향했다. 에드는 집에서 아이들과 시간을 보내면서 살림살이를 손보고 집 안을 청소하는 일을 거들어주었다. 그의 소형트럭은 우리 집 정원에서 나온 쓰레기와 폐기물, 오랜 슬픔이 낳은 긴장과 누적된 좌절감으로 가득 차 있었다. 아이들이 경험하는 고통의 무게를 에드는 잘 느끼고 있었다.

그들은 바람에 먼지 휭휭 날리는 쓰레기 처리장에 도착했다. 닉은 열린 차창에 몸을 기대고, 마이크는 차에서 내리고 싶어 하지 않았다. 에드는 아무 말이 없었다. 그러더니 그는 쓰레기 더미에서 벽돌을 한 장 집어 들어 잠시 무게를 가늠해본 후, 그것으로 낡은 텔레비전 수상기를 박살내버렸다. 아이들의 눈이 휘둥그레졌다. 에드는 이어서 빵 네 조각을 구울 수 있는 낡은 토스터를 찾아내 쓰레기 버리는 곳으로 내던졌다. 토스터는 몇몇 버려진 물건들에 부딪혀 튕겨 다니다 결국은 금속 틀이 산산조각 나며 일그러져버렸다.

마이크가 차 문을 열고 나왔다.

에드는 망가진 의자를 집어 들어, 뚫린 흉부로 스프링을 드러낸 채 불룩하게 누워 있는 낡은 매트리스를 향해 내던졌다. 마이크가 작은 콘크리트 벽돌 더미로 천천히 걸어갔다. 그가 벽돌 하나를 집어 들어 근처의 컴퓨터를 향해 내던지자, 컴퓨터 화면이 산산이 부서졌다. 얼마 지나지 않아 셋은 함께 같은 짓을 해대기 시작했다. 울분을 토해내고 부수고 달리고 웃고 울면서 에너지가 바닥날 때까지, 소형트럭 안에 있던 낡은 가전제품들을 포함한 살림살이들을 전부 비워버렸다. 집으로 돌아오는 길, 소형트럭은 한결 가벼웠다.

다시 휴식을 위한 시간이 다가왔다. 나는 해변에서 쓸 용품들—여린 영혼들을 보살펴줄 물품—을 차에 싣고, 잭, 미치와 함께 아이들을 스트래디로 데려갔다. 베스가 마이클 루닉의 《컬리 피자마 레터*The Curly Pyjama Letters*》를 건네주었다. 이 책은 컬리 아파트 근처에 사는 바스코 피자마와 미스터 컬리라는 두 친구가 주고받은 엉뚱한 가상 서간집이다. 삶의 형태가 변하고 있었다. 광기 어린 이상한 나라에서 한층 사색적인 컬리 아파트로 옮겨간 후 나는 바스코가 쓴 오자들도 받아들이게 되었다. 그리고 온갖 모양으로 흔들리는 불안한 삶 속에서 베스는 해결사 천사가 돼주었다. 나를 보살펴주고, 맘 편히 누워 쉴 수 있게 용기를 북돋워주었다. 그녀는 도미니크와 시간을 보내주고, 매일 전화를 걸어 도미니크는 잘 있다고 나를 안심시켰다. 그리고 기껏 며칠 있다 오지 말고 일주일은 푹 쉬어야 한다고, 온갖 말로 용기를 불어넣어주었다. 맥콜리에서는 모두들 무탈하다고. 도미니크는 잘 지낸다고. 그가 주변에서 천사들이 느껴진다고 말했다고. 그러면서 정작 걱정인 사람은 나라고. 스트래디 섬에서 돌아온 후 나는 가족들에게 이렇게 적어 보냈다.

음, 어느 면에선 아이들이 훌륭한 균형자 역할을 해주고 있는 것 같아요. 아이들에게 이 휴가는 아주 중요했어요. 솔직히 저만을 위해서였다면 이렇게 멀리 오진 못했을 거예요. 그랬으면 초록 고블린이 저를 완전히 먹어치웠겠죠.

숨을 쉬느라 버둥거리는 도미니크의 모습이 꿈속에 나타나기 시작했다. 나는 밤에 숨을 헐떡이며 깨어나 그에게 숨을 불어넣어주려고 애썼다. 아침이면 다행히 나아졌다. 밤이 어떤 어둠을 뿌리고 갔건, 다음날이면 사랑이 불러일으킨 밝음 속에서 녹아 사라졌다.

악화되긴 했지만, 도미니크가 오늘 절 보더니 불안하게 서성이던 걸음을 멈추고 입이 귀에 달리도록 환하게 웃어주었어요. 그러곤 말했죠. "안녕, 내 아름다운 사랑!"

우리에게는 퀸의 음악도 있었다. 오래전에 죽은 프레디 머큐리가 아직도 마술을 부려, 마이크와 닉은 도미니크의 병실 바닥에서 매일 팔굽혀펴기 경쟁을 할 때마다 그의 음악을 들었다. 도미니크는 침대에서 엄지손가락을 치켜 올려 보였다. 그러면 병실은 죽음을 기다리는 대기실이라기보다 음악이 흐르는 신병훈련소처럼 느껴졌다.

어느 날 아침 미치가 문병 와 아이들과 함께 팔굽혀펴기를 했다. 닉은 미치를 이기리라 결심하고 미치의 야유와 방해를 무시하기 위해 질끈 눈을 감았다. 결코 방해공작의 희생물이 될 수는 없었다. 그러나 동점을 기록하는 순간, 닉은 결국 항복하고 웃음을 터뜨렸다.

"이 망할 자식!" 닉이 리놀륨 바닥에 쓰러지면서 소리쳤다. 도미니크가 웃음을 터뜨리고, 마이크는 음악을 조시 그로번의 것으로 바꿨다.

"봐!" 마이크가 발로 닉을 툭툭 건드리며 소리쳤다. 도미니크가 침대에서 나와 두 팔로 나를 감싸고 춤을 추기 시작한 것이다. 나는 두 눈을 감고, 그를 느끼던 순간들 속으로 발을 들여놓았다. 춤추다 내 발을 밟던 느낌, 싸운 후 밤에 서로를 애무했을 때의 느낌, 내 머리카락을 갖고 장난쳤을 때의 느낌을 느껴보았다. 둘의 몸이 단순하게 똑같이 움직이는 동안 그에게서 내가 언제나 알고 있던 그 부드러운 기운이 뿜어 나왔다. 그는 내가 마치 성스러운 존재라도 되는 양 다시 한 번 나를 안아주었다. 문으로 누군가 불쑥 머리를 들이밀었다가 조심스럽게 물러서는 것도 나는 보지 못했다.

도미니크의 병실에는 이제 침대가 네 개나 놓여 있었다. 하나는 그의 침대 옆에 붙박이처럼 놓여 있었다. 방해가 안 되면 우린 침대들을 붙여서 더블침대처럼 썼다. 또 아이들을 위한 매트리스도 결정했다. 필요하지 않을 땐 쉽게 매트리스들을 치울 수 있었다. 매트리스는 도미니크의 동선에 걸리적거리지 않게, 정원이 보이는 돌출된 창의 움푹 들어간 바닥에 두었다. 벽에는 피나 콜라다를 마셨던 그 기억할 만한 밤에 찍은 넷의 사진이 밝은 오렌지색 액자 속에서 퀼트에 둘러싸인 채 걸려 있었다. 그리고 그 위에는 목걸이가 매달려 있었다.

아버지는 섬세한 꽃들을 몇 시간 동안이나 손수 눌러 펴고 투명 수지를 붙여서 이 멋진 목걸이를 만들어주셨다. 목걸이는 우리 가족 한 사람 한 사람을 나타내는 특별한 꽃들로 아름답게 이어져 있었다.

아버지의 편지를 도미니크에게 읽어주었을 때, 그가 정말로 이해를 하는지 어떤지는 나도 몰랐다. 그런데 목걸이를 쥐고 같이 침대에 누워 있는데, 도미니크가 꽃들을 하나하나 가리키며 말했다.

"나…… 당신…… 마이크…… 닉."

그러고는 액자 속 가족사진을 가리키며 목걸이를 거기에 걸어달라고 했다.

"멋진 목걸이인데요." 다음날 아침 병실을 들어서며 마이크가 말했다. 그러고는 목걸이를 사진에서 떼어내 손에 쥔 채로 도미니크와 함께 침대에 대자로 누웠다.

"나…… 엄마…… 너…… 닉." 도미니크가 목걸이를 가리키며 말했다.

마이크는 숙취를 누르고 미소를 지어보였다. 마이크가 광란의 밤을 보내고 난 후였지만, 매기는 기름진 베이컨과 달걀을 권할 순 없었다. 결국 그는 토스트로 만족해야 했다. 요양원은 결코 집 같지 않았다. 하지만 죽어가는 아버지와 침대에 누워 있는 십대 아들에게 숙취 해소용 음식을 제공해주는 곳이 어디 있겠는가?

"아빠한테 드릴 선물이 있어요." 마이크가 도미니크에게 말했다. 사랑과 유머를 보여주는 동물사진들로 가득한 책 표지를 열자, '아버지이자 친구, 영웅인 사랑하는 아빠에게'라는 헌사가 적혀 있었다. 도미니크는 부드러운 선율 같은 마이크의 목소리에 귀를 기울였다. 마이크는 도미니크에게 더욱 바싹 다가가 앞표지 안쪽에 쓴 시를 보여주고, 베개를 나눠 벤 채 그에게 시를 읽어주었다. 몇 시간 후 닉과 함께 도착해보니, 마이크와 도미니크는 설핏 잠들어 있었다.

나는 닉에게 운전교습을 시키는 중이었다. 텅 빈 주차장을 도는 단계를 지나, 차는 거의 없고 집들만 몇 에이커에 걸쳐 있는 샘포드의 반 시골 같은 주택지에서 거리로 나섰다. 딱 하루만 빼고 말이다. 이날 거리에는 십대 딸을 데리고 나온 어느 아빠가 나와 똑같은 일을 하고 있었다.

"와! 재 짱인데!"

"도로에 눈 고정시켜!"

"봤어? 재가 날 봤어."

"닉, 길 왼편으로 가야지. 벗어나고 있잖아. 계속 왼쪽으로 가."

닉은 웃으며 다시 왼편으로 속도를 높였다. "좋아, 오, 재도 길을 벗어났어!"

"애, 속도 낮춰. 그렇게 질주하면 시험에서 완전 탈락이야."

언덕을 올라가자 길은 차츰 평탄해지면서 좁고 막다른 골목이 나타났다. 우리는 여섯 번이나 방향을 틀고 정지신호가 켜질 때까지 계속 속도를 높이면서 씽씽 언덕을 내려왔다. 그 사이 금발의 십대 소녀는 길 맞은편에서 언덕을 오르다 멈춰 서 있었다.

"천천히, 천천히, 천천히, 천천히, 정지신호야." 나는 가상의 브레이크 페달을 밟아대며 이렇게 소리쳤다.

"엄마!"

"멈춰 멈춰 멈춰어어어어!"

"뭐예요?!" 차가 끼익 소리를 내며 멈췄다. 우리 둘 다 안전벨트가 늘어날 수 있는 한도까지 앞으로 기울었다. "으, 엄마! 엄마 때문에 놀랐잖아!"

우리는 이내 교습 강도를 높여서 편도 일차선에 구불구불한 모퉁이들, 양보 표지판, 분주한 로터리, 기차 건널목이 있는 복잡한 거리로 접어들었다. 그러곤 정지신호가 켜질 때마다 계속 고함을 질러대다가 마침내 맥콜리에 다다랐다.

마이크가 우리가 들어오는 소리에 덥수룩한 머리를 치켜들었다. 한쪽 팔꿈치에 몸을 의지하고는 운전은 어땠느냐고 물었다.

"쭉쭉 달렸지. 경사로 오르기에도 성공했어."

"멋진데."

"아빠한테 자랑하고 싶은데, 어떻게 생각해?"

"얘, 아빠 어디 갔니?"

"아마 다시 걷는 중일 거야." 닉이 그를 찾으러 갔다.

"아빠, 드라이브 안 가실래요?"

도미니크가 우리를 따라 차에 탔다. 나와 마이크가 도미니크가 차에 타도록 돕는 동안, 닉은 앞뒤 유리창에 다시 운전연습자 표지판을 붙였다. 마이크가 도미니크와 함께 뒷좌석에 앉자, 닉이 시동을 걸었다. 부르릉 시동이 걸리자 차는 보행 보조기에 의지해 걷는 두 여자들을 지나 천천히 앞으로 나아갔다.

"잘 봐, 아빠. 나 운전할 수 있어!"

도미니크는 앞을 응시하며 엄지손가락을 치켜올렸다. 요즘 그는 이런 손짓을 자주 보여준다.

닉은 산책 중인 여자들을 지나 동네 인근을 돈 후, 좁고 낯선 주택가 도로로 접어들었다. 과속방지턱이 여러 개 있었지만, 그는 이가 흔들릴 만큼 고속으로 방지턱을 타고 넘었다.

'정지신호야. 정지신호.'

"봤어요, 엄마. 아무 말도 하지 마세요!"

나는 한마디도 하지 않았다. 하지만 드라이브가 끝날 즈음 나는 도미니크의 약을 먹어야 할 지경에 이르고 말았다. 도미니크도 오이처럼 차가웠다.

"엄마가 좀 놀란 것 같아!" 도미니크와 팔짱을 끼고 방으로 돌아가며 닉이 말했다. "그래도 아빠는 내가 잘했다고 생각하지?" 돔이 앞을 보며 미소를 지었다.

다시 문병을 온 미치는 우리와 함께 도미니크의 방으로 갔다. 잠시 후 살며시 문을 두드리는 소리가 들렸다.

"안녕하세요. 들어가도 되죠?"

도미니크가 자기 이웃을 알아보고 미소를 지었다. 그녀는 복도 위쪽으로 몇 방 건너에 살았다.

"오, 엊그제 두 분이 춤추는 거 봤어요!"

"음악소리가 너무 크지 않았죠?"

"아뇨. 전혀 안 컸어요."

"어떻게 지내세요?"

"삶은 늘 아름답죠."

메리 캐서린 수녀에게 삶이란 늘 아름다웠다. 지구상에서 비교적 평온한 영혼 중 한 명인 것 같은 인상이었다. 그녀는 우리가 숨 쉬는 공기의 느낌을 부드럽게 만들어주었다. 그녀가 퀼트를 향해 다가갔다.

"당신을 만날 날을 기다렸어요. 물어보고 싶어서요. 이 작품에 대해 이야기해줄 수 있어요?" 물감으로 얼굴에 '아버지의 날을 축하드립니다'라고 적은 채 활짝 웃고 있는 아이들 사진을 퀼트로 만든 작품을 가리키며 물었다. 그러고는 손으로 퀼트를 어루만졌다.

"이 작품에서는 도미니크의 심장 박동이 느껴져요."

"저도 그 작품 좋아해요." 마이크가 거들었다.

"그래, 저 날 정말 좋았어. 저때는 훨씬 어렸었지. 몇 살이었지?" 닉이 마이크를 건너다보며 물었다.

"몰라. 일곱이나 여덟? 아빠가 우리 얼굴에 물감으로 글씨를 쓸 수 있게 머리를 붙이고 있었지."

그들은 사진을 보기 위해 더욱 가까이 몸을 기울였다.

"우리가 엄마한테 아침을 만들어주었어. 아빠가 우리를 도와주었지. 우린 아침 식사를 침대에 있는 엄마한테 갖다 주었어. 엄마가 우리한테 키스하고, 우리가 젖은 물감을 엄마 얼굴에 칠갑하던 것도 기억나!"

"음식이 정말 고약했는데도 엄만 어쨌든 먹어줬어. 그리고 아빠한데 계속 한 입 먹어보라고 권했지!"

"'아니야, 그건 당신을 위해 만든 특별식이야. 다 당신을 위한 거라고!' 아빠는 계속 이렇게 말하고 말이야."

메리 캐서린 수녀가 웃음을 터뜨렸다.

캐서린 수녀가 작별을 고한 후, 도미니크는 침대로 들어가 잠들었다. 오래 머물지도 않았는데, 그녀가 떠난 후에는 언제나 평온한 기운이 감돌았다.

마이크가 음악소리를 줄였다. 닉은 도미니크의 서랍장을 뒤져 직물용 펜 상자를 찾아냈다. 자주색 펜을 골라서는 도미니크의 발자국 그림 옆에다 조심스럽게 다른 글자를 적어 넣었다. 그는 펜을 다시 상자에 집어넣고, 도미니크의 침대 옆에 의자를 끌어다 앉은 후 가만히 앉아 잠든 모습을 지켜보았다. 뺨을 타고 눈물이 흘러내렸다. 닉은 눈물을 닦으려고도 하지 않았다. 미치는 바닥에 앉아 친구를 바라보기만 했다. 그는 이 퀼트가 걸려 있는 벽에 조용히 몸을 기댔다. 바로잡을 필요도, 말을 더할 필요도 없었다.

그날 밤 무언가가 나를 깨웠다. 도미니크는 네 천사들의 호위를 받으며 발판 위에 서 있었다. 빛이 아주 환했다. 어둠은 뚫고 들어올 수 없는 찬란한 빛이었다. 그는 떠나고 싶지 않았지만, 그렇다고 저항하지도 않았다. 살짝 고개를 기울이고 내게 미소를 지어보였다. 어떤 말도 없었다. 하지만 갈 시간이 되자, 내 옆에 가장 가까이 서 있던 천사들에게 뒤에 남아 있으라고 손짓했다. 그들은 다가와 내 양옆에 섰다. 잠에서 완전히 깨 침대에 앉아 있는데도, 살갗을 스치는 그들의 존재가 느껴졌다.

22

브리즈번의 여름이 늘 그렇듯 해가 일찍 떴다. 새들이 지저귀는 소리에 아침 6시에 눈을 떴다. 해는 이미 중천에 떠 있었다. 나는 침대에서 뛰어내려 주방으로 가 주전자를 불에 올려놓고, 생일 축하를 해주기 위해 닉의 방으로 갔다. 그런데 엄마답게 따뜻이 키스해주기도 전에, 마이크가 닉의 침대 위로 뛰어올라 시트를 걷어내며 라디오 디제이 같은 목소리로 "정신 차리고 일어나!"라고 소리쳤다. 닉은 불만스러운 신음소리를 내며 베개 밑에 머리를 파묻었다.

"우리 왕자님, 생일 축하해!" 내 말에 닉이 물었다.

"몇 시예요?"

"일어날 시간이야. 아침 생일상을 곧 대령할 거란 말야!" 마이크는 이렇게 말하면서, 닉의 발목을 잡고 침대에서 반쯤 끌어내렸다. 닉은 여전히 베개로 머리를 감싼 채 바닥에 무릎을 꿇고 가슴을 침대 매트리스에 수평으로 걸쳤다.

"준비될 때까지 나오지 마!"

마이크가 닉의 방문을 닫으며 말했다. 마이크와 나는 생일 아침 의식에 필요한 물건들을 전부 가져다가 테라스에 생일상을 차리기 시작했다. 나는 먼저 바싹 마른 멋진 나뭇가지와 장식품들로 직접 집에서 만든 크리스마스트리를 식탁으로 옮겼다. 사흘 전 우리는 이미 돔의 방에서 한결 전통적인 모양의 트리로 크리스마스를 축하했다. 나는 주전자의 물을 다시 끓이고, 마이크는 찻잔을 내왔다. 정원에서 싱싱한 가지들을 자르는 동안 주방에서 달그락거리는 소리가 들려왔다.

"엄마, 나이에 맞춰 꽂는 초 어딨어요?"

"찬장에."

"어느 찬장요?"

"만날 초 넣어두는 찬장 있잖아."

"그게 어느 찬장이냐고요."

마지막으로 선물을 포장하고, 손가락에 묻은 케이크 토핑을 핥아 먹고, 촛불을 켰다. 모든 준비가 끝나자, 마이크가 주방으로 가서 접시 닦는 헝겊을 집어 들고 닉의 방으로 갔다.

"내 멋진 스카프를 쓰는 건 어때?"

"아뇨, 이게 좋아요."

"으! 이거 냄새가 고약한데!" 마이크가 눈을 가리자, 닉이 소리쳤다.

지난 몇 년 동안 눈을 가리는 의식은 갈수록 유치해졌다. 내 화려한 스카프 대신 축축한 행주나 냄새 고약한 스포츠 양말을 쓴 지 오래되었다.

마이크가 닉의 눈을 가린 채 아침 식탁을 향해 닉을 빙빙 데리고 가는 동안, 나는 카메라를 들고 뒤따랐다. 식탁에 다다르자 마이크는 어지러워할 때까지 닉을 빙글빙글 돌리다가 드디어 눈가리개를 풀어주었다. 화려한 생일상과 축가가 닉을 맞았다. 닉의 자리에는 정원에서 꺾어온 꽃들이 장식돼 있고, 꽃 옆에는 나이를 기리는 촛불이 환하게 타올랐다. 폭죽과 집에서 만든 카드, 바다 건너 해외에서 도착한 카드들, 몇 개의 선물, 약혼식 때 부모님이 선물로 받은 오래된 본차이나 찻잔에 우려낸 따뜻한 차, 과일과 크림이 줄줄 흐르는 거대한 패블로바(한가운데가 특히 부드러운 원형의 크고 두꺼운 머랭—옮긴이)도 있었다. 패블로바는 생일 아침을 위해 직접 선택한 것이었다. 아이들이 어렸을 때는 패블로바가 생일날의 가장 큰 즐거움이었지만, 나이 든 지금은 이렇게 이른 아침부터 케이크를 먹는 것이 별로 내키지는 않았다. 그래도 이 전통을 잃고 싶어 하는 사람은 아무도 없었다.

우리는 테이블에 둘러앉아 설탕과 크림에 취한 속을 차로 씻어 내렸다.

"이 패블로바 한 번에 다 먹을 수 있으면 한 번 먹어봐."

"얼마나 줄 건데?"

"10달러."

"겨우!"

"좋아, 15달러."

"좋아."

"왜 그런 내기를 하는 거야……? 몸에 안 좋을 텐데?" 내 말에 닉이 미소를 지었다. 그러고는 잠시 뜸들이며 소원을 생각하다가,

말없이 입김을 불어 촛불을 껐다.

아침 식사를 마친 후 우리는 그릇에 패블로바를 조금 담아 맥콜리로 향했다. 그리고 도미니크와 함께 다시 닉의 생일을 축하해주었다. 도미니크는 맛을 못 느끼면서도 달콤한 패블로바를 몇 스푼이나 먹었다.

"저, 아빠. 아빠는 제가 패블로바를 한 번에 전부 먹어치울 수 있을 거라고 생각하시죠?"

도미니크는 미소만 지어보였다.

그는 갈수록 허약해지고 있었다. 죽음의 신이 만반의 준비를 하고 참을성 있게 곁에서 기다리고 있는 게 느껴졌다. 나는 조금만 더 기다려달라고 애원했다. '제발, 오늘은 안 돼요. 오늘은 닉의 생일이에요.'

간호사가 머리를 들이밀고 닉의 생일을 축하해주었다. 그러고는 내게 잠시 볼 수 있겠냐고 물었다. 방으로 돌아와 보니, 도미니크는 꾸벅꾸벅 졸고 있었다. 나는 그를 편히 쉬게 두고 아이들과 함께 집으로 돌아왔다. 이날 오후 늦게 나는 식구들에게 이렇게 써 보냈다.

내일 관을 보러 장의사를 찾아가봐야 해요. 간호사가 오늘 기다리지 말고 지금 준비해두는 게 좋겠다고 했거든요. 환자가 요양원을 떠나면 특별한 이별 의식을 해준대요. 하지만 저는 뭐든 미리 준비해야 된다는 걸 몰랐어요. 제가 뭐라고 할 수 있었겠어요? 오늘 같은 대화에는 정말로 준비가 안 돼 있었는데. 닉의 생일인데다가, 제 친구들은 새 여름 구두 쇼핑을 나갔고요. 그런데 전 관을 고르러 가야 해요. 모든 일이, 그 어떤 것도 이해가 안 되는 날이었어요.

닉의 친구들이 도착해서는 저녁이 되자 우스꽝스러운 포커게임을 시작했다. 몇몇 친한 친구들이 이 쇼를 위해 한껏 멋을 내고는 식탁에 둘러앉았다. 미치는 조명을 침침하게 낮추고, 옷에 달린 모자를 머리까지 끌어올려 뒤집어쓰고 카드를 나눠주었다. 플라스틱 칩이 짤깍대는 소음과 아이들이 음식을 우적거리는 소리만 고요를 깨트렸다. 아이들은 정말 우적거리기도 많이 우적거렸다. 그러면서 각자 가능한 최고의 승리를 이뤄내기 위해 애썼다. 여덟 명의 포커페이스들은 검은 색안경 너머로 서로를 훔쳐보면서 적수의 속내를 읽어내기 위해 혈안이 돼 있었다. 누군가 판돈을 더 걸면서, 너무 작아 짜증스러운 밀짚모자 때문에 머리를 긁적였다. 닉은 상대방에게 패를 보이라고 하면서 해변에서 쓰는 챙 넓고 헐렁한 모자를 얼굴 위로 푹 내려 썼다. 표정을 숨기기 위한 이 우스꽝스러운 모자들이 아니었다면, 아마도 이들은 언제든 시가 연기를 뿜어댈 준비가 돼 있는 깡패들의 지하 모임처럼 보였을 것이다.

대접에서 입들로 손들이 되풀이해서 움직이고, 패배자들은 플레이스테이션 앞의 소파로 천천히 옮겨가 매든 게임을 즐기며 다시 우적우적 간식을 먹어댔다. 다음날 아침 일어나 보니, 아이들은 거실에 대자로 뻗어 코를 드르렁거리며 잠들어 있었다. 전화벨이 울려도 누구 하나 움찔대지도 않았다. 패트리샤가 안부 차 걸어온 전화였다.

"오늘은 뭐할 거예요?"

"장의사에게 가서 관을 골라야 해요."

"뭐라고요? 누구하고 같이 가는데요?"

"같이 가는 사람 없어요. 그래도 괜찮을 거예요."

"그런 일은 혼자 하는 거 아니에요. 같이 가줄까요?"

"정말로 혼자 가도 돼요."

"거기에 들어가보기 전까진 모르는 일이에요. 같이 가줄게요."

장의사는 우리를 따뜻하게 맞아주었다. 그녀는 맥콜리에서 치르는 장례식을 잘 알고 있었다. 나는 새틴 천에 싸인 채 늘어서 있는 텅 빈 관들 앞에 망연히 서 있었다. 모두 도미니크를 기다리고 있는 관들이다. 내 안에서 속삭이는 소리가 비틀비틀 올라왔다. '여기서 지금 뭐하고 있는 거야? 돔이 아직 죽은 것도 아닌데?'

패트리샤가 내 손을 꼭 쥐어주었다. 장의사는 눈을 깜빡이며 눈물을 참았다. 난 질식할 듯, 멍하니, 숨만 쉬며 그 자리에 서 있었다. 텅 빈 마음이 안정을 찾고 담담해질 때까지 천천히 호흡을 계속했다. 그러다 침묵이 버거워질 즈음 나는 왼편에 있는 관을 선택했다.

"도미니크는 단순한 걸 좋아할 거예요." 나는 이렇게 말했다.

23

도미니크는 닉의 생일을 잘 버텨주었다. 이 해의 마지막날이 다가왔고, 그는 근래 그 어느 때보다도 상태가 좋았다. 나는 그를 데리고 넛지 비치로 드라이브를 나갔다. 우리는 해변에 가만히 앉아 썰물이 이는 바다를 가만히 바라보았다. 검은 래브라도 두 마리가 모래사장을 따라 달리다가 물속을 들락날락 하면서 서로를 뒤쫓고 있었다.

"아이스크림 먹을래?"

도미니크는 고개를 저었다. 서성이고 싶은 욕구가 일시적으로 잠잠해진 듯 그는 양 무릎에 손을 얹은 채 미동도 없이 앉아 있었다. 작은 만 저편의 스트래드브룩 섬을 가만히 바라보았다. 그의 다리가 가볍게 흔들리면서 움직이고픈 욕구가 되살아날 때까지 우리는 이렇게 앉아 있었다.

그가 벌떡 자리에서 일어섰다. 두 팔을 양옆에 늘어뜨리고는 자동차를 향해 발을 이리저리 움직이며 걸어갔다. 나는 그를 데리고 다시 드라이브를 했다. 꺼짐 스위치도 없이 궁지에 몰려버린 장난감처럼 그의 다리가 가볍게 흔들렸다. 하지만 차가 움직이는 리듬 덕분에 몸의 나머지 부분들은 가만히 있었다. 그는 어부들과 맹그로브 나무, 과거의 또 다른 시간에 우리 가족이 달렸던 것과 똑같은 자동차 도로를 질주하는 한 무리의 사이클리스트 등 주변의 모든 생명들을 무시하고 정면을 똑바로 응시하고 있었다. 그가 진정되기를 바라는 마음에 나는 일부러 먼 길을 돌다가 천천히 요양원으로 되돌아갔다.

그날 밤 나는 도미니크와 같은 침대에 올랐다. 그는 내 손을 만지며 딱딱 갈라지고 있는 머리를 내 가슴에 기댔다. 다시 한 번 다리가 불안하게 흔들리면서 플라스틱 밑깔개가 바스락거렸지만, 그의 몸은 이내 잠에 무릎을 꿇고 부드럽게 이완되었다. 내 쪽으로 살짝 기울어 있는 잠든 얼굴을 바라보았다. 우리에게 시간은 얼마나 남은 걸까?

그를 죽은 존재로 생각한다면, 준비를 할 수도 있을 거야. 그러면 그를 놓아줄 수도 있을 거야. 이 두려움에서 벗어날 수도, 어느 날 내 몸에 와 닿는 그의 몸을 다시는 느낄 수 없다는 사실을 깨닫고 집으로 차를 모는 상황도 받아들일 수 있을 거야.

나는 그를 바라보았다. 그는 하나의 몸뚱어리에 불과했다. 그는 이미 사라지고 없었다. 그 사라짐에 숨이 막혔다. 내 팔 안에 누워 있는 몸뚱어리가 내 얼굴에 대고 가볍게 숨을 토해낼 때까지 내 가슴은 그를 찾아 절박하게 주변을 기어 다녔다. 두 눈을 감는 순간 그의 숨결이 나를 어루만져주면서, 그를 간직하고 있는 내 가슴속의 한 지점으로 스며들었다. 나는 그의 온기를 느끼고, 그를 떠나가고 있는 숨결을 들이마시며 그를 흡수했다. 그가 사라졌을 때, 내 한 부분이 언제나 그를 느낄 수 있도록.

나는 꿈속으로 표류해 들어갔다. 우리는 어딘가에서 카약을 타고 있었다. 하늘엔 앵무새와 황금빛 독수리, 나비들이 가득했다. 내 등에 피곤한 몸을 기댄 도미니크와 함께 나는 자연의 시간을 초월한 지혜 속으로 둥둥 떠갔다. 독수리들을 따라 세상의 가장자리로 노를 저어갔다.

침대 옆 테이블에서 윙윙 울려대는 전화 진동음에 나는 다시 요양원으로 방향을 틀었다. 눈을 뜨고 보니, 리즈의 이름이 화면에서 밝게 빛나고 있었다.

"미안해, 내가 깨웠지?"

"괜찮아. 어차피 아이들 보러 집에 가야 했어."

"내일 아침 8시에 만나 산책하는 건 너무 이를까?"

"아냐, 딱 좋아."

"좋아, 그럼 그때 봐."

나는 도미니크의 머리에서 팔을 빼내고 침대에서 미끄러져 내려왔다. 그러고는 그의 옆에서 무의식적으로 결혼반지를 비틀어 돌리면서 그의 앙상한 몸이 숨쉬는 것을 지켜보았다.

'제발, 조금이라도 제가 도미니크를 여기 붙잡아두는 무언가를 하고 있다면, 그를 놓아줄 수 있도록 도와주세요.'

나는 그에게 입맞추고 걸어 나왔다. 한 번에 한 걸음씩, 모두가 잠자는 밤의 고요 속에 밤 회진을 도는 간호사들의 푹신한 발자국 소리를 들으며 빛이 날 정도로 바닥이 깨끗한 복도를 지나, 중앙 출입구 안 로비의 희미한 불빛을 받으며 출입구를 통과해 바깥 밤공기 속으로 나왔다.

매일 아침 요양원으로 차를 몰고 가기 전 리즈와 에드는 가끔 나를 '바래다' 주었다. 약속했던 대로 아침 8시에 이들을 만났다. 그런데 자전거 전용 도로에서 조깅하는 몇 사람을 지나치는 순간, 무언가 손가락을 아프게 찔러대는 게 느껴졌다.

"아얏!"

"왜 그래?" 리즈가 물었다.

왼쪽 손을 내려다보니, 부러진 결혼반지가 살갗을 찌르고 있었다. 고리 세 개가 이어져 있는 심플한 디자인의 러시아식 결혼반지였는데, 고리들 모두 한곳이 깨끗하게 부러져 있었다.

"도대체 어떻게 된 거지?" 그녀가 말했다. 반지를 빼야 하나, 생각하는데, 그녀가 말했다.

"반지를 빼야 해."

나는 계속 끼고 있을 방법을 궁리하며 반지를 만지작거렸다. 하지만 반지는 붙어 있지 않을 것이다.

"잃어버릴지도 몰라. 그러니까 빼. 자, 나한테 줘. 나한테 호주머니가 있으니까."

"아냐, 괜찮아." 나는 반지를 꼭 쥐면서 이렇게 말했다.

난 손바닥 안에 들어 있는 생애를 꼭 움켜쥔 채 산책을 마쳤다. 가게들은 전부 닫혀 있었다. 신년 공휴일이 끝나고 가게들이 다시 문을 열었을 때 가장 먼저 보석상에 들렀다. 판매대의 점원은 반지를 보고 말했다. "2주 후까지 다 고쳐놓겠습니다."

"그전에 고칠 수는 없나요? 부탁이에요. 정말로 중요한 거예요."

‘남편이 죽어가고 있어요. 2주는 못 버틸 거라고요.’ 나는 속으로 이렇게 애원했다.

보석세공사는 병으로 쉬는 중이라 여러 일들이 밀려 있다고 했다. 그래도 점원은 내 반지를 우선순위에 올려놓겠다고 했다. 가능한 한 빨리 작업을 시작하겠다고.

핸드폰이 울렸다. 샌디에이고에 사는 레이건이었다.

“언니, 안녕?”

“그래.”

“잘 지내?”

“모르겠어.”

“저⋯⋯ 간밤에 도미니크를 봤어.”

“그를 봤다고?”

“한밤중이었어. 일어나 화장실에 갔거든. 근데 침대로 돌아와 보니, 그가 내 앞에 서 있는 거야. 마리, 난 정말 정신이 말똥말똥했어. 도미니크는 아무 말도 안 하고 그냥 미소만 지었어.”

“그런 다음엔?”

“내가 상상한 건 줄 알고, 눈을 감았다 다시 떠봤지. 그래도 여전히 거기 있더라고. 곧 사라졌지만 말이야. 그래서 잘 있는지 물어보는 거야.”

그날 아침 레이건이 본 환영을 마음에 간직한 채 도미니크를 보러 갔다. 반지를 뺀 맨 손가락이 운전대에 닿자 느낌이 이상했다. 도미니크의 방으로 들어가 퀼트 천에서 나를 향해 미소 짓는 사람들을 지나 그의 침대 위에 앉았다. 나를 보자 도미니크는 예의 그

일그러진 미소를 지어보였다. 그는 정신이 아주 멀쩡했다. 눈물이 그렁그렁한 눈 저편의 표정에서 그것을 확인할 수 있었다. 내 품속으로 그가 몸을 기대왔다. 아직 갈 준비가 안 됐다고, 우리와 함께 하고픈 일들이 아직 너무 많다고, 그래도 내려놓는 중이라고 말하는 것 같은 느낌이 들었다. 하지만 그도 어쩔 수 없었다. 그는 몸을 빼더니 앙상한 두 팔로 나를 감싸 안았다.

"당신도 두려운 거지?"

"아니." 내 목덜미에 대고 그가 속삭였다. 그의 축축한 눈물이 느껴졌다. 그 눈물의 맛도 난 느낄 수 있었다. 다시 베개에 기대앉으며 그가 말했다. "그냥 너무…… 슬플 뿐이야."

그러고 나서 그는 다시 떠나버렸다. 초록 고블린과 저 안으로. 하지만 우리 둘 다 아직 눈가가 젖어 있었다. 그날 우리는 말을 나누고 침묵을 지키기도 하면서, 의식을 차리기도 혼란에 빠지기도 하면서, 공허와 충만함 사이를 왔다 갔다 하면서 함께 서성였다. 나무는 바람에 흔들리고 스트래드브룩은 우리를 소리쳐 불렀다. 그리고 다른 대부분의 밤에 그랬던 것처럼 그가 깊이 잠들었을 때 아이들이 있는 집으로 돌아왔다.

다음날 아침 이른 시각 전화벨에 눈을 떴다. 도미니크가 더 안 좋아지고 있으니 얼른 와보는 게 좋겠다고 야간 근무 간호사가 말했다. 우리는 해가 하늘을 훈훈하게 만들어줄 즈음 요양원에 도착했다. 그는 아주 고요히, 침대에 반듯이 누워 있었다. 나는 그의 옆으로 가서 부드럽게 팔을 어루만졌다.

"안녕 돔. 우리 전부 여기 있어. 봐, 당신 아들 둘도 여기 있어."

약 기운에 무거운 눈꺼풀을 밀어 올리면서 그가 천천히 눈을 떴다. 아이들이 다가가 양옆에 서자, 그가 아이들을 차례차례 바라보았다. 온통 굳어 있던 얼굴 위로 마술처럼 웃음이 번졌다. 그는 팔을 뻗어 아이들의 손을 잡아서는 가슴 위로 가져갔다.

"내 두…… 아들이…… 여기…… 있네."

그러곤 눈을 감고 아이들의 손을 가슴에 꼭 끌어안았다.

느리게 이어지는 들숨과 날숨.

숨을 쉬는 듯, 안 쉬는 듯.

이어지는 숨. 느슨해지는 손. 잠 속으로.

얼마 후 마이크가 퀼트 쪽으로 걸어갔다. 직물용 펜의 뚜껑을 이로 열고는, 뚜껑을 입에 문 채 도미니크의 발자국 주변에 글을 남겼다. 그러고는 글 아래와 위쪽에 파란 색으로 두껍게 장식을 했다.

그렇게 하루가 흘러가고 아이들은 병실 바닥의 매트리스 위에 누워 문자를 보냈다. 아이들의 핸드폰이 많은 답신들로 윙윙거렸다.

"뭔 문자를 그렇게 보내는 거야?"

"엄마한테 말 안 하려고 그랬는데. 깜짝 놀래줄 계획이었거든요. 사실은 펠리시티 집에서 오늘밤에 엄마를 위해 깜짝 생일파티를 열어줄 생각이었어요. 그걸 지금 취소하는 거예요."

나는 어리벙벙해져서 그들을 바라보았다

"엄마 핸드폰에 저장돼 있는 번호를 몰래 거의 다 알아냈거든."

"늬네 정말 놀랍구나!" 아이들과 함께 매트리스에 앉으며 소리쳤다. "진짜야. 놀라워."

"아니에요. 그냥 엄마를 위해서 뭔가 멋진 일을 해주고 싶었을 뿐이에요. 하여간 펠리시티가 어려운 일들은 전부 해줬어요."

"사랑한다, 애들아. 정말로 사랑해."

"음, 생일파티는 연기하기로 했어요. 쥬느비에브하고 펠리시티가 지금 사람들한테 전부 알리고 있어요. 하지만 언젠가는 할 거야. 언제가 될지…… 모르지만." 마이크가 말했다.

"아빠가 엄마 생일에 돌아가시는 건 원치 않아." 닉이 말했다.

"난 아무렇지도 않아."

"알아요. 엄만 나가서 그 일에서 온갖 의미를 찾아낼 거예요. 하지만 그래도 그 일은 끔찍할 거예요."

그의 머리칼을 헝클어뜨리자 닉은 머리를 흔들며 피하려 했다.

"어쨌든 아빠가 내 생일에 돌아가시는 건 싫다는 말이지."

창밖을 바라보았다. 하늘에서 서서히 빛이 사라지면서 저녁 그림자가 살금살금 잔디밭을 가로질렀다. 저녁 그림자가 방 안에까지 들어와 아이들의 가슴 위에 내려앉을 때까지 우리는 책을 읽고 호흡을 확인하고 쓰다듬어주고, 체스게임을 하거나 몇 마디 농담을 주고받고 웃으며 잡담을 나누었다.

"엄마, 이렇게 대기하고 있는 건 너무 힘들어요." 마이크가 퀭하니 기운 없어 보이는 얼굴로 말했다. "밤은 못 새울 것 같아."

"괜찮아?"

"여기서 벗어나야 할 거 같아. 집에 가고 싶어요."

"하지만 집엔 아무도 없잖아."

"잭네 집에 있으면 돼요. 이런 기다림은 정말 짜증스러워요."

그는 도미니크에게 다가가 그의 위로 몸을 기울이고 속삭였다. "아빠, 사랑해요."

그러자 도미니크가 눈을 뜨고 말했다. "나도 사랑해, 마이크."

마이크의 키스는 나비처럼 사뿐히 내려앉는 것 같았다. 그는 다시 나를 올려다보았다. 그의 눈빛은 목소리만큼이나 부드러웠다. "이제 가." 닉이 가만히 지켜보았다.

"넌 어떻게 할래?" 닉에게 묻자 그가 대답했다.

"그냥 있을래. 하지만 아빠랑 단 둘이 내버려두지는 마."

"꼭 여기 안 있어도 돼."

"내가 그러고 싶어. 그래야 하고."

나는 마이크를 돌아보며 말했다. "혼자 있지 않겠다고 약속해."

"약속할게요."

펠리시티와 잭이 그를 데려가려고 왔다.

간호사들이 여러 번 진찰하러 오가는 사이, 닉은 바닥의 매트리스 위에서 잠들고 나는 도미니크 옆의 침대 위에서 꾸벅거렸다. 아침이 되자 도미니크는 상태가 안정되었다.

"엄마, 생일 축하해!" 닉이 하품을 하며 소리쳤다. 그러곤 침대에서 내려와 나를 끌어안았다. 도미니크를 한 번 건너다보고는 다시 나를 바라보며 말했다.

"아빤 괜찮은데요."

도미니크는 편안히 잠들어 있었다. 닉은 퀼트로 다가가, 도미니크가 갓난쟁이인 자기를 공중에 들어 올리는 장면을 바라보았다. "아빠가 되면 나도 이렇게 하고 싶어." 내가 양치질하는 동안 그는 그 장면을 담은 퀼트를 쓰다듬었다. 그 말을 듣는다면 돔의 기분이 어떨지 상상해보았다.

간호사들과 함께 상태를 점검한 후 우리는 도미니크가 깨기 전에 일찍 요양원을 나와 집으로 왔다. 난 곧장 침실로 들어가고, 아이들은 아침 생일상을 준비했다. 정원에서 꽃을 꺾어다 내 자리에 꽂아

두고, 나이를 세는 촛불을 준비하고, 똑같은 본차이나 찻주전자에서 질 좋은 찻잔에 차를 따랐다. 웃기게도 깜빡 잊어버려 찻잔 받침은 주방 찬장에 그대로 있었다. 치즈케이크 상점에서 구입한 초콜릿 머드 케이크 위에는 초콜릿을 입힌 작은 슈크림이 올려져 있었다. 여기에 컴퓨터 인쇄용지에서 휙 빼낸 종이에 볼펜과 형광펜으로 그린 생일 카드, 눈가리개로 쓸 부드러운 실크 스카프도 준비되었다.

그날 오후 늦게 맥콜리로 돌아가자 도미니크가 소리쳤다. "당신 생일이잖아!" 이런 말들은 어디서 찾은 거지? 어떻게 알았지? 난 아무 말도 안 했는데. 그가 환하게 미소를 지었다. 의식이 멀쩡한 이런 순간들은 소중했다. 다시 사라지기 전에 삶의 소박한 보물들을 함께 묶어두어야 했다.

베스도 와 있었다. 옆 침대 위에서 책상다리를 하고 앉아 도미니크의 이름이 새겨진 새로운 방 문패를 장식하고 있었다. 그녀는 오전 내내 도미니크와 함께 조용히 노래 부르면서 함께 걷거나 그의 손발을 마사지해주었다. 그러면서 대부분의 시간 동안 그저 그 자리에 있어주었다. 고요의 가치와 존재의 풍요로움, 아무것도 하지 않는 것의 선물을 이해하고 있었기 때문이다.

불안하게 서성이기는 했지만, 도미니크는 그날 상태가 매우 좋았다. 저녁 즈음에는 평소와 달리 편안해보이기까지 했다. 초록 고블린도 잠잠했다. 녀석이 도미니크에게 휴식을 주고 있는 것 같았다. 잠잘 때도 고요하고 평온해 보였다. 숨소리가 섞인 가르랑 소리에 익숙해 있던 터라, 닉은 도미니크의 가슴이 움직이는지를 확인하기 위해 유심히 지켜보기도 했다. 마이크는 그의 살짝 벌어진 입에 뺨을 갖다 대고 숨결을 느껴보았다. 아이들의 얼굴이 편안하게 풀어졌다.

우리는 병원 침대 2개를 붙여서 더블침대를 만들었다. 그러고는 도미니크의 잠에 방해가 되지 않게 셋이 조심스럽게 하나의 매트리스 위에 찌부러져 누웠다. 또 그가 깼을 때 이야기를 이해하느라 애쓰지 않고 그냥 조니 캐쉬의 음악을 즐길 수 있게 〈앙코르Walk the Line〉를 보면서 인스턴트 음식을 먹었다.

"야, 나 떨어지겠어."

"나도 어쩔 수 없다구."

"옆으로 눕거나 어떻게 좀 해봐."

"으, 안 돼! 그럼 전부 끌어안고 있게 되잖아."

"야, 그냥 좀 옆으로 누워. 그럼 공간이 더 많이 생기잖아."

"난 몸을 좀 펴야 해." 그러면서 닉은 침대 반대편에 있는 마이크와 내 몸 위로 팔 다리를 쭉 폈다. "조오오오옿네."

"이 망할 자식!"

닉이 마이크의 손에서 과자 봉지를 잡아챘다. 과자 조각들이 푸른 하늘에서 떨어지는 낙엽처럼 웃음 속에 우리 위로 흩어져 내렸다. 농담소리를 뚫고 내 핸드폰이 신호음을 울려댔다. 쥬느비에브가 문자를 보냈나.

'가도 돼?'

'좋아.'

'문 밖에 와 있어.'

아이들을 타고 넘어가자, 아이들은 즉시 빈 공간을 차지했다. 문을 열자 꽃다발이 나를 반겨주었다.

"자기야, 생일 축하해!" 그녀는 친구들이 보내온 특별한 화병에 분홍색 장미꽃들을 갖고 들어와 탁자 위에 올려놓았다.

"아주 평화로워 보이는데." 이렇게 말하면서 도미니크의 맥박을 짚어보고 머리칼을 부드럽게 쓰다듬었다. 나는 아이들은 과자를 먹도록 내버려두고, 쥬느비에브와 함께 간이 주방으로 갔다.

"넌 어때?"

"안 좋아도 좋아야지……."

이것이 내 표준 대답이었다.

그녀는 머그잔 2개에 티백을 넣고 뜨거운 물 꼭지에서 잔에 물을 채우며 말했다.

"닉이 너무 창백해. 그러니까 밤새지 말고 애들 데리고 집으로 가."

"닉이 창백하다고?"

"정말 창백해. 얼굴 가득 온통 긴장이야."

"가끔은 나도 어떻게 해야 할지 모르겠어. 여기 있어야 할지 가야 할지. 만약에……."

"닉은 해야 할 일을 다했어. 어젯밤을 새웠잖아. 하지만 지금은 네가 닉을 데리고 집에 가는 게 좋을 거 같아. 여기 있으면, 네가 어딜 가든 돔이 졸졸 따라다닐 거야. 곁을 떠나지 않을 거라고. 지금 네가 옆에 있어줘야 할 사람은 도미니크가 아니라 닉이야."

마이크가 핸드폰을 받느라 복도로 나왔다. 그러자 마치 신호를 받은 것처럼 닉도 나를 찾아 간이주방으로 들어왔다.

"우리 아들, 차 줄까?"

"아뇨. 괜찮아요."

아무 생각 없이 닉의 몸에 팔을 두르자, 닉이 내게 꼭 달라붙었다. 닉은 도미니크와 단둘이 있고 싶지 않았던 것이다. 단둘이 있을 때 아빠가 죽으면 어떡해?

닉의 몸에 팔을 두른 채 어느새 제2의 집이 돼버린 주방을 둘러보았다. 불과 9주 전 도미니크를 여기 데려왔을 때 그가 다시는 집으로 돌아오지 못하리라는 걸 알고 있었다. 이곳이 내게 갖는 의미는 아이들과는 달랐다. 여기 사람들은 모두 우리 이야기의 한 부분을 목격한 증인이나 마찬가지였다. 산산조각 난 삶에서 이곳은 내게 든든하게 발을 디딜 수 있는 자리가 돼주었다. 게다가 함께 어울리게 된 새로운 집단의 사람들에게 많은 이야기를 듣기도 했다. 금지된 사랑 이야기, 집에 돌아가고픈 갈망과 육아 문제, 자전거 타기 모험, 비탄에 젖은 크리스마스 근무조에 들어가 드라마 같은 가정사를 피하고 싶다는 바람 등의 이야기들을.

닉을 꼭 껴안아주고 아직 잠들어 있는 돔을 살펴본 후, 아이들을 데리고 집으로 왔다. 차를 타고 오는 내내 아이들은 주로 문자를 주고받았지만, 나는 별 주의를 기울이지 않았다. 사춘기 생명을 유지하는 데 절대적으로 필요한 존재가 된 핸드폰으로 메시지를 많이 보내지는 않았지만 나 역시 십대 청소년이나 마찬가지였다. 집에 도착하고 2분 후, 펠리시티와 크리스티안이 가족들을 전부 데리고 도착했다. 그들은 촛불이 켜진 생일케이크를 들고 펠리시티를 따라 현관문으로 들어와 집 뒤 테라스로 갔다.

"보이지?" 마이크가 눈썹을 치켜올리고 미소를 머금으며 말했다. "다 문자 덕분이야!"

훈련받은 오페라 가수인 펠리시티의 며느리가 '해피 버스데이'

를 오페라 버전으로 불렀다. 조용한 밤하늘에 그녀의 목소리가 울려 퍼지자 이웃 사람들은 하던 일을 멈추고 노래에 귀를 기울였다.

다음날 아침 나는 동이 트기도 전에 일어나 침대에 앉아 있었다. 무언가 다른 느낌이 들었다. 얼른 요양원에 가봐야 할 것 같았다. 도미니크가 잠에서 깨 고통스런 하루를 시작하기 전에, 나 혼자 일찍 요양원으로 갔다.

그날 시간이 흐르면서 간호사들 몇몇이 눈물을 흘리는 게 보였다. 돔의 약이 어떤 것도 듣지 않게 됐다. 정원용 부츠를 신고 왔던 그 의사는 조용히 이야기를 나눌 수 있도록 나를 다른 방으로 데려갔다. 도움이 될 약이 있다고 했다. 깊은 잠으로 인도해 고통을 느끼지 않게 만드는 약. 나의 동의가 필요했다. 내가 동의하자 의사는 내 손을 잡아주었다. 이 약을 쓰면 돔은 더 편안히 내려놓을 수 있을 것이었다.

이미 몸속에 투여되던 혼합제 속에 이 약을 주사하는 동안 나는 도미니크의 손을 잡고 머리칼을 쓰다듬었다. 그의 손은 내 손 안에서 힘없이 늘어져 있었지만, 다리는 절박하게 비틀렸다. 초록 고블린이 움직이기 위해 필사적으로 발버둥치고 있었던 것이다. 침대에서 나왔다 들어갔다. 나왔다 들어갔다.

"발……." 그가 말했다. 발을 마사지해주면서 나는 그가 내 마음을 느끼기를 바라며 그의 가슴을 향해 사랑을 보냈다. 간호사들은 우리 둘만 있게 하고 자리를 비웠다. 나는 그의 입술을 스펀지로 축여주고, 그와 분리되고 있는 숨가쁜 가르랑 소리를 듣지 않으려고 애쓰면서 뒤틀리는 몸을 쓰다듬었다. 삶의 가장자리에서 우리는 그렇게 함께 있었다.

그만 내려놓아도 좋다는 말을 그는 알아들었을까? 그는 싸우고 있는 중이다. 그를 부드럽게 저편으로 인도할 방법은 무엇일까?

"돔, 스트라드로 가자."

그가 고개를 끄덕였다. 내 격려대로 따라오는 그를 가만히 붙잡아주었다.

우리는 함께 스트래디 섬으로 갔다. 따뜻한 햇살이 살갗을 어루만지도록 두고 바람을 향해 얼굴을 내밀자, 그의 머리칼 사이로 바람이 불었다. 그는 발가락 사이의 모래도 느껴보았다. 소리치는 파도 위에서 햇살이 반짝반짝 흩어졌다. 그는 무중력 상태로 바닷속으로 들어갔다. 마지막으로 눈을 치뜨는 순간 바다가 그를 품어주었다.

"나…… 사랑해…… 당신…… 마리."

"돔, 나도 당신 사랑해."

"알아……."

잠 속을 들락날락. 흉부의 가르랑 소리와 굽이치는 파도, 안전하게 바닷속으로.

바닷속으로 더욱 깊이, 파도는 거세지고, 물로 가득 찬 폐.

따가닥 따가닥 신발소리가 들려왔다. 매기인가? 토요일인데도 매기가 들어왔다.

"상태가 안 좋아요." 내가 말했다.

"도미니크보다 당신이 더 안 좋은 것 같은데요. 그는 이런 걸 느끼지 못해요." 매기가 그의 손을 잡고, 나는 그의 머리를 쓰다듬었다. "내가 도미니크 곁에 있어줄게요. 마리는 집에 가서 잠을 좀 자도록 해요."

"이런 도미니크를 두고 어떻게 가요?"

하지만 너무 익숙해서 느끼지 못할 뿐 극도의 피로감이 나를 붙들고 놓아주지 않고 있었다. 기운을 북돋워주는 그녀의 목소리를 들으니, 내가 기진맥진해지면 누구에게도 좋지 않을 거라는 생각이 들었다. 앞으로 일어날 일을 감당할 힘을 충전할 수 있도록 얼른 집에 가서 잠을 좀 자두라고 그녀가 다시 부드럽게 재촉했다. 그녀에게 기대 눈이 빠지도록 울고 또 울고 싶었지만, 그냥 침대 가로대만 꽉 붙들었다. 차가운 가로대가 부목처럼 나를 지지해주는 것 같았다.

의사는 도미니크의 심장이 아직 튼튼하고 혈색도 좋다고 했다. 나이가 젊어 체내 기관들도 튼튼해서 작동을 멈추기까지 도미니크의 몸은 며칠 더 버틸 수 있을 것 같다고 했다.

나는 도미니크 위로 몸을 기울여, 그가 떠다니고 있는 바닷물을 뚫고 그에게 속삭였다. 움푹 팬 뺨에 입을 맞추고 그의 손에서 내 손을 빼자, 매기가 가까이 다가와 그의 머리를 쓰다듬으며 그에게 부드럽게 속삭였다. 나는 따스한 손길에 아주 안전하게 보살핌 받고 있는 쇠약한 몸을 바라보며 뒷걸음으로 방을 나왔다. 그는 혼자가 아니었다. 그가 매기의 목소리를 듣고 있음을 나는 알았다.

차에서 아이들에게 전화를 걸었다. 미치와 잭과 함께 아직 밖에 있었기 때문에 나는 쥬느비에브의 집에 들렀다가 집으로 가기로 했다.

"완전 탈진 상태네." 미처 인사를 건네기도 전에 그녀가 말했다. 그러고는 나를 집 뒤편 데크에 있는 의자에 앉힌 후, 음식과 물을 먹이고 내 말에 귀를 기울였다. 쌍둥이들이 왔다 갔다 하다가 내 무릎 위에 몸을 동그랗게 말고 누워 순수하고 두려움 없는 애정을 불어넣어주었다. 매기에게 도미니크의 상태를 점검해보니, 새로운 약을 투여 받았다고 했다. 덕분에 안정을 찾고 고통스러워하지도 않는다 했다. 그 말에 안심한 나는 집으로 차를 몰았다. 하지만 그전에 오늘은 다시 차를 몰고 요양원에 가지 않겠다고 쥬느비에브에게 약속해야 했다. 너무 지친 상태여서 운전은 안전하지 않다고 그녀는 말했다. 요양원에서 다시 부르면 자기가 태워다 주겠다고 했다.

그런데 집의 현관문을 열자마자 전화벨이 울렸다. 매기의 목소리는 평소보다 착 가라앉아 있었다.

"마리, 매기예요."

난 아무 말 없이 기다렸다.

"상황이 급변했어요. 요양원으로 오는 게 좋을 것 같습니다."

내가 뭐라고 대답했는지 기억나지 않는다.

"마리를 부르겠다고 도미니크한테 말했어요. 당신이 오는 줄 알고 있을 거예요."

아이들은 아직 돌아오지 않았다. 핸드폰으로 전화를 걸었지만, 자동음성메시지만 나왔다. 다시 걸어봤지만 마찬가지였다. 나는 허겁지겁 차로 달려가면서, 아직 내 차 키를 갖고 있는 쥬느비에브에게 전화를 걸었다.

차를 후진시켜 집 앞 차도를 빠져 나오는데 뒷바퀴가 길과 마찰을 일으켰다. 도미니크가 이 땅을 떠나는 순간을 느낄 수 있었다. 그가 보이기라도 하는 듯 하늘을 올려다보았다. 잡아주기를 원할 정도로 소진돼 있지만 동시에 가장 두려운 발걸음을 내딛는 순간,

안도하는 그가 느껴졌다.

돔!

쥬느비에브가 자기 집 차도에서 기다리고 있었다. 나는 내 차를 주차시키고 그녀의 차를 향해 달려갔다.

"젠, 그가 갔어." 차를 빼는 그녀에게 말하자, 팔을 뻗어 내 손을 잡아주었다. 우리는 내내 침묵 속에서 길을 달렸다.

매기가 맥콜리의 중앙 출입구에서 우리를 기다리고 있었다. 그녀가 거기서 우리를 기다릴 이유는 오직 하나뿐이었다. 이미 아는 사실을 듣는 순간, 나는 그녀의 품속으로 쓰러져버렸다. 가슴에서 끓어오른 헛헛한 신음소리는 길게 텅 빈 복도를 지나 결국 도미니크의 위로 쓰러졌다. 지난 몇 주 동안 맥콜리의 중앙 출입구 밖에 매달아둔 다양한 모습의 슬픔들이 이날 밤에는 도미니크의 방까지 나를 따라왔다. 도미니크의 몸 위로 무너져 내리자, 멈출 줄 모르는 눈물이 차갑게 식어가는 그의 몸을 적셨다. 턱은 아래로 축 늘어졌고 입은 헤벌어져 있었다. 방 안은 빙빙 소용돌이치는 것 같았다. 그의 입이 닫혔으면 좋겠다는 생각이 들었다.

서서히 죽어가다 결국 죽은 몸으로 입을 벌린 채 누워 있는 그를 잠시 안아보았다. 죽었지만 아직 떠나지 않은 것처럼 그는 여전히 거기에 있는 것 같았다.

도미니크는 매기의 손을 잡은 채 세상을 떴다. 밤을 새며 지켜왔는데도 정작 제때 그의 곁에 도착하지 못했다. 앞으로 오래도록 그를 실망시켰다는 죄책감은 사라지지 않을 것이다. 나는 그 자리에 없었다. 왜 집에 갔을까? 전에는 그토록 많은 일을 정확히 직감했는데, 그가 마침내 떠나리라는 것은 왜 몰랐을까? 떠날 순간을 고르고 나서, 그는 아마 우리 모두를 찾았을 것이다. 아직 할 말이 있었을 것이다. 혹여 내가 없을 때 가려고 했던 건가? 하지만 왜? 난 마지막 가장 친밀한 소통에서 배제되었다. 그는 다른 사람을 택했다.

그러나 이내 우리가 모두 곁에 모여 있었다면 이 세상을 떠나는 게 얼마나 더 힘들었을까 싶은 생각도 들었다. 끔찍한 일을 앞둔 우리의 긴장과 슬픔 때문에 내려놓기가 더욱 힘들었을지도 모른다. 그런데 정말로 나의 부재가 그를 홀가분하게 만들어주었을까? 어느 면에선 우리 둘 다 떠난 것인지도 모른다. 하지만 무엇보다도, 충분히 정직해진다 해도, 내가 없을 때 떠난 것에 안도감을 느끼는 나를 용서할 수 있을까?

아이들. 아이들에게도 얘기해줘야 했다. 도미니크의 생기 없는 손을 꼭 쥐자 주름 잡힌 시트가 눈에 들어왔다. 쥬느비에브가 내 머리를 쓰다듬었다. 이것은 전화로 전할 일이 아니었다. 쥬느비에브가 아이들을 데려오도록 나를 집까지 태워다 주었다.

"그런데 도미니크에 대한 추억 중에서 가장 짜증스러웠던 게 뭐야?" 그녀가 차 안에서 물었다.

"샤워를 하면 몰래 욕실에 들어와 찬물을 끼얹곤 했어. 그럼 징말 짜증났어!" 빌려오는 현기증을 뚫고 나는 깔깔거렸다. 찬물 끼얹기는 그가 꼬마 때부터 두 동생들과 즐기던 게임이었다. 두 아이들과도 같은 게임을 하곤 했는데, 셋 모두 이 장난을 나보다 재밌어했다. 나도 숱하게 도미니크에게 찬물을 끼얹었지만 그다지 만족스럽지는 않았다. 그가 다시 내게 물세례를 퍼부을 게 뻔하다는 것을 알고 있었기 때문이다.

쥬느비에브와 도착했을 때 아이들은 아직 집에 돌아오지 않은 상태였다. 친구들과 외출한 사이 아버지가 돌아가셨다는 사실을 어떻게 이야기해줘야 할까? 마이크는 파티에 간 잭의 여동생을 잭과 함께 차로 데려오는 중이었다. 닉은 몇몇 친구들과 미치의 집에 있었다. 그는 얼마간 그곳에 있을 것이었다.

나는 마이크가 돌아오기를 기다렸다. 그 사이 화장대 위의 물건들의 위치를 바꾸기 시작했다. 마이크가 어렸을 때 내게 만들어준 문진, 빛바랜 얼굴 그림이 그려진 크고 맨들맨들한 몽돌, 종이로 만든 머리 장식물, 한때 마이크가 맞추곤 했던 루빅스 큐브, 닉이 만들어준 파란색 도기 돼지. 돼지의 귀는 동그랗게 말려 있고 등 아래엔 맨체스터 유나이티드의 로고가 있다. 영원처럼 느껴졌지만, 마이크는 5분도 안 돼 집에 돌아왔다.

우리는 내 침대에 함께 앉았다. 슬픔에 그의 얼굴이 씰룩였다. 우리는 닉을 데리러 미치의 집으로 갔다. 아빠가 돌아가셨다는 얘기만 아니라면 이렇게 늦은 시각에 미치의 집 문을 두드릴 이유가 없다. 마이크와 내가 도착하자, 닉은 친구들에게 한마디 말도 없이 배낭을 챙겨 밖으로 나왔다. 미치의 집 뒤편 테라스에 있는 정원용 벤치에 자리를 잡고 앉아 나는 닉에게 아빠가 돌아가셨다는 사실을 알렸다.

쥬느비에브는 길가 가로등 아래 차를 주차시켜둔 채, 맥콜리로 돌아가기까지 필요한 만큼 우리를 기다려주고 있었다. 모두가 차에 오르자 뒷좌석을 돌아보았다. 두 아이 모두 백 살은 돼 보였다.

우리는 주차장에 도착했다. 이제는 차를 건물 뒤에 숨길 필요도 없다. 도미니크가 오늘 밤에는 집까지 따라오려 하지 않을 테니까.

우리는 그의 방으로 들어갔다. 도미니크는 가족사진과 우리가 언제나 침대 옆 테이블에 두었던 싱싱한 꽃들에 둘러싸여 있었다. 이제는 말끔하게 정리된 침대에서 시트 위로 두 팔을 내놓고 천사를 꼬옥 쥔 채 가슴에 두 손을 모으고 있었다. 손님용 예비 침대는 치워지고 없었다. 이젠 더 이상 누구도 이 방에 머물 일이 없을 것이다.

바람결에 도미니크의 입맞춤이, 아이들을 향한 아버지의 애끓는 마음이 전해지는 것 같았다. 아이들의 이름을 부르는 그의 목소리를 아이들이 들어주었으면 하는 간절한 바람. 그를 향해 다가가는 아이들의 모습을 지켜보노라니, 슬픈 고요가 닥치기 전 마지막으로 체스나 축구게임을 하자고 재촉하는 것 같은 갑작스런 에너지의 분출 같은 게 느껴졌다.

"아빠 몸이 너무 싸늘해……." 마이크가 말했다.

아이들이 그의 얼굴을 쓸어내렸다. 혹시 숨을 쉬지는 않는지 확인하기 위해 입 위에 손을 갖다 대기도 했다. 그의 뺨에 뺨을 대보기도 하고, 종잇장처럼 얇은 살갗을 쓰다듬었다. 그러고는 의료경보용 팔찌를 풀어주었다. 마이크가 팔찌를 치켜들어보였다. 거기에는 우리의 전화번호와 함께 '전두측엽치매와 운동신경질환 — 부인 마리에게 연락 바람'이라는 글귀가 적혀 있었다. 우리는 은으로 만들어진 천사상을 베개 위에 놓고, 그의 손에 아미 한 송이를 쥐어주었다.

우리를 위해 방 안에 준비돼 있는 비스킷을 조금 베어 먹고 지나치게 달콤한 레모네이드를 홀짝였다. 그러면서 울었다. 이야기를 나눴다. 사랑과 상실감이 섬세하게 느껴지는 그 고요한 방 안에 앉아 있었다. 그렇게 거기 얼마나 오래도록 있었는지 모르겠다.

두 아이들을 바라보며 물었다. "잠시 아빠하고만 있는 시간을 줄까?" 닉이 고개를 끄덕였다. 우리는 마지막으로 돔의 이불을 덮어주고 키스했다. 마이크와 나는 작별인사를 하고 방을 나왔다.

쥬느비에브가 우리 셋을 집까지 태워다 주었다. 차 안은 조용했고, 바깥세상에서는 여전히 삶이 지속되고 있었다. 어딘가를 향해 가는 차들과 와글대는 식당의 불빛 아래서 담소를 나누는 사람들, 연인들의 잘 자라는 입맞춤과 함께 하나둘 꺼지는 침실의 불빛들. 주변의 세상이 사라져가고 있었다. 소용돌이치면서.

'여기 있어. 숨을 쉬란 말이야. 그냥 숨을 쉬어.'

쥬느비에브가 우리 집 차도에 차를 댔다. 나는 현관문을 열고 곧장 침실로 휘청거리며 들어갔다. 안 돼! 지금은 아냐…… 아이들이 막 아빠를 잃었어…… 지금은 안 돼…….

모든 것이 깜깜했다. 끝없는 추락이 이어졌다.

"마리, 내 목소리 들려?"

"엄마, 괜찮아요?"

"엄만 괜찮을 거야." 쥬느비에브가 내 맥박을 짚어보며 말했다. "엄만 지칠 대로 지쳐 있었어. 그러다 지금 그걸 한꺼번에 다 느끼고 있는 거야. 그럴 수 있으니까. 그러니까 너무 걱정 마. 엄마 곁에 내가 있을게."

얘들아. 돌아가 있어, 내 아가들.

어둠 속을 들락날락거리다 다시 정신을 차렸다.

"마이크? 닉?"

"엄마 괜찮아요?" 침대 끝에서 아이들의 모습이 보였다.

"매트리스 여기로 갖고 올래? 오늘은 혼자 안 자도 되게." 내 말에 아이들은 서로를 마주보면서 말했다.

"아뇨, 괜찮아요."

그러자 쥬느비에브가 말했다.

"엄만 좋아질 거야."

강하던 엄마가 넋이 나가 무방비 상태로 누워 있다니. 나의 적나라한 슬픔은 아이들에겐 전혀 위로가 안 되었다.

그날 밤 쥬느비에브는 내 침대에서 함께 잤다.

"나 여기 있어." 내 등을 쓰다듬어주며 그녀가 말했다. 나는 잠 속에서도 흐느껴 울었다. 아침이 되자 쥬느비에브가 차를 한 잔 갖다주며 마시라고 했다. "여기 토스트도 있어."

"먹고 싶지 않아."

"몇 입만 먹어. 속이 텅텅 비었잖아."

그녀는 빵을 뜯어먹는 나를 지켜보면서 차를 다 마실 때까지 기다렸다.

"우리 집에 잠깐 들러서 깨끗한 옷 좀 가져오고 애들도 잘 있나 살펴보고 올게. 애들은 이제 막 일어났는데, 잘하고 있어. 한 시간 후에 맥콜리로 태워다 줄게."

"젠." 그녀가 나를 건너다보았다.

"고마워." 그녀가 미소를 지으며 대답했다.

"애들이 따뜻한 물 다 쓰기 전에 얼른 샤워실로 들어가."

그녀는 키스를 날리고 문을 나섰다.

앞으로 몇 날 몇 주 동안은 멀리서 혹은 가까이에서 찾아온 친구와 친지들로 집 안이 가득 찰 것이다. 꽃들은 화병 밖으로 몸을 내민 채 집 안 곳곳에 아름답게 줄지어 있을 것이고, 집에서는 플로리스트의 작업실 같은 향기가 맴돌 것이다. 덕분에 우리에게는 빈 공간이 허락되지 않을 것이다. 도미니크의 방을 정리하고, 패트리샤 수녀가 잠깐 들르겠지. 단둘이 남은 순간 그녀는 나와 침대에 앉아 갑자기 눈물을 터뜨릴 것이다.

"다 끝나면 같이 멀리 나가서 취하도록 마셔봐요!"

그녀의 말에 우린 둘 다 새된 소리로 껙껙 웃을 것이다. 그 소리를 들은 사람들은 아마 도미니크의 방에서 뭔 즐거운 있나 의아해하겠지.

그 다음 주에는 장례식이 열릴 것이다. 막 교회로 출발하려는 찰나, 보석세공사가 전화해 결혼반지는 다 수리했다고, 자기네는 오후 5시에 문을 닫는다고 말할 것이다. 쥬느비에브의 남편은 우리를 모두 교회로 실어다 줄 것이다. 그런데 동생이 그만 자동차 문에 손가락을 찍혀, 손가락들이 소시지처럼 파랗게 부풀어 오를 것이다. 그러면 전부 차에서 내려 한마디씩 할 것이다.

"얼음을 좀 가져오자."

"아냐, 그냥 가." 동생은 내 오빠에게 이렇게 말할 것이다.

"얼음찜질 해야 할 거 같은데."

"그냥 가자니까! 어서, 얼른 가."

장례식장엔 수백 명이 모습을 드러낼 것이고, 우리는 그 광경에 깜짝 놀랄 것이다. 도미니크의 관에 퀼트를 덮으면, 나는 마지막으로 그의 몸을 덮어줄 것이다. 아이들이 사람들과 함께 교회에서 관을 실어 내오면, 사람들은 눈물을 훔칠 것이다. 거기서 느낀 사랑의 기운에 대해, 오래도록 두고두고 장례식 이야기를 할 것이다.

장례식이 끝나고 며칠이 지나면 도미니크가 사랑했던 곳으로 그의 유해를 갖고 가 새벽 바다에 뿌릴 것이다. 그러면 파도가 그를, 나의 바닷사람을 안아주리라. 우리는 잠시 망연자실한 채 그 자리에 서서, 햇살이 세상 아래서 머리를 들어 올리고 바다의 소리에 귀 기울이는 모습을 지켜볼 것이다. 그날 오후 아이들이 바다 속으로 뛰어들어 서핑보드 없이 파도를 타면, 소금기 섞인 모래들이 아이들의 살갗에서 슬픔을 벗겨내겠지. 나는 해변에서 이들을 바라보다 바위 위에 앉아 아빠와 함께 파도 속에서 부기 보드를 즐기는 어린 두 아들에게 시선을 고정하고 있는 엄마를 발견할 것이다. 그들을 보며 더 즐겁게 노는 사람이 누구인지, 아이들인지 그들의 아빠인지 궁금해할 것이다.

그러다 다시 그들을 바라볼 것이다. 오, 그 중절모 의사 아냐?! 그는 물론 나를 못 알아보겠지만, 나는 도미니크의 죽음을 그가 알기는 할까 생각할 것이다. 그 순간 도미니크가 내 왼손을 잡는 게 느껴질 것이다. 그는 병과 의사들의 세계로부터 멀리 벗어나 한때 우리가 누웠던 곳으로 나를 데려갈 것이다. 스트래드브룩의 밤하늘에서 우리를 향해 쏟아지던 별들을 한가득 들이마시며 서로 뒤엉켜 있던 곳으로. 그렇게 함께 누워 있다가 그는 장난스럽게 물을 튀기고 바다 속으로 사라질 것이다.

이런 나날들이 아직 앞에 놓여 있다. 점심 후에 저녁이, 저녁 후에 아침이 이어지는 것처럼 시간은 일정하게 규칙적으로 흐르는 듯 느껴지지만, 슬픔은 사물의 형태를 바꿔놓기도 한다. 시간은 더욱 탄력적으로 변해 마치 조류처럼 우리를 끌어당겼다 밀어냈다 한다.

하지만 지금은 죽음을 기억하고 생애를 기리는 이 공유 의식 중

첫 번째를 준비해야 했다. 나는 쥬느비에브가 말한 대로 후딱 샤워기 안으로 들어갔다. 뜨거운 물이 몸 위로 쏟아지자 문득 그것이 느껴졌다. 짓궂게 나타나 익숙하게 차가운 물을 튀겨대던 존재.

"도미니크?!"

나는 본능적으로 차가운 물을 피했다. 그러자 그가 떠났다. 그가 장난을 치다니! 잘 있다는 말을 전해주려는 걸까? 난 웃기 시작했다. 이런, 어떻게 웃을 수가 있어? 그가 이제 막 죽은 마당에. 샤워실 벽에 몸을 기대자 흐르는 물이 내 웃음과 눈물을 모두 씻어 내렸다.

전화벨 소리가 들렸다. 수건을 집어 들어 몸을 감싼 후, 한 손에 수건을 쥔 채 아직 축축히 젖은 몸으로 침대에서 전화를 받았다.

장의사에서 일하는 다정한 여자 목소리가 들려왔다. "남편분이 키가 컸는지 말씀해주시겠어요? 딱 맞는 크기의 관을 맥콜리에 가져가고 싶어서요."

카펫 위로 번져가는 두 개의 커다랗고 질척한 발자국을 내려다보면서 나는 대답했다. "네, 컸어요."

옷을 입는 동안 주방에서는 접시들이 달그락거리는 소리가 들렸다. 아이들은 벽만큼이나 창백했다. 두 아이들을 꼬옥 안아주었다.

"잘 잤어?"

"잘 잤어요." 마이크가 대답했다. 닉을 바라보자, 그의 대접을 긁어대며 말했다. "네…… 우린 괜찮아요." '그러니까 묻지 좀 말아요.' "엄마는요? 좀 잤어요?"

"응, 조금."

닉은 접시들로 그득한 싱크대 안에 자기 빈 그릇을 집어넣고, 그릇이 물에 잠기도록 싱크대에 물을 가득 채웠다.

"아빠가 있던 방에 다시 가고 싶지 않아요."

"저도요." 마이크가 말했다.

"우리 모두 안 가도 돼."

"작별인사는 이미 했어요. 그것도 아주 여러 번. 인사를 다시, 또 다시, 자꾸자꾸 할 수는 없어."

쥬느비에브가 콜리로 태워다 주었다. 잭도 차로 함께 갔다. 우리가 도착했을 때 베스는 이미 와 있었다. 패트리샤 수녀와 리즈, 에드, 이들의 십대 아이들도 와 있었다. 이미 도미니크와 함께 있던 이들은 잠깐 들러서 사적인 인사를 건넸고, 헌화하며 키스를 보내던 다른 친구나 요양원 동거인, 직원들이 우리를 둘러쌌다. 얼마 후 장의사들이 내가 고른 관을 들고 나타났다. 큰 키에도 맞는 긴 관이었다. 이들은 우리 모두를 지나쳐갔다. 관을 실은 카트가 모퉁이를 돌아 방으로 들어가는 광경을 나는 가만히 지켜보았다.

단순한 나무 관 안에 도미니크의 몸을 넣을 수 있도록 매기가 그들을 도왔다. 그녀는 퀼트를 씌운 관 속에 누워 있는 그를 방 밖으로 인도한 다음, 복도를 따라 걸어 내려갔다. 복도에서 또각또각 울려대던 그녀의 익숙한 신발 소리가 멈췄다. 그녀는 잠시 멈춰 눈물을 훔친 다음 고개를 들었다. 그러고는 깊은 한숨을 들이쉬고 돔과 함께 우리에게 걸어왔다.

고무창이 두껍게 붙은 신발을 신은 요양원 거주자의 보행 보조기가 다른 입소인의 휠체어 뒷부분에 부딪혔다. 침묵 속에 쿵 하는 소리가 울려 퍼지고 은발에 희뿌연 눈을 한 여자가 얼굴을 찌푸려도 그녀는 알아차리지 못했다. 아이들의 손 안으로 내 손을 집어넣자,

내 어깨에 리즈의 손이 와 닿는 게 느껴졌다. 도미니크의 관이 우리에게 가까워지자 의장대가 만들어졌다. 패트리샤가 건너편에서 눈도 깜박이지 않고 나를 지켜보았고, 쥬느비에브는 베스의 귀에 대고 무슨 말인가 속삭였다. 조문객 가운데 누군가가 노래를 시작했다. 노년의 흔들림이 우아하게 들리는 목소리였다. 그녀를 따라 합창대가 라틴어로 노래를 불렀다. 소리는 점점 커졌다.

"여왕이시여, 사랑에 넘치는 어머니
우리의 생명, 기쁨, 희망이시여……."

수녀들은 함께 노래를 부르는 데 익숙해서인지, 누군가 음정이 안 맞아도 조화롭게 흡수해내면서 친근하고 통일된 목소리를 만들어냈다. 영어로 '성스러운 여왕님 만세'로 알려진 찬가가 그들의 숨을 타고 솟아올라 방 안을 가득 채웠다. 도미니크는 언제나 마리아를 좋아했다.

"강건한 정인, 부드러운 마음" 마리아에 대해서 그는 이렇게 말하곤 했다. 그러면서 이것이 그의 '생활신조'라고 했다. 고등학교 시절부터 그랬다.

합창대원들은 찬가로 계속 우리의 주의를 끌어당겼다.

"오 자비로운, 오 경건한, 오 부드러운 동정녀 마리아."

나는 망연히 그러면서도 완전히 현재의 순간에 머물며 노랫소리 속에 서 있었다.

아이들과 나는 강하면서도 부드러운 도미니크를 따라 건물을 나왔다. 합창 행렬도 밖까지 우리를 따라왔다. 목소리가 고조되었다.

들이쉼을 위한 내쉼. 하늘 저편으로 울려 퍼지는 노랫소리.

관을 운구차에 밀어 넣는 순간 산들바람에 퀼트 천이 펄럭였다. 은색의 긴 차가 천천히 시야에서 멀어지는 모습을 우리는 가만히 지켜보았다.

도미니크는 나의 호흡 저편에 고요히 잠들었다.

"엄마, 집에 가요." 닉이 이렇게 말하며 한 팔로 나를 휘감았다. "끝났어요."

에필로그

현재에서 과거의 사연을 엮어 나가는 것은 낯선 일이다. 우리 이야기를 썼지만, 당시의 나와 지금의 나는 많이 다르기 때문이다.

나는 천국과 이 세상이 만나는 자리, 시간은 존재하지 않고 우리에게 잠재력을 모두 발휘하게 만드는 사랑만 있는 한계의 공간을 경험했다. 그 깊고도 비세속적인 슬픔의 경험과 다시 돌아간 물질세계 사이에서 균형을 찾고 난 후 지난 일들을 돌아보면서, 도미니크가 나를 새로운 무언가로 인도했음을 깨달았다. 덕분에 우리 전부는 이제 달라졌다.

이 이야기는 우리 삶의 특별한 시기에 대한 것이다. 하지만 난 이 이야기가 그 이상의 의미를 지니기를 바란다. 이것은 사랑과 삶에 대한 이야기이다. 초록 고블린과 희망이 공존의 길을 찾는, 이상하지만 실제 세계에 대한 이야기.

처음부터 출판을 목적으로 쓰진 않았다. 슬픔에 대한 자연스럽고도 어쩔 수 없는 반응으로 쓰기 시작했다. 괴물 같고 모호한 이 위협적인 창조물, 이상한 방식들, 괴물과 뒤섞여버린 채 서서히 사라져 간 사랑하는 도미니크. 우리 삶의 이 부분을 드러낼 생각은 없었다.

진단을 받을 즈음 도미니크는 이미 많은 것을 빼앗긴 상태였고, 나는 더 이상 예전처럼 그와 대화를 나눌 수 없었다. 그래서 내 삶의 특별한 사람들, 그들이 없었으면 아주 외로웠을 여정을 함께해주고 내 말에 귀를 기울여주는 사람들에게 이메일을 쓰기 시작했다.

우리는 호주로 갓 이주한 이민자였다. 그래서 우리가 아는 도미니크의 모습을 온전하게 아는 사람이 주변에는 거의 없었다. 자연히 나는 길고도 의미 있는 과거를 공유했던 해외의 믿을 만한 친구나 가족에게 메일을 쓰기 시작했다. 모두 우리와 가까운 가족처럼 지냈던 사람들이다. 아주 근사한 남자였던 도미니크의 모습을 알고 사랑한 사람들. 그들은 내게 우리가 한때 공유했던 현실에 닻을 내리게 해주었다.

도미니크가 세상을 뜨고 난 후, 불면증으로 밤낮의 구분이 사라지면서 나는 더 많은 글을 썼다. 덕분에 뿔뿔이 흩어져 살던 이들과 연결돼 있다는 느낌도 받았다. 몸은 비록 멀리 떨어져 있어도, 가족과 친구들은 있는 그대로의 가공되지 않은 내 생각을 실시간으로 읽어주었다. 그들이 가까이에서 지지해주는 게 느껴졌다.

돌이켜보면, 글쓰기가 혼돈으로부터 안식처를 제공해준 것 같다. 그것은 나의 변화하는 세계를 파악하고 이해하게 해주는, 성찰을 위한 안전한 휴식처였다. 삶과 죽음, 존재와 비존재 사이의 공간이 너무 두려웠을 때 멈춰 알아차릴 수 있는 시간을 제공해주었다. 이 공간은 여전히 역설을 품고 있다. 삶이 텅 빈 동시에 충만하게 느껴지고, 함께와 헤어짐이, 가장 단순한 것과 가장 특이한 것이 공존했다. 글쓰기는 어둠을 노려보고 굴복시키는 하나의 방식이었으며, 지지 행위가 되었다. 도미니크는 제대로 말할 수 없게 되었지만 목소리까지 잃지는 않았다. 병의 볼모가 되어 거의 모든 것을 박탈당했지만, 그가 처한 환경을 잘 이겨내기도 했다. 도미니크의 병이 악화되면서, 도움이 되고 가치 있는 참여자에 대해 우리 사회가 갖고 있는 생각에 나는 의문을 품게 되었다.

메일을 받은 사람들은 우리의 이야기를 써보라고 부추겼다. 오빠는 내 메일을 전부 저장해두었다고 말했다. 알아차리지 못했지만 이 책은 이미 저절로 씌어지고 있었다. 하지만 내 생각을 정리하는 데 결정적인 역할을 한 것은 마이크와 닉의 제안이었다.

도미니크가 떠난 지 일 년 반이 지났을 때, 둘이 일주일 간격으로 나를 찾아왔다. 둘은 친구들과 슬픔을 나눌 수 없어서 소외감을 느끼고 있었다. 마이크는 한 무리의 친구들과 외출을 했다. 아마 성룡 영화사에서 만든 영화였을 것이다. 동전 던지기에 져서 선택권이 없던 마이크는 친구들과 〈노트북〉이라는 영화를 봤다. 노부부의 사랑을 다룬 영화였는데, 화자의 배우자가 치매환자였다. 영화는 많은 눈물을 자아냈고, 마이크는 이 '여성 관객을 겨냥한 영화'가 불러일으키는 정서적 반응에 위안을 얻었다. 하지만 친구들과는 달리 치매에 대한 그의 경험과 잘 연결이 되지 않아서 자신만 잘못된 것 같은 느낌이 들기도 했다.

마이크는 십대 청소년이다. 그리고 마이크 친구들의 아버지는 대부분 도미니크보다 훨씬 나이가 많았다. 그러므로 마이크가 이 이야기에 녹아들 여지는 전혀 없었다. 치매로 인한 상실과 사랑의 경험이 대수롭지 않은 것처럼 느껴졌다. 그날 밤 마이크는 이런 풍경 속에 홀로 서 있다가 지워진 존재 같은 느낌을 받으며 집으로 돌아왔다. 그리고 다른 사람들도 같은 제안을 했다는 것을 알아서인지, 우리의 경험을 글로 써보라고, '우리의 이야기를 구체화시켜보라고' 했다.

일주일 후 닉은 한 친구에게 마음을 터놓게 되었다. 도미니크가 아플 때는 서로 잘 모르던 친구였다. 따뜻하고 연민의 정을 지닌, 잘 들어주는 친구였다. 하지만 닉은 자기가 느낀 것을 스스로도 잘 설명할 수 없었다. 그의 경험은 언어를 넘어선 어딘가에 속하는 것이었기 때문이다. 이로 인해 닉도 마이크처럼 연결 다리도 없는 분리된 영역 사이를 엉거주춤 걸친 채 서 있었다. 한쪽에는 실제로 체험하고 느낀 그의 이야기가 있었지만, 다른 영역에는 그것을 타인에게 실제적으로 전달할 말이 없었다. 그날 밤 집으로 돌아온 닉은 일주일 전에 마이크가 제안한 것도 모르고, 우리의 이야기를 써보라고, '어떻게든 우리 이야기를 정확히 글로 담아내보라고' 했다.

우리 셋은 제정신이 아니던 당시의 삶을 차분하게 표현하는 것이 얼마나 어려운 일인지 이야기했다. 이런 모순이 우리를 침묵하게 만들기도 했다. 요컨대 그것은 삶을 변화시키는 경험이었지만, 구체적으로 표현할 수 있는 개념 같은 것은 아니었다. 혼란스러웠지만 아주 실제적이었으며, 강력하면서도 낯설었다. 많은 부분이 혼돈스럽고 빠르게 우리를 스쳐 지나갔다. 그것은 파악하기 어렵고 눈에 보이지도, 말로 표현하기도 힘들었다. 아이들에게 함께 글로 써보지 않겠느냐고 물었다. 순전히 우리 자신을 위해 쓰다 보면 우리의 감정을 선명하게 들여다볼 수 있을 것 같았다.

함께 쓰지는 않았지만 아이들은 서서히 전개되는 모든 이야기에 관여했으며, 책 전반에 이들의 말이 산재해 있다. 이 책을 쓰는 일은 아이들과 놀라울 만큼 풍요로운 대화를 나누는 도약대가 되었다. 그리고 아이들의 허락 아래, 그들이 간직한 기억과 생각의 대부분을 책에 담아 이야기를 부여했다.

내가 써낸 부분은 일부분에 지나지 않는다. 그럴 수밖에 없다. 치매와 함께한 귀중한 삶은 고사하고, 이 특별한 시기에 일어난 모든 복잡다단한 일을 한 권에 담기란 불가능했기 때문이다. 그리고 작가의 목소리에는 자동적으로 부여된 특권이 있다. 나의 (그리고 아이들의) 기억들로 이야기를 만들어낸다는 것. 도미니크가 살아 있는 동안 그 의미를 헤아리는 데 도움이 된 퀼트처럼, 책을 쓰는 작업은 도미니크가 떠난 후 치유를 시작하는 수단이 돼주었다. 서서히 우리는 그 모든 어수선한 부침 속에서 우리가 경험한 것들을 표현할 길을 찾아나갔다.

생의학적 언어의 세계는 해당 증상과 치료법을 분명히 설명해준다. 그러나 이 세계를 벗어나면, 젊은이의 전두측두엽성 치매를 이해하기 위한 사회적 담론은 전무하다. 우리는 어떤 식으로도 찾아볼 수 없었다. 그런데 돔은 그 병에 운동신경성질환까지 앓았다. 두 가지 끔찍한 병을 함께 앓고 있었던 것이다. 그러나 그 당시 젊은 환자를 위해 마련된 서비스 같은 건 전혀 없었다. 이런 상황에 처한 가족에게 필요한 것들을 이해하거나 전하는 데 도움되는 일반적인 언어도 없었다. 사례도, 그 어떤 실마리도 없었다. 사람들은 그저 '케모chemo'란 말에 암을 떠올리기만 했다. 분홍 리본이나 스카프 캠페인이 고작이었다. 전측두엽치매와 운동신경성질환을 동시에 앓는 젊은 아빠를 둔 십대 청소년을 위한 맞춤형 기호 같은 것은 없었다. 책이나 영화도 물론 없었다. 〈우리는 하나의 세계〉 같은 노래나, '치유를 위한 깎기' 같은 공동체 운동도 없었다. 우리 같은 사람들을 위한 관심의 리본 같은 것은 결코 없으리라는 점을 우리는 깨달았다. 그런데 있다손 치더라도 우린 그런 리본을 달았을까? 아마 그러지 않았을 것이다. 하지만 사회적 맥락에서 어떤 종류의 신호도 없다면, 우리 경험은 어디를 향해야 한단 말인가? 우리 경험을 어떻게 이야기해야 한단 말인가? 우리의 경험이 실제이기는 한 걸까?

말을 사용하는 방식은 중요하다. 하지만 그것은 상황과 사물을 이해하는 수단 이상의 의미를 지닌다. 말은 자신을 이해하는 방식에 중요한 영향을 미친다. 담론은 삶의 형태에 영향을 미치기 때문이다. 마이크와 닉이 자신들을 보이지 않는 존재처럼 느낀 것은 놀라운 일이 아니었다. 같은 입장이 된 사람들, 우리 이야기에 공감하는 사람들을 우리는 알지 못했다. 하지만 크리스티나 볼드윈이 말한 것처럼, 공유된 이야기는 유대감을 창조하고 공동체를 확립하는 힘이 있으며, 서로의 삶에서 자신을 발견할 기회를 제공해준다. 우리에겐 바로 이런 것이 없었다.

《인간의 권리를 그리며 *Picturing Human Rights*》에서 데이비드 로이드는 표현했을 때 이야기도 하나의 정치적 행위가 된다고 했다. '이야기가 세상을 바꾸는 건 아니지만, 스토리텔링은 사람을 변화시키고 사람은 세상을 변화시킨다'는 것이다. 사랑과 희망을 이야기하는 작업도 우리에게는 하나의 정치적 행위였다.

그래서 역설과 발견으로 충만한 채로 나는 써 내려갔다. 따뜻한 차를 친구 삼아, 두 손으로 머그잔을 감싸 쥔 채 몽글거리며 올라오는 김을 바라보며, 대기 중으로 흩어져버리기 전에 다시 한 번 생각들을 붙잡아보려고 애썼다.

침묵 속에서 썼으나 혼자는 아니었다.

이 책은 나의 아이들을 위한 것이다.

독자들에게

이처럼 아름다운 책에 그 누가 마지막 말을 더할 수 있을까. 치매환자를 사랑하고 보살펴본 사람들은 대개 이 책에 나와 있는 것 같은 기쁨과 웃음, 뼈저린 슬픔의 순간들을 공감할 수 있을 것이다.

이 이야기를 읽고, 그리고 다른 많은 사람들의 이야기를 듣고 난 후 마음속에 남은 것은 인간관계가 지닌 힘과 위력이었다. 인간은 역경 속에서 최고의 힘을 발휘한다는 말은 상투적인 표현이 맞다. 하지만 존재와 기억의 한 부분을 차지하는 귀한 사람을 소중히 간직하는 태도에는 압도되지 않을 수 없다.

우리의 존재를 형성하는 것은 추억이며, 우리를 묶어주고 그토록 중요하고 깊은 관계를 만드는 것은 결국 이런 많은 기억이다. 치매는 개인에게서 너무 많은 것들을 앗아가지만, 그들이 사랑하는 사람들에게 보여주는 눈길 속에서 그들의 본질적인 인간성까지 파괴시켜버리지는 않는다. 도미니크가 '그냥 나한테 다정하게 대해주면 돼'라고 말하는 순간이나, 요양원에서 마리에게 노래를 불러주는 순간처럼 이 책에는 우리 감성을 쥐어뜯는 뭉클한 순간들이 아주 많다.

하지만 우리가 치매환자의 좌절감이나 그들이 느끼는 방식을 온전히 이해하기는 어렵다. 어쩜 불가능할지도 모른다. 치매환자들을 만날 때 내 마음속에서는 그들의 울부짖음이 울려 퍼진다. '삶에 의미가 없어요!' 이 책에서 메아리치는 도미니크의 절규도 아마 같은 것이리라. 마리의 의문처럼 치매에 걸리면 '자의식은 정말 영원히 사라지는 것일까?'

쉽게 답할 수 있는 문제가 아니다. 하지만 우리가 치매환자에게 보여줘야 할 최고의 반응이 무엇인지는 분명하다. 요컨대 치매환자에게 중요한 것은, 이 책에서 보여주는 것처럼, 사랑과 활동, 사회적인 관계다. 도미니크에게는 스포츠 이야기나 닉에게 면도하는 법을 가르쳐주는 것, 대학의 예전 연구실을 방문하는 일 등이 그런 것들이다. 그 사람을 알면, 치매환자에게도 어느 정도 삶의 질을 보장해줄 수 있다. 그리고 물론 이 책에서처럼, 보호자는 치매 증상에 반응하지 말고, 세세하고도 따스한 태도로 최대한 환자가 보여주는 행위의 원인들에 집중해야 한다.

치매는 만성적인 데다 모르는 사이에 진행되는 잠행성 질병이다. 가족보다 더 분명하게 이 병을 파악할 수 있는 사람은 없다. 그러나 의료전문가가 관여하기 시작하면 보호자의 말에 귀를 기울이지 않는 경우가 흔하다. 하지만 젊은 치매환자와 노령 치매환자를 제때에 성공적으로 진단해내려면 의사들은 환자는 물론 보호자의 말에도 귀를 기울여야 한다. 이것은 아주 중요하다.

이 놀라운 이야기는 초록 고블린과의 여정을 잘 견뎌내는 데 필요한 많은 것을 보여준다. 따스한 아내와 어머니, 나아가 노련한 전문가로서 마리가 보여준 기술들, 나이를 뛰어넘은 마이크와 닉의 지지와 성숙한 태도. 치매환자를 오랜 세월 간호하고 사랑하면서 얻는 피로와 고통, 사회적 고립감을 극복하게 도와준 많은 사람들.

그러나 스스로 '피로'를 넘어, 정서적으로나 신체적·심리적으로 환자를 함께 지탱해주는 것은 결국 보호자다. 모든 만성질환 중에 환자를 보살피고 지지해주는 사람들에게 사회적으로 가장 치명적인 영향을 미치는 것은 바로 치매일 것이다. 환자가 젊고 아이가 있을 경우에는 특히 더 그렇다.

그런 면에서 요양원에 들여보내는 것은 불가피하다. 하지만 이런 결정에는 커다란 상처가 뒤따른다. 마리가 가슴에 사무치도록 말한 것처럼 '사랑하는데 어떻게 보내'겠는가. 하지만 환자 중심의 보살핌에 진심으로 전력을 다하며, 치매환자와 가족을 파악하고 반겨줄 뿐만 아니라 삶의 마지막에 환자와 가족의 바람을 충족시켜줄 수 있는 요양원을 찾는 일은 아주 중요하다. 비록 그런 경험을 하게 되지 않기를 바라지만 말이다. 닉이 힘겹게 잘 표현한 것처럼 '요양원은 엿 같지만 좋은 곳이다.'

알츠하이머 협회장으로서 소박하게나마 모든 연령대의 치매환자들에게 더 나은 보살핌의 질이 보장되는 일을 하고 싶다. 또 연구 투자를 확보해서 미래를 좀 더 낙관적인 것으로 만들고도 싶다. 그러면 치매 위험 환자를 제때에 더욱 정확히 진단하고 진행을 늦추는 중재술을 적용해, 치매로부터 자유로운 삶을 살도록 도울 수 있을 것이다.

마리와 마이크, 닉의 열정과 참여로 우리의 작업이 가치를 지니게 되었다.

이타 버트로즈, 호주 알츠하이머 협회 회장

감사의 글

이 이야기가 펼쳐지는 동안은 물론, 그 후에도 우리의 여정을 함께 해준 모든 이들에게 깊은 감사를 전한다. 어떤 감사의 말도 충분하지 않겠지만, 함께했던 모두가 내 삶에 중요한 영향을 미쳤다는 것을 알아주었으면 좋겠다.

먼저 내 아름다운 가족에게 모든 점에서 특히 고맙다는 말을 전하고 싶다. 가족들이 없었으면 이 책을 쓰지 못했을 것이다.

가장 오랜 친구 피파에게도 고마움을 전한다. 그녀는 꼭지가 늘어날 때마다 모두 읽어주고 들어주는 가장 큰 선물을 베풀어주었다.

또 아이들을 위해 이 이야기를 쓰도록 도와주고, 깊은 믿음으로 이 책을 세상에 내놓도록 부드럽게 자극해준 친구이자 멘토 니키 설웨이에게도 감사하다.

이 책의 한국어판을 출간하도록 지원해준 율리시즈 출판사에게도 고마운 마음을 전한다. 마지막으로 렉스 핀치와 사만타 마일스, 영감 어린 제안과 현명한 조언을 아끼지 않은 편집자 로라 러셀 등, 전문가적인 식견과 관대한 지지, 용기를 베풀어준 핀치 출판사의 모든 식구에게도 감사의 인사를 전한다.

한국의 독자들에게

이 책이 한국어로 번역 출간된다는 소식을 들었을 때 얼마나 흥분되고 기뻤는지 모른다. 한국을 한 번도 가본 적은 없지만, 한국이라는 나라에 가족처럼 특별하게 연결돼 있는 느낌이 들기 때문이다.

밴쿠버에서 아이들이 초등학교를 다니던 시절, 대구에서 온 어린 여학생이 우리 식구들과 몇 년 동안 함께 살았다. 눈빛이 맑던 그 소녀는 고향과 멀리 떨어져 있으면서도, 고등학교를 외국에서 마치는 모험을 기쁘게 받아들였다. 그녀가 좋아하던 음식들(난 김치를 특히 좋아했다)로 우리 집 냉장고가 가득차면서, 식사 시간이면 그녀에게 한국인들이 살아가는 이야기들을 듣곤 했다. 역시 음식은 고향의 맛이 넘실대는 또 하나의 언어인 것 같다.

딸처럼 큰누나처럼, 그녀는 그렇게 우리와 가족이 되었다. 식사를 마친 후 아이들과 함께 도미니크와 팔씨름하던 기억을 떠올리면서 우리는 지금도 웃음을 터뜨리곤 한다. 도미니크를 이기려고 셋이 한 편을 먹다니!

그녀도 이제는 출산을 앞둔 젊은 엄마가 되어 있다. 늘어날 식구에게 그녀가 이 이야기를 모국어로 읽어줄 생각을 하니 가슴이 절로 따뜻해진다.

마리 윌리엄스, 2014년 11월

옮기고 나서

"고마워. 그냥 다정하게만 대해줘"

젊고 유능하며 다정하고 가정적이던 배우자가 어느 날 갑자기 자신도 모르는 이유로 낯선 모습을 보여주기 시작한다면? 불안정하고 때로 공격적이기까지 하다면? 갑자기 등장한 초록 괴물이 배우자의 뇌를 갉아먹고, 급기야는 단란하던 가정까지 무너뜨리려 한다면? 치매라는 괴물 앞에서 순식간에 삶이 혼란 속으로 굴러 떨어진다면?

경험자가 아니면 상상하기조차 어려운 느닷없는 비극 앞에서 우리가 할 수 있는 일은 무얼까? 이 모든 의문에 대한 답이 이 책에 들어 있다. 동시에 이 책은 사랑하는 남편을 치매라는 괴물에게 내줄 수밖에 없던 아픈 기억에서 자유로워지기 위한 치유의 회고록이기도 하다.

사십대의 성실한 대학교수 도미니크는 어느 날 지적이고 논리적이며 온유하던 이제까지의 모습과는 달리 이해할 수 없는 행동을 하기 시작한다. 타인의 반응은 알아차리지 못하고 거친 말들을 내뱉는가 하면, 같은 길을 불안하게 끊임없이 서성이고, 집의 위치도 기억하지 못하고, 파산 직전의 가계에도 아랑곳 않고 자선단체에 마구 돈을 퍼주는 등, 뭔가 다른 인격에 지배당하기 시작한 사람처럼 온 가족을 혼란 속으로 몰아넣는다.

아내 마리는 도미니크의 이런 이상 행동이 병 때문임을 몰라 매우 당혹스러워한다. 이후 여러 의사와의 만남과 도미니크를 정신병동에까지 입원시키는 시행착오 끝에 드디어 온 가족을 괴롭힌 괴물의 정체가 전측두엽치매와 이로 인한 운동신경질환임을 발견한다. 이후 마리는 두 아들 마이크, 닉과 함께 도미니크의 남은 시간을 초록 괴물로부터 지켜주기 위해 험난하고도 눈물겨운 여정을 시작한다.

이 여정에서 도미니크와 마리의 가족은 퀼트를 매개로 행복했던 과거의 이야기들을 되살리기도 하고, 가족 간에 더욱 깊고 단단한 사랑의 의미를 발견하기도 하며, 도미니크를 한가족처럼 지지해주는 많은 친구와 친척, 이웃의 도움 속에서 건강한 공동체의 중요성을 새삼 실감하기도 한다. 그리고 무엇보다 삶을 한층 근본적인 시각에서 새로이 바라보고, 매 순간의 이야기에 충실한 것이 가장 지혜로운 삶의 태도임을 깨닫는다. 모든 일들이 그렇듯, 무엇이든 사랑의 자세로 받아들일 준비가 되어 있는 자에게 비극은 그 이면에 숨겨둔 선물을 언젠가는 되돌려주는 것이다.

아픈 이야기인 만큼 번역 과정에서도 유난히 부침이 많았다. 그러나 고통을 조복調伏시키는 최후의 지혜이자 무기인 유머와 따스한 시각 덕분에 먹먹해지는 가슴을 웃음으로 달래며 작업에 임할 수 있었다. 또 늘어만 가는 일인 가구와 노인 인구가 모두의 사회적 숙제로 대두되고 있는 지금, 우리나라의 치매환자들은 가정이나 사회적으로 어떤 환경에 처해 있는지 관심을 갖게 되기도 했다. 나아